Clay Jacobsen

DER KALIF

THRILLER

Aus dem amerikanischen Englisch
von Friedemann Lux

SCM

SCM

Stiftung Christliche Medien

Der SCM-Verlag ist eine Gesellschaft der Stiftung Christliche Medien,
einer gemeinnützigen Stiftung, die sich für die Förderung und Verbreitung christlicher Bücher,
Zeitschriften, Filme und Musik einsetzt.

MIX
Papier aus verantwortungsvollen Quellen
FSC® C083411

Überarbeitete und aktualisierte Auflage 2015 (2. Gesamtauflage)
Dieser Titel erschien zuvor unter der ISBN 978-3-7751-4055-3.

SCM-Verlag GmbH & Co. KG · Max-Eyth-Straße 41 · 71088 Holzgerlingen
Internet: www.scmedien.de · E-Mail: info@scm-verlag.de

Originally published in English under the title: *Interview with the Devil*

Übersetzung: Dr. Friedemann Lux
Umschlaggestaltung: OHA Werbeagentur GmbH, Grabs, Schweiz;
www.oha-werbeagentur.ch
Titelbild: shutterstock.com
Satz: Satz & Medien Wieser, Stolberg
Druck und Bindung: CPI books GmbH, Leck
Gedruckt in Deutschland
ISBN 978-3-7751-5670-7
Bestell-Nr. 395.670

WIDMUNG

Die Recherchen für diesen Roman haben mir großen Respekt eingeflößt vor den Journalisten, die täglich in den Krisen- und Kriegsgebieten unserer Welt ihr Leben riskieren. Ihre aufopferungsvolle Hingabe, um uns über das, was in der Welt vorgeht, zu informieren, ist inspirierend.

2002 wurde Daniel Pearl, der Reporter des *Wall Street Journal,* entführt, gefoltert und ermordet. Sein Schicksal, das ein Beispiel für die enormen Risiken ist, denen Journalisten im Pulverfass des Nahen Ostens gegenüberstehen, hat mich tief bewegt. Und so widme ich diesen Roman ihm, und mit ihm all den Opfern der Anschläge islamistischer Extremisten, vom 11. September 2001 und anderswo in der Welt. Es ist mein Gebet, dass Gott selber ihre Angehörigen trösten wird. Es ist meine Hoffnung, dass es in dieser Welt endlich Frieden werden möge – und ich weiß, dass dies nur möglich ist durch den Friedefürsten, Jesus Christus.

PROLOG

In der nordsyrischen Wüste,

Mitte Januar

Erst nichts, nur schwarze Leere. Dann grüne Funken, wie Glühwürmchen in einer mondlosen Nacht. Zuletzt der Schmerz, in immer größeren Wellen. Mark Taylor kämpfte verzweifelt darum, die Schwärze nicht loszulassen.

Dann trat der erste Gedanke aus dem Nebel. Nicht die Frage, wie es ihm ging, wo er war oder wie viele Knochen er gebrochen hatte, sondern ein verschwommenes Bild seiner Frau. Es zog ihn unwiderstehlich ins Bewusstsein zurück. Seine Augen öffneten sich. Das Licht stach in seinen Kopf, und er schloss sie sofort wieder.

Nach einem Augenblick versuchte er es noch einmal, langsamer. Wo war er? Dann kamen Schritte. Mark hielt das Bild eines nackten Raumes mit Lehmfußboden fest und schloss die Augen erneut. Stimmen. Die Worte verstand er nicht. Arabisch? Sie klangen danach. Die Geräusche und der Schmerz klärten seinen Kopf.

Richtig, er war – irgendwo in der Türkei. Oder doch Syrien? Langsam kam ihm die Erinnerung und die Erkenntnis, dass er in Schwierigkeiten steckte, und zwar in gewaltigen.

Er lag seitlich zusammengerollt auf dem harten Boden. Wie lange er bewusstlos gewesen war – keine Ahnung. Die Stimmen kamen näher. Mark rührte sich nicht, atmete nur, flach und rasch.

Plötzlich ergoss sich eine modrige Flüssigkeit über seinen Kopf, dass er würgte und hustete. Der Schmerz im ganzen Körper war fast unerträglich.

»Ich hoffe, Sie haben gut geschlummert.« Das Englisch war fast akzentfrei.

Mark spuckte das faulige Wasser aus und wischte sich die Augen. Zwischen drei Männern mit Kalaschnikows stand Ahmad Hani Sa'id, der berüchtigte Anführer des Terrornetzwerks Dschihad al-Scharia. »Ich denke, Mr Taylor«, fuhr er gelassen fort, »wir sollten unsere Unterhaltung fortsetzen.«

Kapitel 1

Fünf Tage vorher … Mittwoch
Studio City, Kalifornien
7.03 Uhr

Sie saß auf dem Rand der Badewanne, schaute auf ihre Uhr, dann wieder auf den Teststreifen. Sie nestelte geistesabwesend an ihren Fingern, bevor sie wieder den Zeiger der Uhr verfolgte.

Am östlichen Horizont dämmerte es. Tracy Taylor hatte den größten Teil der Nacht wach gelegen. Das ruhige Atmen ihres Mannes neben ihr hatte sie dann und wann für ein paar Augenblicke einschlafen lassen, bis sie wieder wach wurde und weitergrübelte. Ihre Periode war seit drei Wochen überfällig, was an sich nichts Besonderes war, aber diesmal … war irgendetwas anders. Gestern, auf dem Nachhauseweg, hatte sie sich in einer Drogerie einen Schwangerschaftstest gekauft. Sie war zu nervös gewesen, um ihn gleich anzuwenden, und hatte ihn in ihrem Kleiderschrank unter den Pullovern versteckt, bis vor ein paar Minuten die Neugierde zu stark geworden war.

Sie stand auf, trat vor den Spiegel, drehte sich zur Seite, zog das Nachthemd ein Stück von ihrem Bauch fort und strich mit der Hand darüber. Wie würde ihr zierlicher Körper mit so einer Schwangerschaft fertig werden, wenn es denn eine war? Sie blies ihre Wangen auf. Sie musste kichern.

Auf Zehenspitzen ging sie zu der nur angelehnten Tür und lugte ins Schlafzimmer. Mark lag zusammengerollt unter den Decken, sein störrisches braunes Haar wollte in alle Richtungen gleichzeitig. Sein Atem ging regelmäßig und schwer. Ihr Magen kitzelte. Wie würde er …? Sie waren noch kein Jahr verheiratet. Sie wusste, dass er Kinder wollte – irgendwann.

Noch fünf Minuten, dann würde sein Wecker klingeln. Sie schaute nervös auf ihre Uhr. Jetzt.

Damaskus, Syrien
17.07 Uhr

Mclintock ging die belebte Suq Saruja entlang, alle paar Schritte einen nervösen Blick über die Schulter werfend. In der schmalen Straße mit den alten Mode- und Juweliergeschäften herrschte das übliche Gewimmel. Die Ladenbesitzer hielten ihm eifrig ihre Waren hin, aber Josh hatte heute keine Lust zum Feilschen. Er ging in Richtung ath-Thaura-Brücke, wo er auf Mustafa warten sollte. So hatte der Anrufer es ihm befohlen. Ein kalter Windstoß kitzelte seinen Nacken, Josh duckte sich tiefer in seinen schwarzen Mantel. *Mach schon, Mustafa,* dachte er nervös, während er weiterging.

Josh Mclintock war der stellvertretende Leiter des Bereiches »Naher Osten« der Kabelnachrichtenabteilung des *National Network* und ihr erster Reporter. Er verantwortete alle Aspekte der entsprechenden Berichterstattung unter sich. Seine Basis befand sich in der Türkei, er hätte es nie gewagt, die Grenze zu Syrien zu überschreiten, wäre er nicht gerufen worden.

Nach dem Wiedererstarken des Al-Kaida-Terrornetzes und dem kometenhaften Aufstieg des IS, des Islamischen Staats, befand sich der Nahe Osten in Aufruhr. Aber nun hatte eine andere, neue, wachsende Organisation Amerika auf eigenem Territorium angegriffen und Mclintock hatte einen Kontakt in der Terrororganisation.

Den Auftakt hatte das »Sonntagsmassaker« gemacht, als innerhalb von ein paar Minuten in Football-Stadien in Chicago, Dallas, New Orleans und Washington vier Busse explodierten, über 12 000 Zuschauer töteten und Zehntausende weitere verletzten. Die Selbstmordattentäter waren mit Schulbussen aus Städten, die an dem Pausenprogramm teilnehmen sollten, in der Halbzeit vor den Stadien vorgefahren. Drei von ihnen waren in die Ladezone unter der Tribüne dirigiert worden, wo die Bomben explodierten. Nur in Chicago hatte ein aufmerksamer Wachmann den Bus nicht hineingelassen, was Tausenden das Leben gerettet hatte.

Dann, am Morgen des 1. Weihnachtstags vor drei Wochen waren wieder innerhalb weniger Minuten Bombenanschläge auf die amerikanischen Botschaften in Saudi-Arabien, Kuwait und Ägypten verübt worden, die 900

Opfer forderten. Die exakte Planung erinnerte an Osama bin Laden. Amerika war im freien Fall.

Alle Indizien, die Geheimdienste und Sicherheitsbehörden sammelten, wiesen in die gleiche Richtung: auf das neue Netzwerk des Dschihad al-Scharia. Sein Führer, Ahmad Hani Sa'id, war den westlichen Nachrichtendiensten ein Rätsel. Man wusste kaum etwas über ihn, außer dass er der Sohn eines saudi-arabischen Ölscheichs und mit 18 Jahren verschwunden war, bevor er in den letzten fünf Jahren als Kopf des Terrornetzwerks, das aus der nordsyrischen Wüste operieren sollte, wieder aufgetaucht war. Unzweifelhaft richteten sich seitdem amerikanische Lenkflugkörper und lasergesteuerte Bomben auf dieses Gebiet der Landkarte.

Die Beziehung zwischen Mclintock und Mustafa war nicht offiziell. Er hielt seinen Umgang mit dem Araber so geheim, dass noch nicht einmal seine Vorgesetzten von ihm wussten. Ein falsches Wort nach New York, und aus wäre es mit den höchst nützlichen Insider-Informationen aus dem Terrornetzwerk, die *National News* gegenüber der Konkurrenz immer einen Vorteil verschafften.

Es gab natürlich noch einen anderen Grund, den Kontakt geheim zu halten. Josh war sein Leben lieb. Was Mustafa ihm bei der ersten Kontaktaufnahme gesagt hatte, war sehr deutlich gewesen.

»Hallo, Josh.« Die Stimme mit dem starken Akzent ließ Josh erstarren. Er drehte sich langsam um. In einer Seitengasse zu seiner Linken war eine Gestalt in langen Gewändern. Josh schaute hastig die Straße entlang, dann trat er in den Schatten hinter dem as-Sa'ada-Hotel.

»Ich hoffe, es ist was Wichtiges.« Er versuchte, leicht irritiert zu klingen, um die Angst, die er in Mustafas Nähe immer spürte, zu überdecken. Der Mann schien einen direkten Draht zur Führung der Terrororganisation zu haben. Jede Vorhersage, die Josh von ihm erhalten hatte, war präzise gewesen. Die Kollegen staunten; Josh Mclintock, der Meister-Reporter ...

Mustafa nahm eine herb riechende arabische Zigarette zwischen die Lippen und tat einen langen Zug. »Deine Reise wird sich lohnen.« Josh antwortete nicht. Er hatte gelernt, dass er besser nicht zu viel sagte.

»Sa'id möchte deinem Sender ein Interview gewähren.«

Josh war schockiert. War das ein Witz? Josh musterte das Gesicht des Terroristen, suchte nach Anzeichen für einen Täuschungsversuch unter dem schwarzen Turban. Aber er sah nur dunkle, ausdruckslose Augen.

»Ahmad Hani Sa'id? Das soll ich glauben?« Josh lachte zynisch. »Den hat keiner interviewt oder fotografiert, seit er 18 war.«

»Es ist Zeit«, antwortete Mustafa trocken.

Josh legte den Kopf schief und dachte nach. Wenn Mustafa das ernst meinte, es wäre der Coup seines Journalistenlebens, die Eintrittskarte zu einem der ganz großen Sender. »Ein Interview mit Sa'id? Woher soll ich wissen, dass er's überhaupt ist?«

Mustafa murmelte die Antwort in seinen langen Bart. »Es wird Beweise geben. Aber dieses Interview ist nicht für dich.«

»Was soll das heißen – nicht für mich? Ich bin seit über drei Jahren in diesem Höllenloch Istanbul und berichte über diesen Scheißkrieg. Ich hab das Recht ...«

»Stopp!« Mustafas Hand schoss nach vorne, die Finger gruben sich in Joshs Wange. »Du hast keine Rechte! Deine Leiden in diesem ›Höllenloch‹, wie du das nennst, sind Sa'id egal!«

Josh riss sich los. Er begriff plötzlich, in welcher Gefahr er war. Er schob seinen Unterkiefer nach vorne und rieb sich über die schmerzende Wange. Mustafa fuhr fort. »Das Interview wird in drei Tagen stattfinden, und er wird nur mit einem Mann aus deinem Sender in *Amerika* reden.« Das Wort »Amerika« sprach Mustafa mit schäumender Verachtung aus.

»Und dieser Mann ist Mark Taylor.«

Studio City, Kalifornien
7.10 Uhr

»Und wieder mal ein sonniger Tag hier unten im Süden.« Die Stimme aus dem Radiowecker durchbrach die Morgenstille. Mark schlug schlaftrunken den Knopf, rollte sich auf die Seite und streckte seinen Arm nach Tracy aus. Bis zum zweiten Wecksignal war Kuschelzeit. Als er nur das Kissen fand, öffnete er überrascht die Augen. »Tracy?« Sie war eigentlich ein Morgenmuffel und blieb im Bett, während er sich duschte.

Sie kam aus dem Badezimmer, sprang mit einem Satz aufs Bett und drückte ihn tiefer in die Kissen. »Hast du mich gerufen?« Sie lachte.

»Ja, habe ich.« Mark lächelte. Er konnte sich nicht sattsehen an ihrem schönen, von dem langen, dunklen Haar eingerahmten Gesicht. Er hob seinen Kopf, um sie auf den Mund zu küssen. Sie beugte sich tiefer zu ihm, bis sein Kopf wieder auf dem Kissen lag. Der Kuss dauerte an.

»Heut sind wir aber gut drauf, wie?«, sagte Mark, als sie sich wieder von ihm löste.

Sie legte sich errötend neben ihn. »Warum auch nicht? Es ist ein schöner Tag, und wenn ich dich so daliegen sehe, also ...«

Mark lachte. Wenn Tracy ihn mit Stoppelbart, zerzaustem Haar und morgendlichem Mundgeruch begehrenswert fand ... warum nicht?

Er wollte sie gerade an sich ziehen, als der Radiowecker wieder losging. Dann landete etwas im Bett, genau zwischen ihnen. Shandy, ihr Hund. Mark schaute in Tracys liebeshungrige smaragdgrüne Augen und kratzte den Hund seufzend hinter den Ohren. Das Digitaldisplay des Weckers zeigte 7.15 Uhr. Er schüttelte den Kopf und stellte den Wecker ab. »Ich muss los. Heute ist Redaktionsmeeting.«

Tracy erwiderte seinen Blick. Sie strich ihm über die raue Wange. »Ich weiß.« Dann ging ein spitzbübisches Grinsen über ihr Gesicht. Sie sprang vom Bett und rannte zurück ins Bad. »Wer ist zuerst in der Dusche?«

»Wann kommst du heute Abend zurück?«, fragte Tracy 37 Minuten später, als Mark sich in seinen silberfarbenen Lexus setzte.

»Nicht sehr spät, so sechs, halb sieben.« Jetzt, wo er frisch rasiert und gekämmt war, zeigten nur noch einzelne Strähnen von Marks Haar nach oben. Tracy fand das süß.

»Gut.« Sie lächelte. »Dann machen wir uns hier ein schönes Dinner, wie wär's?«

Marks zog die Augenbrauen hoch und lehnte sich ans Fenster. »Musst du heute Abend nicht lernen?«

Tracy beugte sich zu ihm und küsste ihn flüchtig. »Das kann warten. Heute machen wir uns einen schönen Abend.«

Er grinste, während er das Auto startete. »Klingt gut. Also dann bis heute Abend, Liebes.«

Er rangierte rückwärts aus der Einfahrt. Tracy winkte ihm hinterher, während er die Straße hinunterfuhr. Sie hatten sich vor ein paar Jahren kennengelernt, als Mark, ein Fernsehjournalist, an einer Reportage über Meinungsumfragen arbeitete. Er hatte sich die Firma ihres Großvaters für sein Projekt auserkoren, und da Tracy die Pressesprecherin der Firma war, hatte sie Mark in das Geschäft eingeführt. Die beiden hatten sich auf Anhieb gemocht. Aus Sympathie war rasch eine Romanze geworden, die extrem kompliziert wurde dadurch, dass Marks Recherchen zum Sturz ihres Großvaters und seines Medien-Imperiums geführt hatten.

Wie sollte sie Mark sagen, dass sie schwanger war? Das mit dem Dinner war eine spontane Idee gewesen, aber je mehr sie darüber nachdachte, umso mehr gefiel ihr die Idee. In der Tiefkühltruhe waren noch zwei Steaks. Oder vielleicht sollte sie etwas Italienisches machen, wie bei ihrem ersten gemeinsamen Essen. Ein romantisches Kerzendinner mit leiser Musik im Hintergrund ... Sie schmunzelte, während sie überlegte, wie lange sie ihre Neuigkeit wohl für sich behalten würde.

Aber zuerst musste sie ganz sicher sein. Die Teststreifen aus der Drogerie waren nicht zu 100 Prozent genau. Ein Kind würde ihr Leben total verändern, egal ob sie dazu bereit waren oder nicht. Sie war noch mitten in ihrem Jurastudium. Dieses Studienjahr würde sie ohne Probleme abschließen, aber dann fehlte ihr noch ein Jahr bis zum Examen. Wie sollte sie ihr Studium abschließen mit einem Neugeborenen im Haus? Sie strich sich lächelnd über den Bauch. *Das werden wir schon sehen.*

Sie ging zurück ins Haus. Ihr erstes Seminar musste heute ohne sie auskommen. Der Termin beim Arzt ging vor.

CIA-Zentrale, Langley, Virginia
11.32 Uhr

Während die meisten Leute darüber nachdachten, wo sie ihre Lunchpause an diesem Arbeitstag verbringen sollten, saß Wendy Hamilton schon seit über sechs Stunden an ihrem Schreibtisch. Als CIA-Analystin für verdeckte Überwachung im Nahen Osten musste sie mit den Hühnern aufstehen, um ihre Arbeit zu erledigen.

Sie hatte ihre Geheimdienstkarriere im Januar 2002 begonnen, als eine der Tausenden, die sich nach den Terroranschlägen vom 11. September beim CIA beworben hatten. Man nannte sie die »9/11«-Rekruten.

Wendy hatte Abschlüsse in Psychologie und Soziologie der Elite-Universität von Dartmouth und sprach drei Fremdsprachen fließend: Französisch, Farsi und Arabisch. Sie war 1,60 Meter groß, durchtrainiert und hatte braunes Haar mit naturblonden Strähnen. Sie hatte ihr Studium ein

Semester früher abgeschlossen als üblich und sich dann zur Enttäuschung ihrer Eltern beim CIA beworben.

Wendy hatte erst die Hälfte des Berichtsstapels auf ihrem Schreibtisch abgetragen, als ihr Schreibtischnachbar Phillip Nest hereinkam ... den Arm voller »TOP SECRET« markierter Berichte. »Hier kommen gleich die nächsten«, murmelte er und setzte den Stapel ab. Wendy und Phillip waren nur zwei der 30 Angestellten, die sich das durch halbhohe Zwischenwände unterteilte Großraumbüro im unteren Stock des Old Buildings teilten. Phillip, der seit über 20 Jahren dabei war, hatte gestaunt, wie rasch Wendy sich in das Spionagegeschäft eingearbeitet hatte. Sie schien einen siebten Sinn für versteckte Querverbindungen zwischen scheinbar zusammenhanglosen Personen und Ereignissen zu haben.

Wendy blickte hoch. »Was Wichtiges?«

»Null Ahnung«, antwortete Phillip. »Hab noch nicht durchgeschaut.«

Wendy blätterte flüchtig das obere Drittel des Stapels durch. Sie seufzte. Zu oft hatte sie den Eindruck, dass ihr Job darin bestand, stundenlang Papiere auf ihrem Schreibtisch zu verschieben oder auf den Bildschirm ihres Computers zu starren. Es war frustrierend. Was sie wollte, waren Fakten über das Terrornetzwerk des Dschihad al-Scharia.

Ein Piepsen des Computers unterbrach sie. Irgendetwas hatte eine der vielen Alarmeinstellungen aktiviert, die sie eingerichtet hatte. Sie legte die Berichte beiseite und griff nach der Maus, den Blick auf dem Dialogfenster des Bildschirms. »Was gibt's?«, fragte Phillip, der hinter ihr saß.

»Wieder ein Bericht der NSA, der Sa'id erwähnt«, erwiderte Wendy. Sie bekam täglich Hunderte dieser Alarme, aber man konnte nie wissen, ob der nächste nicht etwas Wichtiges ankündigte. Sie öffnete das Dokument, das das Piepsen ausgelöst hatte, und fing an zu lesen. Sie merkte, wie ihr Herz zu rasen begann.

National Studios, Hollywood, Kalifornien
8.51 Uhr

Mark stoppte seinen Lexus hinter drei anderen Wagen, die vor dem Tor der National Studios warteten. Seit den Anschlägen auf die Football-Stadien im November war es jeden Morgen die gleiche Prozedur. Sobald er die Pförtnerloge unter dem riesigen Bogen mit dem Studiologo erreichte, entriegelte er den Kofferraumdeckel, damit einer der Wächter ihn durchsuchen konnte, während der andere seine Papiere prüfte. Beide kannten ihn gut. Nach den Anschlägen vom 11. September hatte es eine Zeit lang ähnliche Überprüfungen gegeben; jetzt waren sie wieder eingeführt.

Für Mark waren sie eine tägliche Erinnerung an den Krieg der Terroristen gegen Amerika und ein Anlass, auf der Fahrt zum Studio für sein Land und seine Politiker zu beten. Die Freiheiten, die ihm so lange selbstverständlich gewesen waren, wurden ihm mit jedem Tag wertvoller. Er erreichte das Produktionsbüro ein paar Minuten vor dem Meeting, sodass er seine Tasche noch neben seinen Schreibtisch stellen konnte, bevor er in das Besprechungszimmer ging.

Ihre Sendung hieß *Across the Nation* und war ein Nachrichtenmagazin. Das *National Network* hatte nicht den Status der vier großen Sender, aber es holte auf. Es erreichte mittlerweile 90 Prozent der amerikanischen Haushalte, und die Einschaltquoten der Sendungen über den Krieg gegen den Terror lagen bei einigen Zuschauergruppen höher als bei CNN und Fox News. *Across the Nation* war jetzt in seinem dritten Jahr und wurde zweimal wöchentlich ausgestrahlt, am Sonntag- und Donnerstagabend.

Mark setzte sich neben seinen Produzenten Ross Berman, einen Riesen von einem Mann, der gegen Mark, der Levis und Jeanshemd trug, mit seinen dunkelgrauen Bügelfaltenhosen und schwarzem Hemd mit Sportjacke wie ein männliches Model aussah. Als Journalistikabsolvent der renommierten Princeton-Universität, der erst vor Kurzem zum Team gestoßen war, hatte er noch viel zu lernen, aber das mochte Mark ihm nicht sagen. »Ich hab das Interview mit Senatorin Boxer klargemacht«, flüsterte Ross.

»Wann?« Mark selbst war es nicht gelungen, das Interview über eine neue Gesetzesvorlage im Senat zu kriegen.

»Morgen Nachmittag vor der Sendung. Dann ist sie in der Stadt.«

Mark nickte. Das war perfekt.

»Mark und Ross, Frank will euch sprechen, jetzt sofort!« Heather Franklin, die Sekretärin des Produktionsleiters, stand in der Tür des Besprechungsraums. Mark warf Ross einen fragenden Blick zu, bevor er aufstand. »Was haben wir jetzt wieder verbrochen?«

Frank Russell saß hinter seinem Schreibtisch und schaute zum Fenster hinaus. Mark hatte großen Respekt vor seinem Boss, einem langjährigen früheren NBC-Reporter. Russell vertrat den klassischen Journalismus und lag gewöhnlich entweder mit den Chefs des Senders oder mit der juristischen Abteilung im Clinch. Er hatte Mark angelernt und ihm eingetrichtert, dass das A und O seines Jobs die Story war und dass er sich bei der Suche nach der Wahrheit von keinen akademischen Korinthenkackern stören lassen durfte. »Setzt euch, Jungs«, sagte er, ohne sich umzudrehen.

Sie setzten sich. Nach einem Augenblick drehte sich Russell auf seinem quietschenden Ledersessel um. Obwohl er so verdrießlich aussah wie immer, spürte Mark, dass etwas Besonderes passiert war. Russells Glatze glänzte im Licht der Deckenlampe, als er den Kopf leicht neigte, um die beiden über den Rand seiner Lesebrille anzuschauen. Seine Augen! Richtig – sein Blick war schärfer, lebendiger als sonst. »Ich hatte gerade 'nen Anruf von Steve Thompson, dem Chef unserer Kabelnachrichtenabteilung in New York.« Er nahm die Brille ab und sah Mark an, während sich sein Mund zu einem leichten Lächeln verzog. »Scheint so, als ob du Ahmad Hani Sa'id interviewen darfst.«

Mark blinzelte ungläubig. Russell wartete geduldig. Ross reagierte zuerst – mit einem aufgeregten Fluch.

»Ist das – ist das dein Ernst?«, stotterte Mark.

»Todernst, wenn ich das so sagen darf.«

»Aber das ist unmöglich!«, rief Mark aus. *Wo? Wann?* Hundert Fragen schossen ihm durch den Kopf. »Wie das denn?«

»Der hat doch noch nie ein Interview gegeben«, platzte Ross heraus. »Warum jetzt? Und warum Mark?«

»Das hab ich Steve auch gefragt«, sagte Russell. »Was wir wissen, ist dieses: Josh Mclintock ist heute in Damaskus von einem Kontaktmann des Dschihad al-Scharia angesprochen worden, mit der Nachricht, dass Sa'id bereit ist, ein Interview zu geben, und dass Mark Taylor in drei Tagen da sein soll. Warum, wissen wir nicht, wir wissen nur, wo und wie wir ihn kontaktieren können.«

»Das ergibt doch keinen Sinn«, murmelte Mark, mehr zu sich selber. »Wir haben Korrespondenten überall im Nahen Osten. Mclintock läuft bestimmt das Wasser im Mund zusammen. Warum ich?«

»Keine Ahnung.« Russell lächelte breit. »Aber das ist deine große Chance, mein Junge, du brauchst sie nur zu packen.«

»Dann wollen wir darauf eingehen?«, fragte Mark.

»Worauf du dich verlassen kannst.« Russell hielt inne, dann fixierte er seinen jungen Reporter intensiv, den Kopf leicht zur Seite gelegt. »Warum auch nicht?«

»Ich weiß nicht.« Mark versuchte, sich zu konzentrieren. »Ich meine – nach alldem, was da in den letzten Monaten passiert ist, sollen wir da wirklich Propaganda für den Kerl machen?«

»Komm, Mark, wir sind Journalisten.« Russell lachte, bis er Marks ernste Miene sah.

»Aber wir sind auch Amerikaner.« Mark stand auf und trat an das Fenster, ein Stoßgebet um Gottes Führung im Kopf. »Wenn ich wüsste, wo Sa'id jetzt ist, würde ich unsere Luftwaffe hinschicken, um ihn in die Hölle zu bomben.« Er drehte sich zu Russell zurück. »Frank, der Typ hat mehr Menschen umgebracht als bin Laden.«

»Du meinst das ernst, nicht wahr?«, fragte Russell.

»Was kann der der zivilisierten Welt schon zu sagen haben, außer einem Geständnis, bevor er erschossen wird?«

»Mark«, warf Ross ein. »Denk doch mal, was das für deine Karriere bedeuten kann, und für unser Magazin.«

Mark schnaubte, ging zurück zu seinem Stuhl und schüttelte den Kopf. »Hier geht's um was anderes als meine Karriere oder unsere Einschaltquoten, Ross.«

Russell lehnte sich auf seinem Sessel zurück, wieder quietschte es. »Ross, ich würde mich gerne mal 'ne Minute alleine mit Mark unterhalten.«

»Okay, Frank.« Ross stand auf. »Was immer du willst.«

CIA-Zentrale, Langley, Virginia
12.12 Uhr

Wendy klopfte an die offene Tür. »Hast du 'ne Minute Zeit?«

»Klar, komm rein.« Jack Murphy sah von seinem Computer auf. Er war der Zweite Direktor der CIA-Abteilung »Naher Osten«, Wendys Abteilung, die seit den jüngsten Anschlägen solche Überstunden fuhr. Er sah ganz nach Arbeit aus: Seine Anzugjacke hing über seinem Stuhl, seine Ärmel waren hochgekrempelt, die Krawatte lag irgendwo in seinem vollgestapelten Büro. Jack war erst 45, aber die letzten Jahre hatten ihn erschöpft. Sein

Haar war merklich dünner geworden, die Schläfen grau. Die letzten beiden Tage war er nicht aus dem Büro gekommen.

»Das muss ja was Aufregendes sein.« Er musterte Wendys entschlossenes Gesicht. »Na, was hast du Schönes für mich?«

Sie schloss die Tür hinter sich, trat zu ihm und reichte ihm ein Schriftstück. Sie setzte sich ihm gegenüber. »Die NSA hat gestern Abend ein Gespräch zwischen Josh Mclintock – das ist der Nachrichtenchef in Syrien – und Steve Thompson, dem Leiter des Senders in New York, abgehört.«

Jacks Brauen gingen in die Höhe, während er das Blatt überflog. Es war immer heikel, wenn die CIA Gespräche amerikanischer Medien anzapfte. Diese Informationen musste man wie ein rohes Ei behandeln. »Und worum ging es?«

»Sieht so aus, als ob sie einen Interviewtermin mit Sa'id bekommen haben.« Wendy wartete, bis ihr Chef sie ansah. »In drei Tagen.«

Jack schoss aus seinem Stuhl, eine Mischung ausgesuchter Flüche ausstoßend. Dann fragte er: »Und warum ausgerechnet jetzt?«

»Null Ahnung. Aber für mich beweist das etwas, was ich schon lange glaube. Mclintock hat einen Kontakt im Dschihad al-Scharia.«

»Das denke ich auch.« Jack rieb sein Kinn und las das Protokoll des Telefongesprächs erneut, jetzt langsamer. Dann schaute er Wendy an, ein Lächeln glitt langsam über sein unrasiertes Gesicht. »Weiß du, was das bedeutet, Wendy?«

»Klar.« Sie erwiderte sein Lächeln. Sie fühlte eine völlig neue Aufregung. »Wir haben Sa'id!«

Kapitel 2

National Studios, Hollywood, Kalifornien
9.14 Uhr

Russell schloss die Tür seines Büros. »Nun gut, Mark, ich versteh dich nicht. Das ist doch der Traum jedes Reporters. Was ist dein Problem?«

»Ich weiß nicht, Frank«, antwortete Mark ehrlich. Er wunderte sich selber, dass dieses Interview mit Sa'id ihm so zuwider war. Er wartete, bis Russell sich auf Ross' Stuhl gesetzt hatte, dann fuhr er fort: »Dass wir Sa'id Sendezeit geben wollen, damit er für seinen perversen Dschihad Propaganda machen kann, das ist ...«

»Das hatten wir eben schon«, unterbrach Russell ihn. »Schau her, Mark, du piesackst mich seit Monaten, dass du etwas über die Gefahr des militanten Islam machen willst, und jetzt hast du deine Chance!« Er hielt inne, um Marks Reaktion zu beobachten. »Da steckt noch mehr dahinter, oder?«

Mark atmete tief ein und wieder aus. »Ja. Das hat damit zu tun, wie unsere Branche mit diesem Krieg gegen den Terror umgeht. Als unsere Sender dieses erste Bin-Laden-Band live von Al-Jazeera übernahmen, ohne darüber nachzudenken, ob nicht womöglich ein versteckter Aufruf für weitere Anschläge enthalten war - das war unglaublich dumm. Dann dieses ganze Gerede darüber, dass Journalisten neutral zu sein haben, damit uns ja keiner nachsagen kann, dass wir Propaganda für das Weiße Haus machen. Neutral, Frank? Propaganda fürs Weiße Haus? Wir stehen im Krieg mit kriminellen Verrückten, die unser Land zerstören wollen, und bezeichnen uns stolz als neutral, als ob wir über Scharmützel irgendwo weit weg berichten. Das ist doch irrsinnig.«

Russell seufzte. Diese Diskussion hatten sie in den vergangenen Jahren schon mehrere Male geführt.

»Entschuldige, Frank«, fuhr Mark fort. »Aber jetzt schickt halt der nächste Verrückte seine Leute über den Ozean, um sich selber und so viele Amerikaner wie möglich umzubringen ...«

»Ich verstehe«, sagte Russell, »aber was du da gerade sagst, bestätigt mir nur, dass du der richtige Mann für dieses Interview bist.«

Mark hatte, die Hände vor den Lippen zusammengelegt, die Fotowand in Russells Büro angestarrt. Er drehte sich zu seinem Boss und hob die Augenbrauen. »Wie bitte?«

Russell stand auf und ging um seinen Schreibtisch. »Na, seit dem 11. September hast du doch bald zehn Jahre mit Islam-Recherchen verbracht.«

Mark nickte leicht. Russell fuhr fort: »Du bringst genau die richtigen Voraussetzungen für so ein Interview mit. Wenn du wirklich Angst hast, dass das Gespräch zu Propagandazwecken missbraucht wird oder dass unsere Presse so neutral ist, dass sie das Land verrät – wer ist dann besser dazu geeignet, in die Höhle des Löwen zu gehen, als du?« Er beugte sich über den Schreibtisch, um Mark direkt anzusehen. Marks Stirn runzelte sich.

»Mark, ein Journalist muss bestimmte Dinge unterscheiden können, um unparteiisch zu bleiben, und das ist momentan das Schwierigste bei diesem verdammten Terrorkrieg. Aber wir machen das Interview. Wir müssen es machen – weil es unserem Land dient. Unser Job ist, die Wahrheit herauszufinden, was sie auch sein mag, aus Sa'ids Perspektive und aus der unserer Regierung. Dann ist die Demokratie an der Reihe, unser System filtert die Lügen heraus, und wir kommen zu einem Konsens.«

»Theoretisch ist mir das alles klar, Frank, aber eine solche Situation sollte eine Ausnahme sein.«

»Es gibt keine Ausnahmen.« Frank sagte es ernst, dann wurde seine Miene weicher. »Aber schau her, Mark. Du kannst deine Reportage doch so machen, wie du willst. Stell ihn als den gefährlichen Terroristen dar, als die Ausgeburt des Bösen selber, wenn du das willst.« Russell ließ sich lachend in seinen Sessel fallen. »Mach's mit seinen eigenen Worten!«

Van Nuys, Kalifornien
9.21 Uhr

Tracy melde sich bei der Sprechstundenhilfe an und setzte sich dann ins Wartezimmer. Nervös ließ sie ihren Blick durch den Raum schweifen und schaute durch den Stapel Illustrierte, der auf dem niedrigen Tisch vor ihr lag. Sie entschied sich für das *Time*-Magazin. *People* und *Vogue* interessierten sie seit den letzten Terrorattacken nicht mehr.

Nach einer Weile blickte sie auf und schaute sich um. Um sie herum saßen lauter schwangere Frauen mit mehr oder weniger dicken Bäuchen. Verrückt. Noch vor ein paar Tagen wäre ihr das gar nicht aufgefallen. Sie merkte, wie ihre Angst vor einer Schwangerschaft langsam zurückging und durch eine wachsende Begeisterung ersetzt wurde.

»Mrs Taylor?« Die junge Sprechstundenhilfe erschien in der Tür. Tracy stand auf und folgte ihr den Flur hinunter. Sie ließ die Routineuntersuchungen über sich ergehen. Gewicht, Blutdruck, Urinprobe, Temperatur. Dann die üblichen Gesundheitsfragen. Die Assistentin bat sie, einen Augenblick zu warten.

Das gab ihr etwas Zeit, nachzudenken. Was für ein Wunder, dass sie Marks Kind in sich trug. Wenn sie denn wirklich schwanger war. Sie schaute zu den Wandplakaten hoch, die die Entwicklungsstufen eines Fötus zeigten. Was mochte gerade in *ihrem* Bauch vorgehen? Was lag alles noch vor ihr?

Ihr Blick blieb beim letzten Bild der Reihe hängen. Es zeigte, wie das Baby durch den Geburtskanal in die Welt rutschte. Tracys Augen wurden groß. *Mann! Das tut bestimmt weh!* Schnell war sie zurück in der Wirklichkeit. Ihr Traum vom juristischen Examen und einer Anwaltskarriere ... wie sollte sie das mit einem Baby schaffen?

Ein zweimaliges kurzes Klopfen an der Tür riss sie aus ihren Gedanken. Die Tür ging auf. Es war die Ärztin, und sie grinste breit. »Sind sie bereit für gute Nachrichten?«

National Studios
9.30 Uhr

»Und so darf ich euch also mitteilen, dass Ahmad Hani Sa'ids erstes Interview überhaupt auf unserem Sender ausgestrahlt wird – in unserer Sendung *Across the Nation* am Sonntagabend.« Frank Russell schaute in die erwartungsvollen Gesichter vor ihm. Die gesamte Mannschaft war im Besprechungsraum versammelt. »Und interviewt wird er von einem von uns – von Mark Taylor.«

Eine halbe Sekunde Stille, dann spontaner Applaus, Pfiffe, Glückwünsche und aufmunternde Rufe in Marks Richtung. Mark nickte lächelnd und versuchte, das Wechselbad seiner eigenen Gefühle nicht zu zeigen. Er musterte die Gesichter der anderen und sah lauter Zustimmung. Bis auf Tad Forrest, einen der anderen Reporter. Dessen Lächeln sah gequält aus, als wollte er sagen: *Warum hab ich das nicht gekriegt?* Vielleicht hatte er recht.

»Sag was, Mark!«, schrie jemand bei der Tür. Dann wurde der Raum wieder ruhiger, und Russell sah Mark an.

»Ich weiß nicht recht, was ich sagen soll«, begann Mark. »Ich habe null Ahnung, warum ich dieses Interview gekriegt habe, aber so ist es und ich düse jetzt wohl in den Nahen Osten. Wenn's nach mir ginge, würde ich ja nach dem Interview eine schöne amerikanische Handgranate unter seinen Turban schmuggeln.«

Allgemeines Gelächter, Rufe, Beifall.

»Nett gesagt.« Russell lächelte. »Also, Mark und Ross fliegen noch heute Abend. Wann sie zurückkommen, wissen wir nicht, was bedeutet, dass wir Übrigen einen Zacken zulegen müssen, um die Arbeit der beiden zu übernehmen.«

Russell beauftragte einen anderen Reporter mit dem Interview mit Senatorin Boxer und gab seine Anweisungen für die Sendung am Donnerstagabend. Die anderen Projekte, an denen Mark und Ross gerade arbeiteten, wurden bis zu ihrer Rückkehr auf Eis gelegt. Einleitung und Zusammenfassung des Interviews sollte Mark gleich vor Ort formulieren und aufnehmen, sodass das ganze Interview komplett per Satellit nach Los Angeles geschickt werden konnte, wo es am Sonntag auf Sendung gehen würde.

Van Nuys, Kalifornien
10.14 Uhr

»War Ihnen heute Morgen übel?«, fragte Dr. Alice Hoyt. Tracy saß ganz still auf dem Untersuchungstisch, damit das Papiertuch unter ihr nicht so raschelte.

»Nein. Ich war nur müde.«

»Das ist normal«, lächelte Dr. Hoyt. Sie zog eine runde Pappscheibe aus ihrer Tasche und begann sie zu drehen. »Wenn wir von Ihrer letzten Periode ausgehen, sind Sie nach unserer Tabelle seit sechs Wochen schwanger, was bedeutet, dass der Wonneproppen am ... 8. September auf die Welt kommt.«

Tracy schaute schweigend auf den Fußboden hinunter. In ungefähr acht Monaten also würde sie ein Kind mit nach Hause nehmen.

»Weiß es Ihr Mann schon?«

»Nein.« Tracy blickte auf. »Ich wollte erst ganz sicher sein.«

»Also, ich bin hundert Prozent sicher. Sie werden Mutter.«

»Das ist alles noch so ... unwirklich.« Tracy schüttelte den Kopf.

»Ich würde gerne noch eine Ultraschalluntersuchung machen. Dann könnten wir das Datum noch genauer festlegen. Wenn Sie wollen, können wir das gleich jetzt machen.«

»Jetzt?«, japste Tracy.

»Nur wenn Sie wollen, natürlich.« Die Ärztin hielt inne, dann trat sie an den Untersuchungstisch, setzte sich neben Tracy und legte ihre Hand auf ihren Arm. »Kommen Sie zurecht?«

»Was?« Tracy legte den Kopf schräg. »Doch, sicher, ich meine, das ist alles ein bisschen plötzlich, aber doch, ich freue mich. Ich habe immer ein Kind gewollt, und Mark wird bestimmt ein toller Vater.« Sie dachte nach, dann begann ihr Gesicht zu strahlen. »Doch, damit komme ich wirklich gut zurecht.«

»Gut. Also, wie wär's mit dem Ultraschall?«

»Könnten wir damit vielleicht warten, bis Mark dabei sein kann? Das wäre schön.«

Die Ärztin lächelte. »Natürlich. Das ist eine sehr gute Idee. Rufen Sie an, wenn es Ihnen passt, dann machen wir einen Termin.«

»Ginge es morgen?«, fragte Tracy.

Dr. Hoyt lachte. »Doch, wir schieben Sie halt rein. Aber jetzt machen Sie mal den Bauch frei, damit wir hören können, ob wir schon einen Herzschlag hören können.«

Tracy sah sie groß an. »Sie meinen, ihr Herz schlägt schon?«

»*Ihr* Herz?« Die Ärztin lachte.

»Ich glaub, dass es ein Mädchen wird, irgendwie hab ich das immer schon gedacht.«

Die Ärztin nahm einen kleinen grauen Kasten von der Größe eines Kartenspiels in die Hand, von dem ein Draht zu einer Art Sensor ging. Sie ließ den Sensor über Tracys Bauch gleiten, und Tracy hörte ein Rauschen. Die

Ärztin bewegte den Sensor hin und her, dann lächelte sie Tracy an. »Können Sie's hören?«

Tracy spitzte die Ohren, versuchte das Rauschen auszublenden. Doch, da war es, ganz leise, aber echt – das stetige Tocktock-tock des Herzens ihres Kindes. Ihr und Marks Kind. Tracy schloss die Augen. Eine Träne rollte ihr die rechte Wange hinunter.

National Studios
10.32 Uhr

Mark und Ross hatten sich im Besprechungszimmer häuslich eingerichtet. Der ganze lange Tisch war bedeckt mit Stapeln von Zeitungs- und Magazinartikeln über die letzten Terroranschläge. Kaum ein Artikel warf irgendein Licht auf Dschihad al-Scharia oder seinen mysteriösen Anführer.

»Weißt du, was wir brauchen?«, dachte Mark laut. »Jemanden aus der Nachrichtenabteilung, der uns auf den neuesten Stand bringt.«

»Gute Idee. Das Zeug hier können wir auch im Flugzeug durchgehen.« Ross stand auf und marschierte zur Tür. »Ich organisiere das mal.«

Russell kam herein, als Ross ging. »Wie läuft's?«

»Langsam«, sagte Mark. »Nichts über Sa'id. Als er 18 war, ist er verschwunden, bis er vor fünf Jahren wieder auftauchte und über ein Dutzend Terrorgruppen unter der Fahne des Dschihad al-Scharia zusammenführte. Ross ist gerade dabei, einen Termin mit den Nachrichtenleuten zu kriegen.«

»Wenn ich jemanden dort anrufen soll, sag's mir.« Russell legte einen Umschlag auf den Konferenztisch. »Hier sind eure Tickets. Ihr fliegt nach New York und von dort aus nach Paris, wo ihr übernachten werdet.«

Mark öffnete den Umschlag und studierte den Flugplan. Übernachtung in Paris, am nächsten Tag dann weiter nach Istanbul.

»Wir fliegen in die Türkei?«

»Ja.« Russell nickte. »Man hat uns instruiert, euch nach Diyarbakir zu schaffen. Das ist im Südosten der Türkei, ungefähr 60 Meilen von Syrien entfernt.«

»Ich dachte, wir würden nach Damaskus fliegen.«

»Wir folgen den Instruktionen seines Kontaktmannes, und der hat gesagt, wir sollen euch ins Hotel Dedeman in Diyarbakir bringen. Mclintock wird euch am Flughafen abholen.«

»Und das Kamerateam?«

»Das macht Mclintock. Ihr werdet Freitag um halb neun ankommen, gerade noch rechtzeitig, und dann wartet ihr, bis der Dschihad al-Scharia euch kontaktiert.«

»Das klingt schon alles etwas sonderbar, Frank«, sagte Mark.

»Ich weiß, aber deine Marines-Ausbildung dürfte dir zugutekommen. Betrachte es als einen Einsatz. Oder hast du auf einmal Bedenken?«

»Die hab ich schon die ganze Zeit, ich meine ...«

Russell setzte sich neben Mark. »Du denkst sicher an Daniel Pearl – stimmt's?«

Mark musterte das Gesicht seines Chefs. Es sah besorgt aus. Mark nickte kurz. Daniel Pearl war in Pakistan kurz nach dem Sturz der Taliban in Afghanistan entführt worden. Nach einer Lösegeldforderung hatte man ihn geköpft und die Hinrichtung auf Video dokumentiert.

»Du darfst dich nicht mit Daniel vergleichen.« Russell versuchte, die Flut der Bilder, die durch Marks Kopf schossen, einzudämmen. »Sa'id persönlich hat dich eingeladen. Sie werden dich wie einen Staatsgast behandeln.«

Mark lächelte, dankbar für Russells Mitgefühl. »Ich hoffe, du hast recht.«

Russell grinste und fuhr nach einer Pause fort: »Eine Sache müssen wir noch besprechen – welcher Journalist dich begleiten wird.«

»Wieso, ich dachte, Ross geht mit?«

»Das meine ich nicht. Du brauchst einen Zeugen, der das Interview hinterher beglaubigen kann. Ein Fernsehsender nimmt dazu meistens jemanden aus den Printmedien oder vom Radio, aber es muss einer sein, der nicht zu unserem Sender gehört. Hast du eine Idee?«

Mark dachte einen Augenblick nach. »Nicht aus dem Stegreif.«

Russell legte ein Blatt, das er aus einem Notizblock gerissen hatte, auf den Tisch. »Hier sind die Namen von ein paar Leuten, die zurzeit im Nahen Osten sind. Schau dir die Liste an, wir reden dann später drüber.«

Mark nahm das Blatt. Russell erhob sich, um zu gehen. »Frank, bist du ganz sicher, dass Ross das packt? Ich kann mir nicht vorstellen, dass er mitten in der Nacht durch die Wüste rennt, um sich mit Terroristen zu treffen.«

Russell schaute sich kurz um, um sicher zu sein, dass Ross noch nicht wieder zurück war. »Daran hab ich auch schon gedacht ... Aber ich glaube, diese Reise wird ihm guttun. Ich weiß, dass er grün hinter den Ohren und ein bisschen verweichlicht ist, aber dieser Trip könnte ihn mit beiden Beinen auf die Erde stellen. Wenn du ihn mitnimmst.«

»Das ist seine Entscheidung«, sagte Mark. »Babysitten werde ich sicher nicht.«

»Ich werde mit ihm reden, damit ihm klar ist, worauf er sich einlässt. Oder möchtest du lieber jemand anderes mitnehmen?«

»Außer dir?« Mark grinste. »Nein.«

Russell erwiderte das Lächeln. »Wenn ich ein bisschen jünger wäre, würde ich schon im Flugzeug sitzen.«

Mark sah ihn an. »Und warum machst du es nicht einfach?«

»Meine Zeit an der Front ist vorbei. Hinter den Linien des Feindes operieren, das ist was für die Jungen. Du machst das. Das könnte das Erlebnis deines Lebens werden. Pass aber gut auf dich auf.«

»Danke, ich hab genug Erlebnisse im Golfkrieg gesammelt. Mein Bedarf ist gedeckt – bis auf das, was ich mit Tracy erleben will.«

»Hast du schon mit ihr geredet?«

Mark schüttelte den Kopf und sah auf seine Uhr. »Nein. Sie hat gerade ein Seminar. Und ich wüsste auch nicht recht, wie ich ihr das sagen soll.«

Russell lachte. »Für so ein Gespräch gibt es wahrscheinlich auch kein Patentrezept.«

CIA-Zentrale, Langley, Virginia
13.37 Uhr

»Ich hoffe, es ist was Wichtiges, Jack. In zwanzig Minuten hab ich einen Termin mit dem Nationalen Sicherheitsberater«, sagte CIA-Chef Hal Thorn, als Jack in sein großes Büro im New Building trat.

Jack kam ohne Umschweife zur Sache. »Wir haben eine heiße Spur zu Ahmad Hani Sa'id.«

»Setz dich.« Thorn schaute von seinem Schreibtisch auf. »Schieß los.«

»Wir haben einen Anruf aus Istanbul abgehört – vom dortigen Korrespondenten der National Cable News an seine Vorgesetzten in New York.

Scheint, dass National einen Interviewtermin mit Sa'id erhalten hat. Ein Reporter von der Westküste soll das machen ... ein Mark Taylor.«

»Mark Taylor? Sagt mir nichts.«

»Er gehört zu *Across the Nation.*«

»Und wann soll das Interview sein?«

»In drei Tagen.«

Die Augen des Sicherheitschefs wurden härter. »Drei Tage?«

Jack nickte.

»Interessant. Das FBI warnt gerade vor möglichen Anschlägen des Dschihad al-Scharia am kommenden Wochenende, hier in den Staaten. Ich weise unsere Nahostleute gerade an, nachzuforschen, ob es Belege für die Bedrohung gibt.«

»Meinst du, das Interview ist ein Ablenkungsmanöver?«, fragte Jack.

»Bei Sa'id ist alles möglich. Aber erst mal müssen wir davon ausgehen, dass es ernst gemeint ist, und gleichzeitig die Bedrohung untersuchen.«

Jack leckte sich die Lippen. »Ich hätte gerne die Genehmigung, Taylor zu kontaktieren.«

Thorn musterte seinen Zweiten Direktor. »Taylor kontaktieren?«

»Ich möchte ihn anwerben. Vielleicht hilft er uns, Sa'id zu erwischen.«

Das Gesicht des Direktors faltete sich nachdenklich. »Was wissen wir über Taylor? Kann man mit ihm reden?«

»Das prüfen wir gerade, Sir.« Jack schaute auf das Blatt, das Wendy ihm kurz vorher gegeben hatte. »Er stammt aus Tennessee und macht diese Sendung seit drei Jahren. Davor studierte er Journalistik an der California State University in Northridge, mit einem G.I.-Stipendium, das er nach dem Golfkrieg bekommen hatte.«

Thorn nickte. Was er da hörte, war vielversprechend. »Und wo hat er gedient?«

»Marines, Special Operations.«

»Das ist interessant ...«

»Wenn wir ihn kontaktieren wollen, müssten wir sofort jemanden an der Westküste zu ihm schicken.«

»Nicht so schnell. Eins nach dem anderen. Wir rekrutieren gewöhnlich keine Medienleute.« Thorn lehnte sich nachdenklich zurück. »Für eine solche Operation müssen wir das Weiße Haus mit ins Boot holen; darum kümmere ich mich. Wenn die Aktion beginnt, müssen wir eng mit FBI und Homeland Security zusammenarbeiten. Stell du schon mal ein Team zusammen, das Taylor ständig beschattet, wenn er das Land verlässt, ob wir ihn rekrutieren oder nicht. Nimm dir alle Ressourcen, die du benötigst. Ich will, dass du diese Operation leitest, Jack. Nimm unsere besten Leute.«

»Ja, Sir«, erwiderte Jack lächelnd.

National Studios
10.41 Uhr

»Hallo, hier Tracy. Ich habe gerade ein anderes Gespräch oder bin an der Uni. Hinterlassen Sie mir eine Nachricht, und ich rufe zurück.« *Piep!*

Zum ersten Mal in seinem Leben war Mark froh, dass er nur Tracys Anrufbeantworter erreichte. »Hallo, Schatz, ich bin's. Ich wollte mich nur melden. Hab interessante Neuigkeiten für dich. Ruf mich zurück, wenn du kannst. Wir reden dann später. Ich liebe dich.«

Ross steckte seinen Kopf durch die Tür des Besprechungszimmers. »Alles organisiert.«

»Wen hast du bekommen?« Mark legte auf.

»Wir treffen uns mit unserem Nahostexperten. Komm.«

Mark nahm seine Schlüssel und sein Handy und folgte Ross zu dessen Auto. Sie mussten ein paar Minuten durch die Stadt fahren, um zum Fernsehsender der National Cable News zu kommen. Das Studio, das die Büros von *Across the Nation* beherbergte, war die Produktionsstätte für alle Unterhaltungssendungen und -filme, aber der National gehörte auch KNNT, der Kanal 6 im Fernsehen von Los Angeles.

Ross fuhr durch das Tor des Studios und auf den Sunset Boulevard, Richtung Osten. Mark sah ihn an. »Hast du mit Frank gesprochen?«

»Ja. Hat mich ein wenig hinterfragt.« Ross schaute kurz zu Mark hin. »War das deine Idee? Denkst du, ich kann das nicht?«

»Nein, das war nicht meine Idee. Und nein, ich denke das nicht unbedingt.« Mark lächelte. »Das wird einfach was ganz anderes sein als Princeton. Dein bisheriges Leben hat dich auf eine Reise nicht vorbereitet. Das ist alles.«

Mark hielt inne. Er sah an Ross' säuerlichem Gesicht, dass dieser ihn nicht verstanden hatte. Er nahm einen neuen Anlauf. »Ich meine das nicht negativ. Du wirst bei der Sache einfach in eine völlig neue Welt eintauchen. Ich will nur ganz sicher sein, dass du weißt, auf was du dich da einlässt.«

Ross grunzte. »Als Golfkriegsveteran hast du den großen Überblick, wie?«

»Jetzt vergleiche nicht dein Leben mit meinem, da gewinnst du nicht.«

»Schau her.« Ross bog rechts ab. »Ich bin auch Journalist. Dass ich nicht vor der Kamera stehe, bedeutet nicht, dass mein Herz nicht für unsere Berichte schlägt.«

»Das weiß ich, Ross.«

»Wir sehen die Dinge halt ein wenig anders. Du bist ein rechtskonservativer religiöser Fanatiker, und ich ein liberaler Heide ...«

Mark lächelte, froh darüber, dass Ross versuchte, die Sache von der lustigen Seite zu sehen. Ross fuhr fort. »Aber gerade das macht uns zu einem großen Team. Dass wir beide Seiten sehen. Das macht dich zu einem besseren Reporter. Ich freu mich auf diesen Trip. Jawohl, ich werde dabei eine ganz neue Welt kennenlernen.«

»Freut mich, dass du es so siehst«, grinste Mark.

»Gut.« Ross fuhr an den Paramount Studios vorbei und bog nach links auf die Melrose Avenue ein. »Es geht halt alles ein bisschen schnell. Was ist mit Visa und Impfungen und so?«

»Sind in beiden Ländern nicht verpflichtend, obwohl wir in der Türkei Typhus oder Gelbfieber kriegen könnten, und Syrien hat Hepatitis A und B. Wenn deine Tetanusimpfung schon eine Weile her ist, solltest du vielleicht heute Nachmittag zum Doktor gehen. Unsere Visa für die Türkei kriegen wir bei der Ankunft; für Syrien brauchen wir, glaube ich, keine.«

Ross bog in die Einfahrt zu Kanal 6 ein. »Heißt das, dass wir illegal über die Grenze gehen?«

»Drücken wir's so aus, Ross: Sie haben uns in die tiefste Prärie beordert, ganze 60 Meilen von der syrischen Grenze. Ich glaube nicht, dass Sa'id vorhat, in die Türkei zu kommen.«

»Na toll«, seufzte Ross, während er das Fenster herunterließ, um dem Wachposten seinen Namen zu nennen. Mark schaute zum Beifahrerfenster hinaus, um sein Grinsen zu verbergen.

Kapitel 3

CIA-Zentrale, Langley, Virginia
13.53 Uhr

Wendy steckte ihren Kopf in Jacks Büro. »Du wolltest mich sprechen?«

»Ja. Komm rein.« Jack grinste. »Der Direktor spricht gerade mit dem Weißen Haus. Ich schätze, wir kriegen grünes Licht, da will ich bereit sein.«

Wendy nickte.

»Er hat mich beauftragt, Taylor während der ganzen Aktion zu beschatten.«

»Das ist super, Jack.«

»Das Wichtige für uns ist, dass wir Sa'id kriegen. Gibt es neue Erkenntnisse aus Syrien?«

»Nicht dazu.«

»Halt deine Augen offen. Das FBI hat Alarm gegeben – mögliche Bedrohungen hier bei uns am kommenden Wochenende.«

Wendy sah ihn besorgt an. »Und was genau – wissen wir das?«

»Noch nicht, aber ich halte dich auf dem Laufenden. Bis die Überwachung von Taylor steht, müssen wir erst mal rausfinden, wo und wann dieses Interview sein wird.«

»Wir sind dabei, Sir. Mclintock hat gesagt, er rufe wieder an, sobald er Genaueres wisse. Entweder hat er noch nicht angerufen oder die NSA den Anruf verpasst.«

»Wir müssen sofort das FBI involvieren. Wir sollten inzwischen eigentlich schon alle Telefone abhören«, murmelte Jack. Er sah auf seine Uhr.

»Wenn Taylor das Interview in drei Tagen machen soll«, sagte Wendy, »müssen sie ihn noch heute Abend, spätestens morgen früh losschicken. Ich fang gleich mal an, seinen Namen auf den neuesten Passagierlisten zu suchen.«

»Tu das.« Jack machte eine Pause. »Nein, lass das jemand anderes machen. Ich will, dass du dir Taylors Vergangenheit anschaust. Ich will wissen, wo er politisch steht und ob er Schwächen hat, die wir nutzen können. Ich will wissen, wie wir ihn handhaben müssen.«

»Da bin ich schon dran. In ein, zwei Stunden müsste ich fertig sein.«

»Gut. In einer Stunde werde ich unser Team im Lageraum versammeln. Sieh zu, dass du bis dahin Ergebnisse hast. Wir sind ab sofort in permanenter Alarmbereitschaft. Also los.«

»Yes, Sir.« Wendy stand auf, um zu gehen. Als sie an der Tür war, sagte Jack: »Und noch eins, Wendy ...«

»Ja?«

»Vielleicht kriegen wir den Mistkerl jetzt.«

»Das hoffe ich doch.«

Kanal 6, Hollywood, Kalifornien
11.10 Uhr

Nachdem sie sich der Empfangsdame gemeldet hatten, wurden Mark und Ross in ein Besprechungszimmer in der Nähe des Nachrichtenstudios geführt. Der Nachrichtenchef begrüßte sie kurz und reichte sie gleich an den Nahostexperten des Senders weiter, Hashim Basayav, einen jungen Mann in Kakihosen und rotem KNNT-Sporthemd.

»Was kann ich für Sie tun?«, fragte er, als sein Chef den Raum verlassen hatte. Er sprach mit starkem Akzent.

»Bevor wir uns über den Dschihad al-Scharia unterhalten, würde ich gerne erst mal etwas mehr über Sie wissen«, sagte Mark.

Hashim lächelte schüchtern. »Ich bin vor 31 Jahren im Iran geboren. Mein Vater ist Chirurg. Als ich aufwuchs, haben wir Amerika oft besucht. Ihre Unterhaltungsindustrie hat mich immer fasziniert. Ich kam mit einem Studentenvisum hierher, als Medizinstudent an der University of Southern California.«

»Um die Familientradition weiterzuführen?«, fragte Ross.

»Sozusagen. Aber Arzt werden, das war doch nichts für mich. Ich habe dann umgesattelt, auf Film und Journalismus, und hab hier im Sender in meinem letzten Studienjahr ein Praktikum gemacht. In den letzten Jahren wollten die Leute von mir alles Mögliche über den Nahen Osten und den Islam wissen. Schließlich bekam ich eine volle Stelle angeboten.«

»Dann sind Sie Muslim?«, fragte Mark.

»Ja.«

»Klingt so, als ob Sie genau der sind, den wir gesucht haben.« Mark grinste.

»Ich helfe Ihnen, so gut ich kann.« Hashims Lächeln war warm.

»Gut. Fangen wir mit Ahmad Hani Sa'id an. Was können Sie uns über ihn sagen?«

Hashim öffnete eine Aktenmappe, zog zwei Seiten heraus und reichte ihnen je eine. »Als ich hörte, dass Sie sich für den Dschihad al-Scharia interessieren, habe ich dies hier vorbereitet.«

Mark überflog rasch das Blatt. Es war in zwei Abschnitte aufgeteilt.

Der erste war »Ahmad Hani Sa'id« überschrieben. Ein kürzerer Textabsatz beschrieb Sa'ids Kindheit und Jugend bis zum 18. Lebensjahr, gefolgt von einem zweiten, etwas längeren Teil über die letzten fünf Jahre, nachdem er den Dschihad al-Scharia gegründet hatte. Darunter war eine Liste von Details über die Terrororganisation.

»Wie Sie sehen«, erklärte Hashim, »sind die Informationen über Sa'id selber spärlich. Er wurde 1971 in Saudi-Arabien geboren – in Riyad, genauer gesagt. Er war der erste Sohn der dritten Frau von Fuad Karim Sa'id. Seine Familie hatte enge Beziehungen zur Königsfamilie – ähnlich wie bei bin Laden, nur dass die Sa'ids durch die Bauwirtschaft und nicht mit Öl reich geworden sind.«

Mark beobachtete Hashim; nur hin und wieder schaute er auf das Blatt vor sich. Er merkte, dass ihm der Tonfall auffiel, in welchem Hashim sprach. Er hörte Respekt, ja fast schon Ehrfurcht.

»Fuad war ein religiöser Mann, aber kein Fanatiker. Er unterstützte, dass die Königsfamilie amerikanische Truppen auf saudischem Boden tolerierte, und tut das heute noch. Soweit man weiß, hatte Ahmad eine normale saudische Erziehung.«

»Ich weiß nicht, wie normal eine Erziehung ist, wenn man einen Millionär als Vater hat«, warf Ross ein.

Hashim lächelte. »Das mag sein. Auf jeden Fall ging er auf saudische Schulen und wurde in das Geschäft seines Vaters eingearbeitet. Aber wie Sie sehen, scheint keiner zu wissen, was aus ihm nach seinem 18. Geburtstag wurde.«

Mark schüttelte den Kopf. »Das finde ich echt merkwürdig. Es ist gerade so, als ob er zwischen 18 und – wie alt ist er heute?«

»43, aber er war 38, als er wieder auftauchte«, antwortete Hashim.

»Gibt es irgendwelche Theorien, was er in den Jahren dazwischen gemacht hat?«, fragte Ross.

»Die gängige Theorie ist, dass er eine andere Identität annahm und auf irgendeine Universität ging. Niemand weiß, unter welchem Namen oder wo. Aber als er zurück nach Saudi-Arabien kam, schien er ein ungeheures Wissen über Finanzen, Computer, Waffen, Politik und Wirtschaft zu haben, nicht zu vergessen seine Kenntnis des Korans.«

Da war es wieder. Hashim sprach wie jemand, der tiefe Bewunderung empfand.

Hashim beugte sich tiefer über den Tisch, als verrate er Mark und Ross ein großes Geheimnis. »Manche Muslime glauben, dass die Jahre seines Verschwindens ein untrügliches Zeichen dafür sind, dass er ein Auserwählter ist, sie vergleichen ihn mit Jesus, Friede sei mit ihm. Auch bei ihm weiß man über die Zeit zwischen seinem 12. und seinem 30. Lebensjahr kaum etwas genaues.«

Mark schaute Hashim fest an. »Soll das heißen, dass es Muslime gibt, die Sa'id mit Jesus gleichsetzen?«

Hashim senkte seinen Blick etwas. »In manchen Kreisen vergleicht man die beiden, ja.«

CIA-Zentrale, Langley, Virginia
14.12 Uhr

Wendy Hamilton saß an ihrem Schreibtisch und vervollständigte den Bericht über Mark Taylor. Sie hatte seine Dienstakte als Marinesoldat vor sich, dazu Studiennachweise der California State University in Northridge und der Smyrna High School in Tennessee. Sie hatte auch mehrere von Marks *National Network*-Reportagen heruntergeladen. Sie fing gerade an, eine Vorstellung von der Person Mark Taylors zu bekommen, als das Telefon klingelte. »Hamilton«, meldete sie sich.

»Wendy, wir haben ihn.« Es war Stuart Woods, ihn hatte Wendy gebeten, die Passagierlisten zu prüfen. »Er fliegt heute Abend um zehn von Los Angeles zum Kennedy Airport in New York und morgen früh weiter nach Paris. Dort wird er übernachten und dann nach Istanbul und Diyarbakir in der Türkei fliegen.«

»Gute Arbeit. Schick mir das bitte gleich, und dann suche die Hotelreservierungen in Paris und Diyarbakir.«

Sie legte auf und schaute auf die Landkarte des Nahen Ostens, die an ihrer Pinnwand hing. Ein paar Sekunden, und sie sah Diyarbakir. Es lag im Südosten der Türkei, gerade über der syrischen Grenze. Sie griff das Telefon wieder und wählte Jacks Nummer.

»Murphy«, hörte sie.

»Jack, Taylor fliegt heute Abend. Er fliegt in die Türkei, aber ich hab den Eindruck, das Interview wird in Nordsyrien stattfinden.«

University of California, Westwood, Kalifornien
11.15 Uhr

Die juristischen Manöver bei feindlichen Übernahmen interessierten Tracy schon an einem normalen Tag eher wenig, und erst recht nicht heute. Sie versuchte wacker, das monotone Gedröhne des Professors vor 1 500 Jurastudenten schriftlich festzuhalten. Immer wieder gingen ihre Gedanken auf Wanderschaft. Sie stellte sich vor, wie Marks Augen leuchten würden, wenn sie ihm beim Dinner die Neuigkeit erzählte. Sie schaute auf ihre Uhr: Noch 45 Minuten, dann würde sie ihren Laptop zusammenklappen, zum Supermarkt fahren und alles für das Abendessen einkaufen.

Sie musste an die Nachricht denken, die Mark auf den Anrufbeantworter gesprochen hatte. Sie hatte ihr Handy nicht mit in die Arztpraxis genommen, und so hatte sie den Anruf verpasst. Was mochte Mark für Neuigkeiten haben? Er hatte etwas bedrückt geklungen. War es etwas Schlimmes? Etwas mit seiner Arbeit? Oder konnte er heute Abend doch nicht zum Essen kommen? *Gott, bitte,* dachte sie. *Gib, dass heute nichts dazwischenkommt.* Sie würde versuchen, ihn nach der Vorlesung zurückzurufen. Jetzt musste sie sich auf diesen Professor konzentrieren. Schlechte Mitschriften würden das Seminar nicht einfacher machen.

Hollywood, Kalifornien
11.22 Uhr

Mark und Ross lauschten dem Briefing durch Hashim Basayav. Nach seinem Verschwinden mit 18 Jahren war Sa'id 2009 in Saudi-Arabien wieder aufgetaucht, hatte die Bande mit seiner Familie neu geknüpft und verschiedene Firmen gegründet, nicht nur in seinem Heimatland, sondern auch in Syrien, Libanon, Irak und mehreren anderen arabischen Ländern. Er ging dabei so diskret vor, dass man seine geschäftlichen Tätigkeiten erst nach seinem erneuten Verschwinden bemerkte. Bis dahin war er ein hoch angesehener, ja verehrter Mann in diversen Terrororganisationen, die er mit Geld, Ressourcen und brillanten Ratschlägen versorgte. Durch seinen Einfluss bildete sich eine Koalition von über einem Dutzend Terrorgruppen, ein bestens finanziertes und durchorganisiertes Netz, der Dschihad al-Scharia – der Heilige Krieg des Islamischen Gesetzes. Seine Mission: die heiligen Stätten in Saudi-Arabien und Jerusalem von den Ungläubigen reinigen und alle Muslime vereinigen.

»Es gibt keine Beweise«, fuhr Hashim fort, »dass Sa'id Kontakte zu Osama bin Laden hatte, aber persönlich glaube ich, dass sie einander kannten, vielleicht sogar Operationen gemeinsam geplant haben. Die parallelen Angriffe an verschiedenen Orten erinnern an bin Ladens Strategie. Die Frage ist: Hat Sa'id von bin Laden gelernt, oder war es umgekehrt?«

Hashim schloss seine Mappe. Es wurde still. Mark seufzte. Sein Hass auf diesen ... Terroristen – »Mann« konnte er Sa'id kaum nennen –, er war so tief. So viele unschuldige Opfer, und der Täter ein stinkreicher, verwöhnter Araber, der sich an einer Kultur rächen wollte, die er gar nicht kannte. *Warum ich?* Die Frage ließ Mark nicht los. Warum war unter all den Journalisten, die über diesen Krieg berichteten, ausgerechnet er derjenige, der diese Giftschlange interviewen sollte? Er hatte keine Antwort.

Ein plötzlicher Gedanke ließ ihn zusammenzucken. *Liebet eure Feinde* ... Die Worte von Jesus. Sa'id lieben? Darüber musste er später noch einmal nachdenken. Im Moment schien das unmöglich. Mark unterbrach die Stille. »Hashim, darf ich Ihnen eine persönliche Frage stellen?«

»Ja. Ich werde mein Bestes versuchen, sie zu beantworten.«

»Ich möchte gerne verstehen, wie ein Muslim denkt. Was halten Sie von Sa'id, von Ihrem Glauben aus gesehen?«

Hashim senkte kurz seinen Kopf, dann sah er Mark an. »Sie müssen bedenken, Mr Taylor, dass Sa'id in einer völlig anderen Welt aufgewachsen ist. In Saudi-Arabien lernen die Kinder in der *madrasah*, der Schule, dass Christen und Juden verachtenswerte Ungläubige sind. Sein Vater war möglicherweise ein gemäßigter Muslim, aber Sa'id wurde ein Fanatiker. Für ihn gibt es nichts Wichtigeres, als den Willen Allahs zu erfüllen.«

»Und das respektieren Sie?«

»Ja. Aber verstehen Sie mich nicht falsch. Ich verurteile Terrorakte, und ich werde auch Sa'id verurteilen, wenn sich zeigen sollte, dass er hinter diesen Anschlägen steht. Das Töten Unschuldiger ist im Koran verboten.«

Mark versuchte, weiter ruhig zu sprechen. »Können Sie mir dann erklären, wie dieser selbst ernannte Auserwählte die Ermordung Tausender Unschuldiger als den Willen Allahs rechtfertigen kann?«

»Nein.« Hashim schaute zu Boden. »Und es würde die friedlichen Prinzipien des Islam verhöhnen, wenn bewiesen würde, dass ein Muslim diese Verbrechen befohlen hat. Ich versuche einfach, Ihnen verständlich zu machen, woher Sa'id kommt.«

»Und das wissen wir zu schätzen, Hashim«, warf Ross ein.

»Wenn Sie noch mehr Informationen über Sa'id wünschen, könnte ich Ihnen zwei Kontakte in London und Paris nennen – wohltätige Organisationen, die den Dschihad al-Scharia mit Geldern versorgen.«

Paris – das klang interessant. »Das wäre nicht schlecht«, sagte Mark.

Hashim zog einen Zettel hervor, schrieb die Namen und Telefonnummern der beiden Leute jenseits des Atlantiks von seinem Smartphone ab und reichte ihnen den Zettel über den Tisch.

»Danke«, sagte Mark. »Entschuldigen Sie, wenn ich etwas schroff war, Hashim. Ich habe große Probleme damit, wenn jemand das Handeln dieses Mannes als Dienst für Gott rechtfertigen will.«

»Dann bitte ich um Entschuldigung. Ich wollte seine Aktionen nicht rechtfertigen. Aber ich habe Achtung vor einem Mann, der so viel opfern kann für das, was er glaubt. Gibt es in Ihrer Religion, Mr Taylor, niemanden, dessen Werte Sie respektieren, aber dessen Handlungen Sie nicht billigen können?«

Mark lehnte sich zurück, er musste plötzlich schmunzeln. Die Spannung im Raum löste sich. »Das ist ein interessantes Argument, Hashim.«

Kapitel 4

CIA-Zentrale, Langley, Virginia
15.02 Uhr

Die Besprechung hatte gerade begonnen, als Wendy den »Lageraum Naher Osten« der CIA-Zentrale betrat. Der Raum sah eher wie ein Hightech-Regieraum aus, nicht wie ein Konferenzraum. Drei der Wände waren mit einem schwarzen, schalldämmenden Material verkleidet. Die vierte Wand bildete ein Arrangement aus Flachbildschirmen in verschiedenen Größen, die Bilder und Filme in HD-Qualität zeigten. Die Mitte des Raumes wurde von einem halbkreisförmigen, schwarz-dunkelgrünen Marmortisch eingenommen, an dessen einer Seite ein Dutzend Personen sitzen und die Videos und Bilder auf den Bildschirmen betrachten konnten. In die ebenfalls dunkle Decke waren Lampen eingelassen, die den Raum in ein schummriges Licht tauchten. Jeder Platz am Tisch hatte zusätzlich ein eigenes Arbeitslicht.

Wendy ging leise um den Tisch herum und legte jedem der Teilnehmer ein Exemplar des Berichts hin, den sie über Mark Taylor zusammengestellt hatte.

An der flachen Seite des Tischs stand Jack Murphy. Zu seiner Rechten seine persönliche Assistentin Kristen Robertson sowie Dean Hatchet (Fachberater des Direktors der Homeland Security) und Brad Faxon, der führende CIA-Experte für elektronische Überwachung. Links von Murphy saß der Zweite Direktor der FBI-Abteilung für Terrorismusbekämpfung, Seth Maxwell. Am Rest des Tisches saßen diverse Leute aus Jacks Abteilung sowie hochrangige Personen aus anderen CIA-Abteilungen.

»Was Sie da gerade erhalten«, sagte Jack, während Wendy ihre Runde vollendete und sich auf den leeren Platz neben dem FBI-Vertreter setzte, »ist alles, was wir über Mark Taylor haben. Hört das FBI seine Telefone schon ab?«

Seth nickte. »Seit wir grünes Licht vom Weißen Haus und die Unterschrift des Richters haben. Wir überwachen jetzt seine Wohnung und sein Büro, plus sein Handy und das seiner Frau.«

»Das dürfte reichen.« Jack lächelte und sah Wendy an. »Wenn Sie uns bitte über Taylor ins Bild setzen, Mrs Hamilton.«

Wendy räusperte sich nervös. »Mark Taylor ist 1969 in Smyrna in Tennessee geboren.« Auf den Wandbildschirmen erschienen Bilder von Mark Taylor. »Direkt nach dem Highschool-Abschluss ging er zu den Marines. Er kam in eine Special-Operations-Einheit. Für seinen Einsatz im Golfkrieg wurde er mehrfach ausgezeichnet, mit dem Silver Star und dem Purple Heart.«

Wendy sah mehrere Köpfe anerkennend nicken. Die Wand war jetzt eine Galerie von Mark-Taylor-Fotos, von Sportszenen auf der High School bis zu Bildern in Uniform aus dem Bootcamp.

»Nach dem Krieg verließ Taylor die Marines und zog nach Südkalifornien, wo er Produktionsassistent in den National Studios wurde. Durch Abendkurse an der California State University in Northridge erwarb er sein Diplom in Journalistik. Vor drei Jahren bekam er eine Stelle als Reporter des Nachrichtenmagazins *Across the Nation*.«

Der größte Bildschirm in der Mitte veränderte sich und zeigte einen Ausschnitt aus einer von Marks Sendungen. Der kleinere Bildschirm rechts davon sprang auf ein Hochzeitsfoto aus einer Zeitung um. »Er ist seit Kurzem verheiratet. Keine Kinder oder frühere Ehen. Er zahlt seine Steuern, geht zur Kirche und scheint ein Musterbürger zu sein.«

»Wie steht er politisch?«, fragte Seth.

»Konservativ. Vor ein paar Jahren gab es eine Kontroverse – Sie erinnern sich vielleicht –, als er in einer Reportage über Abtreibungen den Medien vorwarf, zu liberal zu sein. Das brachte ihn in ein paar Talkshows, aber nach ein paar Wochen hörte man nichts mehr.«

Wendy schaute kurz in die Runde; die Anwesenden schienen sich nicht an die Affäre zu erinnern. »Sein eigentlicher Durchbruch kam, als seine Recherchen zum Sturz des Medienmoguls Jason Reynolds (des Besitzers von *National Network*) und seiner Seilschaft führten, die Umfrageergebnisse manipuliert hatten.«

Die Zuhörer horchten auf; die meisten erinnerten sich an den Skandal. »Ich habe jedem von Ihnen einen vollen Bericht darüber beigelegt, dazu Abschriften einiger seiner tiefergehenden Sendebeiträge.«

»Wurde das damals nicht unterdrückt?«, dachte Jack laut nach.

»Yes, Sir«, antwortete Wendy. »Taylor wurde gebeten, seine Ergebnisse nicht publik zu machen, bis die Justiz ihre Ermittlungen abgeschlossen hatte. Und der Sender konnte auf Skandale natürlich verzichten.«

»Wird er mit uns kooperieren?«, fragte Dean Hatchet.

»Das wissen wir nicht«, sagte Jack, bevor Wendy antworten konnte.

Seth beugte sich nach vorne, das Kinn in die Hände gestützt. »Wissen wir, warum *er* dieses Interview machen soll?«

»Das weiß vorerst nur Sa'id«, antwortete Jack.

Seth sah Jack an. »Irgendwelche Indizien für proarabische Sympathien in Taylors Vergangenheit?«

»Nichts«, sagte Jack. »Absolut sauber, vorbildlicher Dienst am Golf. Die andere Möglichkeit, die wir untersuchen, ist, ob das Ganze ein Ablenkungsmanöver sein könnte für einen Anschlag des Dschihad al-Scharia hier bei uns am kommenden Wochenende.«

Hollywood, Kalifornien
12.08 Uhr

»Du warst ja fast aggressiv vorhin«, sagte Ross, während er vom Kanal-6-Parkplatz fuhr.

Mark schaute einen Moment zum Fenster hinaus, dann drehte er sich zu Ross. »Hast du nicht die ... die Bewunderung in seiner Stimme gehört?«

»Ja, schon.«

»Er redet über einen Mann, der Tausende von Amerikanern auf dem Gewissen hat, und du sagst ›Ja, schon‹?«

»Ich hasse Sa'id genauso wie jeder andere Amerikaner auch«, sagte Ross, während er einem Mann auswich, der auf die Fahrbahn getreten war und ein Schild mit der Aufschrift »Arbeite für Essen« hochhielt. »Aber Hashim hat die Anschläge doch verurteilt.«

»Erst nachdem ich nachgebohrt hatte, und hast du seine Einschränkung gehört: ›Wenn sich zeigen sollte, dass Sa'id hinter diesen Anschlägen steckt‹?« Mark schüttelte den Kopf. »Wenn ein Muslim Terrorakte verurteilt, fügt er oft ein ›Aber‹ an, als ob Anschläge irgendwie durch unsere Außenpolitik gerechtfertigt würden. Oder, ähnlich wie unser Freund Hashim da drin, spüre ich eine unerklärliche Bewunderung für den Mann hinter dem Verbrechen.«

»Du wirst doch wohl keine Vorurteile haben?«, grinste Ross. »Müsst ihr Christen nicht alle Menschen lieben?«

»Wir tun ...«, begann Mark. Das Klingeln seines Mobiltelefons unterbrach ihn. Tracys Stimme drang aus dem Hörer. »Hallo, Schatz, ich bin's.«

»Hallo, Tracy. Wie war das Seminar?«

»Okay, nein, eigentlich langweilig. Also, was gibt's da Neues bei dir?«

»Äh ...« Mark suchte nach den richtigen Worten. »Das sag ich dir, wenn ich zu Hause bin.«

»Okay. Und ich hab auch eine Neuigkeit für dich.«

»Raus damit.« Er lächelte.

»Da musst du bis heute Abend warten«, neckte sie. »Wird es spät bei dir?«

»Nein. Ich muss sogar früher nach Hause kommen.« Er unterbrach sich, bevor er zu viel sagte. »Ich erkläre dir das später. Muss eben mit Ross zurück ins Büro, und danach komme ich. Willst du essen gehen?«

Es knackte und knisterte in dem Hörer, im Hintergrund war etwas wie ein Echo. »Kannst du das noch mal sagen?«, sagte Mark. »Ich habe dich nicht verstanden.«

»Ich hab gesagt: Wir essen zu Hause; ich hab schon was vorbereitet.«

»Prima.« Das würde ihm mehr Zeit zum Packen geben. »Ich komm, so schnell ich kann.«

»Alles klar. Ich liebe dich, Schatz.«

»Ich liebe dich auch.«

Sie beendeten das Gespräch. »Merkwürdig«, sagte Mark, während er das Handy sinken ließ. »Da war so ein komisches Echo im Hörer.«

»Vielleicht ist der Empfang in diesem Viertel schlecht«, sagte Ross.

»Kann sein, aber so hat mein Handy noch nie geklungen.«

»Du hast ihr also noch nicht gesagt, was wir vorhaben?«

»Nein. Das mach ich wohl besser, wenn ich zu Hause bin. Sie wird diesen Auftrag nicht mögen.«

»Das kannst du aber laut sagen«, sagte Ross.

CIA-Zentrale, Langley, Virginia
15.09 Uhr

Die im Lageraum der CIA versammelten Beamten hatten Mark Taylors Leben aus allen denkbaren Perspektiven betrachtet. Jeder fand, dass es ein Risiko war, einen Medienvertreter zu rekrutieren, aber die Sache mit Sa'id hatte höchste Priorität für die nationale Sicherheit. »Wir müssen ihn ansprechen«, sagte Dean Hatchet, während er Wendys Bericht über Taylor intensiv studierte. »Ob es ein Ablenkungsmanöver ist oder nicht, es könnte unsere einzige Chance sein, Sa'id zu kriegen, ohne in Syrien einzugreifen.«

»Stimme zu«, knurrte Seth Maxwell.

»Die Frage ist, wie und wann wir ihn ansprechen«, sagte Dean.

»Und über wen?«, fügte Seth hinzu.

»FBI«, erwiderte Jack. »Der Präsident will, dass sie den Erstkontakt herstellen. Wenn Taylor kooperiert, werden sie die Operation an uns übertragen.«

»Und wenn er nicht mitmachen will?«, fragte Seth.

»Dann ist es eine verdeckte Operation für alle unsere Abteilungen. Wir folgen ihm und sehen zu, dass wir Sa'id ohne seine Hilfe kriegen«, sagte Jack pragmatisch. »Seth, hast du jemanden in Los Angeles, der ihn heute Abend sprechen kann?«

»Klar«, antwortete Seth. »Michael Weston steht bereit, Stellvertretender Agent für Terrorismusbekämpfung in unserem Büro in Los Angeles. Ein guter Mann.«

»Gut. Taylor fliegt um 22 Uhr, Weston muss ihn also vorher erreichen. Wendy, gib Agent Maxwell eine sichere Leitung, damit er ihn anruft.«

Wendy und Maxwell standen auf. »Und noch was, Seth«, sagte Jack. »Am besten spricht Wendy mit Weston. Sie kennt Taylor im Moment am besten.«

»In Ordnung.«

Die Tür schloss sich hinter Wendy und Seth. Jack schaute in die Runde. »Und jetzt brauchen wir Pläne für jede Eventualität. Ich will, dass Taylor auf Schritt und Tritt beschattet wird, von seiner Haustür bis nach Syrien, ob er mitmacht oder nicht.«

Hollywood, Kalifornien
12.10 Uhr

Ross bog auf den Sunset Boulevard in Richtung Westen ein. »So leicht lasse ich dich nicht vom Haken, nur weil Tracy angerufen hat. Erklär mir deine Einstellung gegenüber den Muslimen, wenn ein Christ doch seine Feinde lieben soll.«

Mark grinste. »Willst du das wirklich wissen?« Seit dem Beginn ihrer Zusammenarbeit war Ross tieferen Gesprächen über Marks Glauben immer aus dem Weg gegangen.

»Ja. Ist vielleicht Zeit.« Ross nickte. »Leg los.«

»Okay.« Mark setzte sich so, dass er Ross besser sehen konnte. »Erstens bedeutet unsere Liebe für die Muslime nicht, dass wir uns nicht den Glauben genau anschauen sollten, in dessen Namen junge Menschen Selbstmordanschläge begehen, in dessen Namen sie unschuldige Männer, Frauen und Kinder töten.«

»Gut«, sagte Ross. »Aber generalisierst du da nicht zu sehr? Es denken doch sicher nicht alle Muslime so.«

Mark dachte einen Moment nach. »Das stimmt, aber hör zu: Der Islam hat den Begriff *umma,* der ›Gemeinschaft‹ bedeutet. Gemeint ist, dass alle Menschen eine einzige *umma* unter Allah sein sollten, über alle Nationen und Grenzen hinweg. Der frühe Islam teilte die Welt in zwei Teile auf: *dar al-Islam* (Gebiet des Islam), d. h. den Teil der Welt, der schon unter islamischer Herrschaft ist, und *dar al-harb* (Gebiet des Krieges), d. h. den Rest der Welt, der früher oder später ebenfalls islamisch werden muss.«

Ross lachte leise. »Du klingst richtig paranoid. Gerade so, als ob die die ganze Welt erobern wollten.«

Mark lachte und versuchte, nicht emotional zu werden. Seit dem 11. September hatte er alles gelesen, was ihm über den Islam in die Hände gekommen war, unter anderem den gesamten Koran. »Genau das war Mohammeds Ziel. Der Koran kennt keine Trennung zwischen Religion und säkularer Welt; für den Muslim ist alles heilig. Das Wort *Islam* bedeutet – je nachdem, an wen es sich wendet – entweder ›Hingabe an Gott‹ oder ›Unterwerfung‹. Durch die Unterwerfung unter den Willen Allahs entsteht Frieden. Wenn Muslime dem Willen Allahs folgen, dann stellen sie damit die ursprüngliche Schöpfung Gottes wieder her, indem eine einheitliche menschliche Gemeinschaft geschaffen wird – eben die *umma* – unter der Herrschaft des Islam.«

»Und das glauben alle Muslime?«

»Mehr oder weniger schon. Für den gemäßigten Muslim ist es bestimmt kein großes Thema; für ihn ist die Schaffung dieser *umma* nur mit friedlichen Mitteln denkbar. Aber der Islamist sieht das anders, und brandgefährlich wird es, wenn eine islamistische Auslegung des Korans und politisch explosive Konflikte wie heute im Nahen Osten zusammenkommen. Das ist dann das Rezept für die Selbstmordattentäter in Israel und für Anschläge wie die vom 11. September. Saudi-Arabien hat den Bau von Moscheen und Koranschulen in den USA mit Millionen gefördert. Wusstest du, dass Israel auf den Landkarten in diesen Schulen fehlt?«

Ross sah ihn an. »Soll das ein Witz sein?«

»Leider nicht.«

»Warum sind die Muslime überhaupt so gegen die Juden?«

Mark seufzte. »Das ist eine lange Geschichte. Juden und Araber leiten ihre Abstammung von demselben Stammvater her.«

»Abraham«, warf Ross ein.

»Richtig. Die Juden stammen von seinem Sohn Isaak ab, die Araber von Ismael.«

»Und warum vertragen sie sich dann nicht?«

»Weißt du, wie die Spaltung entstand?«

Ross gestand, dass er es nicht wusste. Mark erzählte ihm, wie Gott Abraham verheißen hatte, seine Nachkommen zu einem großen Volk und zu einem Segen für die ganze Erde zu machen. Doch Abrahams Frau Sara war unfruchtbar, und so gab sie Abraham ihre Magd Hagar zur Zweitfrau, um ihm an ihrer Stelle einen Sohn zu schenken. Dieser Sohn war Ismael. 14 Jahre später erfüllte sich Gottes Verheißung an Sara, als sie mit ihren nunmehr 99 Jahren einen Sohn bekam – Isaak. Doch zwischen Hagar und Sara herrschte heftige Eifersucht, sodass Sara Abraham bat, Hagar und Ismael fortzuschicken. Abraham erfüllte ihre Bitte schweren Herzens.

»Als ich mir den Islam vertraut gemacht habe, habe ich auch zur Bibel gegriffen und mir die biblischen Verheißungen über Ismael angeschaut«, fuhr Mark fort. »Sie sind echt faszinierend. Gott hat zwar gesagt, dass seine Verheißungen an Abraham sich über Isaak erfüllen würden, was dann auch schließlich in Jesus Christus geschah. Aber auch Ismaels Nachkommen sollten ein großes Volk werden, doch es würde nicht in Frieden leben. In 1. Mose 16,12 wird Ismael mit einem Wildesel verglichen, der mit allen seinen Brüdern in Feindschaft lebt.«

Ross' Augen wurden groß. Das hatte er noch nie gehört. »Mann, das klingt ganz so nach dem, was wir heute erleben.«

»So ist es. Erst im Nahen Osten, und jetzt hat es auch unser Land erreicht. Und dahinter steht der Islam. Wir stellen uns Ahmad Hani Sa'id immer als einen religiösen Verrückten vor, so ähnlich wie Jim Jones, David Koresh und andere Sektenführer. Aber Tatsache ist, dass Sa'id einfach ein Fundamentalist ist. Er liest seinen Koran so, wie Billy Graham die Bibel liest.«

Ross warf ihm einen erstaunten Blick zu. *»Was?«*

Mark grinste. »Jetzt hörst du zu, wie? Was ich meine, ist, dass genauso wie Billy Graham die Bibel als die absolute Autorität und Gottes Wort betrachtet, Sa'id den Koran als das Wort Allahs sieht. Sa'id versteht sich als jemand, der dazu berufen ist, den Islam zu reinigen. Das macht ihn zu einem Fundamentalisten. Er will die ganze Welt unter die Herrschaft des Korans und der *Hadithe*, der Aussprüche und Überlieferungen Mohammeds, bringen. Er will im Grunde zurück zum Arabien des 7. Jahrhunderts. Und das hat mich eben bei Hashim so aufgeregt. Sicher, er verurteilt die Terrorakte, aber hat gleichzeitig Ehrfurcht vor dem Mann, der sie plant. Hashim mag Sa'ids Methoden nicht teilen, aber ich glaube, er hat Verständnis für seine Ziele.«

Ross kicherte. »Das ist halt Religion. Er befolgt die Aussagen seines heiligen Buchs, wie du und manche deiner bibeltreuen Freunde auch. Allah oder Gott – was ist da der große Unterschied?«

»Das sehe ich anders.« Mark bemühte sich, locker weiterzureden. »Der Unterschied zwischen Christentum und Islam ist riesig. Für Jesus war das Reich Gottes etwas in uns drinnen, eine Verwandlung des Herzens, die nichts mit Politik zu tun hat. ›Gebt dem Kaiser, was ihm gehört. Und gebt Gott, was Gott gehört‹, hat er gesagt.«

»Schön und gut«, sagte Ross. »Aber in deiner Bibel steht auch, dass Ehebrecher mit dem Tode zu strafen sind, dass Kinder, die ihre Eltern nicht ehren, zu steinigen sind. Und mehr als einmal hat Gott den Juden befohlen, ganze Völker auszulöschen, Frauen und Kinder inklusive.«

»Das war das Alte Testament«, unterbrach ihn Mark. »Und ich gebe zu, dass man da Ähnlichkeiten zum Islam sehen kann. Aber was das Christentum so einzigartig macht, ist das Leben und die Botschaft von Jesus.«

»Amen, Herr Pastor.« Ross rollte die Augen.

»Du hast gefragt«, versetzte Mark. »Ich gebe zu, dass es im Alten Testament harte Strafen gibt und Sachen, die ich, ehrlich gesagt, nicht verstehe. Aber das gehörte alles zu Gottes Plan, dieser Welt die Erlösung zu bringen. Die ganzen Gesetze und Strafen des Alten Testaments sind im Neuen Testament durch die Gnade ersetzt worden. Wenn du dir das Ganze anschaust, siehst du einen gnädigen Gott und nicht einen zornigen.«

»Wie meinst du das?«

»Die Bibel sagt sehr klar, dass die Strafe für die Sünde der Tod ist. Wir schaffen es nicht, aus eigener Kraft ›gut genug‹ für Gott zu werden. Die Beispiele, die du eben erwähnt hast, zeigen das deutlich. Aber Jesus hat den Preis für uns mit seinem Leben bezahlt. Und er hat uns angewiesen, unsere Feinde zu lieben, wie du eben ganz richtig gesagt hast.«

»Na also. Und warum hast du dann Hashim nicht geliebt?«

Mark seufzte. »Ich bin nicht vollkommen, ich gebe es ja zu. Einen Menschen lieben ist nicht einfach, und wenn man es mit einer Religion zu tun hat, die so furchterregende Dinge zulässt, wird es noch schwerer. Ich will es mal so sagen: Dass Hashims falsche Ehrfurcht mir so aufstößt, heißt nicht, dass ich ihn nicht liebe. Je mehr ich den Islam studiere, umso mehr liegen mir Muslime wie Hashim und ihr Seelenheil am Herzen, genauso wie deines auch.«

Ross lachte. »Ich komme gut ohne einen Haufen Gebote und Verbote aus, danke.«

Mark lächelte. »Das ist eine gute Definition des Islam, Ross. Das Streben des Muslims ist, dass er im Leben mehr Plus- als Minuspunkte sammelt, sonst kann er nicht in den Himmel.«

»Klingt nicht sehr lustig.«

»Sehe ich auch so. Im Koran fehlt das Neue Testament.«

Ross warf Mark einen fragenden Blick zu.

Der fuhr fort: »Ich kann dir einen interessanten Vergleich zwischen Mohammed und Jesus erzählen. Beiden wurde einmal eine Frau vorgeführt, die beim Ehebruch erwischt worden war. Mohammed befahl seinen Männern, sie wegzuführen und zu warten, bis das Kind geboren war. Als das Kind da war, erlaubte er der Frau, es zu stillen, bis es zwei Jahre alt war. Als die Männer die Frau darauf wieder zu ihm brachten, befahl er ihnen, ihr das Kind abzunehmen und sie zu töten.«

Ross' Brauen gingen nach oben.

»Jesus hat einen radikal anderen Weg eingeschlagen. Als die religiösen Führer seiner Zeit eine Ehebrecherin vor ihn brachten und ihm sagten, dass sie nach dem Wortlaut des Gesetzes gesteinigt werden musste, antwortete er ihnen, dass derjenige, der ohne Sünde war, den ersten Stein werfen sollte. Worauf sie einer nach dem anderen still fortgingen, bis Jesus mit der Frau allein war und ihr sagte, dass er sie nicht verurteilte, aber dass sie ihr sündiges Leben ändern sollte. Wem würdest du lieber nachfolgen – Mohammed oder Jesus?«

Ross lächelte. »Wenn du es so darstellst, ist die Wahl nicht schwer.«

»Jesus kam auf die Erde, um die Menschen zu lieben und zurück zu Gott zu bringen«, fuhr Mark fort. »Er ist an unserer Stelle gestorben. Es geht ihm nicht um Gesetze, sondern darum, uns von solchen zu befreien.«

Mark machte eine Pause, um Ross Gelegenheit für eine Erwiderung zu geben. Der aber beobachtete nur weiter die rote Ampel.

»Der Islam dagegen zwängt seine Anhänger in ein System von Regeln und Verboten, um von Allah angehört zu werden. Den Satz, dass wir selbst unsere Feinde lieben sollen, wirst du nirgends im Koran finden.«

Ross antwortete nicht, als er vor dem Haupttor der National Studios anhielt. Er entriegelte den Kofferraum, und die beiden zeigten dem Wächter ihre Sender-Ausweise.

»Apropos deine Feinde lieben«, sagte Ross, als man sie durchgewinkt hatte. »Hast du irgendwelche Beziehungen zu Muslimen?«

Mark dachte einen Augenblick nach. »Ich kenne einen oder zwei im Sender, und ich hab ein paar muslimische Gelehrte interviewt ...«

»Ist das alles? Würdest du genauso reden, wenn du einen muslimischen Freund hättest?«

»Interessantes Argument«, gestand Mark. Ja, würde er anders über den Islam denken, wenn er einen muslimischen Freund hätte? Dann trat ein Gesicht vor sein inneres Auge, und er grinste. »Einen hab ich sogar gehabt; er hieß Abu Zaqi Ressam. Im Golfkrieg hat er mir einmal das Leben gerettet. Nach dem Krieg hat er hier bei uns studiert, wir haben viel Zeit miteinander verbracht und haben stundenlang über den Islam und das Christentum diskutiert.«

»Und ihr bliebt trotzdem gute Freunde?«

»Ja. Sehr gute sogar. Aber dann ging er zurück nach Saudi-Arabien, und seitdem haben wir irgendwie den Kontakt verloren.« Mark klang versonnen; er hatte lange nicht mehr an Abu gedacht.

Ross fuhr auf seinen Parkplatz im ersten Stock des Parkhauses, wo sein Name klar lesbar auf die Mauer gepinselt war, schaltete den Motor aus und sah Mark an. »Bald wirst du ja dann dem Bösen im Islam Auge in Auge gegenüberstehen.«

Mark öffnete seufzend die Beifahrertür. »Da hast du wohl recht.«

Kapitel 5

CIA-Zentrale, Langley, Virginia
15.24 Uhr

»Mike, ich stelle dich auf Lautsprecher.« Seth Maxwell sprach etwas lauter. »Bei mir ist CIA-Analystin Wendy Hamilton.«

»Guten Tag, Agent Weston«, sagte Wendy.

»Nennen Sie mich doch Mike.« Die Stimme aus dem Telefonlautsprecher füllte den kleinen Raum.

»Also gut - Mike«, sagte Wendy.

»Ist die Leitung sicher?«, fragte Seth.

»Jawohl.«

»Okay. Hier ist unser Plan. Du hast grünes Licht, Taylor zu kontaktieren, so bald wie möglich. Er fliegt heute Abend um zehn, du musst ihn also vorher sprechen.«

»Verstanden. Bis jetzt haben wir ein Gespräch abgehört, von seinem Handy. Er hat sich mit seiner Frau zum Abendessen verabredet, zu Hause. Am besten treffen wir ihn dort.«

»Gut. In sein Studio wollen wir sowieso nicht. Ich reich dich jetzt an Wendy weiter, sie weiß am meisten über ihn. Ich faxe dir nachher den vollen Bericht.«

Wendy sagte Mike, was sie über Mark wusste.

»Glauben Sie, er macht mit?«, fragte Mike.

»Wir hoffen es«, antwortete Wendy. »Er hat seinem Land schon als Marinesoldat gedient. Sagen Sie ihm, dass wir ihn wieder brauchen.«

»Habt ihr schon daran gedacht, ihn über seinen ehemaligen Vorgesetzten beim Militär zu kontaktieren?«, fragte Mike.

Wendy schaute zu Seth hin. Dessen Augenbrauen gingen hoch. »Das ist eine interessante Idee«, sagte er. »Wir kümmern uns darum und rufen dich wieder an.«

National Studios
12.31 Uhr

»Ross, ich muss eben mal zu Frank«, sagte Mark, als sie zurück ins Produktionsbüro gingen. »Kannst du dich vielleicht um deine Kontaktperson in Paris kümmern? Wenn wir sie sprechen könnten, wenn wir in Paris sind, wäre das nicht schlecht.«

Ross nickte. »Wird gemacht.«

Mark stellte seine Brieftasche ab und ging in Russells Eckbüro. Dessen Assistentin winkte ihn gleich durch.

»Na, seid ihr jetzt schlauer?«, fragte Russell.

»Etwas. Allerdings nicht das, was wir für unseren Bericht brauchen. Für die vollständige Geschichte müssen wir die Lücken füllen – rausfinden, was Sa'id zwischen seinem 19. und 38. Jahr gemacht hat.«

»Ach ja, die fehlenden Jahre ...« Russell lehnte sich seufzend zurück.

»Eines haben wir erfahren: Es gibt offenbar Muslime, die diese fehlenden Jahre als Zeichen sehen, dass er ein Auserwählter ist, sie vergleichen ihn sogar mit Jesus.«

Russell musterte Marks Gesicht. »Das hat wehgetan, wie?«

Mark lächelte. »Ich mochte den Vergleich gar nicht, stimmt. Aber ich glaube, ich bin ganz cool geblieben.«

»Gut. Auf Anrufe vom Kanal-6-Chef kann ich verzichten.«

»Aber eines macht mir Sorgen.«

Russell nahm seine Lesebrille ab. »Ich höre.«

Mark drehte sich um, um die Tür zu schließen, dann sagte er leise, nach den richtigen Worten suchend: »Machen wir das Richtige, Frank?«

»Meinst du das Interview? Darüber haben wir doch schon gesprochen.«

»Nein, nicht das Interview.« Mark schüttelte den Kopf. »Es gibt da eine Sache, über die wir noch nicht gesprochen haben.« Er trat an das Fenster und schaute zu dem Filmstudio hinüber. Frank folgte ihm mit den Augen, sagte aber nichts.

Mark vermied es, seinen Chef und hoch geachteten Mentor anzusehen. »Wir haben eine Chance, ... viel mehr zu tun, als Sa'id zu interviewen.« Er ließ die Worte in der Luft hängen, während er weiter zum Fenster hinaussah.

Es dauerte mehrere Sekunden, bevor Frank antwortete. »Sprichst du jetzt als Journalist, Mark, oder als ehemaliger Marinesoldat?«

Mark drehte sich um, ging die paar Schritte zu Russell und beugte sich vor, die Hände auf der Schreibtischplatte. »Ich rede als Amerikaner, Frank.«

Russell erwiderte seinen Blick, der mehr sagte als viele Worte. »Nimm Platz, Mark«, sagte er fest. Er wartete, bis Mark saß.

»Okay, schieß los.«

»Stell dir vor«, begann Mark, »du wärest 1939 ein französischer Reporter gewesen und hättest eine Gelegenheit gehabt, Adolf Hitler in Berlin zu interviewen ...«

»Mark«, unterbrach ihn Russell. »Die Frage haben Moralisten schon tausendmal gestellt. Was hättest du getan, wenn du die Möglichkeit gehabt hättest, Hitler vor dem Krieg und dem Holocaust umzubringen?«

»Genau!« Marks Hand knallte auf den Schreibtisch. »Sa'id hat jetzt schon Tausende Amerikaner und wer weiß wie viele Israelis auf dem Gewissen. Wie viele werden noch sterben in den nächsten fünf oder zehn Jahren? Oder wie viele unschuldige Opfer wird es geben, wenn unser Militär zuschlägt, bis wir Sa'id aus seiner Höhle ziehen? Die Anschläge auf die Botschaften waren vor drei Wochen. Du weißt, dass der Präsident nicht mehr lange fackeln wird mit den ersten Bombenangriffen.«

Russell schüttelte den Kopf. »Mark, du musst ...«

Mark ließ ihn nicht ausreden. »Wir ... ich hab eine Chance, etwas zu unternehmen.«

»Ja, dein Leben zu verlieren«, knurrte Russell.

»Hast du überhaupt mal darüber nachgedacht, die Regierung ins Vertrauen zu ziehen?«

Russell nickte. »Das habe ich, aber es war nie eine ernsthafte Option. Du würdest nicht lebend zurückkommen und alle Journalisten in große Gefahr bringen. Was meinst du, wie viele neue Daniel Pearls es geben wird, wenn auch nur *ein* Journalist als Spion entlarvt wird?«

Das Gewicht von Russells Worten drückte Mark tiefer in seinen Sessel.

»Die Araber haben eine interessante Kultur der Gastfreundschaft, Mark. Wenn du ihr geladener Gast bist, beschützen sie dich mit ihrem Leben. Wenn dir etwas zustößt, zahlen nicht nur die Täter mit ihrem Leben, sondern auch deine Gastgeber, die dich doch zu beschützen hatten. Also: Du fährst da hin, machst das Interview deines Lebens und kommst mit ihrem Segen und quicklebendig wieder zurück.«

Russells Augen blitzten. »Aber wenn du dich auch nur einen Hauch verdächtig machst, mit einem Sender in der Tasche oder was auch immer, ist dieser Schutz sofort hinfällig, und sie schlitzen dir schneller die Kehle auf, als du ›Amen‹ sagen kannst. Du würdest dieses Studio und mein hässliches Gesicht nie wiedersehen und Tracy wäre eine sehr junge Witwe. Möchtest du das?«

Mark senkte seinen Blick, innerlich bebend. Frank stand auf, ging um den Schreibtisch zu Mark und setzte sich neben ihn. »Und das wäre noch nicht alles. Du würdest die Leute im Zimmer nebenan und sämtliche Journalisten in der Welt verraten. Wir haben eine Berufsethik, Mark. Wir sind keine Soldaten, wir sind neutral. Sobald *einer* von uns gegen diese Regel verstößt, sind wir *alle* verdächtig.«

Er legte Mark die Hand auf die Schulter. »Ich weiß, dass du dekorierter Golfkriegsveteran bist, Mark. Ich habe keinen Zweifel, dass du Sa'id mit den bloßen Händen umlegen könntest. Und wie alle Amerikaner würde ich Halleluja rufen, wenn er tot ist. Aber um welchen Preis? Dein Leben? Nein, danke.«

»Ich meine nicht, dass ich ihn persönlich töten möchte, obwohl mir der Gedanke auch gekommen ist«, sagte Mark, leise lächelnd. »Aber vielleicht sollten wir Washington einschalten. Die haben vielleicht Methoden, ihn nach dem Interview zu kriegen, an die wir noch gar nicht gedacht haben.«

Russell schüttelte den Kopf. »Das geht nicht, Mark. Zu gefährlich. Dieses Interview ist Sa'ids Idee. Wenn du da die CIA mit reinnimmst, riskierst du nur deinen Kragen; wenn die dich opfern müssen, um Sa'id zu kriegen, dann tun die das. Ich glaube, am besten dienst du deinem Land, indem du dieses Interview aufnimmst. Anschließend kannst du ja sofort an Ort und Stelle der CIA berichten, wenn du das willst. Deine Beobachtungen sind vielleicht genau das, was sie brauchen, um ihn zu kriegen.«

Mark stieß einen langen Seufzer aus. »Ich verstehe dich gut, Frank, aber ich – ich muss einfach was tun! Dieser Teufel muss gestoppt werden.«

»Dann lass es mich so ausdrücken, Mark.« Russells Stimme wurde hart. »Ich ordne hiermit an, dass du weder CIA noch FBI noch NSA oder irgendjemand anderes da reinziehst. Mach dein Interview und komm zurück nach

Hause. Das bist du mir und Tracy schuldig. Du hast deinem Land im Golfkrieg gedient, aber du bist kein Marinesoldat mehr.«

»Und wenn eine dieser Organisationen an mich herantritt?«

»Das ist unmöglich. Die können nicht wissen, was hier läuft. Komm einfach gut wieder nach Hause, okay?«

Studio City, Kalifornien
17.24 Uhr

Mark hatte an einem Blumenladen nahe der Autobahn Station gemacht, bevor er über den Hügel ins Tal fuhr. Als er sein Auto in die Garage einparkte, griff er auf den Beifahrersitz und nahm das eine Dutzend langstielige Rosen mit Schleierkraut in grüner Schmuckmanschette in die Hand. Er atmete mehrmals tief durch und hielt den Strauß ein paar Sekunden vor sich. Er wusste immer noch nicht, wie er Tracy seine Neuigkeiten vermitteln sollte. Er bat Gott, ihm für diesen Abend die richtigen Worte zu schenken.

Er trat ins Haus von der Garage aus. Hündin Shandy begrüßte ihn freudig. Er streichelte sie kurz und stellte seine Aktentasche im Waschraum ab. »Tracy!«, rief er. »Ich bin da!«

Keine Antwort.

Mark trat, den Strauß hinter seinem Rücken versteckt, in den Flur und ging in Richtung Küche. Komisch, wie dunkel das Haus war.

»Tracy? Bist du da?« *Vielleicht wurde sie in der Uni aufgehalten.* Dann musste er lächeln: – Flackerndes Licht drang aus dem Esszimmer, zusammen mit dem verführerischen Duft italienischer Gewürze.

Als er um die Ecke trat, begrüßte ihn ein Anblick, den er nicht erwartet hatte. Tracy saß am Esstisch, der mit dem besten Porzellan, roten Stoffservietten in goldenen Serviettenringen und einem Dutzend Kerzen gedeckt war. Die Kerzen tauchten alles in ein warmes Licht.

Tracy trug das lange schwarze Abendkleid, das er seit den Emmy-Awards im vergangenen Jahr nicht mehr gesehen hatte. Die Diamantkette und die Ohrringe, die er ihr zu Weihnachten geschenkt hatte, schimmerten im Kerzenlicht. Ihr Haar war hochgesteckt, was ihre elfenbeinerne Haut am Nacken entblößte.

Dann schaute sie auf, und das Leuchten ihrer Augen war noch schöner als das der Diamanten. Er schluckte und schüttelte ungläubig den Kopf.

»Du siehst schön aus«, stieß er hervor. Dann zog er die Rosen hinter seinem Rücken hervor und hielt sie ihr hin.

Tracy stand lächelnd auf. »O Mark, wie nett. Wofür sind die denn?«

»Für dich.«

Sie nahm den Strauß mit der einen Hand, seinen Kopf mit der anderen und gab ihm einen sanften, langen Kuss. »Sie sind wunderschön. Vielen Dank.«

Mark lächelte. »Und wofür ist das hier alles? Hast du heute schon mit Russell gesprochen?«

Sie schüttelte verwirrt den Kopf. »Nein, warum?«

»Ach, nichts«, wiegelte er ab. Einen Augenblick hatte er gedacht, sie hätte mit seinem Chef gesprochen und wüsste schon alles. Aber nein, das konnte nicht sein. Ihre Reaktion wäre ganz anders ausgefallen. »Wozu die Kerzen, das romantische Dinner und ...?« Seine Augen schweiften vom Tisch und betrachteten Tracy lange. »... das Kleid?«

Tracy grinste. »Ich wollte nur, dass dieser Abend ganz besonders wird.«

»Das ist dir gelungen.« Mark sog tief die Luft ein. »Wie das duftet!«

»Fettuccine Michelangelo.«

»Unser erstes Essen zusammen.«

»Ah, du weißt es also noch.« Sie lächelte ihn an. Einen Augenblick später sagten sie gleichzeitig: »Und was gibt's Neues?«

Mark lachte, Tracy kicherte nervös. Sie drehte sich zum Geschirrschrank um.

»Du zuerst«, sagte Mark.

Tracy holte eine Vase aus dem Schrank und ging in die Küche. »Nein, du zuerst. Ich will wissen, was heute im Sender passiert ist.«

Er folgte ihr. Der Duft der Pasta ließ seinen Magen knurren. Während Tracy Wasser in die Vase goss, öffnete er die Schublade und holte eine Schere heraus, um Zeit zu gewinnen. Er wickelte die Rosen umständlich aus und begann, die Stiele anzuschneiden.

»Also, schieß los«, bettelte Tracy. »Was gibt's Neues?«

Bevor Mark ein Wort sagen konnte, klingelte das Telefon. Sie sahen einander an. Wer würde abnehmen? Tracy, die am nächsten stand, langte nach dem Hörer.

»Lass doch den Anrufbeantworter …«, murmelte Mark.

»Vielleicht ist es was Wichtiges«, sagte Tracy.

»Mrs Taylor, hier Chris, bei Dr. Hoyt.«

Tracy zwang sich, nicht in Marks Richtung zu sehen, damit er nicht den Schock auf ihrem Gesicht sah.

»Ja …?«, antwortete sie vorsichtig, erleichtert, dass nicht Mark abgenommen hatte.

»Dr. Hoyt lässt fragen, ob Sie und Ihr Mann morgen zu der Ultraschalluntersuchung kommen.«

Sie merkte, wie sie doch zu Mark hinschaute, der an der Küchentheke stand und weiter die Rosenstiele beschnitt. Er warf ihr einen fragenden Blick zu.

»Könnte ich Sie zurückrufen?« Sie drehte sich wieder um.

»Gerne, aber wir schließen gleich, und Dr. Hoyts Terminplan ist morgen schon ziemlich voll. Wenn Sie nicht sofort morgen früh anrufen, müssen Sie womöglich bis nächste Woche warten.«

»Alles klar«, erwiderte Tracy. »Ich rufe dann morgen zurück.«

Sie legte auf und drehte sich wieder zu Mark.

»Wer war das?«

Tracy zuckte innerlich zusammen, während sie an die Spüle trat und nach der Vase griff. Sie hasste es, zu lügen, aber … »Das war Veronica … eine Mitstudentin. Sie wollte was mit mir besprechen, aber das geht auch noch morgen.«

Sie nahm Mark die Rosen ab und sog deren wunderbaren Duft ein. Sie schaute zu ihm hoch, und ihre Augen lachten. »Sind die schön!«

Mark lächelte. Den Anruf hatte er schon wieder vergessen.

Tracy begann, die Rosen in der Vase zu arrangieren. »Erzählst du mir jetzt deine große Neuigkeit?«

Mark war plötzlich wieder nervös. »Na ja, es gibt eine gute und eine schlechte Nachricht, wie man so sagt.«

»Nun, dann sag mir die gute zuerst.«

»Die gute Nachricht ist, dass ich das Interview meines Lebens kriege.«

»Mensch, das ist ja toll!« Tracy umarmte ihn kurz und küsste ihn auf die Wange. »Und wen interviewst du?«

»Das ist die schlechte Nachricht.« Mark legte die Schere hin und nahm Tracys Hand. »Ich werde Ahmad Hani Sa'id interviewen.«

Tracy stand der Mund offen, die freudige Erwartung in ihren Augen ausgelöscht von einem Guss von Ungläubigkeit. »Wie kann das möglich sein?«

»Das wissen wir, ehrlich gesagt, auch nicht.« Mark ließ den Rest der Blumen auf der Theke und zog Tracy zu einem der Küchenstühle. Er setzte sich neben sie, ließ ihre Hand dabei nicht los. »Frank hat mich heute in sein Büro gerufen. Es scheint, dass Sa'id zu einem Interview mit unserem Sender bereit ist, aber nur, wenn ich es führe.«

»Das versteh ich nicht.« Tracy schüttelte den Kopf. Die Verwirrung in ihren Augen machte der Angst Platz. »Woher kann Sa'id dich überhaupt kennen?«

»Das wissen wir auch nicht.« Er erzählte ihr, wie die Korrespondenten im Nahen Osten an die Produzenten seiner Show herangetreten waren.

»Das gefällt mir nicht, Mark«, antwortete sie. Die Begeisterung in ihrem Gesicht war wie weggeblasen.

»Mir passiert schon nichts. Frank meint, einen geladenen Gast wie mich werden sie bestens behandeln. Wie einen König, hat er gesagt.« Er sprach weiter und hoffte, dass es überzeugter klang, als er sich fühlte. »Aus irgendeinem Grund ist Sa'id bereit zu reden, und zwar mit mir.«

Tracy schaute zu Boden, dann wieder hoch. Ihre Augen standen voller Tränen. »Und der Reporter vom *Wall Street Journal*? Den sie hingerichtet haben?«

»Das war nicht dieselbe Organisation, ich meine, Sa'id wird mir nichts tun. Er will, dass seine Botschaft nach Amerika und ins Fernsehen kommt. Ich werde in Nullkommanichts wieder zurück sein.«

Tracy schien nicht überzeugt. »Und wo soll dieses unglaubliche Interview stattfinden?«

»Wir glauben, in Syrien. Wir fliegen in die südliche Türkei, nicht weit von der syrischen Grenze.«

»Und wann?« Ihre Augen waren eine einzige Bitte an ihn, nicht zu gehen.

Er senkte den Kopf. »Heute Abend um zehn.«

Sie zog ihre Hände zurück, stand auf und ging zurück zur Theke. Sie begann, die restlichen Rosen in die Vase zu stellen. Mark folgte ihr und legte sanft seine Arme um sie. »Es wird alles gut gehen«, flüsterte er. »Gott wird mich beschützen.«

»Mark.«

Sie löste sich aus seiner Umarmung los, versuchte, ihn nicht ihre Tränen sehen zu lassen. »Unsere Truppen sind schon im Süden der Türkei ... sie können jederzeit Lager der Terroristen angreifen oder einen massiven Bombenkrieg beginnen, wie in Afghanistan. Was, wenn du dann in Syrien bist? Warum du?«

»Das weiß ich nicht, Tracy.« Ihm fehlten die Worte.

»Und was soll ich machen?« Tracys Stimme wurde hart, sie sah ihn wieder an. »Gehorsam ›Okay, preist den Herrn‹ sagen, während du um die halbe Welt fliegst, um dich mit dem Teufel zu treffen? Mit jemandem, der dich umbringen würde, bloß weil du Amerikaner bist? Ich weiß nicht, ob ich so einen Glauben habe, Mark.«

»Tracy, Schatz ... ich hab mir diese Aufgabe nicht selbst ausgesucht.«

»Aber an Ablehnung hast du nie gedacht?«

Die Wucht ihrer Worte ließ Marks Augen groß werden, dann schaute er zu Boden. Nein, daran hatte er nicht gedacht.

»Wohl nicht, wie?« Sie schaute ebenfalls weg, kämpfte gegen die Tränen. »Was ist mit mir, Mark ... mit uns?«

Was sollte er ihr antworten? Bevor er Worte fand, war Tracy aus der Küche gerannt.

Sie konnte, sie durfte nicht bleiben – dann hätte sie die nächste Frage hervorgestoßen: *Und was ist mit unserem Kind?*

Kapitel 6

CIA-Zentrale, Langley, Virginia
20.39 Uhr

Wendy hob für einen Moment ihren Blick vom Bildschirm und rieb sich mit Daumen und Zeigefinger die Augen. Sie lehnte sich zurück und schaute auf die Zeitanzeige ihres Telefons. Seit fast 15 Stunden war sie am Schreibtisch, aber sie konnte nicht nach Hause, bis sie wusste, wie Taylor reagiert hatte. Das Ergebnis dieses Gesprächs würde die Strategie der CIA-Taskforce bestimmen. Taylor musste einfach dabei sein! In den letzten Monaten war die Ergreifung von Sa'id die Parole der ganzen Agency geworden, aber für Wendy war das Vorhaben viel persönlicher.

So fokussiert und engagiert Wendy nach dem 11. September für die CIA gearbeitet hatte, seit November hatte sie ihre Anstrengungen für die CIA verdoppelt. Ihr Bruder hatte das Football-Spiel zwischen den Redskins und den Eagles in einem der Stadien angesehen, das eines der Anschlagsziele des Sonntagsmassakers gewesen war.

Er hatte direkt über dem Tunnel gesessen, in dem der Terrorist den Schulbus angehalten und die Bomben gezündet hatte. Er hinterließ eine junge Witwe und drei Kinder, alle unter sieben Jahren, die jetzt keinen Vater mehr hatten.

Die Ereignisse vom 11. September hatten Wendy in die CIA geführt; das Sonntagsmassaker hatte ihre Arbeit zu einer persönlichen Angelegenheit gemacht.

Sie rief die Anwendung in ihrem Computer auf, die mehrere Möglichkeiten errechnet hatte, wie Ahmad Hani Sa'id heute aussehen könnte, auf der Basis von Bildern des 18-Jährigen. Sie spürte, wie der Hass in ihr hochstieg, als sie die Bilder betrachtete.

Sie merkte, dass jemand hinter ihr war, und drehte sich um. In der Tür zu ihrem Büro stand Jack Murphy. »Wir kriegen ihn, Wendy«, sagte er leise.

»Darauf zähle ich.«

»Gehst du nicht besser nach Hause und schläfst etwas? Wenn Taylor erst mal unterwegs ist, wirst du hier nicht mehr wegkönnen.«

»Nein.« Wendy schüttelte den Kopf. »Ich will wissen, wie das Gespräch in Los Angeles ausgeht. Und ich bin auch noch nicht fertig mit meinen Recherchen zu Taylor.«

»Wendy, du gehst nach Hause«, befahl Murphy. »Ich ruf dich an, wenn der Kontakt zu Taylor hergestellt wurde. Wir werden rund um die Uhr im Einsatz sein, sobald sein Flugzeug unseren Luftraum verlässt, und dann brauch ich dich. Also los.«

»Gleich, Jack.«

Jack schüttelte lächelnd seinen Kopf. »Das ist ein Befehl, Wendy.«

»Okay. Ich muss nur noch einen letzten Suchlauf starten.«

Jack ging ohne weiteren Widerspruch, und Wendy wandte sich wieder ihrem Computer zu. Sie hatte bereits jede Suchanfrage zu Mark Taylor durchgeführt, die sie sich ausdenken konnte, um ja nichts aus seiner Vergangenheit zu übersehen. Jetzt startete sie einen Suchlauf nach jedem bekannten Terroristen in der CIA-Datenbank, der wie auch immer geartete Parallelen zu Taylor hatte – Hobbys, Bekanntschaft, Arbeitsplatz, alles. Die Suche würde mehrere Stunden dauern. Sie würde sie starten und dann für ein paar Stunden Schlaf nach Hause fahren.

Studio City, Kalifornien
17.41 Uhr

Mark trat kleinlaut ins Schlafzimmer, wo Tracy im Dunkeln auf dem Bett saß, Shandy streichelte und zu Boden starrte.

»Schau mal, Tracy«, murmelte er und setzte sich neben sie. »Ich weiß, dass das ein Schock ist ... das war es für mich auch.«

Tracy rührte sich nicht und starrte weiter auf den Teppich. Das schöne Abendessen, bei dem sie ihrem Mann die tollste Neuigkeit ihrer jungen Ehe verraten wollte – ruiniert. Sie hörte, wie Mark weiterredete, aber seine Worte füllten den Raum nur mit Lärm. Sie blinzelte, eine Träne rollte ihre rechte Wange hinunter. Mark wischte sie sanft weg.

»Wie kannst du nur einfach bestimmen, dass du da hinfährst?« Sie schob seine Hand zur Seite. »Es gibt in dieser widerlichen Wüste tausend Reporter, die für dieses Interview sterben würden. Lass das doch einen von denen machen.«

»Das hab ich Frank auch gesagt, aber das geht nicht. Sa'ids Kontaktmann hat klar gesagt: Entweder ich oder keiner.«

»Das ist echt schwer zu glauben.« Tracy staunte selber über den Sarkasmus in ihrer Stimme. »Halten die sich für den Claus Kleber der internationalen Fernsehnachrichten?«

Mark unterdrückte eine scharfe Antwort und versuchte, seine Stimme ruhig zu halten. »Schau mal, Tracy, ich weiß nicht, warum ich ausgewählt wurde. Ich ...« Das Klingeln der Türglocke unterbrach seinen Satz. Shandy sprang vom Bett und sauste bellend zur Haustür. Mark schaute ihr hinterher, dann wieder zu Tracy.

»Tracy, bitte, versteh doch ...«

»Geh zur Tür«, sagte sie kalt.

Er erhob sich zögernd. Es klingelte wieder. Er ging durch das Wohnzimmer und schaltete die Deckenbeleuchtung an; ade, Kerzenschein. *Ausgerechnet jetzt muss ein Vertreter klingeln!* Er würde ihn rasch abfertigen und zu Tracy zurückkehren. Sie nahm die Sache schwerer, als er gedacht hatte; das war ungewöhnlich für sie.

»Ruhig, Shandy!«, befahl er.

Er öffnete die Tür, und sein Mund klappte auf. Vor ihm standen zwei Männer. Der eine war mittelgroß und schwarzhaarig und trug einen schwarzen Anzug mit weißem Hemd und schwarzer Krawatte. Wenn er kein FBI-Agent war, konnte er die Rolle in jedem Hollywood-Film übernehmen. Der zweite war einen Kopf größer, schwarz, gebaut wie ein Kleiderschrank, mit Bürstenhaarschnitt und in der Uniform der Marines.

»Es ist lange her, Mark«, sagte Griff Baxter, der Leutnant, der im Golfkrieg Marks Spezialeinheit befehligt hatte. Mark musste an sich halten, nicht zu salutieren; 20 Jahre danach war der Reflex immer noch da. An jedem anderen Tag wäre er begeistert gewesen, seinen ehemaligen Zugführer wiederzusehen. Aber heute Abend – das war kein Zufall.

»Ich hoffe, wir stören nicht ...«, fuhr Baxter fort.

»Nein, Sir.« Mark sah das goldene Eichenblatt an Griffs Hemdkragen und lächelte. »Major ...«

Griff erwiderte das Lächeln. »Ja, wenn man lange genug bleibt, müssen sie einen befördern.«

»Kommen Sie doch rein.« Mark öffnete die Tür vollends und trat zurück. Shandy knurrte skeptisch. »Macht der was?«, fragte Griff.

»Na, ein Marine wird doch mit 'nem Kampfhund umgehen können«, witzelte Mark.

Die beiden traten ein und Griff stellte seinen Begleiter vor. »Mark, dies ist Mike Weston vom FBI, Terrorismusabteilung.«

Auf einmal wusste Mark, warum die beiden hier waren.

»Schön, Sie kennenzulernen, Mr Taylor.« Weston hielt ihm seine Hand hin.

Sie schüttelten sich die Hände. »Nennen Sie mich ruhig Mark«, sagte Mark. »Setzen Sie sich.«

Griff und Weston setzten sich auf das Sofa.

»Sieht so aus, als ob die Marines dich gut behandeln, Griff«, bemerkte Mark, während er zum Sessel neben Baxter ging.

»Und dir scheint's auch nicht schlecht zu gehen.« Griff sah sich um. Er bemerkte die brennenden Kerzen auf dem gedeckten Esstisch.

Er machte eine Kopfbewegung zum Flur hin. »Tut uns leid, dass wir stören. Können wir offen reden?«

Mark nickte. Er schätzte Griffs Angebot eines Gesprächs unter vier Augen, aber damit hätte er Tracys Irritation nur noch gesteigert.

»Wie Major Baxter schon sagte«, sagte Weston, »bin ich vom FBI. Mr Taylor, wir wissen von Ihrer anstehenden Reise in die Türkei.«

»Hmm«, machte Mark.

»Wir sind auch über das Interview mit Ahmad Sa'id informiert«, fuhr Weston fort und beobachtete Marks Reaktion scharf.

»Hmm.«

Weston wartete einen Augenblick, dann sah er Mark direkt an. »Wir möchten Sie bitten, uns bei seiner Ergreifung zu helfen.«

Mark erwiderte einen Moment Westons Blick, dann seufzte er und sah zur Decke. Es ließ sich nicht leugnen: Etwas in ihm war begeistert, dass das FBI von dem Interview Wind bekommen hatte. Hatte er das nicht die ganze Zeit gewollt – seine Regierung zu Sa'id führen? Dann hallten Russells Worte durch seinen Kopf: *Wenn du dich auch nur einen Hauch verdächtig machst, schlitzen sie dir schneller die Kehle auf, als du »Amen« sagen kannst.*

»Wie haben Sie das rausgefunden?«, fragte er schließlich.

Weston sah zu Baxter hin.

»Sagen Sie's ihm«, sagte dieser.

»Durch Abhören eines Telefonats zwischen Josh Mclintock und dem Büro in New York«, gestand Weston.

Marks Brauen gingen in die Höhe. »Sie haben unseren Sender verwanzt?«

»Wir befinden uns in einem Krieg, Mark, und die Reporter sind im Ausland«, fiel Griff scharf ein.

Mark musste an den Anruf von Tracy denken und das komische Echo in seinem Handy. »Hören Sie mein Telefon etwa auch ab? Haben Sie so erfahren, dass ich jetzt zu Hause bin? Haben Sie mein Gespräch mit meiner Frau abgehört?«

Der stoische Ausdruck auf Westons Gesicht änderte sich nicht. Mark sah seinen Freund und ehemaligen Befehlshaber an.

»Griff?«

Baxters Gesicht verschloss sich, wie früher, wenn er Mark mitteilen wollte: »Das darf ich dir nicht sagen.«

»Wir befinden uns an einem Wendepunkt für unser Land, Mark.« Weston balancierte auf der Kante des Sofas. »In den vergangenen drei Monaten sind fast 13 000 Amerikaner von diesem Mann umgebracht worden. Wir werden alles tun, um ihn zu finden, und wenn wir ihn greifen können, ohne in Syrien einzumarschieren, werden wir das tun. Es würde Tausenden Soldaten das Leben retten.«

»Glauben Sie ja nicht, dass ich nicht von dem Augenblick an, als ich das Interview bekam, genau daran gedacht habe.« Mark sah Weston kühl an.

Im Schlafzimmer atmete Tracy, so leise sie konnte, während sie auf jedes Wort lauschte. Der wachsende Knoten in ihrem Magen hatte nichts mit der Schwangerschaft zu tun.

Sie spürte, wie die Wut, die sie vorhin gepackt hatte, langsam einer alles verzehrenden Angst Platz machte. Sie trat leise von der Tür weg, zu ihrem Kleiderschrank.

Mark schaute Griff an. »Wann haben sie dich da reingezogen, Major?«

»Heute Nachmittag«, antwortete Griff. »Ich war ahnungslos, bis mich Agent Weston nach meiner Landung in Point Mugu abgeholt hat.«

»Wo bist du stationiert?«

»Quantico.«

Mark sah ihn verdutzt an; Quantico war in Virginia, 4 800 Kilometer entfernt.

»Sie haben mich auf den Rücksitz einer F-14 gesetzt«, erklärte Griff. »In diesen Tagen gehen manche Dinge schneller.«

»Sieht ganz so aus.« Mark grinste, dann sah er wieder Weston an. »Haben Sie schon daran gedacht, Mr Weston, dass der Dschihad al-Scharia mich möglicherweise überwacht? Dass die Situation allein dadurch schon gefährlich werden kann, dass ein Mann in *Men in Black*-Montur und ein Major der Marines vor meiner Tür stehen?«

»Das haben wir«, erwiderte Weston. »Wir haben die Straße genau beobachtet. Es hält niemand Wache.«

Mark war nicht überzeugt. »Wer weiß noch alles von Ihrem Besuch?«

»Der Präsident, der Vizepräsident, der Nationale Sicherheitsberater, die Leiter von Homeland Security, FBI, CIA, Seth Maxwell – das ist mein Chef in Washington –, wir beide hier und eine Handvoll Kollegen in Langley.«

Mit jedem Namen wuchs der Druck, den Mark spürte, wie das Gewicht einer Hantel, die zu schwer für ihn war. Er fühlte sich mutterseelenallein.

Bevor er antworten konnte, spürte er, wie Tracy hinter ihm den Raum betrat. Baxter und Weston standen höflich auf, als sie sich auf die Armlehne seines Sessels setzte und einen Arm um ihn legte. Sie hatte das Abendkleid durch eine blaue Hose und ein weißes Sweatshirt mit der Aufschrift »National Studios« ersetzt. Ihre Berührung wärmte Mark.

»Das ist meine Frau, Tracy.« Mark nahm ihre Hand in die seine. »Tracy, dies ist Major Griff Baxter, mein vorgesetzter Offizier im Golfkrieg, und das ist Agent Weston vom FBI.«

»Sehr erfreut, Mrs Taylor«, sagte Griff. »Entschuldigen Sie bitte die Störung.«

»Es ist schön, Sie einmal kennenzulernen, Major.« Tracy lächelte warm. »Ich habe schon viel von Ihnen gehört.« Sie wandte sich Weston zu und nickte knapp. Ihre Augen verdunkelten sich. »Guten Tag, Mr Weston.«

»Guten Tag, Mrs Taylor«, erwiderte Weston ihren Gruß, setzte sich wieder und fuhr fort: »Bitte verzeihen Sie unser Eindringen, aber es musste schnell gehen.«

»Ganz offensichtlich«, sagte Tracy.

Die drei Männer saßen einen Augenblick unschlüssig da. Mark spürte, wie Tracys Finger sachte seinen Daumen drückten, dann die anderen Finger seiner Hand. Es war ihr Geheimcode, um »Ich liebe dich so sehr« stumm zu sagen, ein Finger für jedes Wort. Mark sah zu ihr hoch, ein Lächeln spielte um seine Lippen. Er erwiderte das Fingerspiel, spürte wieder das Band zwischen ihnen, das vorhin getrübt worden war.

Westons Stimme riss ihn aus seinen Gedanken. »Haben Sie eine Ahnung, warum ausgerechnet Sie dieses Interview machen sollen, Mr Taylor?«

Mark schüttelte den Kopf. »Nein. Im Sender waren alle perplex.«

»Es ist schon etwas merkwürdig. Sie sind ja nicht international bekannt.«

»Ich weiß. Es gibt keinen Grund, warum Sa'id auch nur meinen Namen kennen sollte. Ich habe wirklich null Ahnung, warum ich ausgesucht wurde.«

Weston musterte ihn genau, prüfte seine Mimik mit seiner ganzen jahrelangen Erfahrung als Agent. Nein, nichts an Marks Körpersprache ließ den Verdacht aufkommen, dass er log.

»Und was wollen Sie mir vorschlagen?«, fragte Mark in die Stille hinein.

Westons Blick schweifte von ihm zu Tracy und zurück. »Sind Sie sicher, dass Sie dieses Gespräch in Gegenwart Ihrer Frau weiterführen wollen?«

Sein herablassender Ton verstärkte Tracys Abneigung gegen Weston nur noch. Sie war gerade dabei aufzuspringen, als Mark antwortete. »Meine Frau kann alles mithören, was Sie mir sagen wollen. Weil wir nämlich jede Entscheidung, die dieses Unterfangen betrifft, ...« Er drehte sich zu Tracy hin, »... gemeinsam treffen.«

Griff hob die Hand vor seinen Mund, um sein Grinsen zu verbergen. Weston war gar nicht angetan. »Schön, wie Sie wünschen.« Sein Ton wurde weicher, er hatte seinen Fehler eingesehen. »Entschuldigen Sie bitte, Mrs Taylor, ich wollte Sie nicht kränken, aber diese Informationen sind eine hochbrisante Verschlusssache.«

Tracy nickte knapp, die Lippen zusammengepresst. Sie drückte sanft Marks Hand.

»Wir schlagen vor«, fuhr Weston fort, und seine Stimme schien durch das Zimmer zu hallen, »einen CIA-Agenten in Ihr Team einzuschleusen, den Sie zu Sa'id führen würden.«

Im Fenster des gegenüberliegenden Hauses teilte sich die Gardine. Ismael Basra starrte zum Eingang von Marks Haus hinüber. Eben hatte er die beiden Männer beobachtet, wie sie Marks Haus betreten hatten. Der eine war ganz offensichtlich FBI. Der andere hatte ihn überrascht; mit einem Offizier hatten sie nicht gerechnet.

Er trat vom Fenster zurück, ging vorbei an den Leichen von Mr und Mrs Frost. Er hatte das Rentnerpaar am Nachmittag überfallen und sofort getötet, damit sie ihn nicht identifizieren konnten. Dann hatte er geduldig am Fenster gewartet, bis Taylor nach Hause kam. Er griff in seine schwarze Segeltuchtasche und holte eine Kamera heraus. Er würde die beiden Männer fotografieren, wenn sie aus dem Haus kamen. Die Bilder würde er dann zusammen mit seinem Bericht e-mailen. Ismael hatte keine Ahnung, warum er das Haus der Taylors observierte, aber er hatte den Auftrag sofort angenommen. Der Dschihad al-Scharia schien sich nicht ohne Grund für Mark Taylor zu interessieren.

Kapitel 7

Studio City, Kalifornien
17.56 Uhr

Alle schwiegen. Das, was ihn seit dem Gespräch mit Russell beschäftigt hatte, lag nun offen vor ihm. Hier war die große Chance, das zu tun, was sein Herz wollte: Sa'id aufzuhalten. Aber er würde dabei seine Karriere aufs Spiel setzen und wahrscheinlich auch sein Leben.

Er bat Gott stumm um Weisheit.

Tracys innerer Kampf war noch viel heftiger. Sie hatte das militärische Vorgehen gegen den Terrorismus immer voll bejaht. Aber das war ein anderer Krieg gewesen, einer, der sie persönlich nicht berührte. Jetzt stand sie vor dem, was ihr am meisten Angst machte: dass sie Mark womöglich verlieren würde. Der Preis für das, was sie immer für richtig gehalten hatte, schien nun untragbar. Sie betete still, dass Mark den Mut finden würde, Nein zu sagen.

»Was denkst du, Mark?«, fragte Griff.

»Sie wissen nicht, was Sie da von mir verlangen«, murmelte Mark.

»Doch, wir ...«, begann Weston.

»Sie wissen es nicht!«, schnitt ihm Mark das Wort ab, Tracy zuckte zusammen.

»Ich weiß, dass wir sämtliche Grenzen zwischen der freien Presse und den Geheimdiensten überschreiten«, gab Weston zu. »Aber die Dinge sind anders geworden nach dem 11. September, und seit dem Sonntagsmassaker ist alles noch viel komplizierter. Wir brauchen Ihre Hilfe, damit wir diesen Mann stoppen können, bevor er noch mehr Unschuldige umbringen kann.«

»Und ich würde nichts lieber tun, als dieses Monster zu vernichten, aber so einfach ist das nicht. Es geht hier um mehr, als dass ich Ihnen helfe.«

»Das verstehen wir«, antwortete Weston. »Aber das ändert nichts daran, dass Ihr Land Sie um Ihre Hilfe bittet.«

Mark schwieg und hielt weiter Tracys Hand. »Ich kann das nicht jetzt gleich entscheiden ... ich muss mich mit meiner Frau besprechen.«

»Wir haben nicht mehr viel Zeit, Mark«, fiel Weston ein.

»Das weiß ich, aber wenn Sie mich bedrängen ...« Mark sah den Agenten scharf an, »können Sie es gleich vergessen.«

Weston nickte stumm.

Mark sah Tracy fragend an. Er bemerkte das Flehen in ihren Augen und nickte verständnisvoll, drehte sich aber wieder zu Weston. »Wie soll die Aktion ablaufen? Wollen Sie während des Interviews seinen Aufenthaltsort feststellen, um ihn später auszuschalten, oder wollen Sie ihn gleich erledigen?«

Weston suchte nach den richtigen Worten, um Tracy nicht weiter zu verärgern. »Wir wollen Sie nicht in Gefahr bringen, Mark. Sie sind jetzt ein Zivilist, das respektieren wir, und werden alles für Ihre Sicherheit tun. Unser ideales Szenario ist, dass wir Sie nach dem Interview in Sicherheit bringen und dann zuschlagen, solange Sa'id noch da ist.«

Mark fragte sich, wie realistisch das war. Und wie schnell seine Karriere beendet wäre, wenn seine Zusammenarbeit mit den Geheimdiensten ans Licht kam.

Er sah seinen ehemaligen Zugführer an. »Wie siehst du das, Griff?«

Griff seufzte. »Das Schicksal geht manchmal schon merkwürdige Wege. Es gibt keinen zweiten Journalisten in Amerika - und vielleicht in der ganzen Welt -, der deine militärischen Fähigkeiten hat, Mark. Als Weston mich eingeweiht hat, war mein erster Gedanke, dass Sa'id nicht ahnt, wen er da eingeladen hat. Ich halte dich für den besten Mann für diese Operation.«

»Aber?« Das Zögern in Griffs Stimme war Mark nicht entgangen.

»Na ja, wie jeder sehe ich Sa'id auch lieber tot als lebendig, aber nicht, wenn du dich dafür opfern musst.« Griff sah kurz in Tracys Richtung. »Du hast deinem Land tapfer gedient, Mark, du schuldest ihm kein Himmelfahrtskommando.«

Griff ignorierte den verachtenden Blick von Weston. »Wenn du dich darauf einlässt, musst du sichergehen, dass du die Freigabe für diese Mission hast.«

Mark lächelte dankbar. Er las zwischen Baxters Worten. Griff gab ihm zu verstehen, dass er nicht mehr in der Armee war, wo er jeden Befehl augenblicklich befolgen musste. Griff erinnerte ihn daran, dass Mark Zivilist war und weder Weston und dem FBI, Homeland Security noch sonst jemandem blindes Vertrauen schuldete.

Mark drehte sich wieder Weston zu. »Gibt es noch etwas zu besprechen?«

»Nein«, antwortete Weston. »Nicht, solange Sie nicht entschieden haben.«

»Alles klar.« Mark drückte Tracys Hand und sah sie an. »Dann werden wir beide uns unterhalten.«

Griff stand auf, aber Weston blieb sitzen, als erwarte er, dass Mark und Tracy nur eben für zwei Minuten in ein Nebenzimmer verschwinden würden. Mark sah ihn an, Weston stand zögernd auf.

»Wie erreiche ich Sie?«, fragte Mark.

Weston zog eine Visitenkarte aus seiner Hemdtasche und schrieb etwas darauf. »Hier ist meine Nummer. Rufen Sie mich an, sobald Sie sich entschieden haben.« Er ging offensichtlich nur widerwillig ohne Antwort. »Je früher wir Bescheid wissen, umso besser können wir planen.«

»Das weiß ich«, sagte Mark. Er sah Baxter an. »Ich hätte dich lieber bei einem anderen Anlass wiedergesehen, Griff.«

»Ich dich auch, Mark.« Die beiden Männer umarmten sich.

Auch Griff gab Mark seine Nummer. »Wenn du einen Rat brauchst, ruf mich an.«

Mark schaute den beiden hinterher, wie sie den Bürgersteig entlanggingen. Keiner von ihnen bemerkte, dass Ismael von gegenüber ein Foto nach dem anderen schoss. Weston zog schon sein Telefon hervor. Mark schloss die Tür und drehte sich zu Tracy um. Sie saß weiter auf der Sessellehne und schaute zu Boden. Als er zu ihr kam, hob sie langsam den Kopf.

»Was wirst du jetzt machen?«

»Ich weiß es nicht«, antwortete Mark, ging um sie herum und schlang seine Arme um ihre Taille. »Was denkst du?«

»Geh nicht«, flüsterte sie.

Mark sank das Herz in die Hose. Er hatte vorgehabt, alles durchzusprechen, aus der Distanz zu analysieren, Für und Wider abzuwägen. Sie kam direkt zur Sache. Ihr Schmerz zerriss ihm das Herz.

Er kniete sich vor sie hin und sagte sanft: »Tracy, das ist, als bätest du einen Feuerwehrmann, nicht zum Brandherd zu fahren, oder einen Piloten, nicht zu fliegen. Das ist meine Aufgabe; ich muss das machen.« Er hielt inne. »Und ich komme ja zurück, das verspreche ich dir.«

»Das kannst du nicht versprechen.«

Er presste seine Lippen aufeinander. Was sollte er antworten?

»Unser gemeinsames Leben fängt gerade erst an.« Tracy versuchte verzweifelt, nicht loszuheulen. »Wir sind noch kein Jahr verheiratet. Das ist nicht fair. Du weißt nicht, was du mir damit antust. Du weißt nicht ...« Sie unterbrach sich, dann sah sie ihn durchdringend an. »Warum du, um alles in der Welt, warum du?«

»Das weiß ich nicht. Gott muss einen Plan haben ...«

»Oder der Teufel. Der dich umbringen will.«

»Tracy, ich ringe schon den ganzen Tag mit dieser Entscheidung, seit dem Moment, als Frank mich informiert hat. Sollen wir die Regierung einweihen oder nicht? Am Nachmittag bin ich sogar noch mal zu ihm gegangen, um das zu besprechen.«

»Und was hat er gesagt?«

Mark seufzte. »Ich soll die Finger davon lassen. Dass es am sichersten ist, wenn ich das Interview hinter mich bringe und erst dann mit der Regierung spreche.«

»Siehst du nicht, wie vernünftig das ist?«

Mark nickte. »Ja – solange ich nur meine eigene Haut retten will. Aber was ist mit den Tausenden Menschenleben, die gerettet werden, wenn wir Sa'id jetzt stoppen und nicht erst in zehn oder zwanzig Jahren?«

»Und das ist deine Aufgabe?« Tracys Stimme wurde lauter.

»Was, ...« er flüsterte fast, »... wenn es sie ist?«

Stille.

Tracy ließ den Kopf sinken. Sie wusste, dass sie mit Argumenten nicht gewinnen konnte.

»Ich ertrage den Gedanken nicht, dich zu verlieren, Mark!«, brach es aus ihr heraus, überrascht von ihrer eigenen Ehrlichkeit.

Er legte einen Finger unter ihr Kinn, hob sanft ihr Gesicht, bis ihre Augen sich trafen. »Und ertrage es nicht, dich zu verlieren.«

Sie glitt von der Lehne und legte ihre Arme um ihn. Seine Berührung gab ihr ein wenig Trost, doch der Weg, auf den sie beide gezwungen wurden, erschütterte sie trotzdem.

Mark hielt sie ganz fest. Sie zitterte und kämpfte gegen die Tränen an. Das Bild, das ihr vor Augen brannte, ihr Kind, das seinen Vater vielleicht nie kennenlernen würde, es ließ sie nicht los.

Sie hielten sich für eine kleine Ewigkeit. Marks Stimme brach die Stille.

»Vater«, betete er, »dies ist ein Augenblick, in dem mir einfach die Worte fehlen.«

Tracy hörte zu, schloss die Augen, ließ ihre Tränen fließen.

»Gott, wir brauchen deine Antwort. Zeige uns den richtigen Weg. Soll ich bleiben oder gehen? Ich will dein Diener sein, und dies ist ein Weg, den ich nur gehen möchte, wenn du mitgehst. Beauftragst du mich damit, diesen Verbrecher zu richten ... oder soll ich nur meinen Job machen? Und bitte, Gott, tröste du Tracy, schenke Frieden, wo Unruhe herrscht. Wir wissen, dass du denen, die dich lieben, alle Dinge zum Besten dienen lässt. Du allein bist Gott. Wir brauchen deine Weisheit.«

Tracy holte heftig Luft und fuhr sich mit dem Ärmel über die Nase. Mark wischte ihr sanft die Tränen von den Wangen und küsste sie auf den Mund. Sie erwiderte den Kuss. Er richtete sich lächelnd wieder auf.

»Wohin ist das Kleid verschwunden?«

»Ich fand es nicht mehr passend.«

»Meinst du, dass das Essen schlecht geworden ist?«

Sie sah ihn ungläubig an. »Wie kannst du jetzt ans Essen denken?«

»Dieser Duft macht mich schon verrückt, seit ich zur Tür reingekommen bin.«

»Was ist mit deinem Gebet eben? Was sagt dir Gott?«

Er lachte. »Dass ich was essen soll.«

»Nein, im Ernst, Mark. Was denkst du?«

»Ich habe Hunger, ganz im Ernst.« Er lachte und zog sie in Richtung Küche. »Ich weiß noch nicht, wie Gott antworten wird, also machen wir's uns erst mal gemütlich. Das wird womöglich für lange Zeit mein letztes selbst gekochtes Essen sein.«

Tracy schüttelte den Kopf. Manchmal war Mark unmöglich.

West McLean, Virginia
22.10 Uhr

An diesem Abend wusste Wendy wieder einmal nicht, ob es sich lohnte, sich auszuziehen und richtig ins Bett zu legen. Oder ob sie einfach in ihren Kleidern auf die Tagesdecke fallen sollte. Sie hatte sich auf dem Heimweg ein Sandwich gekauft und im Auto gegessen. Sie war fest entschlossen, jeden Augenblick Schlaf mitzunehmen, bevor der Wecker um vier Uhr klingeln würde. Dann würde Marks Reise beginnen – ein wahrer Marathon an Arbeit.

Ihr Kopf hatte gerade das Kissen berührt, als das Telefon klingelte. Sie stöhnte und griff nach ihrem Telefon.

»Wendy, hier ist Jack.« Die Stimme ihres Chefs vertrieb ihre Müdigkeit schlagartig.

»Was gibt's Neues?«

»Das Treffen ist vorbei.« Jack drückte sich bewusst allgemein aus; Wendys Telefon war nicht verschlüsselt. »Es ist gut gelaufen, aber nichts ist entschieden. Die Zielperson bat um Bedenkzeit.«

Wendy seufzte enttäuscht auf. »Das überrascht mich. Wann werden wir Genaueres wissen?«

»Keine Ahnung. Aber es wird ganz schön eng.«

»Okay, gib mir Bescheid.«

»Mach ich.« Jack legte auf.

Wendy knallte das Telefon auf den Nachttisch. Warum wand sich Taylor so? Sie schüttelte frustriert den Kopf. Nicht jeder im Land war so hinter Sa'id her wie sie. *Nun gut, wenn es die harte Tour sein soll, meinetwegen.* Wenn es sein musste, würden sie ihn auch ohne Taylor kriegen.

Studio City, Kalifornien
19.13 Uhr

Die Kerzen waren heruntergebrannt, das Wachs tropfte die Bronzeleuchter hinunter auf die Tischdecke. Tracy und Mark beachteten es nicht; sie saßen an der Küchentheke und aßen direkt aus dem Topf. Etwas unromantisch, aber gerade richtig, um zu reden.

Sie gingen die verschiedenen Möglichkeiten durch. Tracy sah bald ein, dass Mark als Journalist die Reise auf sich nehmen musste. Die nächste Frage war, ob er mit dem Geheimdienst kooperieren sollte oder nicht. Diese Entscheidung war wesentlich schwieriger. Mark war sehr bewusst, wie groß Tracys Angst um ihn war. Fast hatte er den Eindruck, dass sie ihm etwas verschwieg – aber was?

»Ich finde, es läuft auf das hinaus, was Griff gesagt hat«, dachte Mark laut, nachdem er den letzten Bissen Pasta geschluckt hatte. »Mensch, war das gut.«

Tracy lächelte. »Schön, dass es dir geschmeckt hat.«

»Ach, übrigens«, erinnerte Mark sich plötzlich. »Was war denn der Grund für das Festessen, die Kerzen und das Kleid, das du leider nicht mehr anhast? Du hattest gesagt, dass es was Neues gibt ...«

Tracy überlegte blitzschnell. »Ach, das ist nichts gegen *deine* Neuigkeit. Ich hab in der Prüfung über Erbrecht die beste Klausur geschrieben und dachte, es wäre ein netter Anlass, mal wieder zu feiern. Aber zurück zu dir. Was hat Griff noch mal gesagt?«

Mark sah sie an. Er merkte, dass sie nicht die Wahrheit sagte. Sollte er sie zur Rede stellen? Nein, besser nicht. Wenn sie etwas auf dem Herzen hatte, würde sie es ihm sagen, wenn sie so weit war.

»Erinnerst du dich an seine Aussage, ich solle sicherstellen, dass ich die Freigabe für diese Mission habe?«

Tracy nickte, erleichtert, dass er nicht nachbohrte. »Ja, das bedeutet ...«

»Ich glaube, wir können das erst entscheiden, wenn wir den genauen Plan kennen. Wenn ich einfach zusage, ohne zu wissen, was die Behörden vorhaben, kaufe ich die Katze im Sack; das geht nicht.«

»Das klingt vernünftig.«

»Was hältst du davon: Wir sagen denen, dass ich Interesse habe, mich aber nicht entscheiden werde, bis ich die Details des Plans kenne.«

Tracy dachte kurz nach. »Aber wie können wir dann noch gemeinsam entscheiden? Bis du den Plan kennst, bist du doch schon um die halbe Welt.«

»Stimmt. Aber ich werde mich auf nichts einlassen, solange wir beide es nicht besprochen haben. Ich werde verlangen, dass sie mich genau ins Bild setzen, oder der Deal ist geplatzt.«

Tracy sah ihn fest an. »Glaubst du, dass das Gottes Antwort ist?«

Mark hielt inne und wog seine Worte ab. »Ja, Schatz, das glaube ich.«

»Ich weiß nicht, ob ich schon so weit bin«, sagte sie leise.

»Das weiß ich doch.«

Sie strich ihm sachte über die Wange und flüsterte: »Komm einfach zurück.«

Er legte seine Hand auf die ihre und blickte sie voller Liebe an. »Das werde ich tun.«

Kapitel 8

Lloyd's Coffee Shop, Studio City
19.20 Uhr

»Ich weiß nicht, ob ich Ihnen bei Taylor viel geholfen habe«, sagte Griff, während er etwas Milch in seinen Kaffee goss. Weston saß ihm gegenüber, an einem Ecktisch in dem Café nahe Marks Haus, und aß ein Stück Apfelkuchen.

»Das wäre eine Untertreibung«, erwiderte Weston bitter. »Was sollte der Quatsch mit dem Himmelfahrtskommando?«

»So sehe ich das halt.« Griff lächelte, dann wurde er ernst. »Mike, wenn er mitmacht, dann vergessen Sie nicht: Er ist ein ausgebildeter Marine, der ein Dutzend Sondereinsätze hinter den feindlichen Linien hinter sich hat. Behandeln sie ihn nicht wie einen Zivilisten. Wenn er der Zusammenarbeit zustimmt, wird er ein Gewinn für Sie sein.«

»Sie haben großes Vertrauen in einen Soldaten, der seit zehn Jahren keiner mehr ist«, grunzte Weston. »Aber gut, ich werde das nicht entscheiden, das ist die Sache der CIA.«

Westons Handy klingelte. Er schob sich den nächsten Bissen in den Mund und murmelte ins Telefon: »Weston.«

Er hörte kauend zu, dann begann er zu grinsen. »Klingt vernünftig, ja.« Er sah Griffs fragenden Blick und nickte. Griff lächelte; etwas anderes hatte er nicht erwartet von Mark.

Weston hörte weiter zu, dann sagte er: »Okay, wir kommen sofort.«

»Wir fahren zurück?«, fragte Griff.

Weston schob sich zwei weitere Bissen Apfelkuchen in den Mund, dann schob er seinen Teller weg. »Er will mit Ihnen sprechen.«

»Wann müssen wir zum Flughafen aufbrechen?«, fragte Tracy, während sie Mark seinen Lieblingspullover brachte. Er war gerade dabei, Unterwäsche für eine Woche in einen Koffer zu stopfen.

»Ziemlich bald. Ich weiß nicht, wie die Sicherheitskontrollen so spät abends sind.«

»Warum packst du so viel ein? Ist das Interview nicht schon am Samstag?«

»Schon, aber mit der ganzen Hin- und Rückreise können es schon fünf, sechs Tage werden.« Er unterbrach sich und zog sie an sich.

»Ich dachte, es wären drei Tage«, sagte Tracy leise, fast wie zu sich selbst. »Eine ganze Woche – ich weiß nicht, ob ich das schaffe.«

»Das Interview ist in drei Tagen, danach fahre ich sofort auf sicheres Territorium und komme direkt zurück zu dir.« Er küsste sachte ihr Haar und sog seinen Duft ein. Sie standen einen Augenblick so, dann holte sie seine Bibel von seinem Nachttisch.

»Vergiss die hier nicht.«

Mark nahm die Bibel und steckte sie in seine Aktentasche. »Wie wär's diesmal mit dem 1. Johannesbrief?«

Wenn Mark unterwegs war, lasen sie immer dasselbe biblische Buch durch. So fühlten sie sich geistlich ganz nahe.

»Gut, 1. Johannes«, stimmte Tracy zu.

Mark war dabei, den Koffer zu schließen, als es klingelte. »Das werden Griff und Weston sein. Du weißt, was du sagen wirst?«

»Geh schon mal vor, ich komme gleich«, antwortete sie. Mark ging den Flur entlang, still darum betend, dass sie keinen Riesenfehler machten, und öffnete die Haustür. »Kommt rein.«

»Ich bin überzeugt, Sie tun das Richtige«, sagte Weston, während er eintrat.

»Ich habe noch nicht zugestimmt«, erwiderte Mark. »Gehen wir hier rein.«

Er führte sie in die Küche und ließ sie in der Essecke Platz nehmen. »Ich habe nicht viel Zeit, mein Flugzeug geht in ein paar Stunden. Ich will nur noch mal deutlich machen, dass ich mich nach dem Briefing in Paris erst entscheide, wenn ich mit meiner Frau gesprochen habe.«

»Das geht, unter einer Bedingung«, sagte Weston.

»Und die wäre?«

»Dass Sie in Paris eine sichere Leitung benutzen. Ihre Frau muss den Anruf in unserem Büro entgegennehmen. Und sie erwähnen unsere Zusammenarbeit mit keiner Silbe, solange Sie das Festnetz oder ein Handy benutzen.«

»Das Studio hat uns Satellitentelefone gegeben.«

»Auch die nicht. Zu riskant.«

»Abgemacht«, sagte Mark. »Und mein Produzent? Weihen wir ihn ein?«

»Nein«, sagte Weston rasch. »Je mehr Leute davon wissen, umso größer die Gefahr für Sie.«

Mark nahm an, dass dasselbe für Frank Russell galt. Er würde bei dieser Mission völlig auf sich selbst gestellt sein. »Wie werde ich in Paris kontaktiert?«

»Es wird immer jemand von uns in Ihrer Nähe sein, auch wenn Sie niemanden sehen. Verhalten Sie sich ganz normal, wir kommen dann zum richtigen Zeitpunkt auf Sie zu. Die Person, die dies tut, wird das Codewort ›Dumbo‹ benutzen.«

»Wie bitte?« Mark konnte kaum glauben, was er da hörte.

»Schauen Sie mich nicht so an«, bat Weston. »Ich erfinde diese Codewörter nicht.«

Mark grinste. »Gab's nicht mal einen Film, der so hieß?«

»Kann schon sein, ja.«

»Sa'id als Dumbo – eigentlich nicht schlecht. Sehr ironisch.«

Weston räusperte sich. »Na ja, Dumbo sind *Sie*.«

»Na toll.« Mark verdrehte die Augen.

»So sieht die CIA euch Presseleute, wie?«, kicherte Griff.

Mark verzog das Gesicht: »Was kann natürlicher sein, als auf dem Pariser Flughafen über Elefanten zu reden?«

»Noch mal guten Abend, die Herren.« Tracy kam in die Küche. »Entschuldigen Sie bitte das Chaos.«

»Kein Problem, Mrs Taylor«, sagte Weston. »Wir bitten um Entschuldigung für die erneute Belästigung.«

Tracy blieb vor ihm stehen. »Könnte ich Sie mal eine Sekunde allein sprechen?«

»Sicher«, erwiderte er, leicht verwundert.

Tracy ging ihm voraus in den Flur. »Ich nehme an«, sagte Tracy, »dass Sie hier in Los Angeles stationiert sind und dass andere Agenten sich um Mark kümmern. Stimmt das?«

»Ja, Ma'am«, antwortete Weston.

Tracy führte ihn ins Wohnzimmer. »Eines möchte ich ganz klarmachen, Mr Weston. Ich will, dass mir nichts verschwiegen wird.«

»Ich verstehe.«

»Und ich will Sie rund um die Uhr anrufen können. Und wenn ich anrufe, nehmen Sie ab ...«

Mark wartete, bis Tracys Stimme kaum noch zu hören war in der Küche, dann flüsterte er Griff Baxter zu: »Wir haben nicht viel Zeit. Ich muss dich um einen Gefallen bitten.«

»Was immer du brauchst.«

»Ich bin im Prinzip bereit, mit ihnen zusammenzuarbeiten. Aber ich brauche Unterstützung.«

»Wie meinst du das?«

»Ich brauche jemanden, der mich begleitet und dem ich voll vertrauen kann. Jemanden wie dich.«

»Mich?«, rief Griff aus. »Du machst Witze!«

»Leise«, sagte Mark.

»Entschuldige.« Griff schaute in Richtung Wohnzimmer. »Ich kann dich nicht begleiten.«

»Warum nicht?«

»Mit fallen 49 Gründe ein, und alle haben mit meinem Alter zu tun. Für einen Außeneinsatz tauge ich nicht mehr ...« Griff zögerte, als ihm ein Gedanke kam, »... aber ich wüsste jemand anderes.«

Mark schaute in Richtung Wohnzimmer. Weston und Tracy sprachen noch. »Und wen?«

»Chuck Fleming.« Mark sah sofort, dass Griffs Vorschlag Hand und Fuß hatte. Chuck war einer der Besten in ihrer Einheit gewesen. Der Allerbeste für Einsätze hinter feindlichen Linien. »Chuck wäre perfekt. Ist er noch bei den Marines?«

»Nicht offiziell. Aber er ist noch auf der Gehaltsliste – als freier Terrorismusexperte für unsere Botschaften in gefährdeten Staaten. Ich schätze, ich kann ihn erreichen, aber er braucht eine Legende.«

»Mein Chef sagte mir heute Nachmittag, dass ich noch einen zweiten Journalisten mitnehmen muss, der das Interview beglaubigt. Den könnte Chuck doch darstellen.«

»Könnte funktionieren, aber wir haben nicht viel Zeit.« Sie hörten, wie Tracy mit Weston zurückkam. Griff zeigte mit dem Kopf in ihre Richtung. »Sie müssen eingeweiht werden, und er braucht passende Papiere, damit Sa'ids Leute ihn durchlassen.«

Mark zögerte einen Augenblick. Er hätte Chuck lieber ohne Wissen der

CIA mitgenommen, aber Griff hatte recht. Er nickte Weston zu, als dieser in die Küche trat.

»Danke für Ihre Hilfe, Agent Weston.« Tracy lächelte Mark kurz zu, dann setzte sie sich neben ihn. Weston setzte sich neben Griff. Mark sah ihn herausfordernd an.

»Also, Weston«, sagte Mark. »Wenn ich zustimme, dass jemand von der CIA mitgeht, möchte ich auch etwas: Noch jemand wird vor Ort sein.«

Weston sah Mark an, dann Griff. »Und wer ...«

»Ein ehemaliger Marine, Chuck Fleming«, sagte Mark.

»Er war in unserer Einheit im Golfkrieg«, erklärte Griff. »War einer der Besten, wenn's hinter feindlichen Linien hart auf hart kam.« Er und Mark gaben Weston einen Überblick über Chucks Biografie und die Rolle, die er bei dem Interview spielen sollte.

»Ich werde Ihre Bitte weitergeben«, sagte Weston nur, als sie fertig waren.

»Nein, Agent Weston«, korrigierte Mark. »Nicht meine Bitte. Meine Forderung. Wenn Chuck zustimmt, kommt er mit. Oder unsere Vereinbarung ist hinfällig.«

CIA-Zentrale, Langley, Virginia
22.29 Uhr

Fünf Männer saßen im Besprechungsraum im zweiten Stock der CIA-Zentrale und gingen alle Details der Operation Dumbo immer und immer wieder durch. Jack hatte Vince Ruzio dazugeholt, einen ihrer besten Agenten, der gerade aus dem Nahen Osten zurückgekehrt war. Vince, ein dunkelhäutiger Italiener, war bei zahlreichen verdeckten Operationen als Araber durchgegangen. Die Gruppe hatte zwei detaillierte Pläne ausgearbeitet – einen mit Marks Kooperation, einen ohne. Alle fünf hofften inständig, dass sie den ersten ausführen würden.

»Kriegen wir das Material bis Freitag vor Ort?« Jack schaute in die Runde.

»Jawohl«, erwiderte Ryan Drake, der Logistikspezialist. »Wir haben schon Massen an Material in die Türkei gebracht. Das meiste, was wir brauchen, ist schon da.«

»Gut.« Jack trommelte mit seinem Bleistift auf die Tischplatte. Sie waren bereit und warteten nur noch auf die Entscheidung von der Westküste. Er schaute auf seine Uhr. »Machen wir kurz Pause. In einer halben Stunde wieder hier.« Er stand auf, reckte sich und wünschte sich sehnlichst, er hätte wenigstens eine der vergangenen Nächte in seinem eigenen Bett verbracht. Es sah ganz so aus, als ob er auch die nächste Nacht auf der Couch in seinem Büro schlafen würde. Der Raum leerte sich. Vince blieb sitzen. »Du brauchst Schlaf, Murphy.«

»Ich weiß.« Jack rieb sich die Schläfen und fuhr sich durch sein schütterer werdendes Haar. »Wenn diese Operation vorbei ist, mach ich 'ne Pause.«

Vince lachte. »So wie ich jetzt, wie?«

Jack grinste. »Ja, entschuldige bitte. Möchtest du, dass wir jemand anderes schicken?«

»Nein!«, widersprach Vince. »Diese Operation will ich auf keinen Fall verpassen. Ich will nur sagen, dass wir erst pausieren werden, wenn wir Sa'id haben.«

»Da könntest du recht haben.« Jack drehte seinen Kopf nach links und rechts und streckte die Arme, um seine Muskeln zu lockern. »Und wie schätzt du unsere Chancen ein?«

»Wenn wir warten, bis Taylor ihn interviewt hat, und dann Sa'id mit einem Luftangriff treffen?« Vince schüttelte den Kopf. »Nicht gut. Sa'id wird sofort aus dem Zielgebiet gebracht werden, noch bevor sie Taylor gehen lassen. Unsere beste Chance ist immer noch, eine Schwarze Operation zu planen.«

Jack und Vince hatten unter vier Augen über diese Option gesprochen. Sollte Mark mit ihnen zusammenarbeiten, könnte Vince ermächtigt werden, Sa'id sofort zu töten – eine Taktik, die als Schwarze Operation bekannt war. 1976 hatte Präsident Ford solche Praktiken verboten; nach dem 11. September hatte Präsident Bush das Verbot aufgehoben.

Das Problem mit der Autorisation einer Schwarzen Operation in diesem Fall war, dass Sa'id so gut bewacht war, dass Vince und Taylor kaum lebendig zurückkommen würden.

»Ich gehe davon aus, dass er zustimmt«, sagte Jack. Vince seufzte, schaute an Jack vorbei ins Leere und nickte fast unmerklich.

Studio City, Kalifornien
19.34 Uhr

Weston hatte die letzten fünf Minuten damit verbracht, Mark einen Crashkurs in Spionage zu geben. Je mehr er redete, umso besorgter wurde Tracys Gesicht. Mark hatte genug gehört. Er schaute auf seine Uhr.

»Wir müssen jetzt zum Flughafen«, unterbrach er Weston.

»Okay«, sagte Weston. »Sie haben recht. Merken Sie sich alles, was ich Ihnen erzählt habe. Verhalten Sie sich ganz normal, bis jemand Operation Dumbo erwähnt.«

Mark nickte und bemühte sich, nicht zu grinsen. Auf einmal kam er sich wie in einem drittklassigen Spionagefilm vor.

»Wird gemacht«, sagte er. Dann, zu Griff: »Wann sehen wir uns wieder?«

»Wohl erst, wenn du wieder da bist.« Griff und Weston erhoben sich. »Ich versuche jetzt, Chuck zu erreichen.«

»Ich fahre den Major in mein Büro, damit wir Ihren Mann über eine sichere Leitung anrufen können«, sagte Weston. »Versprechen Sie sich nicht zu viel, Mark. Ich weiß nicht, ob wir das rechtzeitig hinkriegen. Wir informieren Sie in Paris.«

»Ich muss das schon in New York erfahren«, forderte Mark. »Mein Chef sucht schon einen anderen Journalisten. Ich will nicht, dass ich auf einmal zwei Begleiter in der Türkei habe.«

»Sie machen es uns nicht einfach«, beschwerte sich Weston.

»Das weiß ich.« Mark wusste, dass er ein Wunder Gottes brauchte.

»Wir finden Chuck schon«, versicherte Griff ihm.

Mark nahm seine Hand. »Wenn das vorbei ist, möchte ich mich gern mal mit dir treffen.«

»Ich auch.« Griff lächelte.

Weston hielt Mark seine Hand hin. »Viel Glück, Mr Taylor.«

»Danke.« Mark spürte den festen Händedruck des Agenten. »Ich weiß Ihren Dienst für unser Land zu schätzen.«

Weston nickte Tracy zu. »Wir bleiben in Kontakt, Mrs Taylor.«

Tracy lächelte dünn.

Kurz darauf waren Tracy und Mark allein. Er kam von der Tür und trat zu ihr. Er wusste, dass sie jetzt zum Flughafen mussten – und dass seine

Frau ihn so brauchte wie noch nie zuvor. Er trat hinter sie, nahm sie in die Arme, senkte seinen Kopf und schmiegte sich an ihren Nacken.

»O Mark«, seufzte sie. »Das wird nicht leicht werden.«

»Ich glaube, dass Gott bei alldem seine Hand im Spiel hat.«

»Das weiß ich. Ich wollte, ich könnte das auch glauben.«

Mark drehte sie herum und legte ihr die Hände auf die Wangen. »Hab Vertrauen. Wir machen das Richtige.«

Eine Träne rollte ihr über die Wange. Er küsste sie weg. Sie küssten sich, ganz sacht berührten sich ihre Lippen. Ihr Kuss dauerte an und wurde leidenschaftlicher. Sie verloren sich im anderen und einen Augenblick lang war alles weit weg: der Krieg gegen den Terror, die Fahrt nach Syrien, die Nachrichtenmagazine und das Studium. Nur sie beide.

Als Mark ihren Nacken küsste, dachte Tracy flüchtig: *Soll ich ihm nicht doch sagen, dass ich schwanger bin?* Aber sie schob den Gedanken sofort wieder weg; sie wollte Marks Last für die nächsten drei Tage nicht vergrößern. Sie betete, dass das die richtige Entscheidung war.

»Ich will dich so sehr ...« Mark flüsterte die Worte, die Tracy so liebte. Dann trat er zurück und schaute ihr liebevoll in die Augen. »Aber jetzt müssen wir los.«

So ist das Leben. Manchmal stinkt es.

Kapitel 9

Los Angeles International Airport
20.30 Uhr

Mark zählte sieben Autos vor ihnen in der Schlange. Mit einer Hand hielt er das Lenkrad, die andere war verschränkt mit Tracys Hand. Die Sicherheitsvorkehrungen am Los Angeles International Airport waren seit dem Sonntagsmassaker auf höchster Stufe. Kein Pkw durfte ans Terminal heranfahren; alle Passagiere mussten einen Shuttlebus benutzen.

Mark hatte nicht mit einer Warteschlange nur fürs Absetzen gerechnet. Noch weniger mit einer für den Bus. Nach dem Bus kam noch die Sicherheitskontrolle und wenn man Pech hatte, noch einmal eine Kontrolle direkt am Gate. Der aktuelle Preis des Reisens in einer freiheitsliebenden Gesellschaft. Mark überschlug im Kopf die Zeit, die das alles kosten würde, und rechnete alles zu der Uhrzeit dazu, die die Uhr am Armaturenbrett anzeigte. Es würde knapp werden bis zum Abflug um 22 Uhr.

Mark sah zu Tracy hin. »Hoffentlich ist Ross pünktlich losgefahren.«

»Vielleicht verpasst du ja die Maschine«, sagte sie voller Hoffnung.

»Das hättest du wohl gerne, wie?« Er lächelte.

Sie krochen eine Wagenlänge weiter. Tracy fuhr fort: »Wir könnten einfach weiterfahren, bis nach San Diego. Keiner würde uns vermissen.«

»Ich wollte, es wäre so einfach.« Mark schaute nach vorne. Sein Fuß trommelte auf den Boden.

»Entspann dich, Schatz, du hast jede Menge Zeit.«

Sie nutzten die Zeit, um sich ausgiebig zu verabschieden und noch einmal zusammen zu beten. Es war ein sehr schwerer Abschied, und Marks Angst, den Flug zu verpassen, machte ihn nicht einfacher.

Endlich waren sie an der Haltebucht. Mark stellte das Auto ab, entriegelte den Kofferraum und ging nach hinten, um sein Gepäck herauszuholen. Tracy kam zu ihm, als er Koffer und Aktentasche herauszog. Er stellte beides auf den Bürgersteig ab und umarmte Tracy fest. »Ich werde für dich beten«, flüsterte er ihr ins Ohr.

»Und ich für dich«, erwiderte sie. »Ich liebe dich.«

»Ich liebe dich auch.« Er gab ihr einen langen Abschiedskuss. Er versuchte, nüchtern zu bleiben, dies wie einen normalen Abschied am Flughafen zu behandeln, aber innerlich fragte er sich, ob dies ihr letzter Abschied sein würde. Er blinzelte seine Tränen weg. Er löste sich etwas von ihr, küsste sie und verlor fast selbst die Fassung, als er ihre nassen Augen sah.

Sie küssten sich erneut, fanden Trost in der Umarmung. Mark drückte ihren Kopf an seine Brust.

»Ich werde dich vermissen.« Tracy zitterte sachte in seinen Armen.

»Ich dich auch.« Er hielt sie noch ein paar Sekunden länger fest, dann löste er die Umarmung. »Wir sehen uns in ein paar Tagen wieder.« Er nahm sein Gepäck.

»Ruf mich so oft an, wie du kannst.«

»Mache ich.« Ein letzter rascher Kuss, und er ging. Tracy sah ihm einen Augenblick hinterher, bis hinter ihr jemand hupte. Sie wischte sich über die Wangen, schloss den Kofferraum und ging zur Fahrertür. Sie stieg ein und sah Mark nach, wie er zum Shuttlebus ging, um jedes Detail seiner Erscheinung in ihr Gedächtnis zu brennen.

Er drehte sich um, winkte und lächelte sie ein letztes Mal an. Sie winkte zurück, warf ihm einen Kuss zu und fuhr los. Sie kämpfte die Tränen zurück; weinen konnte sie die ganze Nacht noch.

American Airlines, Schalter 42 A
21.45 Uhr

Ross schaute nervös nach links und rechts die Check-in-Halle entlang. Alle paar Augenblicke sah er auf seine Uhr. In 15 Minuten würde die Maschine starten, und immer noch keine Spur von Mark.

»American Airlines Flug 10 nach New York, JFK, ist verspätet. Die neue Abflugzeit ist 22.45 Uhr«, kam es aus dem Lautsprecher.

Ross zog sein Handy heraus. Mark hätte schon längst da sein sollen. Halt, da kam er. Ross beeilte sich und traf Mark am Schalter. »Wo warst du so lange?«

»Sie haben mich am Metalldetektor rausgezogen und sind durch meine Tasche gegangen. Ich dachte, die würden 'ne Leibesvisitation machen«, schnaufte Mark. Seine Stirn glänzte vor Schweiß.

»Mann, das war knapp. Ein Glück, dass der Flug verspätet ist.«

»Ja, hab ich gerade gehört.«

»Russell wollte dich noch sprechen, bevor wir an Bord gehen.«

»Der Nächste ...«, rief die junge blonde Angestellte in blauer American-Airlines-Uniform. »Lass mich eben einchecken«, sagte Mark, »dann rufen wir ihn an.«

Er ließ die Eincheckprozedur über sich ergehen, zeigte wieder einmal seinen Pass und beantwortete geduldig die Routinefragen. Endlich schien die junge Dame zufrieden und reichte ihm seine Bordkarte.

»Ich wünsche Ihnen einen angenehmen Flug, Mr Taylor«, sagte sie.

»Danke,« sagte Mark und trat vom Schalter zurück. Ross schob ihm sein Handy in die Hand. »Hier. Russell ist dran.«

Mark funkelte ihn an, dann nahm er das Telefon. »Hallo, Frank.«

»Du hast dich noch nicht gemeldet wegen des Journalisten, der als Zeuge mitgehen kann. Ich hab Peter Baker von der *London Times* gewonnen.«

Marks Gedanken raste. »Das ist gut, Frank, aber er soll noch nicht in die Türkei reisen. Ich habe vielleicht einen, der schon in der Gegend ist.«

»Und wen?«

Mark wand sich, nahm Ross' Telefon von einem Ohr zum anderen. »Ich ... gebe dir bald Bescheid, ob es klappt. Bis Paris werde ich das wissen. Falls nötig, können wir Peter dann immer noch nachholen.«

»Okay, du hast Zeit bis Paris. Alles vorbereitet?«

»Ja.« Wann war Russell endlich fertig? Mark fühlte sich unbehaglich, mit ihm zu reden.

»Okay. Einen guten Flug dann.«

Mark atmete erleichtert aus, legte auf und gab Ross das Telefon zurück. »Hast du die Satellitentelefone?«

»Ja. Sie sind wohl auch schon voll aufgeladen.«

»Gut.« Mark schaute quer durch die Halle zu einem Geschenkeladen. »Jetzt haben wir es ja nicht mehr eilig. Komm mit, ich will erst mal was essen.«

Bevor Ross etwas sagen konnte, hatte Mark schon drei Schritte Vorsprung.

Carlton Hotel, Tel Aviv, Israel
8.18 Uhr

In der Hayarkon-Straße am Strand begann Chuck Fleming seine Sauftour. Er hatte vor, sein Zimmer im Carlton Hotel erst am Morgen wieder zu betreten, falls er denn nicht das Glück hatte, eine Dame aufzugabeln. Nachdem er die Marines an der US-Botschaft in Tel Aviv drei Tage lang intensiv geschult und trainiert hatte, hatte er das gute Recht, sich etwas zu gönnen.

Tel Aviv erinnerte ihn an Las Vegas - eine Stadt, die nie schlief. Eigentlich kein schlechter Posten und definitiv besser als das Nachtleben in Bahrain in der Woche zuvor.

Alle Botschaften, die in den vom Außenministerium sogenannten »Hot Zones« lagen, mussten neu gesichert werden. Ein Mammutaufgabe, die Chuck die letzten drei Wochen keine ruhige Minute gelassen hatte. Heute war sein erster freier Tag seit den Bombenanschlägen auf die US-Botschaften an Weihnachten. Er ließ ordentlich Dampf ab in der Nacht, und es war nach sieben Uhr morgens, als er in sein Zimmer zurückkehrte. Er schlug nicht oft derart über die Stränge, aber der Stress forderte seinen Tribut - und sein wachsender Durst auf Rache. Er wünschte sich, bei den Marines geblieben zu sein; dann könnte er jetzt vielleicht persönlich am Gegenangriff auf den Dschihad al-Scharia teilnehmen.

Er hatte noch mit einem letzten klaren Gedanken das Schild mit »Bitte nicht stören« an seine Tür gehängt, bevor er sich in einer Kombination aus Stress, Erschöpfung und Vollrausch auf das Bett fallen ließ.

Eine Stunde später schrillte das Telefon in seinem Gehirn wie ein Vorschlaghammer bei Migräne. Chuck stöhnte auf und presste sich das zweite Kopfkissen auf den Kopf. Es nützte nichts; das zweite Klingeln schickte schmerzhafte Stiche seinen Rücken entlang.

Er langte nach dem Telefon und zog unter ausgiebigen Flüchen den Hörer zu sich unter das Kissen.

»Ich hoffe für Sie, dass das ein Notfall ist«, schrie er krächzend, den Mund voller Watte.

»Redet man so mit seinem Vorgesetzten?«, antwortete Griff kühl.

Der Nebel lichtete sich, aber nur etwas. »Wer ... spricht da?«

»Wach auf, Fleming! Hier ist Griff Baxter.«

Ein Auge öffnete sich. Dann setzte sich Chuck halb auf, auf den einen

Ellbogen gestützt. Das Kissen glitt auf den Boden. Er knurrte: »Griff! Wie hast du mich gefunden?«

»Einfach war's nicht. Wir müssen reden.«

»Ich bin ganz Ohr ...«

»Nicht hier. Geh in die Botschaft. Ich ruf dich in 'ner Viertelstunde wieder an.«

»Warte!« Aber die Leitung war schon tot. Chuck warf den Hörer auf den Nachttisch, einen halben Meter am Telefon vorbei. Eine Viertelstunde! Er zwang sich, seine Füße vom Bett auf den Fußboden zu stellen. Der Raum drehte sich. Sein Kopf hämmerte. Griff! Warum um alles in der Welt rief der ihn an?

American Airlines Flug 10
Los Angeles International Airport
22.29 Uhr

Mark machte es sich auf seinem Fensterplatz bequem, Ross auf dem Gangplatz der Boeing 767. Erste Klasse fliegen war toll, wenn man es nicht selbst bezahlen musste.

Mark schaute zum Fenster hinaus, wo das Terminalgebäude leuchtete. Tracy war jetzt zu Hause, allein. Er schloss kurz seine Augen und bat Gott, sie zu trösten. Er wusste: Die nächsten drei Tage würden für sie härter werden als für ihn. Er betete darum, dass es ihr gut ging.

Er merkte, wie Ross ihn am Ärmel zog. Er schaute zu ihm. Ross nickte nach vorne. Dort stiegen gerade als Allerletzte zwei arabisch aussehende Männer ein, der eine in westlicher Kleidung und glatt rasiert, der andere in weiten Hosen und weißem langärmeligen Hemd, das ihm bis auf die Knie ging, sowie einem weißen Turban und langen Bart. Es wurde in der Kabine schlagartig still, die Gespräche verstummten, alle Augen folgten dem Paar. Der glatt rasierte Araber setzte sich zwei Reihen vor Mark und Ross, der andere ging langsam den Gang entlang in die nächste Kabine.

»Macht dich das nervös, Ross?«, fragte Mark leise.

»Ein bisschen schon.«

»Aber mir wirfst du Vorurteile vor, wie?« Mark lächelte dünn.

Wie sollte er sich die nächsten beiden Tage nur verhalten? Zwei Tage an

Ross' Seite, ohne ihm eine Silbe über die Sache mit der CIA sagen zu dürfen, war gelinde gesagt nicht einfach. Wie oft würde er lügen müssen? Kein angenehmer Gedanke, aber wohl nötig unter den Umständen. Er musste an die hebräischen Hebammen zur Zeit Moses denken, die den Pharao getäuscht hatten, als sie die neugeborenen Jungen töten sollten. Sie hatten Gott gefürchtet, und er hatte sie dafür gesegnet. Mark betete, dass Gott auch seine notwendigen Täuschungsmanöver segnete. Oder zumindest verstand.

Ross schwieg, schnallte sich an, zog die Zeitschrift aus der Tasche in der Rückenlehne vor ihm heraus und blätterte zerstreut darin.

Dann sagte er, den Blick immer noch in der Zeitschrift: »Was meinst du: Warum machen die das?«

Mark sah ihn an. Erwartete er eine Antwort? Doch Marks Neugierde war stärker. »Wovon redest du?«

»Na, die Flugzeugentführer.« Ross hob seine Hand, Daumen und kleiner Finger wie zwei Flügel gespreizt, und ließ sie langsam gegen die Rückenlehne vor ihm gleiten. »Dass die ein Flugzeug in ein Hochhaus steuern oder sich eine Bombe um den Bauch binden und hochgehen lassen. Ich begreif das nicht.«

Mark zuckte die Achseln. »Ich auch nicht, aber vor ein paar Monaten habe ich mit einem Pastor über den Islam gesprochen, der hat mir einiges erklärt.«

»Echt?« Ross neigte den Kopf. »Und was hat er gesagt?«

»Interessiert dich das wirklich?«

Ross nickte. »Du hast mich heute Nachmittag neugierig gemacht, während der Autofahrt. Wenn wir schon in den Nahen Osten fliegen, kann ich mich auch gleich über diese ganzen religiösen Dinge schlau machen.«

»Wird dir guttun.« Mark lächelte, dann beugte er sich näher zu Ross und senkte seine Stimme etwas. »Es hängt mit dem Gottesbild der Muslime zusammen. Im Islam hat Allah keine festen Eigenschaften. Man kann ihn nicht definieren, darf ihm keine ewigen Charakterzüge zuschreiben, nicht mal als Geist. Ihn beschreiben hieße ihn begrenzen, und das wäre Gotteslästerung. Er ist außerhalb von allem, was wir begreifen können, sein Wille ist absolut und er kann ihn jederzeit ändern.

Ein Muslim kann seine Religion nach bestem Wissen und Gewissen befolgen, aber wenn er stirbt, wartet er in seinem Grab auf das Jüngste Gericht. Allah kann ihm dann immer noch den Eintritt ins Paradies verweigern, einfach weil er Allah ist.«

»Du machst Witze!«

»Nein, es gibt nur eine Möglichkeit für einen Muslim, des Himmels gewiss zu sein.«

»Und das wäre?«

»Der Märtyrertod«, antwortete Mark. »Wer im Dschihad stirbt, während er gegen die Feinde des Islam kämpft, kommt direkt ins Paradies, ohne ins Gericht zu müssen. Wenn jemand in einem islamischen Land als Märtyrer gestorben ist, bekommt er eine besondere Beerdigung. Sein Leichnam wird nicht gesäubert und in schöne Kleider gehüllt, sondern so beerdigt, wie er ist. Wunden und das Blut sind seine Zeugen, wenn er vor Allah tritt – eine Art Ehrenbezeugung.«

Ross schüttelte seinen Kopf. Marks Worte waren schwierig zu begreifen. »Aber es heißt doch, dass die Attentäter vom 11. September in der Nacht vor ihrer Tat noch in Striptease-Nachtklubs gegangen sind. Das klingt mir nicht sehr fromm.«

»Überlege mal«, argumentierte Mark. »Sie waren überzeugt davon, dass sie eine Freifahrt direkt ins Paradies hatten, da schadete ein bisschen Sünde mehr oder weniger nicht. Es würde ihnen nicht vorgehalten werden, da sie ihre Karte schon gelöst hatten.«

»Sie haben also in der Nacht davor einen draufgemacht, weil sie die Garantie hatten, nach ihrem Tod im Paradies aufzuwachen.«

»Ja. Nur glaube ich nicht, dass sich diese Garantie erfüllt hat.«

»Hoffen wir's«, sagte Ross. »Aber ich sehe immer noch nicht, was daran so fromm sein soll.«

»Dazu muss man wissen, Ross, dass es einen großen Unterschied gibt zwischen der christlichen Vorstellung vom Himmel und dem muslimischen Paradies.«

Ross sah überrascht aus. »Echt? Zum Beispiel?«

»Nun, das Paradies ist eine Art Schlaraffenland mit herrlichem Wetter, wunderbaren Gärten und Flüssen, in denen Wasser, Milch, Honig und Wein fließen. Wein, der übrigens nicht betrunken machen soll. Im Paradies gibt es das köstlichste Essen, das man sich denken kann, Tausende von Dienern, die auf einen Wink bereitstehen – ja, und gut gebaute dunkeläugige Jungfrauen, die einem alle sexuellen Wünsche erfüllen.«

Ross lehnte sich in seinem Sitz zurück und lächelte genießerisch.

Mark fuhr fort: »Junge Knaben gibt's übrigens auch.«

Er wartete auf Ross' Reaktion und wurde nicht enttäuscht. Ross' Kopf schoss nach oben. *»Was?«*

»Die Koranforscher sind sich nicht einig, wozu diese Knaben da sind. Einige verstehen sie einfach als Diener, aber manche sehen sie so wie du gerade.«

»Also, bis dahin klang das ja alles ganz nett.«

»Ja, aber denke mal nach: Diese Dinge bedienen doch unsere hedonistischsten männlichen Begierden. Sexy Jungfrauen, ein Feinschmeckerbüfett und Ströme von Wein – das ist eine himmlische Orgie, sozusagen.«

»Für die muslimischen Männer muss es schon attraktiv sein. Und was ist in deinem Himmel anders?«

»Die Bibel beschreibt den Himmel als wunderbar schönen Ort, aber das Wesentliche geht viel tiefer als jedes sinnliche Vergnügen. Der Himmel wird verglichen mit dem Ende einer romantischen Liebesgeschichte eines Mannes und einer Frau. Sie wohnen Tausende von Kilometern entfernt voneinander und sprechen nur durch Briefe miteinander, können den Geliebten nie sehen oder berühren. Der Himmel – er ist wie der Tag, an dem sie endlich miteinander vereint werden. Und genau das ist die Hoffnung von uns Christen: Wir werden Gott, den Schöpfer und Erlöser, von Angesicht zu Angesicht sehen und das tun, wozu wir seit Beginn der Schöpfung bestimmt sind – Gemeinschaft mit Gott haben. Jesus hat diesen Tag als ein Hochzeitsfest beschrieben, an dem er kommt, um seine Braut – die Gemeinde – zu sich zu holen. Von einem hedonistischen Paradies wie im Koran findet sich in der Bibel keine Spur. Sie sagt sogar ausdrücklich, dass wir im Himmel nicht mehr heiraten werden und dass Ehen nicht mehr gelten. Der Himmel ist kein Ort zur Befriedigung unserer sinnlichen Begierden; die werden uns egal sein, wenn wir ewig bei unserem himmlischen Vater wohnen dürfen.«

»Also, ich hätte nichts dagegen, erst ein paar Monate im Paradies zu verbringen«, sagte Ross.

Mark schüttelte den Kopf. »Du bist unmöglich.«

Ross grinste. Er genoss es, Mark zu ärgern. »Schön, wenn das muslimische Paradies so ist, wie du es beschreibst, was kriegen dann die muslimischen Frauen?«

Mark lachte. »Das diskutieren die Gelehrten seit Jahrhunderten und es gibt keine einfache Antwort. Allgemein gilt, dass auch die Frauen für ihre Treue zu Allah belohnt werden, dass die Beschreibung des Paradieses im Koran nur symbolisch zu verstehen ist und dass auch Frauen das Heil erlangen. Aber das steht so ausdrücklich in keiner Sure des Korans, es wird abgeleitet. Ehrlich gesagt, ich habe immer noch nicht verstanden, was Frauen am Islam attraktiv finden. Nicht nur in Bezug auf das jenseitige Leben, sondern auch für das diesseitige. Von Mohammed wurde der Spruch überliefert, dass im Haus eines Mannes ein billiger Teppich mehr wert sei als eine Frau.«

»Das ist ja unglaublich! Kannst du auch was Gutes im Koran sehen?«, fragte Ross.

Mark dachte nach. »Vom Geistlichen her muss ich sagen: Nein. Obwohl es ein starker, monotheistischer Glaube ist, glaube ich nicht, dass Allah der Gott der Bibel ist. Politisch hat der Islam dem alten Arabien Einheit und Ordnung gebracht. Allerdings war der Preis dafür, dass die Menschenrechte von Frauen heute in islamischen Ländern massiv unterdrückt werden. Gut ist, dass eine der Pflichten des Muslims darin besteht, den Armen von seinem Reichtum abzugeben.«

Ross lächelte seinen Kollegen an. »Alle Achtung, Mark Taylor. Du hast deine Hausaufgaben gemacht. Aber was hat das alles mit unserem Interview mit Sa'id zu tun?«

»Du scherzt wohl!« Mark wurde wütend. »Das ist der Ausgangspunkt für die aktuellen Entwicklungen weltweit! Es gibt eine direkte Verbindung zwischen Terrorismus und Islam, und das sollten wir in unserer Sendung klar herausstellen. Es gibt viele Religionen in der Welt, aber den christlichen, hinduistischen oder buddhistischen Selbstmordattentäter gibt es heute nirgends. Wir müssen den Leuten zeigen, was für eine explosive Mischung politische Unruhen und radikaler, extremistischer Islam ergeben. Die beiden treffen aufeinander, und wir erleben die größte Terrorwelle der Weltgeschichte. *Das* will ich durch dieses Interview zeigen. Ich will wissen, was hinter einer Bewegung steckt, die Kinder in den Tod schickt, um Unschuldige umzubringen.«

Zwei Reihen vor Mark und Ross, am Fenster auf der gegenüberliegenden Seite, saß der Araber und spitzte seine Ohren. Er bemühte sich, Fetzen der

Unterhaltung zu erhaschen. Er hatte mehrere Male das Wort »Islam« gehört, aber der Geräuschpegel in der Kabine war zu hoch. Schade, dass er nicht näher zu den beiden saß. Er musste wohl warten.

Kapitel 10

Tel Aviv, Israel
8.35 Uhr

Chuck Fleming schaute kurz auf seine Uhr, als er die Hayarkon-Straße entlang zur amerikanischen Botschaft rannte. Er hatte die Viertelstunde bereits überzogen; keine Chance, pünktlich an der Torwache der Marines vorbeizukommen, und erst recht nicht, um in die Botschaft zu gelangen.

Die wunderschöne Strandpromenade am Mittelmeer nahm Chuck nicht wahr, er sprintete verbissen weiter und kämpfte gegen die Übelkeit, die in immer neuen Wellen kam. Nachdem er aus dem Bett gesprungen war, war er ins Badezimmer gewankt, wo er sich das Gesicht mit Wasser bespritzt und die Zähne geputzt hatte, um den ekligen Geschmack loszuwerden, leider ohne Erfolg.

Sein Zimmer war im Hotel Carlton, einen Kilometer von der Botschaft entfernt. Nah, aber nicht nah genug. Gut, dass wenigstens eine Brise vom Meer her wehte, die ihn ein wenig erfrischte.

Das Kopfsteinpflaster hämmerte durch die Sohlen seiner Sneaker auf seine Fersen, während er sich den Wachen am Tor näherte.

»Lasst mich rein!«, schrie Chuck schon von Weitem.

Schreiend auf das Tor einer amerikanischen Botschaft zuzurennen, in der die höchste Alarmstufe herrschte, war nicht die beste Methode, um das Tor schnell zu öffnen.

»Halt!«, bellte einer der Marines.

Zum Glück erkannte ihn der zweite, dessen M-16-Gewehr genau auf Chuck gerichtet war. »Was ist los, Mr Fleming? Soll das ein Test sein?«

Chuck hob schwer atmend seine Hände hoch. »Es ist alles in Ordnung.«

Er sah schrecklich aus. Mit seinem vom Bett zerzausten Haar und den Kleidern, die er die ganze Nacht getragen hatte, sah er eher wie ein Pennbruder aus als wie der Antiterror-Experte, unter dem die Wachposten die letzten zwei Tage trainiert hatten.

»Ich erwarte einen verschlüsselten Anruf aus den Staaten, in ...« Chuck sah auf seine Uhr. »Jetzt gerade.«

»Okay, weisen Sie sich aus«, sagte der erste Marinesoldat.

Chuck wollte protestieren, besann sich aber eines Besseren. Da er diesen Leuten gestern beigebracht hatte, jede Vorschrift einzuhalten, konnte er nicht heute die erste Ausnahme verlangen. Für die beiden Marines musste sein Verhalten wie ein Test aussehen.

Das Telefon im Wachhäuschen klingelte. Der zweite Soldat nahm ab, hörte einen Augenblick zu, sagte »Okay« und legte wieder auf.

»Da scheint wirklich ein Anruf auf Sie zu warten.« Er lächelte, öffnete das Tor und ließ Fleming durch.

Man führte Chuck in ein Büro im ersten Stock der Botschaft. Er nahm den Hörer des Telefons. »Entschuldige, Griff, es ging nicht so schnell.«

»Wirst du alt?« Griff kicherte.

»Nein, Sir«, antwortete Chuck aus alter Gewohnheit. »Ich ... das ist 'ne längere Geschichte.«

»So wie du klingst, bist du krank oder du hast die ganze Nacht Liegestütze am Tresen gemacht oder beides.«

Chuck zog es vor, nicht zu antworten.

»Ist die Leitung sicher?«, fragte Griff.

»Ja. Um was geht's?«

»Wie sieht dein Terminkalender aus, Chuck?«

»Ich soll morgen nach London fliegen. Warum?«

»Ein alter Kollege braucht dich heute Abend in Paris.«

Studio City, Kalifornien
22.51 Uhr

Tracy streifte ihre Hausschuhe ab und stieg ins Bett. So einsam war sie schon lange nicht mehr gewesen. Mark war zwar schon öfter über Nacht fort gewesen, aber so hatte sie sich noch nie gefühlt. Jetzt flog er also quer über die USA, und das war erst die erste Etappe seiner Reise. Und die sicherste.

Sie schob sich zwei Kissen in den Nacken und zog die Decke bis zur Taille. Aus der Diele kam das Klimpern von Shandys Halsband. Da war sie auch schon mit einem Satz auf dem Bett und rollte sich neben ihr zusammen.

Tracy beugte sich vor und kraulte sie hinter den Ohren. Das weiche Fell glitt durch ihre Finger. Tracy küsste sie auf den Kopf. Shandys Nähe tröstete sie etwas, aber es war kein Ersatz für Mark. Shandy leckte ihr die Hand.

»Du denkst wohl, du darfst auf dem Bett schlafen, während Herrchen nicht da ist, wie?«

Die Hündin rollte sich zur Antwort auf den Rücken, streckte alle viere in die Luft und seufzte leise. Tracy kraulte ihr eine Weile den Bauch, bevor sie aufstand und sich in der Ecke des Bettes niederließ.

»Ich glaube, das denkst du wirklich.« Tracy grinste. Sie nahm ihre Bibel vom Nachttisch. Mark hatte ihr die ledergebundene Ausgabe mit ihrem Namen in Gold auf dem Cover geschenkt, als sie zum Glauben gekommen war. Tracy hielt sie in Ehren.

Sie blätterte darin, bis sie den ersten Johannesbrief fand, und begann zu lesen. Der Gedanke, dass Mark irgendwann während seines Fluges ebenfalls im Johannesbrief lesen würde, wärmte ihr das Herz. Am 5. Vers des 1. Kapitels blieb sie hängen. *»Gott ist Licht; in ihm ist keine Finsternis.«*

Dass diese Worte als Ermutigung gedacht waren, ließ ihr das Gefühl der Bedrohung und ihre Verzweiflung nur noch niederdrückender erscheinen. Es gab so viel Böses in der Welt, und Mark flog geradewegs in es hinein. Wo war Gott? Würde er zulassen, dass ihr ihr Mann genommen wurde? Würde sie ihr Kind allein aufziehen müssen? So viele Fragen. Sie fühlte, wie die Leere sie umhüllte.

American Airlines Flug 10
23.12 Uhr

Mark konnte das Lichtermeer von Los Angeles bald nicht mehr sehen, es verschwand in dem Nebel, der vom Pazifik her heranrollte. Er kippte seine Rückenlehne zurück und bereitete sich seelisch auf die ersten fünf Stunden der Reise vor. Etwas nach sechs Uhr morgens würden sie in New York landen. Der Flug nach Paris würde weitere acht Stunden dauern. Paris ...

»Hast du Sa'ids Kontaktperson in Paris erreicht?«, fragte Mark.

Ross las gerade einen Thriller. Er knickte ein Eselsohr in die Seite und legte das Buch beiseite.

»Ja. Er sagte, er müsse erst seine Vorgesetzten fragen, aber ich glaube, er wird da sein.«

»Wie heißt er?«

»Abdul Khaliq. Er leitet einen Verein, der sich *United Islamic Aid* nennt. Angeblich eine humanitäre Hilfsorganisation für Bedürftige in islamischen Ländern.«

»So, so. Und warum hat unsere Regierung das Vermögen dieses Vereins nicht einfrieren lassen?«

»Weil die Franzosen nicht dazu bereit waren.«

Die Politik des Terrorismus, dachte Mark. Er rieb sich über die Stoppeln in seinem Gesicht. »Wann wirst du genau wissen, ob das Treffen zustande kommt?«

»Er soll Russell kontaktieren, während wir unterwegs sind. Womöglich erfahren wir es erst, wenn wir schon in Frankreich sind.«

Mark seufzte. Es gab so viele Dinge, die er nicht in der Hand hatte. Er wusste nicht, ob Chuck Fleming dabei war oder nicht. Den Plan der CIA würde er erst in Paris erfahren, den der Terroristen gar in der Türkei, und das Treffen mit Sa'ids Spendensammler in Paris war auch noch unsicher. Doch das Schlimmste war, dass Mark noch nicht wusste, wie sein eigener Plan aussah. Konnte er ein bloßer Zaungast der Operation der Geheimdienste sein, oder würde die Situation von ihm ein aktives Eingreifen erfordern? Er wusste es nicht.

Ross wandte sich wieder seinem Roman zu. Mark holte die Bibel, die Tracy ihm mitgegeben hatte, aus seiner Aktentasche sowie seinen Koran.

»Meine Damen und Herren, die Anschnalllichter sind jetzt erloschen ...« Die Stimme des Flugbegleiters kam aus dem Lautsprecher.

Ross schaute einen Moment von seinem Buch auf und sah Marks Lesematerial. »Die Bibel kann ich nachvollziehen, aber was machst du mit dem Koran?«

»Recherche«, antwortete Mark.

»Gute Idee.«

»Allerdings nicht so spannend wie dein Grisham da.« Mark zeigte auf Ross' Roman.

»Magst du Grisham?«

Mark nickte. »Ja, sehr sogar.«

»Liest du mir was vor?«, sagte Ross.

»Aus dem Koran?«

Ross lehnte sich zurück und schloss die Augen. »Gib mir eine Kostprobe aus dem Islam.«

Mark suchte kurz in einem Notizblock, der in seinem Koran steckte, und schlug die 5. Sure, Vers 72 auf. Er las:

> *Ungläubig sind, die sagen: »Gott, er ist Christus, der Sohn Marias.« Christus sagt: »Ihr Kinder Israels, dient Gott, meinem und eurem Herrn!« Wer Gott Partner beigibt, dem versagt Gott den Garten. Seine Heimstatt ist das Feuer. Ungläubig sind die, die sagen: »Gott ist der Dritte von dreien.« Kein Gott ist außer einem einzigen. Wenn sie mit dem, was sie sagen, nicht aufhören, trifft gewiss die unter ihnen, die ungläubig sind, schmerzhafte Strafe.*

Ross öffnete seine Augen wieder. »Ich bin ja kein Theologe, aber steht da nicht, dass die Christen Ungläubige sind?«

»Besonders der Satz, dass Allah kein Dritter von dreien ist. Das ist eine klare Anspielung auf die Dreieinigkeit.«

Ross sah ihn an, sein Gesicht ein Fragezeichen.

Mark erklärte. »Die Christen glauben, dass Gott Einer ist, aber aus drei Wesen besteht - Gott der Vater, Gott der Sohn und Gott der Heilige Geist. Das ist nicht ganz leicht zu erklären, aber wir glauben, dass Jesus Gottes Sohn ist, der Mensch gewordene Gott, die zweite Person der Dreieinigkeit. Er war ganz Mensch und ganz Gott. Für den Islam ist eine solche Vorstellung die reine Gotteslästerung, Muslime nennen das *schirk*, die schlimmste Form von Unglauben.«

Mark schaute in seine Notizen. »In Sure 8, Vers 12 beschreibt der Koran, was mit den Ungläubigen zu geschehen hat:

> *›Ich werde ins Herz derer, die ungläubig sind, Schrecken werfen. So schlagt ihnen auf den Nacken und jeden Finger! Denn sie widersetzen sich Gott und seinem Gesandten. Wenn sich jemand Gott und seinem Gesandten widersetzt - Gott straft hart.‹«*

»Meine Güte«, rief Ross aus. »Das hab ich ja noch nie gehört.«

Mark bemerkte, dass der arabische Herr zwei Reihen vor ihnen aufstand und auf sie zukam. Ross schaute auf, um zu sehen, warum Mark verstummte. Der Mann näherte sich langsam. Neben Ross schien er kurz anzuhalten. Er schaute flüchtig nach unten und bemerkte den Koran in Marks Hand. Seine dunklen Augen blieben kalt, unlesbar. Er schaute wieder den Gang entlang und ging langsam weiter, in die Businessklasse hinein.

Ross drehte sich kurz um. »Ist er weg?«

»Ja.«

»Komischer Kauz. Hat der gehört, worüber wir gerade reden?«

»Keine Ahnung, aber den Koran hat er auf jeden Fall bemerkt.«

»Der macht mich nervös«, sagte Ross und drückte sich in seinen Sitz. »Und das, was du mir da vorliest, auch.«

Mark lächelte. »Das war nur eine Kostprobe, Ross. Es gibt im Koran viele Passagen, die gar nicht zu dem Bild des Islam als toleranter, friedlicher Religion passen. In der 4. Sure, Vers 89 heißt es zum Beispiel, dass ein Muslim keine Ungläubigen als Freunde oder Beistand haben darf, außer sie wandern auf Gottes Wegen. Die 5. Sure wird sogar noch deutlicher und schließt Juden und Christen als Freunde aus. Was wir heute aus der islamischen Welt hören, sind ganz andere Zitate.« Mark schlug eine andere Stelle im Koran auf. »In der 2. Sure, Vers 256 steht ein Satz, den sie oft zitieren, um zu zeigen, wie friedlich ihr Glaube ist: ›Es gibt keinen Zwang in der Religion.‹«

»Ja, diese Stelle habe ich schon oft gehört.« Ross schaute sich wieder um.

Mark schmunzelte. »Seit den Anschlägen vom 11. September scheint das wohl die am meisten zitierte Sure zu sein. Gemäßigte Muslime verweisen dabei aber auch gerne auf die Passagen über das *Ahl al-Kitab*, das ›Volk der Schrift‹.«

Ross hörte ihm wieder zu. »Volk der Schrift? Was heißt das?«

»Damit sind Juden und Christen gemeint – die Menschen, die der Thora oder den Evangelien folgen. Manche Suren fordern dazu auf, ihren Glauben zu respektieren. In Sure 2, Vers 62 heißt es:

›Die glauben, die Juden, die Christen und die Sabier – alle, die an Gott glauben und an den Jüngsten Tag und Gutes tun –, die bekommen ihren Lohn bei ihrem Herrn, sie befällt nicht Furcht und sie sind nicht traurig.‹«

»Na, das klingt schon besser«, kommentierte Ross.

»Schon, aber wenn du die Reihenfolge kennst, in der Mohammed seine Offenbarungen erhalten hat, dann siehst du, dass diese Verse durch spätere Verse außer Kraft gesetzt worden sind.« Mark hatte nun Ross' volle Aufmerksamkeit.

»Als der Islam begann, war Mohammed in Mekka; seine Bewegung war noch schwach und er musste die Araber erst einmal von seiner neuen Religion überzeugen. Entsprechend friedlich waren seine Worte. Aber sein Stamm lehnte ihn ab, sodass er nach Medina fliehen musste. Dort konnte er eine Armee aufbauen, und dort wurden seine Offenbarungen unangepasster und militanter. Der größte Teil des Korans stammt aus der Zeit nach Mohammeds Flucht aus Mekka.«

Mark setzte sich anders hin und lächelte leicht, als er fortfuhr: »Später mussten die islamischen Gelehrten eine Methode finden, mit Widersprüchen im Koran umzugehen. Sie entwickelten das Prinzip des *nasich,* nach dem frühe Offenbarungen durch spätere außer Kraft gesetzt werden. Wenn ein Vers *nasich* ist, ist das gerade so, als ob es ihn nie gegeben hat.«

Er hielt Ross den Koran hin, sodass dieser Sure 9, Vers 5 lesen konnte, und fuhr fort: »Diese Passage hier löst die Sure ab, die besagt, dass es in der Religion keinen Zwang gibt:

> *›Wenn die unantastbaren Monate abgelaufen sind, dann tötet die, die Partner beigeben, wo ihr sie findet! Greift sie, belagert sie und lauert ihnen bei jedem Hinterhalt auf! Wenn sie umkehren, das Gebet verrichten und die Abgabe leisten, dann gebt ihren Weg frei!‹«*

Mark klappte den Koran zu. »Viele Koranverse reden eindeutig vom Dschihad.«

»Und warum hören wir darüber von unserer Regierung nichts?«

»Weil wir nicht einer Milliarde Menschen in aller Welt, die sich Muslime nennen, den Krieg erklären wollen«, antwortete Mark. »Und das kann ich verstehen. Aber wir müssen uns die Lehren und die Wurzeln des Islam nüchtern anschauen. Der Islam ist am Anfang eine Religion der Gewalt gewesen. Mohammed verbreitete ihn mit dem Schwert und benutzte seine Offenbarungen, um das zu rechtfertigen. Drei der ersten vier Kalifen, die ihm folgten, wurden ermordet. Von anderen Muslimen.«

Mark schaute in seine Notizen. »Umar Abd ar-Rahman, der blinde Scheich, der wegen des ersten Bombenanschlags auf das World Trade Center 1993 im Gefängnis sitzt, wurde, als er in unser Land kam, von den Muslimen offiziell empfangen. Er lehrte an der Al-Salaam-Moschee in Jersey City. In Ägypten hatte er sich wegen seiner Verwicklung in die Ermordung Präsident Anwar Sadats verantworten müssen. Dort hatte er sich mit dem Koran verteidigt und unter anderem gesagt: ›Es gibt eine ganze Sure, die *Die Beute* heißt; es gibt keine Sure, die *Der Friede* heißt. Der Dschihad und das Töten sind das Haupt des Islam. Nehmt sie weg, und ihr schlagt dem Islam das Haupt ab.‹ Wenn ich mir die Historie so ansehe, kann ich den Islam schwerlich als Friedensreligion ernst nehmen.«

»Ja, schon, aber ar-Rahman ist einer der Radikalen; der spricht doch nicht für alle Muslime.«

»Das stimmt. Aber er hat einen Doktortitel in Philosophie für die Deutung des Korans und des islamischen Gesetzes«, erwiderte Mark. »In Kairo war er Professor an der Al-Azhar-Universität, der ältesten und angesehensten islamischen Universität der Welt. Und die gilt weltweit als religiöse Autorität für den Islam.«

»Na, dann weiß ich ja jetzt, warum ich gar keine Religion habe.« Ross schüttelte den Kopf. »Das wird ja immer komplizierter.«

»Das sehe ich auch so«, sagte Mark und überraschte Ross damit. »Aber Religion ist etwas anderes als eine Beziehung zu Jesus Christus.«

Ross grinste und zwinkerte. »Nachtigall, ick hör dir trapsen. Ich vertrete mir mal die Beine.«

»Machst du dir Sorgen wegen dieses Typs eben?«

»Sorgen nicht; ich will nur sehen, wohin er gegangen ist.« Ross schnallte sich ab und ging den Gang nach hinten.

Mark schaute ihm nachdenklich hinterher, wie er den Vorhang auseinanderschob und verschwand. Er arbeitete nun schon lange mit Ross zusammen, aber der hatte sich bisher immer geweigert, Gespräche über den Glauben zu führen. Mark war überrascht; so offen wie heute war er noch nie gewesen.

Mark schob den Koran in die Tasche im Sitz vor ihm und legte die Bibel auf seinen Schoß. Er schlug den 1. Johannesbrief auf, wo ihn ein gefalteter Zettel erwartete. Er lächelte und faltete ihn auf. Es war ein Brief von Tracy. Fast konnte er ihre Stimme hören, als er las:

Wenn du dies liest, sitzt du wahrscheinlich schon im Flugzeug. Bist also schon weit weg von mir. Ich habe nicht viel Zeit. Im Moment bist du nebenan und sprichst wieder mit diesen Männern, und ich muss schnell machen. Ich will dir nur sagen, dass ich dich mehr liebe als mein Leben. Diese ganze Sache macht mir furchtbar Angst, aber ich werde für dich beten. Ich weiß, dass es dir viel bedeutet, helfen zu können ... du weißt schon. Ich versuche, darauf zu vertrauen, dass Gott dich beschützt, aber das ist nicht einfach. Bete du auch für mich. Ich liebe dich so sehr. Komm gesund wieder heim.

Ich werde dich immer lieben.
TRACY

Er stellte sich vor, wie sie diesen Brief schrieb, während er mit Griff und Weston in der Küche saß. Die Vorstellung nahm ihn mehr gefangen, als er erwartet hatte, und er fühlte sich überwältigt von dem, was sie durchmachte! Er schloss die Augen und bat Gott still, bei Tracy zu sein und sie zu trösten.

Eine Bewegung im Gang ließ ihn die Augen wieder öffnen. Es war der Araber, der zu seinem Platz zurückkehrte. Er öffnete das Gepäckfach über seinem Sitz, zog ein Buch aus seiner Reisetasche und setzte sich wieder auf seinen Fensterplatz. Ein paar Minuten später kam Ross durch den Vorhang.

Mark beugte sich zu ihm, als er sich wieder anschnallte. »Was hast du beobachtet?«

»Nicht viel. Er hat einen Stapel Illustrierte in der Bordküche zwischen Business- und Touristenklasse durchgeblättert, als ich bei ihm ankam. Ich glaub, er hat mich gesehen und ist dann zurückgegangen.«

»War der andere Araber auch da?«

Ross nickte. »Reihe 35, Gangplatz. Ich weiß nicht, ob sie miteinander gesprochen haben.«

Mark schaute über den Sitz vor sich und versuchte, die anderen Erste-Klasse-Passagiere einzuschätzen. Vor dem 11. September wäre er nie auf den Gedanken gekommen, aber jetzt fragte er sich, welche der Mitreisenden wohl den Mumm zur Gegenwehr hätten, falls das Flugzeug entführt würde.

Ross, der offenbar das Gleiche tat, flüsterte ihm zu: »Der Typ da gegenüber könnte es mit ihm aufnehmen.«

»Ja«, sagte Mark. »Und die beiden hinter ihm sehen auch recht fit aus.«

»Möchtest du die Plätze tauschen?«, fragte Ross.

»Oder hören wir die Flöhe husten?«, antwortete Mark.

»Du hast angefangen, mit deinen ganzen Suren.« Ross lehnte sich zurück und nahm seinen Roman wieder zur Hand. »Aber nur, weil wir überreagieren, ist nicht ausgeschlossen, dass sie doch was planen.«

Kapitel 11

CIA-Zentrale, Langley
5.30 Uhr

Wendy ging durch die Sicherheitskontrolle in der Lobby des Old Building, schritt über das CIA-Emblem im Marmorboden und ging vorbei an der Bronzestatue des ehemaligen CIA-Direktors William Casey. Sie verschwendete keinen Gedanken an die Worte, die an der Marmorwand prangten: »Ihr werdet die Wahrheit erkennen, und die Wahrheit wird euch frei machen. Johannes 8,32.«

Minuten später war sie an ihrem Schreibtisch und schaltete die Lampe ein. So müde sie war, sie hatte es nicht mehr ausgehalten im Bett. Sie hatte immer nur für Minuten geschlummert und nach wachen 45 Minuten hatte sie es aufgegeben.

Sie war aufgestanden, hatte sich geduscht und eine Tasse Kaffee getrunken, bevor sie über den leeren Dolly-Madison-Parkway zum CIA-Hauptquartier gefahren war. Sie legte ihre Handtasche in die unterste Schreibtischschublade und schaltete den Computerbildschirm ein, wie jeden Morgen. Ein paar Sekunden, und das Wort »Treffer!« erschien auf dem Display. Die Suche, die sie am Abend gestartet hatte, hatte etwas gefunden. Sie zog ihren Bürostuhl näher, und ihre Finger flogen über die Tastatur.

Mark Taylors Name war mit dem eines bekannten Terroristen verknüpft worden. Wendy lehnte sich vor, ihre Augen groß vor Erwartung. Was aber hatte die Querverbindung hergestellt? Ein Name erschien vor ihr: Abu Zaqi Ressam. Zwei Verbindungen zu Taylor. Die erste war die California State University in Northridge, wo Mark sein Diplom erworben hatte. Beide waren im Herbst 1993 und Frühjahr 1994 dort eingeschrieben gewesen. Nicht weiter aufregend, fand Wendy; die CSU Northridge besuchten Tausende Studenten jedes Jahr. Sie hätte es als belanglosen Zufall abgetan, wäre nicht die zweite Übereinstimmung gewesen: die Geheimoperation einer Aufklärungseinheit der Marines am Anfang des Golfkriegs – Operation Eagle Lift.

Die Informationen über Eagle Lift waren zugangsbeschränkt, und sie hatte nicht die nötige Berechtigung. Sie konnte nur die Angaben über die beteiligten Personen abrufen, Sergeant Mark Taylor und einen Saudi namens Abu Zaqi Ressam.

Wendy gab Ressams Namen ein, und auf dem Bildschirm erschien dessen Akte der CIA. Zwei Jahre mit Studentenvisum in Kalifornien, 1995 Rückkehr nach Saudi-Arabien. Später nach Afghanistan, wo er auf der Seite der Taliban im Bürgerkrieg kämpfte und Verbindungen zu Al Kaida und Osama bin Laden knüpfte. Nach den Anschlägen vom 11. September 2001 verschwand er, bis sein Name in Berichten über den Dschihad al-Scharia auftauchte.

Das musste Jack erfahren! Wo war er gerade? Sie wählte die Nummer seines Büros. Kaum zu glauben, aber er nahm ab.

»Murphy.«

»Jack, hier ist Wendy.«

»Hatte ich dir nicht gesagt, du sollst schlafen gehen?« Er klang gestresst und schwach.

»Ich habe geschlafen; bin gerade wiedergekommen«, antwortete Wendy rasch.

»Tut mir leid, dass ich dich wegen Taylor nicht mehr angerufen hab. Wollte dich nicht wecken ...«

»Und wie sieht es aus?«

»Er hat zugestimmt ... irgendwie. Er will sich unseren Plan genau ansehen, wenn er in Paris ist.«

Es war die Nachricht, auf die Wendy die ganze Nacht gewartet hatte. Komisch, dass sie sie fast kaltließ. »Ich muss dich sprechen.«

»Ich dachte, du wärst begeistert.«

»Genau deswegen muss ich dich ja sprechen. Ich bin schon unterwegs.«

Keine Minute später betrat sie Jacks Büro. Er sah ihren besorgten Blick. »Was hast du gefunden?«

»Taylor hat Beziehungen zum Dschihad al-Scharia.« Wendy hörte ihren eigenen angespannten Tonfall.

Jack holte tief Luft. »Lass hören.«

Wendy informierte ihn rasch über ihr Suchergebnis und was sie über Abu Ressam wussten. Jack schien buchstäblich kleiner zu werden hinter seinem Schreibtisch. Er kratzte sich den Kopf, während er überlegte, ob das ihren Plan änderte.

»Gibt es irgendwelche Hinweise, dass Taylor ein Sympathisant ist?«, fragte er schließlich.

»Keine«, antwortete Wendy. »Aber die beiden kennen sich ohne Zweifel.«

»Dann ist das also der Grund«, dachte Jack laut, »warum Taylor das Interview angeboten wurde.«

»Das glaub ich auch. Wir brauchen Freigabe für die Akte zu Operation Eagle Lift.«

Jack schien nicht zuzuhören. »Laut Seth weiß er nicht, warum er für das Interview ausgewählt wurde. Könnte es sein, dass er mit Sa'id zusammenarbeitet?«

Wendy versuchte, seinen Gedanken zu folgen. »Es kann auch sein, dass er Ressams Verwicklungen nicht kennt. Solche Verbindungen sind uns erst ab Ende 1996 bekannt, als er in Afghanistan lebte. Während des Golfkriegs und in Kalifornien war er vielleicht noch unbeteiligt.«

»Taylor hat darum gebeten, dass ihn ein ehemaliger Marine in die Türkei begleitet. Chuck Fleming.«

Wendy schaute auf ihren Ausdruck über Operation Eagle Lift. »Fleming war bei der gleichen Mission beteiligt, ebenso Griff Baxter, der Offizier, der gestern Abend bei Taylor war.«

»Das ergibt Sinn. Baxter hat Fleming in Israel kontaktiert. Er fliegt heute nach Paris.« Jack rieb sein Kinn. »Ich würde gerne mit Taylor sprechen ... will seine Augen sehen, wenn ich Ressam erwähne. Von seiner Beteiligung hängt zu viel ab.«

Wendy sah auf ihre Uhr. »Du müsstest jetzt los, um ihn noch in New York zu erwischen.«

»Ich weiß.« Jack schloss die Augen und rieb sich die Schläfen. Er wünschte sich so sehr, er könne diese Operation nach ein paar Nächten voller Schlaf leiten. Er musste jetzt klar denken, zu viel stand auf dem Spiel. »Aber ich soll heute Morgen dem Direktor berichten.«

»Der ist schon da. Ich hab sein Auto gesehen, als ich ankam.«

»Prima. Komm mit.«

Wendy japste. »Wie ...?«

»Komm schon, du willst doch die Zugangsberechtigung für Operation Eagle Lift, oder nicht?« Jack gab Wendy keine Zeit für eine Erwiderung. Er stand auf und eilte in den Flur. Wendy nahm ihre Papiere und folgte ihm.

Wendy war erst einmal im Büro des Direktors gewesen – auf einem Rundgang an ihrem ersten Arbeitstag. Sie war eine von einem halben Dutzend Neuen gewesen, und der Direktor hatte ein Gruppenfoto mit ihnen gemacht. Sie war unglaublich stolz gewesen.

Heute war das anders. Die letzten Jahre hatten Wendy die ganze schonungslose Realität des Kampfes der CIA gegen den internationalen Terror vor Augen geführt. Sie war mit romantischen Vorstellungen in die Welt der Spionage eingetreten, fest überzeugt, nach ein paar Monaten als Geheimagentin in ein exotisches Land zu fliegen. Aber die Realität war kein James-Bond-Film. Spionage war zu 90 Prozent mühsame Routinearbeit – die korrekte Analyse Tausender abgefangener E-Mails, Telefonate und Agentenberichte.

Das Vorzimmer war leer. Jack ging direkt zur Tür des Direktors und klopfte leise. »Herein!«, kam es durch die Tür.

Thorn saß hinter seinem schweren Eichenschreibtisch und las ein Memo. »Herr Direktor, dies ist Wendy Hamilton«, sagte Jack. »Die Analystin, die als Erste auf das Interview mit Sa'id stieß.«

Thorn erhob sich. »Gute Arbeit.«

»Danke, Sir«, erwiderte Wendy.

»Setzen Sie sich doch«, sagte Thorn. »Was gibt's, Jack?«

»Gut, dass Sie so früh da sind, Sir ...«

»Nun, eigentlich bin ich gar nicht nach Hause gefahren, wie Sie wahrscheinlich auch.«

»Ja, Sir. Wir haben neue Informationen, und ich möchte in New York sein, wenn Taylors Flug ankommt.«

Thorn Stirn faltete sich. »Was ist denn schiefgegangen?«

»Noch nichts. Wie ich Ihnen gestern Abend schon sagte, hat Taylor zugestimmt. Ruzio ist schon nach New York unterwegs. Der Plan ist bereit.«

»Raus mit der Sprache, Jack.« Thorns Stimme wurde ärgerlich. »Sie kommen doch nicht mitten in der Nacht zu mir, um mir Dinge zu erzählen, die ich schon weiß.«

Jack nickte. »Es gibt eine Verbindung zwischen Taylor und dem Dschihad al-Scharia.«

Der Direktor sah Wendy an, dann wieder Jack. »Ich dachte, der war sauber!«

»Wir wissen nichts Gegenteiliges, Sir«, erwiderte Jack rasch. Er berichtete Thorn, was sie bis jetzt wussten. Ein paar der Fragen, die der Direktor stellte, gab Jack an Wendy weiter, die gefasst berichtete, was sie wusste.

»Können wir ihm vertrauen?«, fragte Thorn schließlich.

»Wegen dieser Frage will ich nach New York«, antwortete Jack. »Ich will sein Gesicht sehen, wenn ich Ressam erwähne.«

Thorn nickte einmal. »Stimme zu. Wann landet er?«

»Planmäßig 6.12 Uhr, aber er hat Verspätung«, antwortete Wendy. »Der Flug nach Paris geht um 10.30 Uhr.«

»Das lässt dir nicht viel Zeit, ihn zu sprechen.«

»Wir haben schon einen Treffpunkt arrangiert«, sagte Jack.

»Und mein Briefing?«, fragte Thorn.

»Drake und Faxon werden da sein«, sagte Jack. »Es ist alles vorbereitet.«

Thorn dachte eine Sekunde nach. »Gut, nehmen Sie den Jet und fliegen Sie. Und sobald Sie ihn gesprochen haben, rufen Sie mich an. Ich muss wissen, woran wir sind, bevor ich dem Präsidenten berichte.«

American Airlines Flug 10
6.12 Uhr

Die Glocke des Anschnallzeichens weckte Mark aus leichtem Schlummer. Er rieb sich den Nacken. Durch das Fenster war die Skyline von Manhattan zu sehen, von der aufgehenden Sonne beleuchtet. Wo die Zwillingstürme des World Trade Center gewesen waren, klaffte eine Lücke, obwohl sie inzwischen durch den Freedom Tower ersetzt worden waren, das neue One World Trade Center, das 1776 Fuß (oder 541,32 Meter) in die Höhe ragte. Mark musste schlucken. Es war das zweite Mal seit dem 11. September 2001, dass er New York sah, und der Anblick nahm ihn immer noch mit.

Das erste Mal war er sechs Monate nach dem Einsturz der Türme hier gewesen. Er hatte in der Stadt zu tun gehabt und hatte sich einen Vormittag freigenommen, um Ground Zero zu besuchen. Er erinnerte sich noch gut, wie er um das Gelände gelaufen war – nichts war übrig geblieben. Er hatte in das Loch gestarrt, das alles war, was vom einstigen Symbol der Finanzwelt übrig geblieben war. Er hatte an die vielen, vielen Menschen denken müssen, die hier umgekommen waren. Und daran, dass es noch viel schlimmer hätte kommen können.

Just in diesem Augenblick war ein Passagierjet über seinen Kopf geflogen. Er hatte zum Himmel hinaufgeschaut und versucht, sich vorzustellen, wie es wohl gewesen war, als damals die erste Maschine in die Türme raste. Aber das konnten wohl nur die, die dabei gewesen waren. Er hatte die benachbarten betrachtet, die noch standen, und über die Schäden gestaunt, die nach einem halben Jahr noch zu sehen waren.

Doch am stärksten hatte ihn der Anblick der alten Kirche und des Friedhofs bewegt, die direkt gegenüber von Ground Zero lagen. Der mannshohe schmiedeeiserne Zaun um den Friedhof war zur Gedenkstätte geworden: Flaggen, Stofftiere, Kerzen, Tücher, Plakate mit Unterschriften aus aller Welt. Und Bilder, zahllose Fotos von Männern und Frauen, die an diesem Tag umgekommen waren. Mark erinnerte sich an ein Gedicht, das jemand neben das Bild eines gestorbenen Feuerwehrmanns geheftet hatte. Der Feuerwehrmann hatte es irgendwann vor der Katastrophe geschrieben und in seinen Spind gelegt, für den Fall, dass er eines Tages nicht mehr von einem Einsatz zurückkam.

Der zweite Text an diesem Zaun, den Mark nie vergessen würde, war ein handgeschriebenes Zitat aus Psalm 91: »Wer im Schutz des Höchsten lebt, der findet Ruhe im Schatten des Allmächtigen. Der spricht zu dem Herrn: Du bist meine Zuflucht und meine Burg, mein Gott, dem ich vertraue.«

Mark hatte an all die Familien denken müssen, die Vater oder Mutter, Söhne, Töchter oder Geschwister verloren hatten am 11. September. Welch ein Verlust.

An dem Tag, an dem er dort gewesen war, hatten Arbeiter drei weitere Leichen geborgen – sechs Monate nach dem Anschlag.

Er drehte sich vom Fenster weg und dachte an die vier Football-Stadien und die drei Botschaften im Nahen Osten und all die weiteren Familien, die ihre Lieben verloren hatten. Mit diesem Gedanken verschwanden die letzten Zweifel daran, ob er der CIA helfen sollte, Sa'id zu kriegen.

Er drehte den Kopf nach links und rechts, um seine Nackenmuskeln zu lockern – und sah, wie der Araber zwei Reihen vor ihnen ihn ansah. Mark schaute nicht weg; sollte der andere als Erster nachgeben. Der Araber tat es schließlich und stand von seinem Sitz auf. Der Mann gefiel Mark nicht; er hoffte inständig, ihn nach der Landung nie wiederzusehen.

Er schaute auf seine Uhr. Neben ihm schnarchte Ross leise vor sich hin. Tracy schlief jetzt sicher auch, obwohl sie nie sehr gut schlief, wenn er fort war. Er auch nicht; komisch, wie schnell man in nur einem Ehejahr neue Angewohnheiten entwickelte. Wie er sich nach ihrer Nähe sehnte. Aber er würde mit dem Anruf bis kurz vor dem Abflug nach Paris warten, damit sie so viel Schlaf wie möglich bekam.

Er merkte, dass jemand neben ihm stand. Er schaute hoch.

Es war der Araber, und er hielt Mark einen kleinen, zusammengefalteten Zettel hin. Mark wollte etwas sagen; der Mann hielt seine andere Hand abwehrend hoch und nickte zu Ross hin, den er wohl nicht wecken wollte. Mark nahm den Zettel entgegen, und der Araber kehrte an seinen Platz zurück.

Mark vergewisserte sich rasch, dass Ross noch schlief, dann öffnete er den Zettel.

TREFFPUNKT AIR FRANCE PREMIER CLUB,
TERMINAL 1, BEI GATE 4
DUMBO

Er faltete das Blatt wieder zusammen und schob es in seine Jackentasche. Er musste lächeln. Etwas mehr Geistesgegenwart wäre nicht schlecht auf dieser Reise. Der Mann war gar kein Terrorist, er war von der CIA! Natürlich. Weston hatte doch gesagt, dass immer jemand in ihrer Nähe sein würde. Warum hatte er nicht daran gedacht? Er kicherte.

»Was?«, fragte Ross schlaftrunken.

Mark drehte sich zu ihm. »Nichts, hab nur laut gedacht. Hast du gut geschlafen?«

Ross richtete sich auf und rieb sich den Nacken. »Nein! Ich hasse es, in Flugzeugen zu schlafen.«

»Genieße es trotzdem; wir haben noch viel vor uns.«

»Wann geht unser Anschlussflug?«, fragte Ross.

»Wir haben nicht viel Zeit, hoffen wir, dass wir bald landen.« *Für das Treffen mit der CIA ist es ganz schön eng,* dachte Mark.

Ross schaute nach vorne. »Hat sich unser arabischer Freund irgendwie verdächtig benommen?«

Mark lächelte. »Nein, er hat sich ruhig verhalten.«

»Gut«, sagte Ross. »Ich will nur noch hier raus und ihn nie wiedersehen.«

John F. Kennedy Airport, New York
6.51 Uhr

Mark fröstelte in seiner Windjacke, als sie durch die Passagierbrücke gingen, bis sie die warme Luft des Terminals wie ein Wüstensturm traf. Sie waren an Terminal 9, Gate D-44 angekommen und mussten mit einem Shuttle zu Terminal 1 fahren, wo ihr Air-France-Flug startete.

»Wohin müssen wir?«, fragte Ross.

Mark erblickte einen Wegweiser in Richtung Bus. »Dort lang – komm, wir haben nicht viel Zeit.«

»Hoffentlich haben wir noch Zeit, was zu essen«, sagte Ross.

Mark hoffte inständig, dass er genügend Zeit hätte, um mit der CIA zu sprechen.

20 Minuten später setzte sie der Bus vor dem Internationalen Terminal ab, wo sie erneut die ganze Sicherheitskontrolle über sich ergehen lassen mussten. Als sie danach durch die Halle liefen, sah Mark den Air France Premier Club gegenüber von Gate 4. Vor der Tür stand ein Angestellter der Air France, der ein schwarzes Sportjackett trug. Mark fragte sich, ob man womöglich Air-France-Vielflieger sein musste, um eingelassen zu werden.

Nach dem Einchecken sagte Ross: »Zwei Ausgänge weiter gibt's ein Restaurant.«

»Wie bitte?«, fragte Mark. »Du willst den Flughafenfraß essen, obwohl du gleich in der ersten Klasse von Air France bedient wirst?«

»Stimmt eigentlich«, murmelte Ross. »Aber eine Tasse Kaffee wär nicht schlecht. Komm.«

»Geh du ruhig allein. Ich bleib solange hier.«

Ross zögerte. Es war ihm sichtlich nicht geheuer, dass sie sich trennten. Mark lachte. »Jetzt komm, Ross, wir sind immer noch in Amerika!«

Ross wurde rot. »Entschuldige. Der Araber im Flugzeug hat mich wohl sehr erschüttert.«

»Das kann ich verstehen.«

»Bis gleich dann.« Ross drehte sich um und ging.

Mark zwang sich, zu warten, bis er außer Sichtweite war, dann stand er auf und ging in die Gegenrichtung.

Der Mann im schwarzen Anzug stand immer noch an der Tür. Er lächelte höflich und öffnete sie für Mark. Ein Vielflieger-Ausweis schien doch nicht nötig zu sein. Kaum war Mark drinnen, zog der Mann ein Schild mit der Aufschrift »Geschlossen« aus seiner Jacke und hängte es an die Tür, bevor er sie hinter ihm schloss.

Der Warteraum war leer, bis auf drei Männer: den Araber aus der Erste-Klasse-Kabine und zwei andere; der jüngere trug ein kurzärmeliges Polohemd, der ältere einen dunklen Anzug. Letzterer trat auf Mark zu und hielt ihm die rechte Hand hin. »Mr Taylor. Ich bin Jack Murphy, stellvertretender CIA-Direktor für den Bereich Naher Osten.«

Mark erwiderte den festen Handschlag. Jack fuhr fort. »Dies hier ist Vince Ruzio, der beste Außenmitarbeiter, den wir haben, und Joseph kennen Sie schon; er ist aus unserem Büro in Los Angeles und mit Ihnen geflogen.«

Mark schüttelte auch den beiden anderen die Hand. Er lächelte Joseph an. »Wir dachten, Sie seien ein Terrorist und kein CIA-Agent.«

»Technisch gesehen ist er kein Agent.« Jack lächelte. »Den Ausdruck benutzen wir nicht.«

»Echt?« Mark war überrascht.

»Echt.« Joseph lachte. »Nur im Kino.«

»Wir reden von ›Officers‹ oder ›Operatives‹, wenn wir mit Personen aus dem Ausland arbeiten«, erklärte Jack. »Agenten gibt's beim FBI, im Geheimdienst, bei der Polizei und so.«

»Ich werde es mir merken.«

»Ihr Freund schaute recht skeptisch in der Maschine«, fuhr Joseph fort.

»Tja, als Sie kurz vor Abflug mit dem Mann im Turban reinkamen ...«

»Bei dem hab ich auch Bedenken gehabt. Darum bin ich zu Beginn des Fluges in die Economy gegangen, um sicherzugehen, dass der nicht was plante.«

»Und, hatte er?«

»Soweit ich sehen konnte, nicht.«

»Gut. Und wie ist jetzt Ihr Plan?«

»Vorher müssen wir noch einen Punkt klären«, sagte Jack.

Mark bemerkte den Ton in seiner Stimme. Er schaute in die Runde und sah ihn dann an. »Und was?«

Jack beobachtete ihn genau. »Ihre Beziehung zu Abu Ressam.«

Mark blinzelte und kniff die Augen zusammen. »Das versteh ich jetzt nicht. Was hat er mit alledem zu tun?«

»Das wollten wir Sie fragen.«

Der Raum schien mit einem Schlag mehrere Grad wärmer geworden zu sein. Mark wischte sich den Schweiß weg, der plötzlich auf seiner Stirn stand. Er senkte den Kopf, um Zeit zu gewinnen. Warum fühlte er sich auf einmal so schuldig? Er hatte doch nichts Unrechtes getan.

Er schaute wieder hoch und erwiderte Jacks Blick. »Ich habe seit Jahren keinen Kontakt mehr mit Abu. Warum diese Frage ... und warum dieser vorwurfsvolle Ton?«

Jacks Augen blieben hart. »Er gehört zum Dschihad al-Scharia.«

»Wie bitte?« Marks Spannung verwandelte sich in Wut. »Sind Sie verrückt geworden?«

»Sie geben also zu, dass Sie Abu Ressam kennen.«

»Natürlich, aber er ist kein Terrorist!« sagte Mark entrüstet. »Wo sind Sie auf seinen Namen gestoßen?«

»In Ihrem Dossier, Mr Taylor. Wir observieren ihn seit mehreren Jahren. Sie geben also zu, dass es eine Beziehung zwischen Ihnen gibt?«

»Abu hat mir einmal das Leben gerettet«, antwortete Mark heftig. »Ich denke, das können Sie eine Beziehung nennen.«

Kapitel 12

Nadschaf, Irak, Golfkrieg
Operation Eagle Lift
5. Februar 1991

Sergeant Mark Taylor blieb abrupt stehen, als der Marine vor ihm die Faust hochhielt, und drückte sich, heftig atmend, an die Mauer neben sich. Der Rest seiner Einheit tat das Gleiche; alle standen nun still in der dunklen Gasse. Trotz des kalten irakischen Winters tropfte Mark der Schweiß unter dem Helm hervor. Vorne stand Leutnant Griff Baxter und spähte um die Ecke des Gebäudes, der Viertelmond schien gerade so hell, dass er seine Nachtsichtbrille nicht brauchte. Es war zwei Uhr morgens, und die Straße hätte eigentlich menschenleer sein müssen. Eigentlich.

Marks Einheit war vor zwei Stunden in der Wüste abgesetzt worden, weit genug von der Stadt Nadschaf entfernt, sodass die irakischen Truppen keinen Alarm auslösten. Zwei Hubschrauber waren mitten in der Nacht in die Wüste geflogen – ein AH-1W Cobra-Kampfhubschrauber als Feuerschutz für alle Fälle und ein MH 53J Pave Low mit den sechs Soldaten des Spähtrupps. Ihre Mission: zwei amerikanische Piloten retten, deren F/A18D-Hornet auf dem Rückflug von einem Kampfeinsatz über Bagdad von irakischen Boden-Luft-Raketen abgeschossen worden war. Die beiden Piloten standen neben den Marines an der Hauswand, das heißt, der eine stand nicht, sondern sank dagegen; sein rechtes Bein hatte es bei dem Abschuss erwischt.

Der erste Teil der Mission war perfekt über die Bühne gegangen. Das Team war unentdeckt in die kleine Stadt eingedrungen und hatte das Gebäude gefunden, in dem die Piloten waren. Die irakischen Soldaten, die sie bewachten, hatten sie rasch ausgeschaltet. Die Probleme begannen, als der Trupp das Haus wieder verließ.

Das Team erhielt die Freigabe über Ohrhörer von Miguel, dem Scharfschützen, der auf dem Dach eines gegenüberliegenden Hauses Position bezogen hatte. Doch gerade, als sie auf die Straße traten, waren aus dem Haus unter Miguel zwei irakische Soldaten getreten. Sie hatten sie mit

Schüssen ihrer schallgedämpften MP5-Gewehre getötet, doch erst nachdem der eine eine Salve aus seiner Kalaschnikow abgegeben hatte. Tony Angelo, der Mann neben Mark, stöhnte und fiel zu Boden.

»Tony!« Mark bückte sich und war erleichtert, als Tony das Gesicht vor Schmerz verzog und nach Atem rang. Er war nicht tot. Zwei Kugeln hatten seine schusssichere Weste getroffen und ihm den Atem genommen, doch die dritte war durch seinen Oberarm gegangen. Die Wunde schmerzte und blutete heftig, war aber nicht lebensgefährlich.

»Wie geht's Angelo?« Mark hörte die Stimme des Leutnants über seinen Ohrhörer.

»Lass uns abhauen!«, presste Tony hervor. Mark zog ihn an seinem guten Arm hoch. Der Leutnant führte den Trupp in die Gasse gegenüber.

Die Salve der Kalaschnikow hatte die ganze Stadt geweckt. Jetzt suchte jeder irakische Soldat nach ihnen. Der Leutnant schaute aus der Gasse heraus, die Straße entlang. Ganze fünf Meter entfernt schrien drei irakische Soldaten einem älteren Mann etwas zu, der aus einer Tür trat. Hinter ihnen kamen weitere Soldaten.

»Männer an eurer Flanke.« Sie hörten alle Miguels Warnung in ihren Kopfhörern. Sie saßen in der Falle.

Ohne ein Wort drehte Griff sich zu Mark um und deutete mit dem Kopf auf die Holztür gegenüber. Mark reagierte sofort und rannte hin. Sie war verschlossen. So leise wie möglich begann er, sie mit der Schulter aufzustoßen. Beim zweiten Stoß splitterte das Holz, aber Mark hielt die Tür so, dass sie nicht gegen die Wand knallte. Da sprang schon Chuck Fleming an ihm vorbei durch die Tür und sicherte den Raum. Die anderen drängten sich hinterher. Es war eine Erleichterung, dem kalten Wind voller Sand draußen entkommen zu sein, aber sie hatten keine Zeit, die Wärme zu genießen.

»Chuck, Mike ... sichert die vorderen Zimmer.« Der Leutnant flüsterte seine Befehle in das winzige Mikrofon an seinem Kopfhörer. »Mark, du schaust dich oben um.«

Die drei Männer eilten los. Als sie sich trennten, prüfte Baxter kurz Tonys Zustand. »Ist okay«, flüsterte der durch seine zusammengebissenen Zähne. »Ich schaff das.«

»Das wollen wir hoffen.« Baxter riss ein Stück von seinem Hemd ab und begann, es als Aderpresse um Tonys Arm zu binden. Er schaute die Piloten an. »Sei ihr okay?«

»Er hat viel Blut verloren«, sagte der unverletzte Pilot, »aber er packt das.«

»Unser Fahrzeug steht gleich um die Ecke«, sagte Griff. Er zog seine 9-mm-Pistole aus dem Halfter und reichte sie dem Piloten. »Sie bewachen die Tür, Leutnant.«

Mark ging die alte Holztreppe hoch und setzte jeden Fuß vorsichtig auf, um nicht zu viel Lärm zu machen. Oben angekommen, streckte er seinen Kopf um die Ecke. Der Flur oben war leer. Er sah zwei Türen; die eine war einen Spalt offen. Mark drückte sie mit dem Kolben seines Gewehrs weiter auf. Leer.

Er trat zu der anderen Tür, griff den Türknopf und warf sie auf. Er trat ein, die Waffe schussbereit. In der Mitte des Raumes kniete ein Mann in einem grauen Umhang und weißen Turban auf dem Boden. Vor ihm brannte eine einsame Kerze und beleuchtete den Raum. Er schaute überrascht hoch, in den Lauf von Marks Maschinengewehr. Nein, kein Mann, ein Teenager, höchstens 18 Jahre alt. Mark legte den Zeigefinger an seine Lippen.

Der junge Mann nickte. Mark ließ sein Gewehr auf ihn gerichtet und prüfte den Rest des Raums. Leer.

»Ich bin allein«, flüsterte der junge Mann in gebrochenem Englisch.

»Ist sonst jemand im Haus?«, fragte Mark.

Der andere schüttelte den Kopf. Aber würde der Junge die Wahrheit sagen? Mark trat um ihn herum und flüsterte ihm zu, die Arme zu heben. Nein, er hatte keine Waffen unter seiner losen Kleidung. Mark trat wieder vor ihn.

»Die Schüsse«, flüsterte der Araber. »Die Soldaten suchen dich?«

»Mich und noch ein paar andere«, antwortete Mark ruhig.

»Sie werden jedes Haus durchsuchen, bis sie euch finden.«

»Das weiß ich.«

»Aber ich kann helfen.«

Mark musterte die Augen des Fremden. Sie sahen ehrlich aus. »Wie?«

»Es gibt eine Tür zum Dach.« Der Junge zeigte mit dem Kopf zur Decke. »Von dort könnt ihr über die Dächer gehen.«

Mark dachte rasch nach. Sie steckten fest. Sobald die Soldaten aus den beiden Straßen zusammenkamen, würden sie anfangen, jedes Haus, jeden Raum zu durchsuchen. Es würde nicht lange dauern, und sie wären entdeckt und es gäbe ein Blutbad.

»Leutnant.« Mark schaltete sein Mikrofon ein, ließ den jungen Araber aber nicht aus den Augen. »Ich brauche Sie hier oben.«

Sekunden später stand Baxter hinter ihm und musterte Marks Gefangenen.

»Was gibt es?«

»Er spricht Englisch«, sagte Mark. Dann zeigte er zu der Falltür in der Decke. »Er sagt, wir können hier aufs Dach gelangen und dann über die Häuser entkommen.«

Der Leutnant nickte und dachte nach. »Wie heißt du, Junge?«

»Abu Ressam«, antwortete der Teenager.

»Also gut, Abu«, dachte Baxter laut. »Und warum solltest du uns helfen wollen?«

Durch das kleine Fenster in der Ecke drangen aufgeregte arabische Stimmen. Sie hatten nicht mehr viel Zeit.

»Ich bin kein Iraker«, antwortete Abu ruhig. »Ich bin Saudi. Ich studiere hier.«

Der Leutnant wägte die Worte des Jungen ab. Seine Entscheidung fiel, als Miguels Stimme wieder durch den Kopfhörer kam. »Iraker in eurer Gasse.«

»Macht die Falltür auf«, befahl Baxter und ging zurück zur Treppe.

Abu stand auf und zog einen Stuhl aus der Ecke, den er unter die Falltür stellte. Er kletterte auf ihn und schob die Luke zur Seite, dann streckte er sich und zog eine Strickleiter herunter, die weiter oben am Dach befestigt zu sein schien. Der Rest von Marks Trupp und die beiden Piloten erschienen im Flur. Die Rufe der irakischen Soldaten draußen kamen näher.

Abu schaute Mark an, sein Gesicht besorgt. »Sie werden gleich das Haus durchsuchen. Ihr müsst euch beeilen.« Baxter musterte Mark und wies mit dem Kopf zur Leiter hin.

Mark schlang sein Gewehr über die Schulter, packte die Strickleiter mit beiden Händen und kletterte nach oben. Er hörte im Ohrhörer, wie der Leutnant den Scharfschützen anwies, ihr Dach zu decken.

Oben angekommen, streckte er seinen Kopf ins Freie und prüfte die Dächer. Niemand zu sehen. Er schob sich vollends aufs Dach und sprach in sein Mikrofon: »Dach gesichert. Los geht's!«

Die Männer verließen schnell den Raum über die Leiter, zuerst die Piloten, dann Tony, dann Mick, Abu und der Leutnant. Chuck sicherte unten.

Sie hörten, wie es an der vorderen Haustür hämmerte, dann den Ruf eines Soldaten aus der Seitengasse. »Sie haben eine zerbrochene Tür entdeckt!«, flüsterte Abu.

»Auf jetzt!«, befahl der Leutnant. Die nächsten Augenblicke vergingen wie in Zeitlupe, während Mark den Trupp von den Irakern wegführte. Unten brachen die Soldaten mit lautem Getöse durch die Vordertür. Schüsse fielen, als sie aus der Seitengasse ins Haus traten. Dann – endlich – Chucks Kopf in der Falltür. Mit drei großen Sätzen war er bei ihnen, bevor das Zimmer unter ihm in einem Feuerball explodierte. Er konnte gerade noch auf das nächste Dach springen, bevor die Zimmerdecke, auf der er gerade noch gestanden hatte, auf die irakischen Soldaten stürzte.

»Weiter! Weiter!«, bellte Baxter. In der Straße brach das Chaos aus. Niemand hatte bis jetzt das Marines-Team auf dem Dach entdeckt.

Am Ende des Daches hielt Mark an. Er sah, wie gegenüber ihr Scharfschütze von seinem Dach herunterstieg. Dann sah er die Metallleiter, die die Hauswand hinablief, und führte das Team nach unten.

Die Straße war jetzt voller irakischer Soldaten, aber sie hatten nur Augen für das brennende Haus, aus dem die Marines gekommen waren. Mark sah, dass zwei der Soldaten in ihre Richtung kamen, und gab dem Team mit abgewinkelt erhobener Hand das Stoppzeichen. Zwanzig Meter von ihnen blieben die Iraker stehen, traten eine Tür ein und stürmten in das Haus. Mark trat sofort auf die Straße und winkte die anderen nach vorne.

»Los!«, bellte Baxters Stimme in den Kopfhörern seiner Männer. Hinter dem letzten der Marines lief Abu. Dann sprintete Mark über die Straße, während Chuck ihm von der gegenüberliegenden Ecke aus Feuerschutz gab.

Auf diese Weise bewältigten sie mehrere Straßen, bis sie den Stadtrand erreichten. Zweimal stießen sie auf irakische Soldaten, zweimal verhinderten die schallgedämpften Gewehre, dass sie entdeckt wurden.

Baxter befahl Mick, ihrem Funker, die Hubschrauber anzufordern, während die Übrigen den Landeplatz sicherten. Bei dem Aufruhr in der Stadt war die Flucht eine heikle Angelegenheit, aber einen Fußmarsch konnte der verwundete Pilot nicht leisten.

Ein paar Minuten, und die Männer duckten sich unter dem Sand, den der Rotor des heranbrausenden MH-53 wie tausend Nadeln aufwirbelte. Während die anderen zum Chopper rannten, gingen Chuck und Mick im

Sand in Deckung, ihre Waffen auf die Stadt gerichtet. Mark half dem verletzten Piloten gerade in den Hubschrauber, als die Hölle losbrach. Die Iraker hatten sie entdeckt.

»Beeilung!«, schrie Mark. Als Nächsten schob er Tony in den Hubschrauber. Um sie herum spritzten die Kugeln in den Sand. Mark drehte sich rasch um und feuerte eine Salve in Richtung der Angreifer. Zwei Soldaten stürzten, andere hechteten in Deckung. Dann das beruhigende Wummern der Cobra, die über dem MH-53 erschien und mit ihrer 20-mm-Kanone für Deckung sorgte. Mark lächelte erleichtert.

Chuck und Mick drehten sich um und rannten als Letzte zum Helikopter. Als sie an Bord gesprungen waren, drehte Mark sich zu dem jungen Araber um, um ihm zu danken.

Abus Augen waren geweitet, seine eine Hand lag auf seiner Seite, zwischen den Fingern sickerte Blut. Er schwankte. Mark packte ihn am Arm und stützte ihn. »Leutnant, der Araber ist verwundet.«

»Nehmt mich mit«, keuchte Abu durch das Brüllen der Rotoren. »Sie werden mich töten, weil ich euch geholfen hab.«

Baxter erschien an Marks Schulter. »Wie schlimm ist es?«

»Weiß nicht. Er sagt, er will mit.«

Der Leutnant überlegte eine Sekunde. Die Cobra spuckte die nächste Salve auf die irakischen Soldaten. Keine Zeit für Diskussionen. »Also gut. Wir können ihn hier kaum zum Sterben zurücklassen. Rein mit ihm.«

Mark sah, wie ein Lächeln auf das schmerzverzerrte Gesicht des Arabers trat. Er half ihm in den Chopper, der in einer dichten Sandwolke startete.

In Sicherheit wären sie erst zurück im Basislager, aber der Marines-Helikopter war fast genauso gut. Die Erleichterung zeigte sich auf allen Gesichtern unterschiedlich. Die Piloten grinsten über beide Ohren; in den letzten sechs Stunden hatten sie nicht gewusst, ob sie noch einen Sonnenuntergang sehen würden. Chuck kauerte ausdruckslos und suchte aufmerksam den Boden ab. Mick neigte den Kopf und bekreuzigte sich. Baxter half dem verletzten Tony, während Mark zur Seitentür hinausschaute, seine Schultern ein wenig nach vorne fallen ließ und Gott dankte, dass er noch lebte.

Air France Premier Club
JFK Airport, New York
7.52 Uhr

»So habe ich Abu Ressam kennengelernt«, schloss Mark und konzentrierte sich wieder auf den CIA-Mann.

Jack rührte sich nicht und registrierte jedes Detail von Marks Körpersprache.

»Das letzte Mal muss ich ihn um 1995 herum gesehen haben, als er zurück nach Saudi-Arabien ging. Damals war er ganz sicher kein Terrorist.« Mark hörte, wie seine Stimme hart wurde. »Was für Beweise haben Sie dafür, dass er Beziehungen zum Dschihad al-Scharia hat?«

»Das würde jetzt zu lange dauern, und ein Teil der Informationen ist geheim«, antwortete Jack. »Aber sein Name wird direkt mit zwei Zellen in unserem Land in Verbindung gebracht, die bei der Planung des Sonntagsmassakers halfen.«

»Das ist unmöglich!«, sagte Mark heftig. »Ich kenne Abu. Unmöglich.«

»Beruhigen Sie sich, Mr Taylor. Wie entwickelte sich Ihre Beziehung zu Ressam nach der Operation Eagle Lift?«

Die Erwähnung des Codenamens ließ Mark zusammenzucken; sie schienen alles zu wissen. »Nach unserer Rückkehr besuchte ich ihn im Krankenhaus, nachdem sie die Kugel aus seiner Seite herausoperiert hatten.«

Er ging ein paar Schritte zur Seite, dann drehte er sich gereizt um. »Er hat damals acht Amerikanern das Leben gerettet, auch mir. Wenn Sie deswegen Operation Dumbo sterben lassen wollen – bitte sehr.«

Er beobachtete die Reaktionen der drei Männer. »Aber wenn Sie die Sache durchziehen wollen, erläutern Sie mir bitte jetzt Ihren Plan, bevor mein Flug startet, oder ich beende Ihre Operation, hier auf der Stelle!«

Er sah auf seine Uhr und zeigte auf die Tür. »Das Boarding beginnt in zwanzig Minuten. Ross fragt sich inzwischen panisch, was aus mir geworden ist. Also – was wollen Sie?«

»Okay«, sagte Jack, »Sie haben uns überzeugt. Also ...«

Mark unterbrach ihn. »Was ist mit Chuck Fleming?«

»Den hat Baxter gestern Abend in Tel Aviv erreicht. Er wird in Paris zu Ihnen stoßen und Sie in die Türkei begleiten.«

»Gut.« Mark atmete aus. Die erste gute Nachricht seit der Landung in

New York. »Er braucht eine Legende – als Radio- oder Zeitungsreporter oder ...«

Jack holte einen Zettel aus einer Mappe, den er Mark reichte. Auf dem Blatt stand: »Chad Moreland, *Newsweek*«. Darunter ein kompletter Lebenslauf und die Titel mehrerer Artikel, die in dem Wochenmagazin erschienen waren.

»Gibt es wirklich einen Chad Moreland?«, fragte Mark.

»Ja, und die beiden sehen sich sogar etwas ähnlich.«

»Besteht die Gefahr, dass der echte gerade im Nahen Osten ist?«

»Nein. Er macht die nächsten zehn Tage Urlaub auf Hawaii, bei seiner Rückkehr aufs Festland werden Sie zurück sein«, antwortete Jack. Er deutete auf Vince. »Wie ich eben schon sagte, es gibt keinen besseren Mann als Vince. Er wird Ihr Kameramann sein. Sie werden ihn erst in Istanbul wiedersehen.«

»Weiß Mclintock das?«

»Nein«, erwiderte Jack schlicht. »Mclintocks Mann wird in letzter Minute krank werden; Vince wird ihn ersetzen.«

»Und was ist Vinces Auftrag?«

Vince trat einen Schritt näher. »Den Aufenthaltsort von Sa'id mit einem Sender zu markieren, für einen Luftangriff, sobald wir dort weg sind.«

»Werden Sa'ids Leute Ihren Sender nicht bemerken?«

»Unsere Satelliten-Markierungen werden von ihren Wanzendetektoren nicht entdeckt.«

»Wir können das jetzt nicht alles erläutern«, sagte Jack. »In Paris werden Sie einen Kollegen treffen, der Ihnen und Fleming alles im Detail erklärt.«

Mark sah Vince an. »Wie kommen Sie nach Istanbul?«

»Mit einem Militärtransport, sobald wir hier fertig sind.«

Mark sah wieder Jack an. »Wir hatten mit Agent Weston vereinbart, dass ich über ein sicheres Telefon mit meiner Frau sprechen kann, bevor ich zusage.«

»Das wurde mir mitgeteilt«, sagte Jack, »und daran halten wir uns. Joseph wird Sie bis Paris begleiten.«

Mark schaute den Araber kurz an. »Wollen Sie ihn mit uns ins Flugzeug setzen? Dann kriegt Ross die Krise.«

»Das ändert nichts. Wir werden Sie nicht aus dem Auge lassen, Taylor, Sie sind ein wichtiger Mann.«

Mark wusste nicht, warum, aber der Satz beruhigte ihn gar nicht. »Ich habe noch eine letzte Frage, und ich möchte eine ehrliche Antwort. Ist Vince autorisiert, Sa'id sofort auszuschalten?«

»Nein«, erwiderte Jack, fast zu schnell. Er räusperte sich. »Das kann nur der Präsident autorisieren.«

»Und außerdem«, lächelte Vince, »mache ich keine Selbstmordmissionen.«

Van Nuys, Kalifornien
4.58 Uhr

Fazul stöhnte, als ihn das *Piep-piep-piep* des Weckers aus seinem Traum riss. Mit halb geöffneten Augen tastete er nach ihm im Halbdunkeln und stellte ihn ab. Er rieb sich die Augen und versuchte, sich an den Traum zu erinnern. Er war in irgendeiner Schlacht gewesen, gegen die Feinde, die ihn und seine Glaubensgenossen vernichten wollten. Er lächelte; den Islam mit der Waffe zu verteidigen, war eine Ehre.

Nur zu schnell verflog das Traumbild und machte der rauen Realität Platz, in der er wieder vor Sonnenaufgang aufstehen musste. Das graue Morgenlicht, das durchs Fenster schimmerte, kündigte den nahen Sonnenaufgang an. Fazul stand auf, öffnete seinen Schrank und holte seinen Gebetsteppich heraus. Er legte ihn auf den Fußboden und ging ins Bad, um die *Wudu'*, die zeremonielle Waschung vor dem Gebet, zu beginnen.

Das Geräusch des laufenden Wassers drang durch die Wand in das Elternschlafzimmer nebenan. Fazuls Vater schwebte noch zwischen Schlaf und Wachsein an diesem frühen Morgen. Fazuls Mutter, Johara, wachte von dem Geräusch auf, zog die Decken zurück, die ihr Mann während der Nacht von ihr stibitzt hatte, und kuschelte sich ein.

»Es scheint, dass unser Fazul endlich seinen Platz gefunden hat«, sagte sie nicht ohne Stolz.

Fazuls Vater, Ramsi, murmelte schlaftrunken. »Hat er seinen Platz gefunden oder ist er durchgedreht?«

»Bist du nicht stolz, dass er ein so frommer Muslim geworden ist?«

»Vielleicht.« Ramsi hatte keine Lust, vor seiner Frau – oder sich selber – zuzugeben, was für ein schlechtes Gewissen ihm Fazuls Eifer manchmal machte. Die Familie Habash war seit fast 15 Jahren in den USA. Sie waren aus Ägypten gekommen, als Fazul sieben Jahre alt war. Ramsi hatte nur sein Medizinstudium abschließen und als Arzt in seine Heimat zurückkehren wollen, aber Amerika war ihm so ans Herz gewachsen, dass er schließlich beschloss zu bleiben. Nach dem Studium und den Praktika hatte er sich als niedergelassener Arzt etabliert. Zusammen mit seiner Familie – Frau, Sohn und Tochter – hatte er den amerikanischen Lebensstil übernommen; vor zehn Jahren waren sie US-Staatsbürger geworden.

Ramsi war das muslimische Gegenstück des Kirchenchristen, der nur zu Ostern und Weihnachten in den Gottesdienst kam. Er hielt – nun ja, einigermaßen – den Ramadan ein. Seine Besuche in der Moschee waren seltener geworden, und eine der Kernvorschriften des Islams – fünf Gebete am Tag – hatte er ganz aufgegeben.

»Komisch, dass Fazul so eifrig geworden ist«, murmelte er nach kurzem Nachdenken.

»Ich weiß, aber ich hab den Eindruck, dass es seinem Leben Halt gegeben hat und einen Sinn«, erinnerte ihn Johara. »Vor ein paar Monaten wusstest du nicht, was wir mit ihm machen sollten.«

»Das stimmt, Johara. Ich weiß einfach nicht, wie er zu dieser neuen Frömmigkeit gefunden hat.«

»Vielleicht sollten wir uns auch mal Gedanken machen ...« Johara beendete den Satz nicht.

Ramsi antwortete nicht, sondern rollte sich auf die Seite, um noch etwas Schlaf zu kriegen, bevor in einer Stunde der Wecker klingelte.

Inzwischen hatte Fazul bereits die *Fatiha,* die erste Sure des Korans, rezitiert, und fuhr mit seinem morgendlichen Ritual fort. Er stand aufrecht auf seinem Gebetsteppich, in Richtung Mekka, und sprach die Worte *»Allahu akbar«* – »Allah ist groß«. Dann warf er sich auf den Teppich nieder und wiederholte die Worte, immer wieder: *»Allahu akbar. Allahu akbar. Allahu ...«*

Kapitel 13

Studio City, Kalifornien
5.15 Uhr

Im Schlafzimmer ging der Radiowecker los. Zeit zum Aufstehen. Der Wecker wusste nicht, dass Tracy schon seit einer Stunde auf war; dreimal war sie ins Bad gerannt. Wie hieß es noch – starke Schwangerschaftsübelkeit bedeutete ein gesundes Kind? Wenn das stimmte, würde sie einen Olympioniken zur Welt bringen.

Sie presste sich einen feuchten Waschlappen an die Stirn, und die Übelkeit ließ nach. Ihr Magen musste sowieso fast leer sein. Sie stand vom kalten Linoleumboden auf und wankte zurück ins Bett. Als sie den Wecker abstellen wollte, klingelte das Telefon.

Sie nahm ab und hoffte auf Marks Stimme.

»Hallo, Tracy, ich bin's.«

»Mark!« Sie schloss die Augen und rief sich sein tröstendes Bild vor Augen. »Ich hab gehofft, dass du das bist.«

»Wir sind in New York, leider muss ich gleich weiter nach Paris. Aber ich wollte doch hören, wie's dir geht.«

Ich bin schwanger, erbreche mich am laufenden Band und mein Mann ist als Spion am anderen Ende der Welt, aber sonst geht es mir gut, vielen Dank auch.

»Alles in Ordnung«, antwortete sie.

»Wirklich? Du klingst etwas ... bedrückt.«

»Nein.« Tracy bemühte sich, sorglos zu klingen. »Ich bin gerade erst aufgewacht, das ist alles.«

»Tut mir leid, wenn ich dich geweckt habe, aber es war die letzte Chance vor dem Anschlussflug.«

»Du klingst so atemlos. Was ist los?«

»Ich renne gerade zum Gate. Ich musste ...« Er dachte an Agent Westons Instruktionen und unterbrach sich. »Ich bin Freunden aus Washington begegnet und hab nicht auf die Uhr geachtet.«

»Hattet ihr ein gutes Gespräch?«, bohrte Tracy nach.

»Ja, doch«, antwortete Mark. »Oh, Schatz, da vorne ist Ross, ich glaub, die steigen schon ein. Ich muss auflegen.«

»Jetzt schon?«

»Ja. Ich ruf dich wieder an, sobald wir in Paris sind, okay? Entschuldige bitte, aber ich muss gehen.«

»Okay. Ich liebe dich.«

»Ich dich auch.« Mark legte auf. Tracy legte sich auf das Bett und presste ein Kissen auf ihre Brust. Sie fing an zu weinen; sie wusste selber nicht warum, außer, dass sie sich noch nie so allein gefühlt hatte.

Sie wusste, dass ihre Hormone komplett übersteuert waren, dass ihr Körper eine gewaltige Anpassung durchlief, aber das machte es nur umso schwieriger, ihre Gefühle einzuordnen. Weinte sie, weil sie schwanger war, und hätte sie genauso reagiert, wenn Mark ihr nur gesagt hätte, dass er Überstunden machte? Oder brach die wachsende Angst tief in ihr aus, dass sie ihren Mann nie mehr wiedersehen würde?

Air France Premier Club
JFK Airport, New York
8.21 Uhr

»Stellen Sie mich zum Chef durch, Nancy«, sagte Jack ins Telefon. Er stand mit Vince in der Air-France-Lounge. Joseph war Mark zum Gate gefolgt, und Jack und Vince hatten sich ausgiebig über Mark Taylor ausgetauscht. Jack war überzeugt, dass Mark keine Verbindungen zu der Terrororganisation hatte. Vince war nicht ganz so sicher, hatte aber den Eindruck, dass Mark mit Stresssituationen umgehen konnte. Ein großes Plus bei einem Einsatz wie diesem – wenn Mark sie nicht täuschte.

Der CIA-Direktor meldete sich. »Ich glaube, er ist clean«, begann Jack rasch.

»Bist du sicher?«

»So sicher, wie es nach einer kurzen Unterredung geht«, sagte Jack. Er sprach in Codewörtern weiter, wohl wissend, dass das Telefon womöglich abgehört wurde. »Kein Kontakt mit Ziel seit 95. Ziel soll damals nicht an Kooperation im Ausland beteiligt gewesen sein.«

»Verstehe«, erwiderte der Direktor. »Schick dein Paket ab und dann komm nach Hause. Wir unterhalten uns, wenn ich von der Besprechung komme.«

»Okay.« Jack legte auf und grinste Vince finster an. »Es geht los. Ab mit dir in die Türkei.«

JFK Airport, New York, Terminal 1
8.25 Uhr

Ross tigerte zwischen den leeren Sesseln vor dem Gate hin und her. Nur noch drei Passagiere standen in der Schlange, um ins Flugzeug zu gehen. Mark joggte weiter, bis er sah, dass Ross sich zu ihm drehte, dann fiel er in einen langsameren Schlendergang. »Wo warst du so lange?« Ross klang irritiert.

»Ich hab mir die Beine vertreten.« Mark bemühte sich, ruhig zu atmen.

»Die machen gleich zu hier!«

»Entschuldige bitte.« Mark nahm Kurs auf den Ausgang. »Hab wohl nicht auf die Zeit geachtet.«

»Ist alles okay?«

»Ja.« Mark hielt der Flugbegleiterin seine Bordkarte hin. »Warum?«

Ross gab ebenfalls seine Bordkarte ab und folgte Mark in die Passagierbrücke. »Du benimmst dich merkwürdig. Nicht auf die Zeit geachtet – und das soll ich glauben?«

Mark schmunzelte. »Du bist zu nervös, Ross. Warte doch, bis wir über den Atlantik sind. Jetzt genießen wir erst mal sieben Stunden Luxus pur.«

Mark betrat die Maschine.

»Fenster oder Gang?«, fragte er.

»Nimm du das Fenster, mir ist es egal.«

Gleich würden sie ihre aufregende Reise beginnen ... Aber Mark musste dauernd an Tracy denken und ihre Stimme im Telefon eben. Er wusste, wie sie nach dem Aufwachen klang, und nein, so hatte sie sich nicht angehört. Es ging ihr nicht gut, und er konnte nichts daran ändern.

»Schau mal!« Ross stieß ihn an.

Joseph kam den Mittelgang entlang. Diesmal setzte er sich drei Reihen hinter sie. Ross beugte sich zu Mark und flüsterte panisch: »Da stimmt doch was nicht! Das kann doch kein Zufall sein.«

»Doch, wenn er auch nach Paris will. Kümmere dich nicht um ihn und genieße den Flug.«

Ross schaute verstohlen nach hinten. »Das sagst du so einfach. Der Kerl ist mir unheimlich.«

»Das ist sicher nur ein reicher Manager auf Geschäftsreise. Soll ich ihn mal fragen?«

»Nein!«

Mark lehnte sich zurück und fragte sich, wie Ross sich verhalten würde, wenn es wirklich spannend wurde.

Mit einem leichten Ruck löste sich das Flugzeug vom Flugsteig. An jedem anderen Tag hätte Mark die nächsten Stunden kaum erwarten können. Aber nicht heute. Er schloss kurz die Augen und sprach ein Stoßgebet für Tracy. Dann dachte er über Jack Murphy nach. Er machte einen kompetenten Eindruck – soweit Mark das überhaupt beurteilen konnte. Seine Fragen über Abu hatten fast wie ein Test geklungen. Der Verdacht, den sie gegen seinen Freund hegten, hatte auf Mark abgefärbt. Aber er hatte wohl das Richtige geantwortet, sodass die Mission weiterlief. Ob das gut oder schlecht war, würde man sehen.

Abu als Mitglied im Dschihad al-Scharia – Mark konnte sich das kaum vorstellen. Abu war einer der sanftesten Menschen, die er je kennengelernt hatte, ein Muslim, der sich nach Frieden sehnte. Das passte einfach nicht zusammen.

Vince war merkwürdig ruhig gewesen. Er hatte den Eindruck einer in sich ruhenden Persönlichkeit bei Mark erweckt, was bei einer verdeckten Operation sicher ein Vorteil war. Aber Murphys Antwort auf die Frage, ob Vince zu einer Schwarzen Operation autorisiert war, war etwas zu schnell gekommen, und Mark nahm sie ihm nicht ab. Da steckte mehr dahinter. Seine einzige Trumpfkarte war Chuck Fleming. Chuck Fleming ... Er musste ja noch Russell anrufen, dass der dem Reporter von der *London Times* absagte. Es ging alles zu schnell.

Van Nuys, Kalifornien
7.21 Uhr

Ramsi Habash saß mit seiner Frau und seiner Tochter, der 19-jährigen Akilah, am Küchentisch beim Frühstück. Die Hintertür öffnete sich, und Fazul kam von seinem Morgenlauf herein, verschwitzt und außer Atem. Er ging an den Kühlschrank, um den Orangensaft herauszuholen.

»Was habt ihr heute alle so vor?«, fragte Ramsi, während er ein Stück von seiner Baklava, eines süßen Walnussgebäcks, abschnitt.

»Ich hab heute Morgen nur zwei Seminare und lerne danach in der Bibliothek. Ich komm wahrscheinlich früh nach Hause, Papa«, antwortete Akilah, die im ersten Semester an der CSU Northridge studierte.

Alle Augen drehten sich zu Fazul und warteten auf eine Antwort.

Der trank seinen Orangensaft. »Was?«

Sein Vater fragte jeden Tag, was er vorhatte. Fazul war schon weit gekommen mit seinem Informatikstudium, aber dann, im letzten Herbstsemester, hatte er es plötzlich abgebrochen und trieb sich stattdessen immer mehr mit Freunden herum, die seinem Vater nicht gefielen.

»Was hast du heute vor, Fazul?«, wiederholte Ramsi.

»Heut Nachmittag trifft sich eine Studiengruppe in der Moschee. Sofian geht auch hin«, antwortete Fazul und hoffte, seinen Vater damit zufriedenzustellen.

»Das klingt interessant«, kommentierte seine Mutter.

»Das ist es auch, Mutter«, sagte Fazul. Dann, zu seinem Vater: »Du solltest mitkommen, Papa.«

Ramsi sah ihn streng an. »Du weißt doch, dass ich aus der Praxis nicht wegkann.«

»So wie du es nicht mehr zum Freitagsgebet in die Moschee schaffst?«

Ramsi erhob sich so abrupt, dass die Frauen zurückwichen. »Ich muss doch sehr bitten!«

Fazul stand unbewegt an der Küchenzeile, seine Augen verengten sich zu trotzigen Schlitzen. Ramsi wischte sich den Mund mit der Serviette ab und warf sie auf den Tisch. »Wir sehen uns zum Abendessen«, sagte er zu seiner Frau und seiner Tochter. Er schaute seinen Sohn nicht an, nahm seinen Schlüsselbund und ging zur Garage.

»Tschüs, Papa«, sagte Fazul, als die Tür zur Garage zuknallte.

Johara schüttelte den Kopf. »Warum vertragt ihr beiden euch nicht?«

»Er ist unmöglich«, antwortete Fazul.

»Sprich nicht so über deinen Vater! Er will einfach nicht, dass du dein Leben fortwirfst.«

»Aber, Mutter.« Fazul kam zum Tisch und setzte sich neben sie. »Ich hab zum ersten Mal in meinem Leben den Eindruck, dass ich es nicht fortwerfe.«

»Aber du hast so kurz vor deinem Abschluss gestanden ... so kurz davor, dein Leben in die Hand zu nehmen.«

»Mein Leben, wie Papa es sich vorstellt, meinst du wohl. Ich hab doch nur für ihn studiert. Aber jetzt hab ich was Wichtigeres gefunden: Ich folge dem Weg Allahs. Wie Papa früher auch.«

»Das tut er immer noch«, sagte Johara. »Er tut es auf seine Art.«

Fazul stand vom Tisch auf und ging durch den Raum. »Und welche Art muslimische Familie sind wir? Du trägst ja noch nicht mal das Kopftuch, außer wenn du zur Moschee gehst.« Er drehte sich zu seiner Schwester. »Und du auch nicht. Und wann hat Vater das letzte Mal *Salat* gebetet?«

Johara senkte ihren Kopf. Sie sprach leise, aber fest. »Verurteile deinen Vater nicht, Fazul Habash. Er hat doch den Ramadan eingehalten, oder nicht?«

»Das ist aber auch alles, und was er während der Arbeit isst, wissen wir doch gar nicht. Und er besucht die Moschee auch nur dann.« Fazul sah den schmerzlichen Ausdruck auf dem Gesicht seiner Mutter und unterbrach sich. »Es tut mir leid, Mutter, ich wollte nicht ...«

»Das weiß ich doch, mein Sohn«, sagte Johara, während Akilah aufmerksam lauschte. »Pass einfach auf, wie du mit ihm redest, sonst wird er sich eines Tages nicht mehr beherrschen.«

»Was ist das für eine Studiengruppe, in die du da gehst?«, fragte Akilah ihren Bruder.

»Wir lesen verschiedene Suren im Koran«, antwortete Fazul, ohne weitere Details zu liefern.

»Ich würde gerne mal mitgehen. Wann ist das?«

»Um eins, aber Frauen sind nicht eingeladen.«

Akilah nahm ihren Rucksack, gab ihrer Mutter einen Abschiedskuss und marschierte zur Tür, während sie murmelte: »Das werden wir noch sehen.«

Irgendwo über dem Atlantik
11.15 Uhr

Mark schaute auf das Display vor ihm. Sie flogen jetzt in einer Höhe von 10 600 Metern und mit einer Geschwindigkeit von 1 062 km/h.

Die Flugbegleiterin, die ihm eine Speisekarte voller französischer Köstlichkeiten reichte, riss ihn aus seinen Träumen. Er schmunzelte. Das hier war in der Tat um Längen besser als ein Sandwich am Flughafen. Wäre der Anlass der Reise nicht ein so gefährlicher gewesen, hätte Mark gerne alles mit Tracy zusammen erlebt.

Er überflog die Auswahl. Nach den Vorspeisen, deren Namen er allesamt nicht aussprechen konnte, hätte er die Wahl zwischen Gänseleber in Blätterteig, gebratenen Meeresfrüchten, gefülltem Kaninchenrücken und zwei anderen Gerichten, die er nicht identifizieren konnte. Er entschied sich für die Gänseleber.

Ross dagegen sprach jedes der französischen Worte mit Begeisterung aus und überlegte laut, welches Gericht am besten zu Rot- oder Weißwein passte.

Als alle bestellt hatten, begannen die Flugbegleiterinnen, Champagner und Kaviar auszuteilen. Mark, der mit Kaviar nichts anfangen konnte, holte eine Tüte Nüsse aus der Tasche.

»Hast du Frank schon erreicht, wegen dieses Termins in Paris?«, fragte er Ross.

Ross kostete den Kaviar. »Fantastisch. Du solltest das unbedingt probieren.«

»Nein danke, wirklich nicht.«

»Ich wollte Frank nicht aufwecken. Ich wollte ihn während des Fluges anrufen.«

»Okay, in Los Angeles ist es jetzt nach acht Uhr.«

Ross zog das Flugzeugtelefon aus der Rückenlehne des Sitzes vor ihm und zog seine Kreditkarte durch. Nach ein paar Sekunden stand die Verbindung.

»Hallo, Frank, hier Ross. Wir sitzen gerade im Flugzeug, essen Kaviar und trinken Champagner.«

Ross lachte.

»Was hat er gesagt?« fragte Mark.

Ross hielt die Sprechmuschel zu. »Das willst du nicht wissen.«

»Hast du von Khaliq gehört? – Hm. Ja.« Ross hörte zu und zeigte Mark Daumen hoch. »Sehr gut. So kriegen wir noch weitere Hintergrundinformationen über Sa'id.«

Bei dem Wort »Sa'id« drehten sich mehrere Köpfe in Ross' Richtung. Der bemerkte, dass er beobachtet wurde, und drückte sich in seinen Sitz. Er reichte Mark das Telefon, zu dessen Irritation. »Er möchte dich auch noch sprechen.«

»Ja, Frank?«, sagte Mark.

»Hast du den Journalisten erreicht, den du fragen wolltest? Sonst müssen wir schnell noch Bakers Tickets besorgen.«

»Das klappt.« Mark versuchte, so leise zu sprechen wie möglich. »Ich habe mit Chad Moreland von *Newsweek* gesprochen. Er stößt heute Abend in Paris zu uns.«

Ross warf ihm einen fragenden Blick zu. Mark ignorierte ihn.

»Moreland? Super! Wie bist du an den gekommen?«

»Kennst du ihn?«, fragte Mark nervös.

»Nicht persönlich, aber dem Namen nach. Guter Mann. Woher kennst *du* ihn?«

Mark zögerte, dann sagte er: »Ich hab ihn in unserem ersten Jahr auf einer meiner New-York-Reisen kennengelernt.«

»Nicht schlecht. Ich werde Baker sagen, dass wir ihn doch nicht brauchen.«

»Danke.«

»Gibt es noch was?«, fragte Russell.

»Nicht, dass ich wüsste.«

»Dann genieße deinen Kaviar weiter. Wir sprechen uns dann.«

Mark legte auf und schob das Telefon in seine Halterung.

»Wann hattest du denn Zeit, einen *Newsweek*-Reporter anzuheuern?« Ross staunte.

»Ein Freund von mir hat das gestern Abend arrangiert«, antwortete Mark wahrheitsgemäß. »Wir werden Chad in unserem Hotel in Paris treffen. Was hat Russell über das Treffen gesagt?«

»Khaliq hat zugestimmt. Er weiß, dass wir nur kurz in Paris sind, und kommt noch heute Nacht ins Hotel.«

»Gut. Danach wissen wir hoffentlich mehr Einzelheiten aus Sa'ids Leben.« *Und vielleicht auch über Abu Ressam,* dachte Mark. Er konnte immer noch nicht glauben, dass Abu ein Terrorist sein sollte.

Basislager der Marines
Saudi-Arabien
1991

Mark saß neben dem Bett in dem Lazarettzelt. Der Patient lag bequem in dem Feldlazarett in einem Zelt mitten in der Wüste. Abu Ressams Augenlider flatterten, als er langsam zu sich kam. Sergeant Mark Taylor saß ganz still, um ihn nicht zu erschrecken. Ein Moment verging, dann schlug Abu die Augen auf.

Er sagte etwas auf Arabisch. Dann bemerkte er Mark und fuhr auf Englisch fort. »Wo ... bin ich?«

»Zurück in Saudi-Arabien«, antwortete Mark. »Du wurdest getroffen, als wir dich in den Hubschrauber brachten.«

»Ja ... ich erinnere mich«, sagte Abu mit heiserer Kehle. »... Wasser ...«

Mark stand auf, hob ihm mit der einen Hand seinen Kopf an und reichte ihm mit der anderen einen Pappbecher mit Wasser. Abu nahm ein paar Schlucke, dann sank sein Kopf zurück auf das Kissen.

»Danke ...«, murmelte er.

»*Ich* habe *dir* zu danken«, unterbrach ihn Mark. »Du hast mir und dem Rest meiner Einheit das Leben gerettet. Wir stehen in deiner Schuld.«

Eine Sanitäterin kam herein. »Na, ist unser Patient aufgewacht?«

»Ja, gerade eben«, sagte Mark.

»Lassen Sie ihn nicht zu viel reden«, bat sie. »Ich hole den Arzt.«

Im Laufe der nächsten Tage machte Abu rasche Fortschritte. Die Kugel hatte seine Niere getroffen, und er hatte auf dem Flug zum Basislager viel Blut verloren.

Mark besuchte ihn, wenn er keinen Dienst hatte. Am dritten Tag war Abu bereit zu reden.

»Was hast du im Irak gemacht?«, fragte Mark ihn.

»Studiert«, erwiderte Abu. »Das Institut von Kufa liegt, wie auch der Schrein des Imam Ali, in Nadschaf.«

»Mitten im Krieg?«

»Als ich anfing, war kein Krieg. Dann fing Amerika mit den Bombenangriffen an ...«

»Die *Koalition*«, verbesserte Mark, »hätte nichts bombardiert, wenn Saddam Hussein nicht in Kuwait einmarschiert wäre.«

Sie schauten sich an. Es war einer dieser Wendepunkte in einer Begegnung, in dem die nächste Bemerkung entschied, ob das Gespräch feindselig wurde oder ob ein echter Dialog begann.

Mark wechselte das Thema. »Wer war Imam Ali?«

Abus Gesicht hellte sich auf. Er sprach wohl gerne von seinem Studium. »Imam Ali, Friede sei mit ihm, war der vierte Kalif des Islam. Er starb in Nadschaf den Märtyrertod, wo man seinen Schrein errichtete.«

Mark, der nichts über den Islam wusste, nickte. Er konnte darauf nichts antworten.

Abu, der sein Zögern bemerkte, fuhr fort: »Imam Ali war der Vetter und Schwiegersohn Mohammeds, Friede sei mit ihm. Er war der Vierte, der den Islam nach dem Tod des Propheten anführte. Die Schiiten sagen, dass er der wahre Nachfolger war, aber der Prophet selber hat nach sunnitischer Auffassung keinen Nachfolger ernannt.«

Während er sich erholte, erzählte Ali Mark mehr über die frühe Geschichte des Islam. Mark war ehrlich fasziniert, als Abu die Kämpfe, die Mohammed um Mekka geführt hatte, in allen Details schilderte. Langsam wuchs eine interessante Freundschaft zwischen ihnen.

Eines Nachmittags fragte Mark: »Warum hast du uns geholfen, Abu?«

Abu schaute kurz zur Seite, dann antwortete er: »Das weiß ich nicht, das war ein Impuls. Ihr saßt in der Falle, und ich wusste einen Ausweg.«

»Aber du bist Muslim ... und hast einem Feind geholfen.«

»Ja schon, aber ich bin kein Iraker«, erklärte Abu. »Der Islam ist eine Religion des Friedens, mein Freund, nicht des Krieges. Was Saddam Hussein getan hat, wird vom Koran nicht gutgeheißen. Saddams Handlungen sind politisch motiviert, nicht religiös.«

»Da hast du wohl recht«, stimmte Mark zu.

»Und du – warum kämpfst du in diesem Krieg?«

Mark dachte kurz nach. »Weil mein Land es von mir verlangt und weil ich glaube, dass der Irak kein Recht hat, sich Kuwait einzuverleiben, bloß weil es schwächer ist.«

»Aber ihr habt das Recht, einzugreifen, bloß weil ihr stärker seid?«

Mark lächelte. Abu hatte ein Talent, ein Argument für sich zu nutzen. »Wir haben die moralische Verpflichtung, nicht zuzulassen, dass die bösen Mächte dieser Welt ihre eigenen Bürger ermorden oder ein souveränes Nachbarland nach Belieben an sich reißen.«

»Oder dass das kostbare Rohöl nicht mehr fließt.«

»Schön, es mag auch wirtschaftliche Gründe für unser Engagement in der Golfregion geben, aber du wirst wenige Kriege in der Geschichte finden, bei denen der Aggressor so eindeutig feststand.«

»Da gebe ich dir recht«, lächelte Abu.

CIA-Zentrale, Langley, Virginia
12.14 Uhr

»Hallo, Wendy.«

Sie war so in ihre Arbeit vertieft, dass sie ihn erst bemerkte, als er sie ansprach.

»Hallo, Jack.« Sie drehte sich mit einem Seufzer um. »Wie war's in New York?«

»Gut.« Jack trat ein und setzte sich an Philips Schreibtisch. »Er kennt Ressam zweifellos, aber ich glaube, er ist vertrauenswürdig.«

»Das ist super. Der Direktor hat mir Zugang zur Akte über Operation Eagle Lift verschafft. Unglaubliche Geschichte.«

»Ja, ich hab sie von Taylor selber gehört. Er war echt überrascht, dass Ressams Name mit Terrorismus in Verbindung gebracht wird.«

»Dann ist die Mission freigegeben?«

»Voll und ganz. Ich habe gerade mit dem Direktor gesprochen. Er hat heute Morgen den Präsidenten informiert.« Jack hielt inne. Sollte er Wendy auch das Geheimste sagen? Sie hatte es mehr als verdient. »Er hat auch die Schwarze Operation autorisiert.«

Wendy nickte. »Es blieb ihm auch nichts anderes übrig. So eine Chance bekommen wir vielleicht nie wieder.«

»Irgendwelche Neuigkeiten, während ich weg war?«

»Nur eins«, erwiderte Wendy. »Ich habe die mitgeschnittenen Telefongespräche aus Taylors Haus durchgehört und bin dabei auf etwas gestoßen, das die Entscheidung für Mark erschweren könnte.«

»Und was ist das?«, fragte Jack, plötzlich besorgt.

»Mrs Taylor wurde gestern Abend von ihrer Gynäkologin angerufen.« Wendy schaute Jack an, um die Reaktion ihres Chefs zu sehen. »Ich glaube, sie ist schwanger.«

Kapitel 14

Paris
22.57 Uhr

Den ganzen Atlantikflug über hatte Mark seine Anspannung verdrängt. Jetzt konnte er nicht mehr. Während er zur Hotelrezeption ging, musterte er nervös jede Person in der Lobby; gehörte hier jemand zur CIA oder zum Dschihad al-Scharia? Vielleicht war er auch nur müde. Zwischen Los Angeles und New York hatte er ein paar Stunden Schlaf bekommen, aber über dem Atlantik hatte er nur kurz gedöst. Er wollte nur noch eines: auf sein Zimmer und Tracy anrufen.

Die Lobby des Hyatt Regency am Charles-de-Gaulle-Flughafen war atemberaubend. Die fünf Stock hohen Glasfenster malten geheimnisvolle Pfützen aus Licht auf das Eichenparkett unter ihren Füßen. An der einen Seite des riesigen Raumes befand sich eine Bar, an der anderen der Empfangstisch, genau in der Mitte ein Atrium mit einem Wasserbecken. Mark ging zur Rezeption und legte die Kreditkarte des Senders auf die Theke.

»Bonsoir, monsieur«, sagte die Frau hinter der Theke.

»Bonsoir, madame«, erwiderte Mark, dank seiner zwei Jahre Französisch auf der Highschool. »Die Reservierungen für Mark Taylor und Ross Berman.«

»Wie lange bleiben Sie bei uns?«, fragte sie auf Englisch.

»Eine Nacht«, antwortete Mark, erleichtert, dass sie seine Sprache sprach.

Sie legte zwei Karteikarten auf die Theke. »Wenn Sie bitte diese Formulare ausfüllen; ich bringe Ihnen Ihre Schlüssel.«

Mark fing an zu schreiben. »Khaliq soll in 30 Minuten hier sein«, bemerkte Ross.

»Hat Russell gesagt, wo genau?«

»Nein. Nur hier im Hotel.«

»Wie auch immer, ich muss erst Tracy anrufen. Wie wär das: Wir bringen unser Zeug auf die Zimmer und treffen uns dann hier unten.«

»Okay. Aber lass dir nicht zu viel Zeit.«

Mark unterschrieb und lächelte. »Keine Bange.«

»Hier sind Ihre Schlüssel, meine Herren«, sagte die Empfangsdame. »Sie sind im 7. Stock, Zimmer 16 und 18. Brauchen Sie Hilfe mit Ihrem Gepäck?«

Ross und Mark lehnten dankend ab. Die Rezeptionistin zeigte ihnen den Weg zu den Aufzügen.

»Rufst du Tracy über das Satellitentelefon an?«, fragte Ross.

»Weißt du, ob die hier drinnen funktionieren?«, fragte Mark, während er in den Aufzug trat.

»Ich habe keine Ahnung.«

»Ich versuche es und gebe dir Bescheid.«

Der Lift brachte sie in den 7. Stock, und Mark und Ross gingen zu ihren Zimmern.

»Bis gleich dann, in der Lobby«, sagte Ross, während er seine Tür öffnete.

»Okay«, erwiderte Mark und betrat sein Zimmer.

Er drückte den Lichtschalter an der Tür und sah einen modern eingerichteten Raum mit dem Bett an der einen Wand und einer dunklen Anrichte mit einem Fernseher an der anderen. Am Fenster standen ein Chromtisch mit Glasplatte, eine dazu passende Lampe und ein Sessel, in dem ein sehr großer Mann saß. In jeder anderen Situation wäre Mark zusammengefahren oder hätte den Fremden konfrontiert; jetzt aber blieb er nach einer Schrecksekunde ruhig stehen.

Der Fremde hob einen Finger an seine Lippen. Dann schaltete er mit der Fernbedienung den Fernseher ein und wartete, bis der Ton den Raum füllte, bevor er sprach.

»Dumbo.«

Mark trat vollends ins Zimmer und schloss die Tür hinter sich. Er musterte den Mann. Seinen langen Beinen nach zu urteilen war er größer als Mark. Er trug dunkle Hosen, ein weißes Hemd, ein hellbraunes Jackett und einen tief in die Augen gezogenen Hut und mochte zwischen 50 und 60 sein. Er hätte ein Geschäftsreisender aus vielen Ländern sein können. Oder ein Spion.

Mark setzte seine Tasche neben dem Bett ab, bevor er sprach. »Was machen Sie in meinem Zimmer? Was, wenn Ross mit reingekommen wäre?«

»Das ist er aber nicht.« Der Mann sprach ruhig und emotionslos. »Ich wollte Ihr Zimmer absuchen, bevor Sie ankommen, und sichergehen, dass es nicht verwanzt ist.«

»Und, ist es?«

»Nein. Der Fernseher ist nur für alle Fälle.«

»Okay. Dann gehen Sie jetzt bitte.«

Der Mann legte seinen Kopf schräg und hob eine Braue, als er Marks barschen Tonfall hörte. »Man sagte mir, Sie erwarteten ein volles Briefing zu unserem Vorgehen, und zwar jetzt.«

»Das stimmt auch. Aber ich habe jetzt keine Zeit. Wir treffen uns in fünf Minuten unten mit einem Kontaktmann des Dschihad al-Scharia, und vorher möchte ich meine Frau anrufen.«

»Über dieses Treffen wissen wir nichts. Mit wem treffen Sie sich?«

»Es wurde erst während unseres Herflugs bestätigt. Und ich muss Ihnen wohl auch nicht alles sagen.« Mark verlor langsam die Geduld.

Der Fremde erhob sich, schneller als Mark es ihm bei seiner Figur zugetraut hätte, und trat direkt vor Mark. Er war einen halben Kopf größer als er. »Hören Sie zu, Mr Taylor. Wir schätzen Ihre Hilfe, aber das hier ist kein Spiel. Ab jetzt und bis Sie zurück in Amerika sind, ist jedes Detail, jede Sekunde ihres Lebens wichtig für uns zu wissen.«

Die beiden standen reglos, bis Mark seinen Kopf senkte und an das Bett trat. »Sie haben eine originelle Art, Ihre Dankbarkeit auszudrücken.«

Der CIA-Mann drehte sich langsam in seine Richtung und lüftete seinen Hut ein wenig. »Entschuldigen Sie. Es muss Sie erschreckt haben, mich hier zu sehen. Fangen wir noch mal an. Mein Name ist Patrick Wark.«

Statt ihm die Hand zu schütteln, öffnete Mark den Reißverschluss seines Bordkoffers. Das Telefon fiel heraus, dazu ein weiterer Zettel von Tracy; Mark lächelte, er würde ihn später lesen. Das Telefon sah aus wie ein klobiges, altes Handy – es hatte sogar eine dicke Antenne.

»Kennen Sie sich mit den Dingern aus?«, fragte Mark.

»Sieht wie ein neues Iridium aus. Was wollen Sie wissen?«

»Kann ich das hier im Hotel benutzen?«

»Sicher. Es schaltet automatisch zwischen Satellit und Funknetz um, je nachdem, wo Sie gerade sind.«

»Gut.« Mark schaltete das Telefon ein. »Und jetzt entschuldigen Sie mich bitte, ich muss einen wichtigen Anruf machen.«

»Ich muss wissen, mit wem Sie sich gleich treffen«, sagte Patrick.

»Er heißt Abdul Khaliq«, antwortete Mark, während er die Vorwahl für die USA eingab. »Kennen Sie ihn?«

Der Agent nickte. »Seit dem Sonntagsmassaker versuchen wir, die Franzosen dazu zu bringen, ihn zu verhaften und seine Gelder einzufrieren.«

»Nun, nach unserem Meeting kann ich Ihnen gerne alles berichten, und dann können Sie mir Ihren Plan erläutern. Aber kommen Sie nicht noch mal unangekündigt in mein Zimmer. Wollen Sie mich umbringen?«

Patrick ignorierte den Vorwurf. »Wir müssen Sie noch verkabeln ...«

Mark hörte, dass die Verbindung stand. Er ging zur Tür, öffnete sie und schaute kurz in den Flur. »Keine Zeit. Und jetzt gehen Sie. Wir reden nach dem Gespräch weiter. Passen Sie bloß auf, dass keiner Sie sieht.«

Er zeigte mit dem Kopf in den Flur, als er Tracys Stimme an seinem Ohr hörte. »Hallo, Schatz.«

Patrick ging mit mürrischer Miene in den Flur hinaus; Mark schloss rasch die Tür hinter ihm.

»Mark, wo bist du?«, fragte Tracy.

»Wir sind gerade im Hotel angekommen. Wo bist du?« Er hörte das Echo seiner eigenen Stimme, bevor Tracy wieder sprach. Er ging zum Fernseher und schaltete ihn aus.

»Ich sitze im Auto. Ich fahre gerade ... zu dem Freund, der gestern Abend zu Besuch war.«

»Gut. Deshalb rufe ich an.« Mark wusste, dass sie von Agent Weston sprach. »Ich hab gleich ein kurzes Treffen; danach können wir uns unterhalten.«

»Gerne. Wie ist Paris?«

O wie er sich wünschte, dass dies eine geschäftliche Reise wäre und er frei reden könnte. »Bis jetzt bestand es nur aus einem Flughafen und einem Hotel. Wir müssen mal zusammen hierherreisen.«

Tracy dachte an ihren Morgen im Bad zurück. Erst gegen Mittag hatte sie sich wieder einigermaßen normal gefühlt. »Es wär mir lieber, du wärst hier.«

»Mir auch, Schatz.«

Stille.

Dann sagte Mark: »Ich hab deinen Zettel bei dem Telefon gefunden.« Er ging zurück zum Koffer, um ihn aufzuheben.

»Und wie findest du ihn?«

Er überflog die Notiz. Tracy bat ihn, sie doch anzurufen, wenn er schon das Telefon auspackte.

»Na, das hab ich doch gemacht.«

Tracy lachte. »Hättest du es auch ohne den Zettel gemacht?«

»Na klar.«

»Ganz sicher?«

»Schau mal, Tracy, ich muss jetzt zu dem Treffen. Ich ruf dich wieder an, sobald es geht.«

»Okay, Schatz. Ich liebe dich.«

»Ich dich auch.«

Mark schaltete das Telefon ab und legte es zurück in den Koffer. Dann nahm er seine Mappe, um zur Lobby zu gehen.

Van Nuys, Kalifornien
14.14 Uhr

Akilah Habash parkte ihr Auto eine Straße von der Moschee entfernt. Sie langte auf den Rücksitz und packte ihren *Hidschab*. Sie schaute prüfend die Straße entlang, dann zog sie sich das Kopftuch rasch über und stieg aus.

Sie schlenderte zu der Moschee, überrascht, dass ein paar Minuten vor Beginn einer Koranstunde alles so ruhig war. Als sie weiter vorne zwei Männer sah, blieb sie neben einem Baum stehen. Einer von ihnen war eindeutig Fazul. Sie blieb regungslos und schaute zu, wie die beiden um die Ecke des Gebäudes gingen.

Schnell lief sie zu der Ecke und schaute nach rechts. Da war niemand. Sie lief weiter, die Wand entlang zum hinteren Parkplatz. Um die nächste Ecke kamen Stimmen. Sie blieb wieder stehen. Akilah merkte, dass sie zitterte. Sie versuchte, zu hören, was ihr Bruder da sagte, konnte aber die Worte nicht ausmachen. Dann knallten zwei Autotüren zu, ein Motor brummte auf. Sie lugte um die Ecke und sah ihren Bruder auf dem Rücksitz eines klapprigen Ford. Vor ihm saß Sofian. Dann sah sie das Gesicht des Fahrers und verschwand schnell hinter der Ecke, während der Wagen mit quietschenden Reifen davonfuhr.

Ismael. Der Name fiel ihr sofort ein. Seinen Nachnamen wusste sie nicht – falls ihn überhaupt jemand wusste. Aber sie wusste, dass ihr Vater sie und Fazul vor ihm gewarnt hatte. Ihm war nicht zu trauen, sie sollten ihn meiden.

Paris
23.20 Uhr

Ross saß an einem Tisch beim Wasserbecken, als Mark zu ihm trat.

»Hast du Khaliq schon gesehen?«, flüsterte er.

»Noch nicht.« Ross sah auf seine Uhr. »Aber es ist erst zwanzig nach elf.«

»Vielleicht kommt er nicht.« Mark war skeptisch.

Die beiden saßen schweigend und suchten die Lobby nach ihrem Besucher ab. Nach ein paar Minuten kam einer der Angestellten von der Rezeption zu ihnen. »Entschuldigen Sie ... Monsieur Taylor?«

»Ja ... *oui*«, erwiderte Mark.

Der Bedienstete reichte ihm ein Blatt Papier und ging. Mark überflog den Zettel. »Wir sollen in die Regency Club Lounge.«

»Und wo ist das?«

»Keine Ahnung.« Mark erhob sich. »Lass uns suchen.«

Der Kongressbereich des Hotels war leer. Die beiden gingen den breiten Flur entlang und studierten die französischen Schilder über den Tagungsräumen. Als sie um eine Ecke bogen, sahen sie zwei arabisch aussehende Männer in langen Gewändern und Turbanen vor einer Tür stehen. Darüber prangte das Schild »Regency Club Lounge«.

»Ich glaube, wir haben es gefunden«, stellte Ross fest.

»Ach, echt?«, erwiderte Mark sarkastisch.

Sie gingen langsam auf die Männer zu. Der eine stoppte sie mit einer Handgeste. Der andere tastete ihre Kleidung ab und suchte sie mit einem Metallstab ab. Das Gerät sah anders aus als die am Flughafen; wahrscheinlich zeigte es Abhörwanzen an. Mark dankte Gott stumm, dass er sich nicht hatte »verkabeln« lassen. Auch seine Aktentasche wurde durchsucht, dann öffneten die beiden Araber die Tür.

Es war ein schön eingerichteter Raum mit Fenstern, die auf den Flughafen gingen; eine Wendeltreppe führte auf eine Art Empore. In der Mitte des

Raumes saß ein kleiner, untersetzter Mann in grauem Gewand und weißem Turban. Er wechselte ein paar Worte mit den beiden anderen, die wohl seine Leibwächter waren. Er blieb ungerührt sitzen, während Mark und Ross zu seinem Tisch gingen; die beiden anderen traten stumm zur Seite.

»Mr Khaliq?« Mark verneigte sich leicht.

»Zu Ihren Diensten.« Khaliqs Englisch hatte einen starken Akzent, war aber gut verständlich.

Sie setzten sich ihm gegenüber an den Tisch. »Wir wissen es zu schätzen, dass Sie sich mit uns treffen«, sagte Ross. »Ich bin Ross Berman, und dies ist Mark Taylor.«

»Angenehm«, antwortete Khaliq. »Ich hoffe, meine ... Begleiter stören Sie nicht. Reine Vorsichtsmaßnahmen.«

»Kein Problem«, erwiderte Mark und öffnete seine Aktenmappe. Er zog einen Notizblock und sein Smartphone heraus. »Haben Sie etwas dagegen, wenn ich unser Gespräch aufnehme?«

Khaliq rieb sich die Nase, während er nachdachte, und schüttelte dann langsam den Kopf. »Lieber nicht.«

»Gut.« Mark zog seinen Kugelschreiber hervor. »Sollen wir anfangen?«

»Bevor Sie mir Ihre Fragen stellen, Mr Taylor, möchte ich Sie selber etwas fragen.« Khaliqs dunkle Augen bohrten sich in Marks. »Könnten Sie mir erklären, was die FBI-Agenten gestern Abend in Ihrem Haus getan haben?«

Van Nuys, Kalifornien
14.28 Uhr

Fazul folgte Sofian in Ismaels Wohnung. Er riss die Augen auf, als er den Tisch mit der Computerausrüstung sah. »Wow, das ist ja irre!«

»Ja.« Ismael lächelte. »So weiß ich jederzeit, was in der Welt so läuft.«

Fazul glitt auf einen Stuhl vor einem der Bildschirme und musterte neidisch die umfangreiche Hardware.

Ismael hatte Fazul und Sofian vor vier Monaten angesprochen. Nach dem Freitagsgebet in der Moschee war er zu ihnen gekommen und hatte ein Gespräch angeknüpft. Er war Fazul sofort sympathisch gewesen; endlich jemand, der es auch ernst meinte mit den Säulen des Islam. Und der sich bereitwillig Fazuls Frust über seine Familie anhörte. Ismael hatte ihm erklärt, wie die dekadente amerikanische Kultur sie alle verweichlicht und seinen Vater bereits vom wahren Glauben abgebracht hatte. Dann hatte er ihn zu einigen der Treffen eingeladen, die ohne offizielle Ankündigungen spätabends in der Moschee stattfanden. Meistens trafen sich hier junge, alleinstehende Männer, und bei diesen Treffen hatte Fazul Predigten gehört, die eine Saite in ihm zum Schwingen brachten. Er entdeckte Wege, seine neu gefundene Hingabe an den Islam ganz konkret auszuleben und nicht nur als persönliche Frömmigkeitsübung.

Vieles über Ismael wusste Fazul noch nicht. Zum Beispiel, wie er sich sein Brot verdiente. Er schien ständig Zeit zu haben, mit Fazul über den Islam zu sprechen und die wunderbaren Suren zu studieren, die man bei keinem normalen Gebet hörte. Mit jedem Tag schien er Fazul mehr zu vertrauen, wie dieser erste Besuch in seiner Wohnung zeigte. Der Gedanke, dass er Allah schon bald auf eine andere Art dienen könnte als nur durch die täglichen Gebete, begeisterte Fazul.

»Hast du Sonntag schon was vor?«, fragte Ismael beiläufig.

»Nein, noch nicht. Warum?«

Ismael zwinkerte und ein schiefes Grinsen erschien auf seinem Gesicht. »Ich hätte da vielleicht was für dich.«

Kapitel 15

Paris
23.30 Uhr

Nicht nur Khaliqs Blick schien sich durch Mark zu bohren, sondern auch der von Marks Produzenten. Mark erwiderte den Blick des Arabers ungerührt. So viel zu der Einschätzung der CIA, dass Marks Haus unbeobachtet gewesen war.

Mark entschied sich für den Frontalangriff. »Sie baten mich, sie zu Sa'id zu führen. Ich habe abgelehnt.«

Ross konnte sein Entsetzen nur unzureichend verbergen.

Khaliq zuckte mit den Achseln. »Warum sollten wir Ihnen glauben?«

»Das müssen Sie gar nicht«, antwortete Mark bestimmt. »Aber ich bin amerikanischer Journalist. Wir sind keine Handlanger unserer Regierung. Ich habe nicht um dieses Interview gebeten; Ahmad Sa'id wollte, dass ich in die Türkei reise. Wenn er unser Treffen abblasen will – bitte sehr.« Fast wünschte er sich, der Araber würde aufstehen und hinausgehen und so das ganze Kapitel beenden; dann könnten Ross und er gleich am Morgen nach Hause fliegen, zurück ins normale Leben – oder was man »normal« nannte seit dem 11. September und dem Sonntagsmassaker.

»Glauben Sie ja nicht, dass Sie es mit Idioten zu tun haben, Mr Taylor«, warnte Khaliq. »Es war unklug, dass Sie mit ihnen gesprochen haben.«

»Sie wussten über das Interview Bescheid. Hätte ich es verleugnen sollen?«

»Also haben Sie sie zweimal eingelassen?«

»Ihnen missfiel meine Antwort.«

Kein Zweifel: Sein Haus wurde überwacht. Mark dachte sofort an Tracy ... und wie weit entfernt er jetzt von ihr war.

Khaliq schwieg und schien Marks Worte zu überdenken. Die Spannung im Raum war erdrückend. Ross rutschte in seinem Sessel hin und her, das war das einzige Geräusch im Raum. Mark musterte den kleineren Mann am Tisch. Fit sah er nicht aus; Mark bräuchte wahrscheinlich nur wenige Sekunden, um ihn außer Gefecht zu setzen oder gar zu töten. Aber die Bodyguards ... Wahrscheinlich genügte ein Fingerschnipsen des Mannes, und Mark und Ross wären tot. Nicht zu vergessen, dass die Fäden ihrer Organisation bis Studio City reichten. Und bis zu Tracy. Mark musste sich hüten.

Er durchbrach die Stille. »Wie ist Ihre Beziehung zu Sa'id?«

Khaliq seufzte, entschied sich dann wohl, das Gespräch weiterzuführen. »Ich habe keine Beziehung zu Ahmad Sa'id. Ich leite eine Hilfsorganisation für Bedürftige in islamischen Ländern, Mr Taylor.«

»Okay«, sagte Mark. »Dann gehen wir also falsch in der Annahme, dass Sie uns mehr über ihn erzählen können.«

»Das habe ich nicht gesagt.« Zum ersten Mal erschien ein dünnes Lächeln auf den Lippen des Arabers. »Ich habe nur klargestellt, fürs Protokoll, dass ich keine Verbindung zu Sa'id habe.«

»Diese Bedürftigen – sind das nicht in Wirklichkeit Angehörige von Selbstmordattentätern?«

Khaliq neigte seinen Kopf ehrfürchtig. »Es gibt keine größere Mildtätigkeit, als der Familie eines Märtyrers zu helfen.«

Marks Gesicht verfinsterte sich. Er konnte solch falsch verstandene Loyalität nicht begreifen. »Und was können Sie uns erzählen?«, meldete Ross sich unvermittelt, zu aller Erstaunen.

»Ihr Amerikaner«, sagte Khaliq mit einem Grinsen. »So ungeduldig.«

Er machte eine theatralische Pause, dann beugte er sich über den Tisch, seine Stimme wurde leidenschaftlich. »Ahmad Hani Sa'id ist ein bewundernswerter Mann. Er hat muslimische Gruppen vereinigt, die sich seit Jahrhunderten bekämpft hatten. Noch nie seit der Zeit der ersten Kalifen sind so viele Anhänger Allahs verbündet gewesen.«

Er schaute Mark fest an und fuhr fort: »Ihr Land hat ihn verteufelt, als Terroristen beschimpft und behauptet, dass er all diese schrecklichen Dinge getan hat. Aber das sind alles Lügen. Er ist ein Mann des Friedens, den Allah berufen hat, den Islam zu einen.«

»Wenn er ein Mann des Friedens ist, warum versteckt er sich dann?«

»Dass er sich dem Westen entzieht, heißt nicht, dass er sich versteckt.«

»Mr Khaliq«, warf Ross ein, »mit allem Respekt, wenn er sich nicht verstecken würde, gäbe es Bilder von ihm, Videos, Berichte, Nachrichten. Wir haben nichts von alledem.«

»Er hat einen schwierigeren Weg gewählt: den Islam von innen zu vereinigen.« Khaliq schien anzuschwellen vor Überheblichkeit. »Er würde seine Zeit verschwenden, wenn er seine Botschaft im Westen verbreiten wollte.«

»Sie meinen, bis jetzt?«, fragte Mark.

»Ich weiß nicht, warum er gerade jetzt mit Ihnen reden will. Seine Weisheit übersteigt mein bescheidenes Verständnis vom Lauf der Welt.«

Mark erkannte, dass er keine echten Informationen bekommen würde, wenn er Khaliq weiter schwadronieren ließ. »Mr Khaliq, können Sie uns irgendetwas über Sa'id sagen? Was hat er in den Jahren gemacht, in denen er verschwunden war?«

»Ah, das interessiert Sie?« Khaliq schaute zur Decke, seine Stimme wurde ehrfurchtsvoll. »Die verschollenen Jahre haben ihn zu einer Legende gemacht, nicht wahr?« Er lächelte breit.

»Können Sie uns sagen, was er während dieser Zeit gemacht hat ...? Wo er sich aufgehalten hat ...? Welchen Namen er benutzt hat ...?« In jeder Pause schwieg der Araber. »Irgendetwas, das uns hilft, ein besseres Bild von ihm zu bekommen.«

»Ich kann Ihnen nur dieses sagen, Mr Taylor.« Khaliq sprach langsam, fast so, als ob er eingeübte Phrasen aufsagte. »Der Prophet Isa – Sie nennen ihn Jesus, Friede sei mit ihm – enthüllte keine Details über seine Jugend; aber würden Sie sagen, dass Sie deswegen kein genaues Bild von ihm haben? Ahmad Sa'id wird alles enthüllen, was enthüllt werden muss, wenn die Zeit da ist.«

Mark antwortete betont langsam, um die Wut, die in ihm kochte, zu unterdrücken. »Ist die Zeit da, wenn ich ihn treffe und ihn interviewe?«

»Möglicherweise. Niemand kennt die Gedanken Sa'ids als allein Allah. Seine Absichten sind heilig und kommen von dem einen wahren Gott.«

Mark schwieg und gestand sich ein, dass sie ihre Zeit mit diesem Mann vergeudeten.

Der fuhr fort: »Mr Taylor, Sie sind ein Gesegneter, da Sie eine Audienz bei Kalif Sa'id erhalten werden. Ich glaube, dass Sie alles Nötige erfahren werden, wenn Sie bei ihm sind.«

»Und warum hat er ausgerechnet mich ausgesucht?«, fragte Mark.

»Geduld, Mr Taylor. Auch das werden Sie erfahren. Ihr Amerikaner habt kein Gespür für Dramaturgie.« Khaliq schmunzelte wieder.

»Hat es etwas mit Abu Ressam zu tun?«, fragte Mark und beobachtete Khaliqs Gesicht genau. Er zeigte keine Reaktion.

»Diesen Namen kenne ich nicht. Wer ist das?«

»Nicht wichtig.« Mark zuckte die Achseln. »Wie werden wir Sa'id überhaupt erkennen?«

Khaliqs Lachen füllte den Raum. »Sie werden keine Zweifel haben, Mr Taylor. Keine Zweifel.«

Federal Building, Los Angeles, Kalifornien
15.04 Uhr

Tracy legte ihre Handtasche auf das Förderband und trat rasch durch den Metalldetektor in der Lobby des Federal Building am Wilshire Boulevard. Sie wusste nicht, wann Mark anrufen würde, aber als sie mitten am Nachmittag auf der Autobahn 405 im Stau festgesteckt war, war sie fast wahnsinnig geworden.

Sie schaute sich um. Die Lobby glich sehr dem Sicherheitsbereich an einem Flughafen. Der Preis für die Freiheit schien immer höher zu werden. Die Terrorismus-Inflation.

Das FBI belegte die Stockwerke 8 bis 16. Man hatte sie angewiesen, in den 16. Stock zu fahren und sich dort anzumelden. Nach einer ruhigen Fahrt in einem überfüllten Lift öffneten sich die Türen.

Die Empfangsdame saß hinter einer kugelsicheren Glasscheibe, was sich für Tracy beklemmend anfühlte. Sie reichte Tracy einen Besucherausweis und bat sie, sich zu setzen. Nach ein paar Minuten einsamer Grübelei trat Agent Weston zu ihr, warm lächelnd. »Willkommen beim FBI, Mrs Taylor.«

Sie erhob sich und ergriff seine ausgestreckte Hand. »Agent Weston.«

»Wenn Sie mir bitte folgen; wir erwarten den Anruf jeden Augenblick.«

Weston führte sie zurück zum Lift, und sie fuhren in den 15. Stock hinunter, wo er sie in ein Büro führte, das einen Schreibtisch aus Eiche, ein elegantes Ledersofa und einen Blick bis nach Santa Monica und auf den Pazifischen Ozean besaß. Ein Fernseher zeigte den Nachrichtenkanal Fox News.

»Wir haben dieses Büro zur Verfügung, bis der Anruf kommt. Ich dachte, so ist es bequemer für Sie.«

»Danke.« Tracy stellte ihre Handtasche auf das Sofa.

»Darf ich Ihnen etwas zu trinken anbieten – Wasser, Saft, Kaffee?«

»Nein, danke. Haben Sie schon etwas aus Paris gehört?«

»Wir wissen, dass Ihr Mann im Hotel ist, aber unser Treffen mit ihm hat sich verspätet. Es scheint, dass er ein Meeting hat, von dem wir nichts wussten.«

»Oh.« Tracy fragte sich, worum es dabei gehen mochte. »Vorhin hat er mich kurz angerufen und einen Termin erwähnt. Ich dachte, das sei der mit der CIA.«

»Es scheint, dass der Sender ein Treffen mit einem Geldgeber von Sa'ids Organisation eingefädelt hat. Aber wir werden mehr erfahren, wenn er sich meldet.«

»Okay«, sagte Tracy.

»Jetzt zum weiteren Vorgehen, Mrs Taylor: Ihr Mann wird in Paris von uns gebrieft werden. Gleich wird jemand von der CIA kommen und Ihnen die gleichen Informationen geben, sodass Sie nachher am Telefon keine Einzelheiten erwähnen müssen. Wir wollen auf Nummer sicher gehen.«

»Ich verstehe.«

»Wenn Sie Fragen haben, fragen Sie bitte.«

»Alles klar.«

»Wir sehen uns gleich wieder.«

Weston ging, schloss die Tür und ließ Tracy mit dem Geplärre des Fernsehers allein. Sie nahm die Fernbedienung und schaltete den Ton aus. Dann schaute sie sich in dem leeren Büro um und atmete tief durch. Der Raum schien ihre jetzige Situation widerzuspiegeln. Während Mark auf einer solch gefährlichen Reise war, gelang es ihr nicht, Seminare zu besuchen oder zu lernen. Die Schwangerschaftsübelkeit half auch nicht gerade. War es wirklich richtig gewesen, Mark nichts zu sagen? Sie hatte die halbe Nacht darüber nachgegrübelt. Diese ganze Situation – alleine würde sie sie nicht durchstehen. Hatte Mark ihr nicht gesagt, dass eine Gemeinde wie eine Familie sein sollte? Sie brauchte jemanden! Es schmerzte sie, dass nun Mark nicht als Erster von dem Baby erfahren würde, aber sie holte ihr Handy aus der Handtasche und wählte.

»Brenda?«, fragte sie, als sich die Stimme am anderen Ende meldete. »Hier ist Tracy. Mir geht es gut. Hör mal, ich müsste mal mit dir reden. Hast du heute Abend Zeit?«

Paris
00.13 Uhr

Kaum schloss sich die Tür des Aufzugs, begann Ross ausgiebig zu fluchen. »Was hast du dir dabei gedacht?«

»Jetzt übertreibe mal nicht, Ross.«

»Meinst du nicht, du hättest mich einweihen können, bevor du mich mit reinziehst?«

Mark betrachtete schweigend die wechselnden Etagen-Nummern an der Wand des Lifts.

»Nun?« Ross breitete frustriert seine Hände aus.

»Nun was?«

»Sag was!«

»Schau her, Ross, es tut mir leid, dass ich dir nichts gesagt hab; ich wollte es nicht an die große Glocke hängen.«

Die Tür des Lifts öffnete sich. Die beiden traten in den leeren Flur.

Vor der Tür seines Zimmers blieb Ross stehen. »Du hast an die große Glocke gehängt, dass ich ein verwöhntes Muttersöhnchen bin. Okay, aber jetzt bin ich hier und wir sitzen zusammen in der Tinte. Ich will, dass du mich entsprechend behandelst und mich nicht mehr mit Samthandschuhen anfasst. Ich setze mein Leben genauso ein wie du. Ich sollte wissen, wenn du Besuch von zwei FBI-Leuten bekommst, meinst du nicht auch?«

»Du hast ja recht, Ross. Bitte verzeih mir.« Mark musste sich anstrengen, Ross in die Augen zu schauen. »Es war so ein Schock, und ich wollte das Ganze einfach vergessen.«

»Komm rein.« Ross öffnete seine Tür. Mark folgte ihm in sein Zimmer, das identisch war mit seinem eigenen. Ross ließ sich aufs Bett fallen und zeigte auf den Sessel am Fenster. »Und jetzt raus mit der Sprache: Was haben sie gesagt?«

Mark wiederholte das Gespräch vom vergangenen Abend für ihn; nur was er mit Tracy beredet hatte, ließ er aus. Er dachte kurz darüber nach, Ross alles zu erzählen. Aber er hatte ja noch gar keinem Plan zugestimmt, und was, wenn sie gerade abgehört wurden? Vielleicht würde er doch noch abspringen, egal was die CIA vorhatte.

»Wow«, sagte Ross. »Welchen Druck die aufbauen. Dass die sogar deinen ehemaligen Vorgesetzten aufgetrieben haben, das ist ja unglaublich!«

Mark presste ein Lächeln hervor. »Ja, sie haben alle Tricks benutzt. Es hat mir echt zu denken gegeben, sage ich dir.«

»Etwa, ob du mitmachst?«, fragte Ross erschrocken. »Das wäre das letzte Interview deines Lebens, und meins dazu. Vielleicht hat Mr Khaliq uns schon auf die Schwarze Liste gesetzt.«

Mark merkte, dass er Ross nicht vollständig einweihen durfte. »Ja. Aber ich glaube, wir sind sicher. Khaliq hat meine Antwort anscheinend akzeptiert.«

»Hoffen wir es.«

»Aber das Gespräch mit ihm war reine Zeitvergeudung«, fuhr Mark fort. »Ich glaube, der hat ihm nur zugestimmt, weil er wissen wollte, warum das FBI bei mir war. Der hat uns im Auftrag Sa'ids geprüft.«

»Könnte sein.« Ross lehnte sich gegen die Wand. »Ich hoffe, du hast seinen Test bestanden.«

Mark atmete aus. »Ja, das hoff ich auch.« Er stand auf und ging zur Tür. »Wir sollten uns ausruhen. Bis morgen früh dann.«

»Du hast wahrscheinlich recht. Mann, bin ich müde! Aber noch eine Frage: Warum hast du ihn das mit Abu Ressam gefragt?«

Mark überlegte rasch. »Das war so eine Ahnung – hat leider nichts gebracht.«

»Vermutest du, dass Abu der Grund ist, warum du hier bist?«

»Er ist eben der einzige Araber, den ich aus der Gegend kenne.« Mark zuckte die Achseln. »Ich dachte, ich probiere es aus.«

»Ja, sicher. Also, dann gute Nacht.«

»Gute Nacht.« Mark öffnete die Tür.

»Halt, noch was, Mark.«

»Ja?«

»Ich mag es nicht, wenn man mich nicht einweiht. Aber ich finde, du hast dich gut geschlagen mit Khaliq«, sagte Ross und grinste.

Mark grinste zurück. »Danke. Hoffen wir, dass wir uns bei Sa'id besser schlagen.«

Kapitel 16

Paris
00.31 Uhr

Mark trat erschöpft in sein Zimmer. Jetzt kurz unter die Dusche und dann ins Bett ... Aber er musste ja noch mit der CIA reden. Er wusste immer noch nicht, wie er sich entscheiden sollte. Er war kaum dreißig Sekunden im Zimmer, als sein Telefon klingelte.

»Ja, hallo?«

»Mark Taylor?« Die Stimme klang bekannt, aber Mark konnte sie nicht genau erkennen.

»Ja«, antwortete Mark.

»Du alter Schlingel«, sagte Chuck Fleming. »Hier Chad Moreland. Lange nicht gesehen.«

»Ja.« Mark musste grinsen, wie Chuck seinen Decknamen benutzte. »Bist du in Paris?«

»Sozusagen. Ich bin im Erdgeschoss«, sagte Chuck und lachte.

Mark seufzte erleichtert auf und dankte Gott im Stillen. Er war misstrauisch geblieben, sogar nachdem die CIA Chucks Teilnahme bestätigt hatte. »Dann komm rauf. Zimmer 618.«

»Wie wär's, wenn du runterkommst und wir gehen eine Runde um den Block?«

»Okay, ich komme sofort.«

Zwei Minuten später schüttelten sie sich in der Lobby grinsend die Hand. Sie rissen sich zusammen, um sich nicht zu umarmen.

»Es ist lange her, Mark.« Chuck grinste breit.

»Kannst du laut sagen, Chad.« Es war komisch, den alten Freund mit seinem Decknamen anzureden.

»Komm, wir gehen raus.« Chuck führte Mark nach draußen. Nur dort konnten sie frei reden.

Chuck konnte den Exsoldaten nicht verleugnen. Er sah durchtrainiert aus und sein braunes Haar war kurz rasiert. Er trug einen Drei-Tage-Bart, wohl um etwas weniger militärisch zu wirken.

Sie gingen schweigend durch eine Seitentür und um das große Gebäude. Zu dieser späten Stunde war keine Menschenseele zu sehen. An einer Bank hielt Chuck an, schaute sich kurz um, setzte sich und zog eine Zigarre aus seiner Jackentasche.

»Darf ich?«, fragte er, bevor er sie anzündete.

Bei den Marines hatte sich Chuck nach jedem Einsatz zurückgezogen und eine gute Zigarre gepafft. Mark zuckte lächelnd die Achseln. »Gerne. Aber seit wann rauchst du *vor* einem Einsatz?«

Chuck grinste. »Die Zeiten ändern sich. Aber jetzt erzähl mir, was du uns da eingebrockt hast.«

Mark setzte sich neben ihn. »Wie viel hat dir Griff gesagt?«

»Genug, sodass ich weiß, dass du einen Bodyguard brauchst.«

»Ja, das stimmt ... jetzt vielleicht sogar noch mehr.« Und Mark berichtete von dem Gespräch mit Khaliq.

»Was das FBI vermasseln kann, vermasselt es«, kommentierte Chuck. »Warum haben die nicht zuerst geprüft, ob dein Haus observiert wird? Echt unglaublich.«

»Das haben sie ja – behaupten sie.«

»Und meinst du, dieser Khaliq hat dir deine Geschichte abgenommen?«

Mark schüttelte den Kopf. »Null Ahnung. Das ist alles so rätselhaft. Es scheint, dass ich mit jedem Schritt weniger weiß, was gespielt wird, und stärker in Gefahr bin.«

»Na, jetzt bist du schon mal nicht mehr allein.«

»Ich bin froh, dass du hier bist.«

»Ich auch.«

Mark klopfte seinem Freund auf die Schulter und erhob sich. »Aber jetzt muss ich wieder auf mein Zimmer. Die CIA wird sich wieder melden. Komm, wir gehen.«

»Willst du, dass ich bei dir bleibe?«

»Ab jetzt immer, bis es vorbei ist«, sagte Mark.

»Gut, aber wir können nie wissen, wer uns wann belauscht. Vergiss nicht, dass ich Chad Moreland bin.«

»Keine Bange. Gehen wir.«

Als sie durch die Lobby gingen, sah Mark Patrick Wark, der an der Bar an einem Drink nippte. Er ignorierte Mark und Chuck, legte aber ein paar

Euros auf die Theke und folgte ihnen zu den Liften. Als er langsam an den beiden vorbeiging, spürte Mark, wie ein Zettel in seine Jackentasche geschoben wurde. Wark ging weiter, den Flur entlang. Die Tür des Lifts öffnete sich.

Mark betrat den Lift, drückte auf die Sechs und stellte sich in die hintere Ecke. Chuck stellte sich neben ihn, während sie darauf warteten, dass sich die Türen schlossen. Sie blieben allein und fuhren nach oben. Mark zog den Zettel heraus und las: »Zimmer 1212.« Er zeigte ihn Chuck und drückte den Knopf für den 12. Stock.

Der Lift hielt im 6. Stock an. Der Flur war leer. Mark musste den »Tür zu«-Knopf dreimal drücken, bis er reagierte. Im 12. Stock wartete ein französisches Paar auf den Lift nach unten, ansonsten war alles leer. Mark ging voran. Die Tür zu Nr. 12 war verschlossen, aber einen Augenblick später kam Patrick und schloss die Tür auf. Sie traten ein. Mark öffnete seinen Mund, doch Patrick hob abwehrend die Hand und legte den Finger auf die Lippen. Er schaltete den Fernseher ein, regelte die Lautstärke etwas hoch, trat in die andere Ecke und zog ein kleines schwarzes Gerät aus seinem Koffer; er stellte es neben den Fernseher und drückte einen Knopf.

»Weißes Rauschen«, erklärte er. »Damit kann uns keiner belauschen. Keine unnötigen Risiken mehr.«

Mark setzte sich auf die Bettkante. »Die haben den Besuch des FBI bei mir zu Hause beobachtet.«

»Ich weiß«, sagte Patrick. »Hab jedes Wort gehört.«

»Wie ...?«

»Tut nichts zur Sache. Denken Sie immer daran, wir lassen Sie nicht aus den Augen. – Ich bin Patrick Wark.« Er hielt Chuck seine Hand hin.

»Chad Moreland.«

Patrick lächelte. »Gut. Sie haben alles – Pass, Presseausweis?«

»Ja. Eure Jungs haben mir alles vor dem Abflug aus Israel gegeben.«

»Haben Ihre Leute diese Operation wirklich im Griff?« Mark war immer noch empört, dass sein Haus beobachtet worden war. »Wie konnten die überhaupt wissen ...«

»Das hat mich auch überrascht, ja«, sagte Wark.

»Überrascht?«, sagte Chuck. »Wie dumm könnt ihr Beamte sein?«

»Los Angeles war keine CIA-Operation«, erklärte Patrick. »Das hat das FBI geleitet, und jawohl, die haben Mist gebaut.«

»Und meine Frau?«, sagte Mark. »Wie soll ich wissen, dass sie in Sicherheit ist?«

»Sie ist beim FBI in Los Angeles und wartet auf Ihren Anruf. Immer mit der Ruhe, noch ist nichts verloren. Khaliq hat Ihnen geglaubt.«

»Ich hätte mich nie dazu bereit erklärt, wenn ich gewusst hätte, dass es Tracy in Gefahr bringt.«

»Sie ist nicht in Gefahr. Das FBI wird sie ab sofort bewachen. Wenn Sie wünschen, können wir sie in ein sicheres Versteck bringen.«

Mark vergrub das Gesicht in seinen Händen, atmete ein paarmal tief durch und überlegte. Tracy würde durchdrehen, wenn sie erfuhr, dass die Terroristen ihr Haus beobachtet hatten. Aber er musste sie in Sicherheit wissen. Wer wusste denn, welche Möglichkeiten der Dschihad al-Scharia in Amerika hatte ... oder in Studio City? Wie war er nur in diese Sache hineingerutscht? *Vielleicht durch Abu? Hat er wirklich mit den Ereignissen zu tun?* Mark konnte es immer noch nicht glauben. Aber die größte Frage war: *Ist es schon zu spät, die Zusammenarbeit abzulehnen?*

»Mark und Chad, hier ist unser Plan.« Patrick zog den Sessel vom Fenster weg neben das Bett. »Vince Ruzio kennst du schon, Mark. Er ist unser bester Mann. Wenn ihr einem total vertrauen könnt im Außeneinsatz, dann Vince.«

Mark sah zu Chuck hin. »Ich habe ihn am Flughafen in New York getroffen. Er machte einen kompetenten Eindruck.«

»Der James Bond der CIA?«, fragte Chuck.

»Ohne dessen gutes Aussehen.« Patrick grinste. »Alles, was er tun muss, ist, so ein Ding bei Sa'id zurückzulassen.« Er hielt eine schwarze Scheibe von der Größe eines Zehncentstücks hoch.

Mark nahm die Scheibe in die Hand. Sie fühlte sich schwerer an als ein Zehncentstück und etwas dicker. Die Oberfläche war glatt, ohne irgendwelche Markierungen.

»Was ist das?«

»Das ist geheim. Aber wenn dieses Ding aktiviert wird, können wir nicht mehr als 30 Zentimeter daneben eine lasergesteuerte Bombe landen lassen.«

»Und wie wollt ihr das Sa'id in die Jacke stecken?«

»Vince hat mehrere Möglichkeiten. Sie werden euch durchsuchen, also verstecken wir die Dinger in der Kameraausrüstung, wo sie keiner bemerkt.

Sie senden erst nach der Aktivierung ein Signal aus; Sa'ids Leute können sie nicht orten.«

»Auch nicht mit Metalldetektoren, Wanzenscanner oder so?«

Patrick schüttelte den Kopf. »Noch nicht mal mit Röntgenstrahlung.«

Chuck beugte sich zu Mark und nahm den Sender in die Hand. »Beeindruckend.«

»Natürlich« – Patrick sah Mark fest an – »darf dies in Ihrer Reportage nicht auftauchen.«

»Ich verstehe«, antwortete Mark.

»Darüber hinaus wird Vince eines von diesen hier unter der Haut tragen.« Patrick hielt ein kleines silbernes Kügelchen hoch. »Sie ermöglichen es uns, alle Gespräche in eurer Nähe über eine codierte Satellitenverbindung mitzuhören sowie eure Position bis auf einen halben Meter genau zu bestimmen. Wir werden also ständig bei euch sein.«

»Sollen wir auch so was tragen?«, fragte Mark.

Patrick schüttelte seinen Kopf. »Das empfehlen wir nicht. Wenn etwas schiefgeht, könnt ihr immer noch Ahnungslosigkeit vortäuschen. Vince wird die einzige Verbindung sein.«

»Wie meinen Sie das?«

»Vergesst nicht, dass ihr Journalisten seid, und nicht von der CIA. Geht etwas schief, dann täuscht echtes Entsetzen vor. Vince ist für euch ein Kameramann, mehr wusstet ihr nicht. Er wird in der letzten Sekunde zu euch stoßen. Sie können euch verdächtigen, aber sie werden keine Beweise haben. Keine Wanzen, keine Sender, nichts. Stellt euch einfach dumm.«

»Ich verstehe«, sagte Mark. »Aber ich glaube nicht, dass das reicht, wenn's wirklich brenzlig wird.«

Patrick fuhr unbeirrt fort. »Die schwarzen Scheiben können auf zweierlei Art aktiviert werden. Einmal über Funk durch Vince. Die Fernbedienung sieht wie ein übliches drahtloses Mikrofon aus, aber sie sendet ein Signal aus, das den Sender in der Scheibe einschaltet. Wenn alles nach Plan geht, wird Vince nach dem Interview, wenn ihr drei wieder in Sicherheit seid, das Signal anschalten. Sobald wir es empfangen, kann der Präsident den sofortigen Angriff anordnen. Die Kampfflugzeuge stehen in der Türkei bereit.«

»Und die andere Option?«, fragte Mark.

»Falls Vince etwas passiert und der Sender entdeckt wird, wird er automatisch aktiviert, sobald ihn jemand manipuliert. Sobald jemand versucht, ihn zu öffnen, zu zerstören oder zu verbrennen, geht das Signal auf Sendung.«

Mark dachte nach. »Soll das heißen, dass Sie in dem Fall angreifen, während wir noch vor Ort sind?«

Patrick senkte seinen Kopf. »Ja, aber nur, wenn ihr aufgeflogen seid. Und nach unserer Einschätzung tot.«

Mehrere Sekunden Schweigen. Dann sagte Chuck: »Danke, dass du mich mit reingezogen hast, Partner.«

Mark sah ihn an. »Wozu sind alte Freunde da?«

Patrick räusperte sich. »Diese Dinger sind so ausgereift, die entdecken Sa'ids Leute nie. Wir sind so gut wie sicher, dass alles nach Plan geht und ihr in Sicherheit sein werdet, wenn wir zuschlagen. Dein Codename ist ›Dumbo‹, Mark. Chad ist ›Zirkusmaus‹.«

Mark und Chuck sahen einander an. Sie fanden das überhaupt nicht komisch.

Patrick fuhr fort. »Vince und die anderen von CIA und Militär sind die ›Krähen‹, Sa'id ist der ›Zirkusdirektor‹ und seine Terroristen die ›Clowns‹. Das Air-Force-Flugzeug, das bereitsteht, ist der ›Storch‹, der Sa'id sein ›Geschenk‹ bringt.«

»Warum diese ganzen Codenamen?«

»Das ist das übliche Vorgehen«, sagte Patrick, »Damit der Feind erst mal im Dunkeln tappt, falls er doch was mithört. Außerdem macht sich's gut im Abschlussbericht. – Also, seid ihr dabei?«

Mark sah Chuck an. »Was meinst du?«

»Das ist etwas total anderes als unsere Einsätze im Golfkrieg«, begann Chuck. »Wir sind unbewaffnet und vollständig von der Technik abhängig. Wenn diese kleinen Dinger alles machen, was er sagt, könnte es sogar klappen. Wenn dies eine Chance ist, Sa'id zu kriegen, bevor er wieder zuschlägt, bin ich dafür.«

»Dann bist du bereit, zusammenzuarbeiten?«, fragte Mark.

»Wenn du es bist«, sagte Chuck ernst, »bin ich es auch.«

Mark, der das ganze Gespräch hindurch um Führung gebetet hatte, hielt kurz inne. Was wollte Gott nun von ihm? Der Draufgänger in ihm sagte ihm, dass er nicht kneifen konnte. Wie würde er morgens in den Spiegel schauen können, wenn er diese Gelegenheit verfallen ließ und dann die nächste Terrorwelle über sein Land schwappte? Konnte es sein, dass diese Gefühle Gottes Stimme waren? Oder blockierten sie im Gegenteil Gottes Stimme? Brachte er wirklich Reporter auf der ganzen Welt in Gefahr, wie Russell behauptete? Mark stand vor einer untragbaren Entscheidung.

»Ich muss mit meiner Frau sprechen.«

»Okay. Eine Sekunde, ich stelle die Verbindung her.«

Patrick trat zu seinem Koffer. Chuck setzte sich neben Mark auf das Bett.

»Wenn wir nur wüssten, warum die ausgerechnet dich ausgesucht haben.«

»Ja«, antwortete Mark. »Khaliq schien irgendwas zu wissen; wollte mich aber nur hinhalten.«

»Genau so war es«, bestätigte Patrick, der mit seinem Aktenkoffer zurück an das Bett trat. »Was er zum Schluss sagte, dass Sie Geduld haben sollten ... Die haben einen Grund für ihre Wahl, aber den werden wir wohl erst erfahren, wenn Sie dort sind.«

»Wie tröstlich. Ich kann mir eigentlich nur vorstellen, dass es was mit Abu zu tun hat«, sagte Mark. »Wenn er denn wirklich zu den Terroristen gehört.«

Patrick stellte den Koffer vor Mark ab und öffnete ihn. Darin befand sich ein Laptop, an dem ein Telefonhörer angeschlossen war. Patrick tippte etwas und nahm den Hörer. »Ihre Frau hat gerade genau dieselben Informationen bekommen wie Sie.«

»Genau dieselben?«

»Na ja, Plan B werden sie ausgelassen haben.« Patrick wählte lächelnd eine Nummer.

»Krähe Zwei. Sind wir sicher?« Patrick wartete auf die Antwort. »Okay, stellt sie durch.« Er reichte Mark das Telefon. »Erwähnen Sie keine Details des Plans.«

»Kann ich ihren Namen sagen?«

Patrick nickte.

»Hallo, Tracy, mein Schatz.«

Patrick und Chuck traten diskret zur Seite. Mark wusste, dass auch Tracy nicht allein war.

»Hallo, Mark. Ich hab mir schon Sorgen gemacht.«

»Entschuldige bitte, aber ich hatte zu tun.«

»Und was denkst du?«, fragte Tracy sanft.

Mark schluckte. »Es ist schon alles sehr beeindruckend. Ich bin kaum involviert, werde nur das Interview führen und meinen Job machen. Den Rest erledigen sie, wenn Chuck und ich schon wieder raus sind.«

»So sehe ich das auch, ja. Aber was, wenn was schiefgeht?«

»Wir müssen einfach dafür beten, dass es das nicht tut.«

»Oh, Mark.« Tracy seufzte. »Ich weiß nicht, ob ich das schaffe.«

»Was soll ich denn deiner Meinung nach tun?«

»Das, was du für das Richtige hältst.«

»Ich ...« Mark hielt inne. Jetzt war der Moment der Entscheidung. *Gott, verschließe mir den Mund, wenn ich einen Riesenfehler mache. Ich will das tun, was du von mir willst!* »Ich finde, wir sollten es tun.«

So, jetzt war es gesagt. Er setzte seine Karriere aufs Spiel und sehr wahrscheinlich auch sein Leben. Tracy sagte nichts, aber er hörte, wie sie schluchzte. Mark wusste, dass sie sich sehr zusammenriss.

»Das tut mir alles so leid, Tracy«, flüsterte er. »Ich wünschte, jemand anderes müsste diese Entscheidung treffen. Ehrlich.«

»Das weiß ich doch.« Tracys Stimme brach. »Mach dir keine Sorgen um mich. Komm einfach sicher zu mir zurück.«

»Das werde ich.« Mark spürte, wie sich sein Magen zusammenzog. »Hör zu. Vielleicht fährst du besser zu einer Freundin, bis ich wiederkomme.«

»Warum das?«

»Ich ...« Er konnte es ihr nicht sagen. »Damit du nicht so allein bist. Ruf doch mal Brenda an.«

»Vielleicht hast du recht.« Das überraschte ihn. »Ich hab sie schon angerufen, wir treffen uns später.«

»Gut. Bei ihr kannst du bestimmt ein paar Tage bleiben. Bitte, Tracy. Dann wäre mir wohler zumute.«

»Okay«, antwortete Tracy.

»Vergiss dein Handy nicht«, bat Mark. »Ich rufe dich an, wenn ich kann, aber vergiss nicht: Wir können nicht über den Auftrag sprechen, nur normale Unterhaltungen.«

»Ich verstehe«, sagte Tracy. Ihre Stimme war wieder fester geworden.

»Ich liebe dich, Tracy. Bete für mich.«

»Ich bete pausenlos. Ich liebe dich auch.«

»Ich melde mich morgen wieder.«

»In Ordnung. Schlaf gut.«

»Du auch.« Mark legte seine Hand auf den Hörer. »Patrick.«

Patrick trat zu ihm und nahm ihm das Telefon wieder ab. »Sie bleibt ein paar Tage bei einer Freundin«, sagte Mark. »Ich möchte, dass ihr sie ständig bewacht, aber diskret.«

Tracy saß auf dem Sofa und starrte zum Fenster hinaus. Er würde es durchziehen. Sie war nicht schockiert, sie hatte gewusst, wie er sich entscheiden würde. Aber jetzt, wo die Würfel gefallen waren, fühlte sie sich wie gelähmt.

»Kann ich Ihnen etwas anbieten, Mrs Taylor?« Westons Stimme riss sie aus ihren Gedanken.

»Ja. Ein Glas Wasser, bitte.«

Weston nickte und holte eine Flasche Mineralwasser.

»Danke.« Tracy öffnete den Verschluss und nahm einen langen Schluck.

Der CIA-Vertreter, der abgenommen hatte, als Mark anrief, saß neben ihr und telefonierte leise mit jemand anderem.

Jetzt sagte er: »Yes, Sir, ich verbinde Sie.« Er drehte sich zu ihr hin. »Mrs Taylor, der stellvertretende Direktor der Abteilung ›Naher Osten‹ würde Sie gerne sprechen.«

Tracy setzte die Flasche auf den Tisch und nahm das Telefon.

»Hier Tracy Taylor.«

»Mrs Taylor, Jack Murphy. Ich habe heute Morgen in New York Ihren Mann kennengelernt.«

»Oh«, sagte Tracy. »Und welchen Eindruck hatten Sie von ihm?«

»Es geht ihm gut. Ich habe ihn getroffen, um ihn mit dem Mann zusammenzubringen, der ihn nach Syrien begleiten wird«, erklärte Jack.

»Danke, dass Sie mir das sagen.«

»Sie sollen wissen, dass wir Mark unseren besten Mann an die Seite gestellt haben. Diese beiden werden das zusammen hinkriegen ... Was mich zu einem anderen Thema bringt.« Jacks Stimme wurde zögerlicher, er wusste, dass er sich auf gefährlichem Boden befand.

»Ja ...?«

»Bitte verstehen Sie das jetzt nicht falsch; ich möchte mich nicht in ihre persönlichen Angelegenheiten einmischen. Aber ich leite diesen Einsatz, und jede Information über Sie und Ihren Mann – absolut jede – kann wichtig werden.«

»Das ... verstehe ich«, sagte Tracy vorsichtig.

»Dann frage ich ganz offen.« Jack räusperte sich. »Weiß Ihr Mann, dass Sie schwanger sind?«

Tracy ließ um ein Haar das Telefon fallen. Wie konnte *er* das wissen? Bis jetzt wussten nur Tracy und ihr Doktor von der Schwangerschaft. »Wie ...«

»Es tut mir leid, wenn ich vielleicht Ihre Privatsphäre verletzt habe.«

»*Vielleicht?* Das ›vielleicht‹ können Sie sich sparen, Mr Murphy!« Sie spürte, wie Weston und der andere sie ansahen, und legte die Hand über den Hörer. »Könnten Sie mich eine Minute allein lassen?« Die beiden Männer verließen den Raum.

»Bitte, Mrs Taylor«, sagte Jack, »regen Sie sich nicht auf. Alles, was wir machen, soll helfen, Ihren Mann gesund zurückzubringen. Je mehr wir wissen, umso besser können wir unseren Job machen.«

In Tracy stieg das überwältigende Gefühl der Ohnmacht und des Ausgeliefertseins hoch. Wie an jenem Abend, an dem die Tür ihrer Wohnung aufgebrochen worden war und all ihr Geld, ihr Schmuck, der Fernseher, die Stereoanlage gestohlen worden waren. Nur war es nun noch viel stärker. Was mochten die noch alles über sie wissen?

»Das versteh ich alles, aber was soll diese Frage?«

»Wir müssen wissen, was in Ihrem Mann vorgeht. Wir verlangen ihm viel ab. Und Ihnen, Mrs Taylor.« Jack hielt eine Sekunde inne. »Ich weiß, dass Sie es selber gerade erst erfahren haben. Haben Sie es ihm noch erzählt, oder haben Sie es für sich behalten?«

Tracy holte tief Luft und dachte nach. Sie schloss die Augen. »Ich habe es ihm nicht erzählt.«

»Das war sicher nicht einfach für Sie. Aber wahrscheinlich klüger.« Jack sprach sehr sanft.

»Ich wollte es ihm erzählen, aber dann sagte er mir das mit dem Interview. Und dann ... ging alles so schnell.«

»Das verstehe ich. Danke, dass Sie so ehrlich waren, Mrs Taylor.«

Tracy brachte kein Bitteschön über die Lippen. »Ist das alles?«

»Ja. Wie gesagt, ich glaube, Sie haben sich richtig entschieden. Wenn er zurückkommt, wird er sich umso mehr über diese Nachricht freuen.«

Falls er zurückkommt. Der Gedanke war da, bevor Tracy ihn abwehren konnte.

Jack wünschte sich, ihr mehr helfen zu können. »Ich leite diesen Einsatz, und ich verspreche Ihnen, Sie persönlich auf dem Laufenden zu halten. Ich gebe Ihnen meine direkte Durchwahl, sodass Sie mich persönlich erreichen können, wenn Sie Fragen haben.«

»Danke, das ist hilfreich.« Tracy notierte die Nummer auf einen Notizzettel. »Danke, Mr Murphy.«

»Wenn ich je das Codewort ›in der Patsche sitzen‹ benutze, möchte ich, dass Sie sofort Agent Weston kontaktieren und mich auf einer sicheren Leitung anrufen. Ich habe dann Informationen über Ihren Mann, die ich nicht über eine unverschlüsselte Verbindung weitergeben kann.«

»In der Patsche sitzen, gut«, antwortete Tracy.

»Wunderbar. Noch einmal danke für Ihre gemeinsame Entscheidung. Wenn wir Erfolg haben, werden wir Tausende Amerikaner retten.«

»Das hoffe ich auch, Mr Murphy, aber im Augenblick geht es mir vor allem um ein Leben – das von Mark.«

CIA-Zentrale, Langley, Virginia
18.52 Uhr

»Sie hat es ihm also nicht gesagt?«, fragte Wendy, als Jack aufgelegt hatte.

»Nein, Gott sei Dank.« Jack seufzte, senkte den Kopf und rieb sich die Schläfen. »Manchmal fühle ich mich in diesem Job so richtig ...«

»Stolz?« Wendy lächelte sarkastisch.

Jack sah sie über seine Brillengläser hinweg an. »Genau, danke. Das Wort, an das ich dachte, ging eher in Richtung ›hartherzig‹. Ich bin tatsächlich froh, dass Tracy ihrem Mann, den sie vielleicht nie mehr sehen wird, nicht gesagt hat, dass sie ein Kind von ihm erwartet. Nur weil er so nicht abgelenkt ist oder es sich doch noch anders überlegt – nein, das ist kein schönes Gefühl.«

»Das ist unser Job.«

»Nun, nicht alles daran müssen wir mögen.«

»Das stimmt«, gab Wendy zu. »Sehen wir einfach zu, dass wir Mark zu ihr zurückbringen. Sobald Sa'id tot ist.«

Kapitel 17

Paris
1.27 Uhr

Mark war erschöpft bis auf die Knochen. Er schob die Karte in das elektronische Schloss an seiner Tür. Das grüne Licht blinkte, und er öffnete. Diesmal war sein Zimmer leer. Gut. Er hing das »Bitte nicht stören«-Schild an die Klinke, schloss die Tür und schob den Sicherheitsriegel vor.

Während er ins Zimmer trat, zog er die Kleider aus, die er schon seit ... Mann, es schien Monate her zu sein, dass er neben Tracy im Bett gelegen hatte. In seinem Kulturbeutel lag der nächste Zettel von ihr. Er setzte sich und las ihn lächelnd: »Ich denke an dich und vermisse dich. Komm bald wieder. In Liebe, Tracy.«

Ein paar Minuten später stand er unter der heißen Dusche und drehte den Griff, bis die Temperatur gerade noch auszuhalten war. Es war herrlich, als das brühend heiße Wasser über seinen Kopf strömte und er durch den Dampf atmete. Er schloss die Augen, versuchte das Trommelfeuer seiner Gedanken auszusperren, das einfach nicht anhalten wollte. Bilder von Arabern und Geheimagenten, von Chuck und Griff, von Khaliq und seinen Helfershelfern. Aber vor allem von Tracy – und von jemandem, der ihr Haus beobachtete.

Er hob den Kopf, ließ den Duschstrahl in sein Gesicht prasseln, öffnete den Mund und das Wasser strömte hinein und floss über. Er hob die Arme, stemmte die Hände gegen die Fliesen über dem Duschkopf, dann beugte er den Kopf nach vorne und ließ das Wasser auf seinen Nacken trommeln.

Ganz langsam sammelte er seine Gedanken und begann, stumm den Namen »Jesus« zu sprechen. Die Bilder verschwammen, die Gesichter verblassten, bis nur noch Tracys Anblick da war und Marks wirbelnde Gedanken zum Gebet wurden – nein, nicht zu einem formulierten liturgischen Gebet der Kirche, sondern zu der schlichten Bitte eines Kindes, das seinen Vater anfleht, einen geliebten Menschen zu beschützen.

Tracy witzelte oft, dass Gott mit Mark in der Dusche sprach. Wenn es ein Problem gab, nahm Mark manchmal eine heiße Dusche und kam mit einem

Gedanken zurück, der ihnen weiterhalf. Mark hob den Kopf wieder und musste unwillkürlich lächeln. Jetzt wäre genau der richtige Augenblick, etwas von Gott zu hören.

Er drehte sich um und ließ den Wasserstrahl auf seinen Rücken hämmern, während sich seine Haut rotfleckig verfärbte. Dann griff er zum Duschgel und rieb sich ein. Bevor sie vorhin sein Zimmer verlassen hatten, hatte Patrick ihnen eingeschärft, dass dies die letzte Möglichkeit für ein offenes Gespräch gewesen war. Vince würde, wie geplant, in Istanbul zu ihnen stoßen, als Ersatzmann für den plötzlich erkrankten Kameramann. Sobald Mclintock vom *National Network* sie traf und Ross sowieso stets in ihrer Nähe bleiben würde, war ihre Anweisung klar: Sprecht nur über das Interview. Das klang in der Theorie gut, aber Mark und Chuck hatten nicht undercover auf feindlichem Gebiet operiert, sondern immer als bis an die Zähne bewaffnete Soldaten. Sie hatten immer alle Möglichkeiten ausgeschöpft, eine Mission zu vollenden. Es war schwierig, jetzt plötzlich Mark, den Special-Operations-Marine, von Mark, dem Journalisten, zu trennen. Mark wäre Sa'id zehnmal lieber mit einer Maschinenpistole in der Hand gegenübergetreten als mit einem Notizblock.

Die Hitze und der Dampf in der Duschkabine wurde ihm zu viel. Mark drehte den Temperaturregler nach rechts. Ein erfrischender kalter Strahl schoss über seinen halb verbrühten Körper. Er ließ das Wasser ein paar Sekunden über sein Haar spülen, bis ein Schauer in seine Zehen schoss, dann stellte er es ab, griff ein Handtuch und trat auf die Duschmatte. Das ganze Bad dampfte wie eine Sauna.

Er trocknete sich Haare und Gesicht ab und massierte seine Kopfhaut. Als er das Handtuch über seine Schulter warf, schaute er zum ersten Mal in den Spiegel – und erstarrte. Der Spiegel war mit Dampf beschlagen, aber nicht ganz. Jemand hatte mit dem Finger etwas auf ihn geschrieben. Die oberen Worte schienen Arabisch zu sein, darunter kam wohl die englische Übersetzung.

Wir beobachten dich. Es ist kein Gott außer Allah.

Gibt das Hotel jedem, der fragt, einen Schlüssel zu meinem Zimmer?, dachte Mark. *Haben die Terroristen das Gespräch mit Patrick belauscht? Beobachten sie mich womöglich jetzt gerade?*

Er wirbelte herum. War da irgendwo eine versteckte Kamera? Er stellte sich vor, was die Terroristen mit ihm machen konnten, wenn er in ihrer Gewalt war; der Gedanke war nicht angenehm.

Er packte ein Handtuch und wischte heftig über den Spiegel. Die Buchstaben verschwanden, und er zitierte laut einen Bibelvers, der ihm durch den Sinn schoss: »Der Geist, der in euch lebt, ist größer als der Geist, der die Welt regiert.«

Er trat zurück und studierte sein verschwommenes Spiegelbild. Dann schien ein Blitz durch den Raum zu schießen. Oder durch Marks Gehirn. Das Bild in dem Spiegel veränderte sich. Mark sah wieder sich selbst, aber jetzt in voller Kampfausrüstung und Auge in Auge mit dem Führer des Dschihad al-Scharia. Mark hielt seine Maschinenpistole auf ihn gerichtet und konnte deutlich sein Gesicht sehen, das mit einem trotzigen Feuer in den Augen in den Lauf der Waffe starrte. Dann ein zweiter Blitz, und das Bild veränderte sich.

Wieder standen sich die beiden Auge in Auge gegenüber, doch diesmal wich Sa'id mit angstgeweiteten Augen und hängenden Schultern zurück. Das Gewehr war verschwunden; stattdessen hielt Mark seine Bibel in der Hand.

Noch ein Blitz, und Mark war wieder allein und starrte sein schockiertes Spiegelbild an, über das die Wassertropfen liefen. Was er in der Dusche gesucht hatte, es war auf einmal da. Gottes Gegenwart umhüllte ihn wie eine warme Decke. Mit einem Lächeln trocknete er sich weiter ab. Als er ins Zimmer zurücktrat, begann er unwillkürlich ein Anbetungslied zu singen. Er holte seine Bibel, bevor er ins Bett stieg. Er war kein guter Sänger, aber ein Teil von ihm hoffte, dass seine Feinde ihm zuhörten – dass Muslime einen Lobpreis auf den einen wahren Gott hörten.

Van Nuys, Kalifornien
18.18 Uhr

Akilah war nach dem Abendessen mit ihren Eltern auf ihr Zimmer gegangen, um zu lernen. Fazul war schon wieder unterwegs, und ihr Vater hatte das ganze Essen hindurch vor sich hin gebrummelt.

Sie hörte, wie die Haustür aufging, laute Stimmen, dann trampelte Fazul den Flur hinunter und knallte seine Tür zu. Akilah seufzte, klappte ihren Laptop zu und ging zu Fazuls Zimmer.

Sie klopfte leise. »Fazul? Kann ich mit dir reden?«

Ein Augenblick Stille, dann öffnete er. Sie trat ein, und er schloss die Tür rasch wieder. »Was willst du?«

Sie setzte sich auf sein Bett. »Ich hab dich an der Moschee gesehen.«

Fazuls Blick verdunkelte sich. »Was wolltest du dort?«

»Ich wollte sehen, ob ich nicht in deine Koranstunde kommen kann. Aber da war gar keine.«

»Ich hab dir doch gesagt, die ist nicht für Frauen.«

»Nein, Fazul. Da war gar keine Veranstaltung. Ich hab dich und Sofian gesehen. Mit Ismael.«

Fazul wurde tiefrot. »Du lügst ... Warum spionierst du hinter mir her? Bist du verrückt?«

»Ich bin nicht verrückt. Ich frage mich nur, was du vorhast.«

»Was ich vorhabe, geht dich nichts an! Du klingst schon wie Vater!«

Akilah trat näher. »Komm schon, Fazul, wir haben uns doch immer alles erzählt. Was ist los?«

»Nichts. Misch dich einfach nicht ein.«

»Ismael ist gefährlich, Fazul. Du kannst ihm nicht trauen.«

»Er kennt sich aus, Akilah. Und er ist entschlossen, Allahs Willen zu tun. Was man von unserer Familie nicht behaupten kann.«

Akilah antwortete nicht, aber der Blick ihrer Augen verriet Fazul, dass er ihren Verdacht gerade bestätigt hatte. Aber egal - es war gut, wenigstens mit einem in der Familie reden zu können.

»Wir studieren den Koran, Akilah«, sagte er. »Was ist denn daran so schlimm?«

»Eigentlich nichts«, murmelte sie. »Papa sagt aber, Ismael ist ein Fundamentalist, der einer Terroristengruppe oder so etwas angehört.«

Fazul lachte. »Nein, Ismael nimmt nur seinen Glauben ernst. Aber das versteht Vater natürlich nicht. Er hat mir Aufnahmen von Konferenzen überall im Land gezeigt ... Dallas, Chicago, Denver, Charlotte, Atlanta, New York, sogar hier in Los Angeles. Unsere muslimischen Brüder stehen auf, Akilah, und folgen den Weisungen des Korans.«

»Du machst mir Angst, Fazul.«

»Du solltest auch Angst haben. Unsere Eltern haben den Islam verlassen.

Sie folgen Allah nicht mehr. Amerika hat sie verweichlicht und korrumpiert. Lass nicht zu, dass es dir auch so ergeht, kleine Schwester.«

Akilah schüttelte unschlüssig den Kopf. »Weißt du wirklich, was du tust, Fazul? Du warst so kurz davor, dein Examen zu machen, einen Beruf zu ergreifen ... dieses Haus zu verlassen.«

»Das ist das Einzige, was mir leid tut. Ich muss hier raus.«

»Und dazu brauchst du Geld.«

»Stimmt«, murmelte Fazul.

»Was ist nur in dich gefahren?«

»Der Glaube! Ich will mehr aus meinem Leben machen als mein Vater. Ich will wie die Leute in diesen Videos werden; ich will Allah dienen.« Er setzte sich auf und sah seine Schwester an. »Wir sind wie die Amerikaner geworden, Akilah. Wir haben unser Erbe verloren, unsere Leidenschaft.«

»Wir *sind* Amerikaner, Fazul. Dies ist unser Land.«

»Nein! Wir sind Muslime, die in diesem Land des *dar al-harb* leben.«

Northridge, Kalifornien
19.39 Uhr

Nach der Fahrt zurück durch den nachmittäglichen Berufsverkehr in Los Angeles hatte Tracy Kleider für ein paar Tage in einen Koffer gepackt und diesen und den Hund ins Auto geladen. Von unterwegs rief sie Brenda wieder an und fragte sie, ob sie die Nacht über bleiben könne, was Brenda freudig bejahte.

Sie hatte Brenda und Tom Stafford in deren Hausbibelkreis kennengelernt, als sie noch mit Mark verlobt gewesen war. Sie alle besuchten die Church of the Cross, eine freikirchliche Gemeinde in Van Nuys. Inzwischen, zwei Jahre danach, waren die vier dicke Freunde; es war Brenda gewesen, die Tracy für ein Jurastudium begeistert hatte.

Sie fuhr durch die Hügel auf der Nordseite des San Fernando Valley. Auf dieser Seite von Northridge gab es wunderschöne Häuser. An klaren Tagen konnte man von hier aus das ganze Tal überblicken, obwohl Tracy sich manchmal fragte, wem es wohl Spaß machte, die Millionen Menschen zu sehen, die sich hier zusammendrängten; oder war die Dunstglocke, die meist über der Stadt lag, für manche ein willkommener Schleier?

Tracy kannte nach ihren vielen Besuchen bei Brenda und Tom den Weg auswendig, aber sie fuhr bewusst an Brendas Straße vorbei und bog in eine Sackgasse ein. Sie wollte sehen, ob ihr der Wagen hinter ihr folgte. Sie hielt ihren Blick auf den Rückspiegel geheftet. Da war die dunkle Limousine wieder. Sie hielt an der Ecke kurz an, dann fuhr sie langsam weiter. Verfolgte sie da jemand, oder bildete sie sich das bloß ein? Vielleicht halluzinierte sie schon nach diesen ganzen Spionage-Geschichten. Sie wendete rasch und fuhr zurück zu Brendas Haus. Bevor sie ausstieg, schaute sie in beide Richtungen. Nein, keine dunkle Limousine.

»Tracy! Hallo, Shandy.« Brenda öffnete die Tür. Dann sah sie die Ringe unter Tracys Augen. »Geht es dir gut?«

Tracy schlug beide Arme um ihre Freundin, die Reisetasche fiel zu Boden. Die Gefühle, die sie den ganzen Tag in Schach gehalten hatte, brachen sich in einer Tränenflut Bahn.

Brenda drückte sie einen Augenblick fest. »Es wird schon alles gut, Tracy. Komm erst mal rein.«

Sie nahm die Reisetasche in die eine Hand, legte den anderen Arm um Tracy und führte sie ins Haus. Der Hund folgte ihnen. Dann schloss sie die Tür und schob instinktiv den Sicherheitsriegel vor.

»Es tut mir so leid«, stieß Tracy hervor. »Das hatte ich anders geplant.«

»Ist schon in Ordnung. Was ist los? Habt ihr euch gestritten?« Brenda führte sie zur Wohnzimmercouch und setzte sich neben sie.

»Nein, wir haben uns nicht gestritten«, schluchzte Tracy. Sie versuchte, sich zusammenzunehmen. Wie viel durfte sie Brenda überhaupt sagen? »Wo ist Tom?«

»Im Männertreff der Gemeinde, er kommt heute erst spät nach Hause. Wir haben den ganzen Abend für uns. Also, schieß los!«

Tracy zog ein Papiertaschentuch aus ihrer Handtasche und putzte sich die Nase. Brenda wartete geduldig. Tracy holte Luft.

»Mark ist verreist, er musste dienstlich ins Ausland.«

»Wohin?«, fragte Brenda.

»Ich ... eigentlich sollte ich dir das nicht sagen, aber es ist gefährlich. Ich ... ich hab Angst, dass er nicht lebend zurückkommt.« Tracys Atem ging stoßweise, während sie um Fassung rang. »Und seit gestern weiß ich, dass ich schwanger bin.«

Der besorgte Ausdruck auf Brendas Gesicht machte einem freudigen Grinsen Platz. »Mensch, Tracy, das ist ja toll!«

Sie umarmte ihre Freundin. »Ich kann's nicht glauben.«

»Ich auch nicht.« Erleichterung durchströmte Tracy. Endlich hatte sie es einer Vertrauten gesagt, auch wenn Mark es noch nicht wusste. Eine Sekunde lang lächelte sie. »Ich werde Mutter.«

»Gratuliere!« Brenda setzte sich wieder. »Und was hat Mark gesagt?«

Tracy schüttelte den Kopf. »Ich konnte es ihm nicht sagen.« Und sie erzählte Brenda von dem romantischen Dinner, das sie dafür vorbereitet hatte, und wie Mark ihr mit seiner Neuigkeit zuvorkam.

»Das tut mir so leid«, sagte Brenda. »Ich kann verstehen, dass du es ihm nicht gesagt hast.«

»Ich wollte ihn mit nichts belasten, das ihn ablenken würde.«

»Also, ich bin froh, dass du mich angerufen hast. Unser Gästezimmer gehört dir, bis er wiederkommt.« Brenda nahm Tracys Hand. »Und er wird wiederkommen, Tracy. Ich weiß nicht, in was er da geraten ist, aber ich weiß, dass sein Leben – und deines – in Gottes Hand liegt.«

In Tracys Augen glomm ein Licht auf, als sie die tröstenden Worte aufsaugte. Sie nickte und ein Lächeln stahl sich auf ihre Lippen. »Danke, dass du für mich da bist. Ich wusste nicht mehr, was ich machen sollte.«

»Gern geschehen. Ich bin froh, dass du nicht versuchst, das allein durchzustehen. Komm, wir machen uns einen Kaffee, und dann beten wir zusammen.«

Kapitel 18

Air France Flug 1590
Istanbul
Freitag 14.34 Uhr

Der Blick durch das Fenster des Air France Airbus 320 auf Istanbul war atemberaubend. Die klare Winterluft bot eine fantastische Aussicht auf die antiken Hügel der Stadt, die sich zwischen Schwarzem und Marmara-Meer ausbreiteten. Das Wasser leuchtete tiefblau. Mark entdeckte mehrere Sehenswürdigkeiten der Stadt, während sie auf den Flughafen zuschwebten: die Blaue Moschee mit ihren sechs Minaretten, die Brücke über den Bosporus, die zwei Kontinente, Europa und Asien, verband, das Dolmabahce-Palast-Museum. Einmal mehr wünschte er sich, im Urlaub zu sein.

Die Türkei faszinierte Mark. Viele der wichtigsten Geschichten der Bibel hatten sich innerhalb ihrer jahrhundertealten Grenzen zugetragen. Galatien, Ephesus und die anderen der sieben Sendschreiben-Gemeinden in der Offenbarung des Johannes lagen im Süden und Westen des Landes. Dazu kamen die Flüsse Euphrat und Tigris, der Berg Ararat an der Grenze zum Iran und die Stadt Haran (Charran), in der Abraham sich niederließ, bevor er die 300 Meilen nach Süden, nach Kanaan, zog. Mark hatte während des Fluges seine Karten studiert und gemerkt, dass sie womöglich über Haran nach Syrien weiterreisen würden.

Mark war sich der symbolischen Bedeutung Istanbuls als Etappe seiner Reise wohl bewusst. Der Vorläufer Istanbuls war das antike Byzanz gewesen, das 330 n. Chr. von Konstantin dem Großen zum Neuen Rom ernannt und unter dem Namen Konstantinopel für die nächsten tausend Jahre eine der größten Städte der Welt wurde. 1453 wurde sie von den Türken erobert, unter Sultan Mehmed II., der der Legende nach siegreich in die damals größte Kirche der Christenheit, die Hagia Sophia, ritt und sie zur Moschee umwandelte. Er benannte die Stadt in »Istanbul« um, die »Stadt des Islams«. Istanbul wurde zur Hauptstadt des Osmanischen Reiches. Und diese Stadt, einst das große Schlachtfeld zwischen Christentum und Islam, war jetzt für Mark das Tor auf seiner Reise in das Herz des Islam.

Der Morgen war ruhig verlaufen. Mark hatte sich mit Ross zum Frühstück getroffen und ihm Chuck als Chad Moreland vorgestellt, was sich merkwürdig angefühlt hatte. Ross hatte Chuck Löcher über die Arbeit bei *Newsweek* in den Bauch gefragt, aber Chuck hatte sich gut geschlagen. Ein Pendelbus hatte sie vom Hotel zurück zum Flughafen gebracht, wo sie ohne größere Verzögerung durch die französischen Sicherheitskontrollen gekommen waren.

Ihr Flug hatte ein paar Minuten Verspätung, was den drei Reisenden nichts ausmachte; sie hatten in Istanbul fast vier Stunden Umsteigezeit zum Anschlussflug nach Diyarbakir. Mark hatte während des Fluges keine Spur der CIA bemerkt, was ihn halb beruhigte, halb besorgte.

Chuck war voll in seiner Rolle als Chad Moreland aufgegangen und hatte Ross die tollsten Geschichten über seine Abenteuer als *Newsweek*-Reporter im Nahen Osten erzählt; gut, dass Ross das *Time*-Magazin las und nicht *Newsweek*.

Gegen Ende des Fluges fand Mark den Namen Chad allmählich natürlich; er betete, dass er sich nicht verplappern würde.

»Das ist ja ein Bilderbuchwetter heute«, bemerkte Ross, als der Jet auf das Internationale Terminal des Atatürk Airport zurollte.

»Das kannst du laut sagen«, sagte Mark. »Der Pilot hat gesagt, dass es hier 11 Grad warm ist.«

»Ich hätte nicht erwartet, dass es hier so warm ist«, sagte Ross.

»Tagsüber ist es hier recht mild«, kommentierte Chuck. »Aber wartet, bis die Sonne untergeht; dann wird es kälter. Es gibt zwar keinen Frost, aber fast.«

Die Maschine erreichte den Flugsteig, und bevor die Anschnallzeichen erloschen, standen viele Passagiere auf und griffen ihr Gepäck. Ross verließ das Flugzeug als Erster und ging die Passagierbrücke entlang. »Wo sollen wir McIintock treffen?«, fragte Mark, als sie das Terminal betraten.

»Keine Ahnung«, sagte Ross. »Entweder hinter der Zollabfertigung oder im Inlandterminal.«

Die drei gingen durch die Passkontrolle zur Gepäckausgabe. Niemand von ihnen wurde vom Zoll durchsucht und sie verließen das Terminal. Mark fragte sich, was wohl gewesen wäre, wenn er den Zollbeamten von ihrer illegalen Reise nach Syrien und dem Treffen mit Ahmad Sa'id erzählt hätte.

»Willkommen in der Türkei, die Herren!«, rief eine Stimme, als sie ins

Freie kamen. Ein in Kakihosen und Safarihemd gekleideter Mann kam auf sie zu.

»Josh Mclintock?«, fragte Mark, während er ihm die Hand hinhielt.

»Korrekt.« Josh schüttelte Marks Hand, dann die von Ross. »Willkommen in der Türkei, Mark, Ross. Und Sie müssen Chad Moreland sein; sehr erfreut.«

»Ich weiß diese Gelegenheit sehr zu schätzen«, erwiderte Chuck.

»Das tun wir sicher alle«, antwortete Josh, halb durch die Zähne hindurch. »Wie war der Flug?«

«Anstrengend«, sagte Mark. »Es ist alles so schnell gegangen, ich kann kaum glauben, dass wir hier sind.«

»Ja, ich kann es auch kaum glauben.« Josh konnte nicht verheimlichen, dass ihm Marks Ankunft missfiel. »Es sind ungefähr drei Stunden bis zu unserem Anschlussflug. Ich dachte, wir gehen erst was essen - sie haben ein ganz gutes Restaurant da oben - und dann zum Inlandterminal. Alles klar mit dem Gepäck?«

Das Trio nickte. »Wie steht es mit dem Kamerateam?«, fragte Mark.

»Das besteht zurzeit nur aus einem Mann. Unser Network-Kollege ist heute Morgen erkrankt. Sein Ersatzmann kommt mit einer späteren Maschine, er wird im Inlandterminal zu uns stoßen. Ich bin schon gespannt, wie er reagiert, wenn ich ihm sage, wo wir hinfahren.«

»Haben Sie ihm das noch nicht gesagt?«, fragte Ross.

Josh grinste teuflisch. »Ich wollte nichts riskieren, bis er nicht mehr zurückkann.«

Die vier gingen zurück ins Terminal und hinauf in den ersten Stock. Der Divan Pub war um diese Tageszeit halb leer. Mark studierte die Speisekarte mit türkischen und internationalen Gerichten und entschied sich schließlich für das Tagesgericht, *pastrimale ispanak sugato* mit *tavuk gögsü*. Es entpuppte sich als Rindfleischgulasch mit Spinat und als Nachtisch eine Süßspeise. Essbar, aber ein Cheeseburger mit Pommes hätte Mark mehr zugesagt.

Etwa in der Mitte der Mahlzeit wurde der Small Talk ernster. »Die Gelegenheit deines Lebens, diese Reise, Mark, nicht?«, sagte Josh. Der Neid in seiner Stimme war nicht zu überhören.

»Josh, ich möchte eines klarstellen.« Mark sprach bewusst freundlich, um den Büroleiter nicht noch mehr zu verärgern. »Ich hab mich nicht um diesen Auftrag beworben. Ich weiß nicht, wie mein Name ins Spiel kam. Und du solltest wissen, dass mein erster Vorschlag an den Chefredakteur war, dass jemand den Auftrag übernehmen sollte, der schon im Nahen Osten ist. Also, wenn du dich über irgendwen ärgerst, bin ich das falsche Ziel.«

Die offene Antwort schien Josh zu überraschen. Er zögerte kurz, dann nickte er und lächelte dünn. »Wenn wir schon mal ehrlich zueinander sind, dann möchte ich auch etwas klarstellen, Mark: Ich kenne diese Gruppe. Die Typen sind gefährlich. Die spielen keine Spielchen.« Er beugte sich näher und senkte seine Stimme, sodass niemand von der Bedienung mithören konnte. »Es muss einen Grund geben, dass Sa'id ausgerechnet dich ausgesucht hat, und wenn du diesen Grund nicht kennst, macht das die Sache für dich – und für uns – noch gefährlicher.«

»Woher können sie überhaupt wissen, wer Mark Taylor ist?«, fragte Ross.

»Ihr würdet staunen, was sie alles wissen«, sagte Josh. »Sie haben ein ganzes Netz von Unterstützern in den Vereinigten Staaten. Vielleicht ist Mark durch irgendeine Reportage in einer ihrer Zellen aufgefallen. Oder er ist mit einem von ihnen befreundet, ohne es zu wissen. Oder Sa'id schaut sich Marks Sendungen über Satellit an. Es gibt hundert Möglichkeiten.«

Mark musste unwillkürlich daran denken, was Jack Murphy über Abu gesagt hatte. War das nicht doch die einzige Erklärung? Er wünschte sich, die Sache mit Chuck besprechen zu können, der Abu als Einziger kannte, aber das war nicht möglich, jedenfalls vorerst nicht.

»Khaliq hat gesagt, dass wir die Antwort in Syrien finden werden; so lange müssen wir wohl noch warten«, sagte Mark. Er sah Josh an. »Haben sie euch gesagt, wie wir zu Sa'id kommen?«

»Noch nicht.« Josh wischte sich mit der Serviette über den Mund. »Wir sollen am Flughafen einen Wagen mit Allradantrieb mieten und zum Hotel in Diyarbakir fahren; dort werden wir kontaktiert.«

»Mehr haben sie dir seit der Kontaktaufnahme nicht erzählt?«

»Nein.«

Ross sah besorgt aus. »Woher sollen wir wissen, dass das Interview überhaupt noch stattfindet?«

»Es wird stattfinden«, antwortete Mark. »Sie haben mir gestern Abend im Hotel eine Botschaft hinterlassen.« Er berichtete von der Schrift auf dem Badspiegel; die Visionen ließ er aus.

»Warum hast du das nicht früher erzählt?«, fragte Chuck.

»Ich weiß nicht«, sagte Mark. Erst jetzt merkte er, dass er ja auch die CIA informieren musste. »Das habe ich irgendwie vergessen.«

Die anderen konnten das kaum glauben.

Northridge, Kalifornien
7.10 Uhr

Tracy, noch im Morgenmantel, ging in die Küche, Shandy auf den Fersen. Brenda und Tom saßen am Frühstückstisch; Tom las die Zeitung, Brenda trank ihren Kaffee. Tracy ging zur Hintertür und ließ den Hund hinaus. »Wie fühlst du dich heute Morgen?«, fragte Brenda.

Tracy hob zur Antwort ihre Brauen und verdrehte die Augen.

»Möchtest du einen Toast?« Brenda stand auf. »Der Kaffee ist koffeinfrei.«

Tracy nickte. Sie setzte sich neben Tom und vergrub den Kopf in ihren Armen. »So schlimm hab ich mir das mit der Schwangerschaftsübelkeit nicht vorgestellt.«

Tom legte seinen Arm auf ihre Schulter. »Am Ende ist es die Mühe wert, Tracy.«

Tracy hob den Kopf und verdrehte ihre Augen. »So kann nur ein Mann reden.«

Brenda schob kichernd zwei Brotscheiben in den Toaster. »Tom ist immer unglaublich wehleidig, wenn er die Grippe hat. Gut, dass Männer nicht schwanger werden.«

»Gottes weiser Plan«, versetzte Tom. »Er wusste, dass wir das nicht packen würden.«

»Ich weiß gerade nicht, ob ich das packe«, stöhnte Tracy.

Brenda goss ihr Kaffee ein. »Fährst du heute zur Uni?«

»Ich muss wohl; noch einen Tag kann ich nicht versäumen.«

»Vielleicht hilft das ja«, sagte Brenda und stellte die Tasse vor sie.

»Das riecht gut. Hoffentlich vertrage ich ihn.«

»Warte besser auf den Toast«, warnte Brenda.

»Wie war das eigentlich bei dir?«, fragte Tracy.

Brenda und Tom hatten drei Kinder aufgezogen, die jetzt alle erwachsen und aus dem Haus waren.

»Beth hat mir Mühe gemacht«, antwortete Brenda. »Die beiden anderen Schwangerschaften waren leichter.«

»Dann hab ich ja Hoffnung, wenn ich das erste überlebe.«

Tom faltete die Zeitung und legte sie mit der Titelseite nach oben vor Tracy hin. Sie nippte an ihrem Kaffee, der noch sehr heiß war, und las die Schlagzeilen: »FBI-Alarm: Terrorgefahr im ganzen Land.« Sie musste an Mark denken, und ihre Schultern sackten noch tiefer.

Tom sah es und legte seine Hand auf ihre. »Machst du dir Sorgen wegen Mark?«

Tracy nickte.

»Brenda hat mir alles erzählt. Wie lange ist er fort?«

»Bis Anfang nächster Woche. Wenn alles gut geht.«

Der Toast war fertig. Brenda griff nach der Butter. »Die Zeit wird schnell vergehen, Tracy. Wir machen uns eine paar schöne Tage, und ehe du dich versiehst, ist Mark wieder da.«

»Ich will euch aber nicht zur Last fallen.«

»Das tust du nicht.« Tom stand auf. »Ich muss jetzt ins Büro.«

Brenda sah auf ihre Uhr. »Ich muss auch bald gehen.«

»Geht nur, ich mache es mir schon gemütlich«, sagte Tracy.

»Das hoffen wir«, sagte Tom. »Wie wär's, wenn ich euch beide heute Abend zum Essen ausführe?«

Brenda strahlte. »Sag Ja, Tracy, so ein Angebot kriege ich nicht oft.«

»Das wäre schön«, lächelte Tracy. »Bis dahin hat sich mein Magen wohl beruhigt.«

»Also, abgemacht.«

Van Nuys, Kalifornien
7.24 Uhr

»Der heilige Koran ruft uns zum Kampf, zum heiligen Kampf, zum Dschihad, Dschihad, Dschihad!« Der Redner wurde mit jeder Wiederholung lauter. »Bekämpft die, denen die Schrift gegeben ist und die nicht an Allah glauben!«

Fazul musterte die Araber, die sich im Untergeschoss der Moschee versammelt hatten. Ihre Augen hingen wie gebannt an den Lippen des Imam.

Fazul lächelte und schaute wieder den Redner an. Hier fühlte er sich zu Hause. Endlich war er unter Gleichgesinnten. Er lachte innerlich. Amerika, das dekadente, verkommene Amerika mit seiner Trunkenheit und Maßlosigkeit konnte die steigende Flut des Islam nicht stoppen. Welches andere Land ließ es zu, dass Gruppen wie diese hier sich frei versammelten, Gruppen, die Kämpfer für die Vernichtung ihres Gastlandes heranzogen? Amerika, der schwache Westen.

»Wahrlich, in die Herzen der Ungläubigen werfe ich Schrecken. So haut ein auf ihre Hälse und haut ihnen jeden Finger ab, weil sie gegen Allah und seinen Gesandten widerspenstig waren!«

Die Zuhörer erhoben sich und begannen zu skandieren: *»Allahu akbar! Allahu akbar! Allahu akbar!«*

Fazul schrie es mit, hob die Arme über den Kopf und klatschte bei jeder Wiederholung in die Hände: *»Allahu akbar! Allahu akbar! Allahu akbar!«*

Er merkte nicht, wie Ismael ihn von der anderen Seite des Raumes aus beobachtete, ein listiges Lächeln auf den Lippen. Ismael Basra war zufrieden. Die Zeit war reif, Fazul war bereit. Der Sonntag würde ein großer Tag für den Islam werden.

Kapitel 19

Atatürk Airport, Istanbul
17.31 Uhr

Sie erreichten das Inlandterminal. Und da, in der Schlange vor dem Turkish-Airlines-Schalter, stand Vince Ruzio mit diversen Koffern. Mark ließ seinen Blick durch das Gebäude schweifen; war hier jemand vom Dschihad al-Scharia? Aber wie sollte er das herausfinden in diesem Gewimmel? Fast jede Kultur der Erde schien vertreten zu sein. Viele der türkischen Männer trugen die typischen Pluderhosen mit Jacke und langärmeligem Hemd. Etliche, aber längst nicht alle, trugen den Fes auf dem Kopf. Die Frauen waren meist westlich gekleidet, aber auch einige Kopftücher waren zu sehen; manche sahen richtig bunt aus.

»Das da hinten könnte unser Techniker sein«, sagte Josh, als sie das Ende der Schlange erreichten. »Ich frage ihn mal.« Er arbeitete sich in Richtung Schalter durch und stellte sich Vince vor.

Ross kam aus dem Staunen nicht heraus.

»Das ist ja unglaublich hier. Hast du die Frauen mit den Kopftüchern gesehen?«

»Ja«, sagte Mark. »Einige sind richtig schön.«

»Die Frauen oder die Tücher? Ich hab bei meinen Recherchen einen Artikel darüber gefunden.«

»Über die Kopftücher?«

»Ja. Es gab vor einiger Zeit in der Türkei eine große Kontroverse, ob man sie in der Öffentlichkeit tragen darf. Die Universitäten hatten sie verboten. Selbst auf ihren Passfotos durften die Frauen kein Kopftuch tragen.«

»Echt? Das hätte ich von einem überwiegend muslimischen Land nicht erwartet«, sagte Mark überrascht.

»Sogar 99 Prozent muslimisch«, sagte Ross. »Aber ich hab gelesen, dass nur 25 Prozent fromme Muslime sind, die fünfmal am Tag ihre Gebete verrichten, und gerade mal die Hälfte hält den Ramadan ein. Aber die islamische Verwurzelung ist doch stark.«

Mark musste grinsen über das plötzliche Islaminteresse seines Produzenten; ihr Gespräch schien Früchte getragen zu haben. Er schob seinen Koffer mit dem Fuß nach vorne, als die Schlange vorrückte.

Ross fuhr fort. »Bei der Gründung der Republik 1923 unter Kemal Atatürk kam es zu tiefgreifenden Reformen. Der Islam war nicht mehr Staatsreligion, und die traditionelle islamische Kopfbedeckung wurde verboten. Aber in den letzten Jahren sind die Fundamentalisten wieder auf dem Vormarsch; daher die Kontroverse.«

»Das sind ja interessante Erkenntnisse für jemanden, der vor ein paar Tagen noch dachte, dass es keinen größeren Unterschied zwischen Muslimen und Christen gibt. Aber das mit den Kopftüchern ist wirklich ironisch. Die Muslime haben also in Amerika mehr Freiheit, sich nach ihrer Religion zu kleiden, als in diesem Land, wo sie die überwältigende Mehrheit bilden.«

»Ich schätze, außerhalb von Istanbul findest du überall Frauen, die den *Hidschab* tragen«, sagte Chuck, dann schaute er zu dem Mann, mit dem Josh gerade sprach. »Und das ist also die Nr. 4 in unserem Team?«

»Ja, das ist er.«

»Ich hoffe, der weiß, worauf er sich einlässt.« Chuck hob die Augenbrauen.

»Der filmt doch bloß«, sagte Ross. »Außerdem schreibst du doch, was kümmert es dich?«

Chuck zuckte mit den Achseln. »Ich will nur sichergehen, dass wir alle Erfolg haben, Ross. Der Film wird meine Reportage belegen.«

»Wir sind ein Team, Ross«, lächelte Mark, »und der Mann da geht mit uns in die Wüste.«

»Brauchst mich nicht zu erinnern.«

Josh kam zurück, neben sich Vince. »Hallo Leute, darf ich euch Vince Carusso vorstellen?«

Mark war erleichtert. Wenigstens konnte er Vince mit seinem richtigen Vornamen anreden. Alle begrüßten sich, dann fuhr Josh fort: »Vince ist ein Glücksfall für uns. Unser normaler Kameramann hat heute Morgen die Grippe gekriegt. Wir haben Vince gerade noch rechtzeitig gefunden.«

»Ich freue mich, dabei zu sein.« Vince lächelte die anderen an.

»Ich hoffe, du freust dich auch noch, wenn wir angekommen sind«, sagte Josh.

Vince lachte. »Wo auch immer das sein wird, ich bin sicher, dass es ein Abenteuer wird.«

CIA-Zentrale, Lageraum
10.41 Uhr

Eineinhalb Sekunden später, übertragen durch einen Satelliten in einer Erdumlaufbahn, kamen Vince Ruzios Worte aus den Lautsprechern im Kontrollzentrum der Operation Dumbo im Lageraum in Langley an.

»Das Signal ist gut«, sagte Jack zu Brad Faxon, dem Spezialisten für elektronische Überwachung. »Wird das die ganze Operation hindurch so bleiben?«

»Hängt davon ab, in was für ein Gebäude er geht oder wie sie reisen«, antwortete Faxon. »Ich hoffe, dass wir ihn ständig auf Sendung haben werden.«

»Unglaublich«, sagte Jack. »Und das mit diesem winzigen Ding, das sie in seinen Arm gepflanzt haben?«

Faxon nickte lächelnd. »In Zukunft werden wir diese Sender öfter verwenden.«

»Gab's Probleme, Ruzio als Ersatzkameramann einzuschleusen?«, fragte Dean.

»Keine.« Jack lächelte. »Kurz bevor er zum Flughafen in Damaskus fahren wollte, wurde der Mann krank. Perfektes Timing von Ruzio.« Er drehte sich zu Seth. »Was wissen wir über diese Sicherheitspanne in Los Angeles?«

Seth schaute in seine Notizen. »Heute Morgen wurden die Nachbarn gegenüber von Taylor, die Frosts, erstochen in ihrem Haus aufgefunden. Sie lagen im Wohnzimmer. Rentnerehepaar Anfang siebzig.« Seth machte eine Pause. Die nächsten unschuldigen Opfer. »Der Tod trat Mittwoch am frühen Nachmittag ein. Es scheint, dass jemand im Haus war, als Weston zu Taylor ging.«

»Was wissen wir über den Täter?«, fragte Jack.

»Nichts. Niemand hat ihn beobachtet.«

»Ich dachte, eure Agenten hätten die Gegend überprüft, bevor sie sich Taylors Haus genähert haben?«, fragte Dean.

Seth nickte. »Das haben sie; leider nicht sorgfältig genug. Sorry. Sie haben die Straße nach Verdächtigen abgesucht. Keiner kam auf die Idee, dass sich jemand schon Zugang zu einem Nachbarhaus verschafft haben könnte.«

»Das hätte Taylor das Leben kosten können«, sagte Dean.

»Das wissen wir«, sagte Seth.

»Geschehen ist geschehen«, sagte Jack. »Lassen wir das. Was sagt das FBI zu diesem neuen Terroralarm?«

»Der scheint ernst zu sein«, erwiderte Seth. »Erhöhte Aktivität in den sozialen Netzen und im E-Mail-Verkehr lassen auf eine Aktion an diesem Wochenende schließen. Samstag oder Sonntag, spezifische Ziele sind keine erwähnt worden.«

»Irgendwelche Theorien?«, fragte Dean.

»Nur Spekulationen. An allen Flughäfen und Regierungsbehörden haben wir Alarm Stufe eins ausgelöst, außerdem in allen Atomkraftwerken und Wasserversorgungseinrichtungen Agenten stationiert. Wir nehmen das sehr ernst, wissen aber einfach nicht, was wir überwachen sollen. Wir haben überlegt, ob wir die Gouverneure einzelner Staaten bitten sollen, die Nationalgarde in Bereitschaft zu versetzen, aber wir wissen schlicht nicht, wohin wir sie schicken sollten.«

»Wir brauchen mehr solide Hinweise«, dachte Jack laut nach. »Wendy, gibt's was Neues aus dem Ausland?«

»Unsere ganze Abteilung prüft jede abgefangene Kommunikation doppelt und dreifach.« Wendy schüttelte den Kopf. »Bis jetzt haben wir nichts.«

Jack drehte sich wieder zu dem FBI-Agenten. »Wäre es nicht Zeit, mal ein paar Türen einzutreten und den üblichen Verdächtigen ein paar Fragen zu stellen?«

»Schon möglich«, antwortete Seth.

Van Nuys, Kalifornien
8.07 Uhr

Die meisten Männer, die zum Morgengebet in die Moschee gekommen waren, waren wieder gegangen – zu ihrer Arbeit, in die Schule oder nach Hause. Der Hauptgottesdienst würde um zwölf Uhr mittags stattfinden, wenn jeder Muslim zusammen mit seinen Glaubensbrüdern in aller Welt zu beten hatte. In islamischen Ländern waren freitags viele Geschäfte und sogar manche Restaurants geschlossen, obwohl der Koran dies nicht vorschrieb. »... Und wenn das Gebet beendet ist, gehet wieder in das Land und suchet Allahs Fülle.«

Der Freitag war der islamische Sabbat, aber nicht unbedingt ein Ruhetag. In Amerika genossen die Muslime nicht den Luxus, am Freitag nicht arbeiten zu müssen, sodass die meisten von ihnen in der Mittagspause zum Gebet in die Moschee gingen.

Sofian war gegangen, aber Fazul blieb noch im Untergeschoss der Moschee. Es dauerte nicht lange, und Ismael kam zu ihm. »Hast du über meine Frage wegen Sonntag nachgedacht?«

»Ja«, erwiderte Fazul. »Ich mache mit.«

»Gut. Allah wird sich freuen.« Ismael nickte und legte seinen Arm um Fazuls Schulter. »Komm mit. Jemand möchte dich kennenlernen.«

Fazul folgte Ismael nach draußen in den Hof. Einige der Männer standen noch in kleinen Gruppen und unterhielten sich, manche auf Englisch, viele auf Arabisch. Ismael ging weiter, ohne anzuhalten.

An der Mauer vor dem Parkplatz lehnte ein Mann. »Er heißt Jusef; ich hab ein paar ... Projekte für ihn ausgeführt«, erklärte Ismael.

Als Jusef die beiden sah, zog er ein letztes Mal an seiner Zigarette, dann warf er sie auf die Erde und trat sie aus.

»Ist er dabei?«, fragte er.

Ismael nickte. »Ja, ist er.« Die beiden sprachen, als stünde Fazul nicht direkt vor ihnen.

Jusef musterte Fazul von oben bis unten. »Kennst du dich mit Sprengstoff aus?«

Fazul schluckte. Die planten etwas Größeres. Jetzt nur nicht dumm erscheinen. »Nicht viel, aber ich lerne rasch.«

»Hoffen wir's. Wir haben nur zwei Tage. Kommt mit.« Jusef drehte sich um und ging zum Parkplatz.

Ismael folgte ihm ohne ein Wort. Fazul zögerte. Ginge er weiter, gäbe es kein Zurück. Das hier war seine Gelegenheit, etwas für die Sache des Islam zu tun, so gefährlich es auch sein mochte. War er wirklich bereit, das Opfer zu bringen ... dem Ruf seines neu erwachten Glaubens zu folgen? Aber sollte er etwa feige umkehren, zurück in die Bedeutungslosigkeit wie sein Vater?

Am Tor blieb Ismael stehen und drehte sich um, seine Augen wurden dunkel. Fazul senkte den Kopf, wich seinem Blick aus und folgte ihm zum Parkplatz.

Northridge, Kalifornien
8.15 Uhr

Als Tom und Brenda gegangen waren, duschte sich Tracy, zog sich an und ging mit Shandy Gassi. Das Toastbrot hatte ihren Magen etwas beruhigt; sie hoffte, dass es bis nach ihrem Seminar so bleiben würde. Als sie zurückkam, ließ Tracy Shandy in den Hinterhof, mit einem Napf Wasser für den Tag, und nahm ihre Handtasche. Im gleichen Augenblick klingelte ihr Handy.

»Guten Morgen«, hörte sie Marks Stimme.

»Mark! Wie geht es dir?« Sie bemühte sich um einen freudigen Tonfall.

»Danke, gut, ich habe nur das Reisen satt. Hast du bei den Staffords übernachtet?«

»Ja. Sie waren sehr lieb.«

»Gut. Ich bin froh, dass du nicht allein bist. Ist Shandy okay?«

»Gestern Abend war sie etwas nervös, aber das wird schon. Wo bist du?«

»Istanbul. Wir steigen gleich in unser Flugzeug nach Diyarbakir.«

»Und läuft alles wie geplant?«

»Absolut.« Mark wünschte sich, offener sprechen zu können. »Wir haben Josh Mclintock getroffen, den Büroleiter in Istanbul. Und unser Kameramann ist auch schon zu uns gestoßen.«

Tracy wusste, dass Mark den CIA-Mitarbeiter meinte. Sie presste die Lippen zusammen.

Brachte der Mann mehr Sicherheit für Mark oder mehr Risiko? Wahrscheinlich das Letztere.

»Wie gefällt dir die Türkei?«

»Istanbul sah toll aus beim Anflug. Ich wollte, ich hätte die Zeit, mir ein paar der Sehenswürdigkeiten anzugucken.«

»Denk nicht mal dran«, sagte Tracy, halb im Scherz. »Komm so schnell wieder heim, wie du kannst.«

»Mache ich. Aber ich wusste gar nicht, wie viel biblische Geschichte hier stattgefunden hat. Vielleicht können wir mal zusammen hierherreisen.«

»Vielleicht, ja. Im Augenblick ist mir nicht nach Abenteuern zumute.«

Mark wusste nicht, was er antworten sollte. Es war anstrengend, immer um das herumzureden, was er eigentlich sagen wollte. Er spürte den Stress in Tracys Stimme, aber was konnte er dagegen tun? Oder doch ...?

»Ich glaube, Gott hat mir gestern Abend nach dem Duschen ein Zeichen geschickt.«

Zum ersten Mal trat ein Lächeln auf Tracys Gesicht. »Ich hoffe, es war eine Vision, wie du in L. A. aus dem Flugzeug steigst.«

»Nein, aber eine Vision war es schon.« Mark grinste, als er hörte, wie etwas Leben in ihre Stimme kam. Das Meer der Gesichter in der Abflughalle verschwamm, während er versuchte, Tracy von seinem Erlebnis zu erzählen, ohne Sa'id zu erwähnen. »Ich stand im Bad, der Spiegel war ganz beschlagen nach meiner Dusche. Da sah ich darin auf einmal mich selbst, in voller Kampfausrüstung, und richtete meine Waffe auf den Teufel.«

»Und das soll mich beruhigen?«, fragte Tracy.

»Warte, es kommt noch. Also der Teufel.« Mark hielt inne; er hoffte, dass Tracy verstand, wen er meinte. »Der steht ganz gelassen da und hat überhaupt keine Angst vor mir. Dann ändert sich das Bild plötzlich, und anstatt des Gewehrs halte ich jetzt eine Bibel in der Hand – und der Teufel wird kreidebleich und weicht zurück.«

Tracy antwortete nichts; sie versuchte, sich Marks Geschichte vorzustellen.

Der fuhr fort: »Das war erschreckend und hat mir bestätigt, dass wir nicht gegen Fleisch und Blut kämpfen, sondern gegen die dämonischen Mächte dieser Welt und dass es das Wort und die Macht Gottes selber sind, die den Satan in die Knie zwingen. Verstehst du, was ich meine?«

»Ja, ich glaube schon.«

»Gott hat das alles in der Hand. Nach der Dusche habe ich einige Zeit gebetet und unseren Abschnitt in 1. Johannes gelesen, und habe völligen Frieden empfunden. Ich bete darum, dass Gott auch mit dir spricht.«

»Ich versuche diesen Frieden zu finden, ehrlich«, antwortete Tracy. »Ich hatte gestern Abend so ein gutes Gespräch mit Brenda; gebetet haben wir auch. Aber ich hab immer noch Angst.«

»Ich weiß, ich weiß«, seufzte Mark. »Ich bin froh, dass du bei Brenda bist. Bitte sie, dass auch der Hauskreis für uns beide betet.«

»Mache ich.«

»Gut. Aber jetzt muss ich zum Gate. Fährst du heute zur Uni?«

»Ja, ich muss gleich weg.«

»Okay. Ich ruf dich später wieder an. Ich liebe dich.«

»Ich dich auch.«

Istanbul,
18.35 Uhr

Mark schaute den Mittelgang des voll besetzten türkischen Jets entlang. Seine Knie stießen an die Rückenlehne des Sitzes vor ihm. Das Raumerlebnis der 1. Klasse von American Airlines und Air France war vorbei; dies hier war ein Airbus, in dem es nur Economy gab. Zum ersten Mal seit der Ankunft in der Türkei gingen die Gerüche Mark auf die Nerven.

Ross musterte nervös die Gesichter der Passagiere. Mark flüsterte ihm zu: »Hast du schon ein paar Terroristen entdeckt?«

Ross warf ihm einen Blick zu, der so viel besagte wie: *Das ist nicht komisch.* Er beugte sich zu Mark. »Weißt du, ich habe nachgedacht.«

»Worüber?«

Ross schaute zu Vince und Josh auf der anderen Seite des Gangs, dann wieder zu Mark. »Darüber, was du der CIA wirklich geantwortet hast. Aber darüber lass uns besser später reden.«

Er lehnte sich zurück und starrte nach vorne. Mark sah nervös zum Fenster hinaus. Ross hatte Verdacht geschöpft. Was sollte er Ross antworten, wenn dieser ihn rundheraus fragte, ob er mit der CIA zusammenarbeitete?

Mit seiner Entscheidung hatte er Ross genauso in Gefahr gebracht wie sich selbst. War das fair? Durfte er um seines Auftrags willen seinen Freund und Kollegen belügen? Bis zur Landung musste er das entscheiden. Ross würde ihn bei erster Gelegenheit zur Rede stellen. Dann sollte er wissen, was er sagen wollte.

Er holte seine Bibel aus der Aktenmappe, um den Bibelabschnitt, den er sich mit Tracy teilte, gleich jetzt zu lesen; wer wusste, was der Abend bringen würde. Er schlug das 3. Kapitel des 1. Johannesbriefs auf.

Es begann so: *»Seht, wie viel Liebe unser himmlischer Vater für uns hat, denn er erlaubt, dass wir seine Kinder genannt werden – und das sind wir auch!«* Er ließ die Worte auf sich einwirken. Er spürte instinktiv, wie dieser Vers schärfer als alle seine Recherchen und Diskussionen mit Ross, ja als sein Studium des Korans den großen Unterschied zwischen dem Gott des Islam und dem der Bibel aufzeigte. Nirgends im ganzen Koran war Allah der Vater des gläubigen Muslim. Der Gott des Islam war ein Objekt der Furcht und des Gehorsams, aber kein liebender Vater.

Mark schloss die Augen und versuchte sich vorzustellen, wie das war, als Muslim zu leben. Was empfand ein Muslim beim Beten? Konnte er erwarten, dass Allah zu ihm persönlich sprach? Wie traurig, vor allem rituell zu beten und nicht, um mit einem liebenden Gegenüber zu reden. Die meisten Muslime verstanden nicht einmal die arabischen Worte, die sie beten mussten. Was für eine Last – einem Gott zu dienen, der allmächtig, aber nicht der liebende, erbarmende Vater war. Und der offenbar – wie im Christentum vor der Reformation – nur eine einzige Sprache verstand. Es war eine fremde Welt. Je mehr Mark den Islam studierte, umso mehr schätzte er das, was Jesus für ihn getan hatte, und die persönliche Beziehung, die er zu dem Christus haben durfte.

Er hielt die Augen geschlossen und betete, mit mehr Mitgefühl als je zuvor, für die Menschen, für die der Islam keine Antworten bot. Er betete für Abu und dass Jesus sich ihm offenbaren möge. Er merkte, wie er schließlich selbst für Sa'id betete: dass der böse Bann, der diesen Mann gefangen hielt, zerbrechen und die Liebe Gottes sein Herz erreichen möge.

Und dieses Gebet überraschte ihn.

Kapitel 20

Reseda, Kalifornien
8.45 Uhr

Jusef fuhr unter dem Freeway 101 hindurch, bevor er nach rechts auf den Ventura Boulevard einbog. Um diese Tageszeit herrschte dichter Verkehr; die 101 auf der Brücke über ihnen sah mehr wie ein Parkplatz als wie eine Autobahn aus. Fazul saß schweigend hinten und spielte mit dem Aschenbecher in der Sitzlehne. Jusef fuhr einen alten, klapprigen weißen Chevy-Van. Die Sitzreihe hinter Fazul war herausgerissen worden; an ihrer Stelle lagen auf dem gesammelten Müll diverser Fast-Food-Mahlzeiten mehrere große Säcke mit Düngemittel.

Sie bogen vom Ventura Boulevard ab, hinauf in die Hügel, die das San Fernando Valley vom Becken von Los Angeles trennten, bis sie in eine von Eukalyptusbäumen gesäumte Straße kamen, wo Jusef zwischen zwei älteren Häusern in eine Einfahrt einbog. »Ladet die Säcke aus«, befahl er; er stieg aus und ging zu dem Haus rechts.

Fazul zog am Türgriff und stieg aus. Das Haus schien in besseren Zeiten weiß gewesen zu sein; jetzt war es heillos verwittert. Der Garten war eine Wildnis aus Brennnesseln und Unkraut. Sie schienen allein zu sein hier oben; alles, was man hörte, war das Rauschen des Verkehrs.

Jusef zog einen Schlüssel aus seiner Hosentasche und öffnete die Hintertür des Hauses. Ismael war bereits dabei, den ersten Düngersack aus dem Van zu hieven. Fazul packte sich den nächsten und folgte ihm.

Das Innere des Hauses sah nicht besser aus als die Fassade. Das Wohnzimmer war leer, bis auf einen Tisch in der Mitte; ihre Schritte hallten auf nacktem Estrich. In der Küche floss die Spüle von verschimmeltem Geschirr über, aus dem halb offenen Kühlschrank kam ein fauliger Geruch. »Stellt die Säcke neben den Tisch«, sagte Jusef.

Ismael lächelte Fazul aufmunternd zu. »Wir bleiben nicht lange hier.« Fazul nickte und setzte den Sack vorsichtig ab.

Jusef ging in die Küche und holte zwei Pfannen und Messer. »Hier.« Er stellte sie auf den Tisch und riss den ersten Sack auf. »Tut den Dünger in die Pfannen, und dann zerquetscht die Kügelchen mit dem flachen Messer – so.«

Fazul schaute ihm zu. Er las das Schild auf dem Sack vor ihm – Ammoniumnitrat. »Was haben wir damit vor?«

»Warte es ab.« Ismael tat lächelnd eine Handvoll Dünger in die Pfanne und begann mit dem Zerstoßen.

CIA-Hauptquartier, Langley, Virginia
12.15 Uhr

Wendy rieb sich die Augen. Sie konnte sie bald nicht mehr sehen, die immer neuen Berichte und Meldungen aus dem Nahen Osten. Welches war das nächste Ziel des Dschihad al-Scharia? Sie hätte am liebsten laut losgeschrien. Irgendwo in all den abgefangenen Gesprächen und E-Mails musste sie doch sein, die Spur, die sie suchten! Noch ein Massaker – es durfte nicht geschehen!

»Hast du schon was?«, kam Jacks Stimme durch die Tür.

»Irgendwo muss es sein!«, schnappte sie.

Jack kam herein und lehnte sich an ihren Schreibtisch. »Du übertreibst es, Wendy, du brauchst eine Pause.«

»Nix Pause.« Wendy schüttelte den Kopf. »Wir müssen ...«

»Wendy, geh mal was essen! Lass deinen Schreibtisch mal eine Minute allein. Vielleicht gibt es diesmal keine Lösung – oder du bist zu erledigt, um sie zu sehen.«

Wendy setzte den Stapel Meldungen auf den Nachbarschreibtisch. »Vielleicht hast du recht.«

»Klar habe ich das.« Jack lächelte. »Du musst lernen, mit deinen Kräften zu haushalten, wenn du irgendwann selbst in den Außeneinsatz willst.«

Dieser Ausblick gefiel Wendy sichtlich. Sie sah ihren Chef an. »Ich hab mir wohl zu viel von dir abgeschaut.«

»Touché. Komm, gehen wir essen. Taylor und Ruzio landen in knapp einer Stunde.«

Die Kantine in Langley hatte keine fünf Sterne, aber das Essen machte satt. Jack nahm das Tagesgericht (Hähnchenbrust mit Reis und Gemüse), Wendy einen Salat.

Sie aßen einen Augenblick schweigend, dann fragte Wendy: »Was meinst du, was die diesmal angreifen?«

»Null Ahnung«, murmelte Jack, »aber ich glaub nicht, dass Sa'id noch mal eine Sportveranstaltung ins Visier nimmt.«

»Ich auch nicht. Sie schlagen immer da zu, wo wir es nicht erwarten.«

»Und wo wäre das diesmal?«

»Irgendein Ort ohne Überwachung. Ein großes Einkaufszentrum, ein Kino, ein Sportfest an einer Schule. Vielleicht sogar eine Kirche.«

»Wie kommst du denn darauf?«, fragte Jack.

»Na, die versuchen, jeden Aspekt der amerikanischen Gesellschaft zu stören. Erst haben sie in den Zentren von Finanzwelt und Landesverteidigung zugeschlagen. Wir haben die Sicherheit an unseren Flughäfen und Regierungsgebäuden verstärkt, und sie haben Football-Stadien angegriffen. Als wir alle auf die Stadien starrten, haben sie unsere Botschaften im Ausland attackiert. Jede Terrorwelle trifft uns dort, wo wir es nicht erwarten, und ist in Sa'ids kranker Vorstellungswelt eine politische Aussage. Wir vermuten Anschläge in Sportstadien, bei der Trinkwasserversorgung, in Atomkraftwerken und Flughäfen, aber wir können nicht jede Kirche bewachen.«

»Oder jedes Einkaufszentrum.«

»Die einzige Chance sind Informationen, die die Geheimdienste beschaffen«, sinnierte Wendy. »Und das heißt, ich muss wieder an meine Arbeit.«

»Erst wenn du deinen Salat aufgegessen hast«, sagte Jack. »Aber ich werde deine Idee weitergeben; vielleicht verhilft sie dem FBI zu einer neuen Spur.«

Diyarbakir, Türkei
20.52 Uhr

Mark stand auf der Gangway und ließ seinen Blick über den Flughafen von Diyarbakir gleiten. Nach zwei Tagen Fliegen waren sie endlich da. Schade, dass sie nicht bei Tageslicht angekommen waren, was es ihm ermöglicht hätte, sich beim Anflug ein Bild der Gegend zu machen. Diyarbakir lag in einer Ebene an den Ufern des noch jungen, aber bereits für Bewässerungszwecke brauchbaren Tigris. Die von den Römern erbaute Stadtmauer aus schwarzem Basalt, die 16 Jahrhunderte überdauert hatte, war nach der Chinesischen Mauer die zweitgrößte der Welt. Mark hoffte, sie besichtigen zu können.

Der kleine Flughafen hatte keine Flugsteige, sodass sie die Maschine über die Treppe verließen und zu Fuß zum Terminal gingen. Es war dunkel und kalt, und Mark schob seine freie Hand in seine Jackentasche.

»Jetzt ist es wohl bald so weit«, sagte Ross, als sie das Terminalgebäude betraten.

»Das vermute ich auch«, murmelte Mark. Er bemerkte, dass er wieder die Gesichter um sich herum musterte.

Vince ging neben Josh. »Wann sagst du mir, was wir vorhaben?«

»Wenn wir im Hotel sind«, antwortete Josh.

»Damit ich nicht mehr zurück zum Flughafen kann, wie?«

»Oh, du bleiben wollen.« Josh erspähte das Schild der Autovermietung. »Holt ihr schon mal euer Gepäck, ich kümmere mich um den Wagen und hole euch ab.«

Mark, Ross und Chuck gingen weiter zur Gepäckausgabe. Mark sah zu Vince. »Hast du alles, was du brauchst?«

Vince wies mit dem Kopf zu seiner Umhängetasche. »Ist alles hier drin und in den Kamerataschen.«

»Gut.«

»Geht es dir gut?«, fragte Vince.

»Ja«, antwortete Mark ohne Überzeugung.

Es dauerte über eine halbe Stunde, bis Josh mit dem Allrad-Nissan kam und sie die Kameraausrüstung und ihr Gepäck einladen konnten. Josh fuhr vom Flughafen auf eine Straße, die als »E 99« beschildert war und nach Osten in die Stadt führte. Sie waren noch keine drei Kilometer gefahren, als sie an einem Militärkontrollpunkt angehalten wurden.

»Na, prima«, murmelte Ross, als er die bewaffneten Soldaten sah. Neben der Straße standen zwei gepanzerte Fahrzeuge.

Josh kurbelte das Fenster hinunter. Der erste Soldat sagte etwas auf Türkisch.

»*Türkce bilmiyorum*«, antwortete Josh mit einem der wenigen Sätze, die er konnte. »Ich spreche kein Türkisch. Sprechen Sie Englisch?«

Der Soldat drehte sich um und schrie einem der Männer bei den Wagen etwas zu. Der kam und sagte in gebrochenem Englisch: »Ihre Papiere.«

Josh reichte ihm seinen Pass.

»Was ist Grund für ... Besuch in Türkei?«

»Wir sind ein Nachrichtenteam vom amerikanischen Fernsehen«, erwiderte Josh langsam.

»CNN?« Der Soldat grinste.

Josh schüttelte seinen Kopf. »Nein. *National News*.«

Das Lächeln des Soldaten verflog. *National News* war ihm kein Begriff. »Wir durchsuchen. Alle raus.«

Josh gehorchte. Mark fragte sich, ob sie wohl im Austausch für ein paar Geldscheine weiterfahren könnten. Vince hievte seine Ausrüstung aus dem Geländewagen und öffnete seine Taschen und Koffer für die Soldaten.

»Musst du denen Geld anbieten?«, flüsterte Mark Josh zu.

»Gleich«, erwiderte Josh.

Der Soldat, der Englisch konnte, trat wieder zu Josh, neben ihm der andere mit schussbereitem Gewehr. »Sie brauchen Genehmigung.« »Das tut mir leid«, antwortete Josh. »Davon wusste ich nichts.« Er holte sein Portemonnaie aus der Gesäßtasche und zog einen 100-Dollar-Schein hervor. »Reicht das?«

Der Soldat schüttelte den Kopf. *»Yok.«*

Josh zog einen zweiten Schein hervor und reichte ihm die beiden Scheine.

Der Soldat begann zu lächeln. *»Iyi.* Sie können fahren.«

Josh fuhr zurück auf die Straße. »Was soll das ganze Militär hier?«, fragte Mark.

»Die Kurden«, antwortete Josh. »Dies ist sozusagen ihre Hauptstadt. Hieß früher Amida, manche nennen sie heute noch so. Es kommt immer wieder zu Konflikten zwischen der Regierung und der Kurdenpartei. Ihr werdet noch mehr Militär sehen in Diyarbakir. Aber wenn wir nach Syrien fahren, machen die Türken mir keine Sorgen, eher die Kurden.«

Mark war angenehm überrascht, als eine Viertelstunde später das Dedeman-Diyarbakir-Hotel in Sicht kam. Mit seinen zwölf Stockwerken war es das größte Gebäude weit und breit. Die Lobby empfing sie mit einem gold-weiß-schwarz gemusterten Marmorfußboden. Mit Palmen geschmückte Kolonnaden trennten die Lobby von der Rezeption auf der einen und den Konferenzräumen auf der anderen Seite.

Man hörte Musik und Lachen. Mark lugte durch die offene Tür eines der Säle. Offenbar eine Hochzeitsgesellschaft. In der Mitte des Raumes wurde getanzt, zu den Klängen einer großen Trommel und eines Instruments, das wie eine Oboe aussah. Die Amerikaner pausierten für einen Moment und beobachteten die jahrhundertealte Feier. Dann gingen sie weiter zur Rezeption.

Dort fragte Josh nach Nachrichten. Es gab keine.

»Dann müssen wir wohl warten«, sagte er zu Mark, als er ihm seinen Zimmerschlüssel gab. »Wir sind alle im 10. Stock. Ich schlage vor, dass wir unser Gepäck raufbringen und uns dann« – er schaute auf seine Uhr – »in einer Viertelstunde wieder hier unten treffen.«

Sie fuhren schweigend mit dem Aufzug nach oben. Vor Marks Zimmertür blieb Ross neben ihm stehen. »Ich muss mit dir reden. Ich komme gleich rüber.«

Mark betrat sein Zimmer und stellte seinen Koffer neben das Bett. Nicht schlecht für eine Stadt am Ende der Welt – sehr sauber, mit allem Komfort, einschließlich Föhn und Satellitenfernsehen. Mark holte seinen Kulturbeutel aus dem Koffer. Es klopfte an der Tür. Er öffnete, und Ross kam herein. Mark trat rasch an den Tisch und kritzelte etwas auf den kleinen Block mit dem Logo des Hotels.

»Ich möchte unser Gespräch von vorhin im Flugzeug fortsetzen«, begann Ross.

Mark hielt ihm den Zettel hin: *Das Zimmer wird bestimmt abgehört!*

Dann sagte er laut: »Okay. Wir müssen die Fragen festlegen, die wir Sa'id stellen wollen.«

Ross sah ihn fragend an. Mark zeigte auf den Zettel. Während Ross las, fuhr er fort: »Eines unserer Ziele sollte sein, dass er sich zu den Anschlägen bekennt.«

»Ja«, murmelte Ross, während er etwas unter Marks Mitteilung schrieb. *Wann können wir reden?*

»Und zweitens«, sagte Mark, Ross' Notiz lesend, »wäre es toll, wenn er uns sagen würde, wo er in den Jahren war, über die wir nichts wissen und was er die ganze Zeit gemacht hat.«

»Ja«, Ross hatte das Spiel verstanden. »Dann könnten wir seine ganze Geschichte in der Reportage erzählen.«

»Aber nicht jetzt – bevor wir essen, würde ich gerne noch Tracy anrufen.

Nach dem Essen können wir ja einen Spaziergang machen, wenn's nicht zu kalt ist, und dann weiterreden.«

»Okay«, brummte Ross. »Wir treffen uns dann unten.«

Mark brachte ihn zur Tür und flüsterte lautlos »Danke«. Ross schüttelte nur den Kopf. Mark ging zurück in sein Zimmer, zog sein Satellitentelefon hervor und wählte Tracys Handy-Nummer, aber die Verbindung kam nicht zustande.

Er schaute zum Fenster. Draußen war ein Balkon. Er ging hinaus und wählte wieder. Diesmal kam die Verbindung zustande, aber er erreichte nur ihre Mailbox.

Er berichtete kurz, dass sie Diyarbakir erreicht hatten und dass er sie vermisste. Dann beschloss er, noch ihre Festnetznummer zu Hause zu versuchen, falls sie wieder dort war. Es klingelte zweimal, dann sprang die Sprachbox an, was bedeutete, dass sie diese Nachrichten gespeichert hatte. Mark tippte den Code ein, um sie anzuhören. Es waren zwei. Die erste war von einem Versicherungsvertreter. Er übersprang sie. Und plötzlich war er hellwach.

»Mrs Taylor, hier ist noch mal Veronica, aus Dr. Hoyts Praxis.« Mark erkannte den Namen von Tracys Gynäkologin. »Frau Doktor lässt sie fragen, wann Sie mit Ihrem Mann zur Ultraschall kommen möchten. Rufen Sie uns bitte zurück.«

Fast ließ Mark das Telefon über die Brüstung fallen. Warum sollte Tracy eine Ultraschalluntersuchung planen? Entweder war sie ernstlich krank und wollte es ihm nicht sagen oder ...

Sie war schwanger.

Natürlich! Das war die Erklärung für das Kerzendinner mit Abendkleid! Was war er nur für ein Idiot! Sie hatte doch gesagt, dass sie wichtige Neuigkeiten hatte. Solch ein Dinner hatte einen Grund – aber er hatte den ganzen Abend nur völlig egoistisch an sein Interview gedacht und ihr nicht zugehört.

Er trat zurück ins Zimmer und setzte sich aufs Bett. Er ließ sich auf das Kissen fallen und verschränkte die Arme hinter dem Kopf. Tracy schwanger – konnte es sein? Er stellte sich vor, wie der romantische Abend hätte laufen können – sie hätte ihn erst ein paar Bissen essen lassen, dann seine Hand genommen und ihm mit ihrem wunderbaren Lächeln eröffnet, dass sie ein Kind bekommen würden. Ja, so wäre es gewesen – wenn er nicht am selben Tag den Auftrag bekommen hätte, um die halbe Welt zu Sa'id zu fliegen. Der glücklichste Augenblick des Lebens war ihm genommen worden.

Stattdessen saß er jetzt in diesem Loch, um der CIA zu helfen, den gefährlichsten Terroristen der Welt zu fangen. *Gott, was hast du vor?* Diese Achterbahn der Gefühle war fast unerträglich. Er würde Vater werden ... aber was, wenn er nicht mehr aus Syrien zurückkam und Tracy zu einer alleinerziehenden Witwe machte?

Aber vielleicht war es ganz anders, Tracy hatte Krebs und hatte es ihm nur nicht sagen wollen? Auf einmal hatte Mark nur noch einen Wunsch: wieder zu Hause zu sein, an Tracys Seite, und das mit ihr zu teilen, was vor ihnen lag, ob Freude oder Leid.

University of California
Los Angeles
11.56 Uhr

Tracy trat aus dem Fakultätsgebäude und ging zur Mensa. Sie hatte eine Stunde frei bis zum nächsten Seminar. Sie zog ihr Handy aus der Handtasche und schaltete es wieder laut. Jemand hatte eine Voicemail hinterlassen. Sie blieb stehen, wählte ihre Sprachbox an und hörte Marks Stimme. Sofort kamen ihr wieder die Tränen, aber sie musste lächeln, als er sagte, dass er sie vermisste. Sie gab den Code ein, der ein Löschen der Nachricht verhinderte; sie würde sie später richtig genießen.

Sie wollte das Telefon gerade wieder in die Handtasche schieben, als es klingelte. Hoffentlich war es wieder Mark!

»Hallo«, sagte sie rasch.

»Mrs Taylor, hier Jack. Das Paket ist gut angekommen.«

»Ich weiß. Er hat mir eine Nachricht hinterlassen.« Sie ging weiter. »Wurde er schon kontaktiert?«

»Noch nicht«, antwortete Jack. »Wir bleiben in Verbindung.«

Dann legte er auf. Tracy ließ das Telefon sinken. Sie hasste es allmählich, dauernd verschlüsselt reden zu müssen; wenigstens hatte er nicht den Ausdruck »in der Patsche sitzen« benutzt. Keine Nachrichten – das waren in den nächsten paar Stunden die besten.

Diyarbakir, Türkei
22.00 Uhr

Mark sah auf seine Uhr. Eigentlich sollte er schon wieder unten sein, aber er wollte Tracys Mobilnummer noch einmal versuchen. Er trat gerade wieder auf den Balkon, als es an die Tür klopfte. Sicher wieder Ross.

»Geh ruhig schon mal …« Mark unterbrach sich mitten im Satz, als er sah, wer da vor der Tür stand. Er war fast genauso gekleidet wie das erste Mal, als Mark ihn gesehen hatte, vor so vielen Jahren. Weite Hosen, grauer Umhang, weißer Turban. Abu Zaqi Ressam.

»Du siehst gut aus, Mark.« Abu verneigte sich leicht.

Mark war einen Moment sprachlos. Wieder wollte ihn der Strudel der Gefühle mit sich reißen. Freude darüber, seinen alten Freund wiederzusehen. Und die niederschmetternde Tatsache, dass sein Erscheinen den Verdacht der CIA bestätigte.

»Abu.« Mark riss sich aus seiner Erstarrung und umarmte den Araber. Der schien erst unangenehm berührt, dann klopfte er Mark herzlich auf die Schulter.

»Komm rein, alter Freund.« Mark trat zurück in das Zimmer. »Was machst du hier?«

Abu trat ein. »Darf ich mich setzen?«

Mark schloss die Tür hinter ihm. »Bitte.« Er bot Abu den Stuhl neben dem Tisch an und setzte sich auf die Bettkante.

Abu schaute kurz zu Boden, dann sah er Mark an. »Ich bin der Kontaktmann vom Dschihad al-Scharia.«

Kapitel 21

New York City
15.02 Uhr

Die Geiselrettungstruppe HRT des FBI hatte das Gebäude in aller Stille umstellt. Sie bevorzugten für solche Einsätze das Dunkel der Nacht, doch der Direktor hatte entschieden, dass sie sich angesichts des akuten Terroralarms den Luxus des Wartens nicht erlauben konnten. Sie brauchten Informationen, und deswegen waren die HRT-Leute hier; sie waren Spezialisten darin, massive Feuerkraft intelligent einzusetzen, ohne Geiseln oder Kriminelle zu töten.

Spezialagent John Poindexter saß mit dem Rest des Omega-Teams in einem SUV, der einen Block vom Ziel entfernt parkte. Das Delta-Team stand bereit, in die Gasse hinter dem Gebäude zu stürmen, und seit einer halben Stunde waren auf dem Dach auf der anderen Straßenseite Scharfschützen in Stellung. Poindexter funkte dem Tactical Operations Center (TOC), dass sie jetzt auf Gelb waren, der letzten Phase der Geheimhaltung, und um die Erlaubnis baten, auf Grün zu gehen. Die Stimme aus dem TOC kam aus seinem Kopfhörer. Noch warten.

Dann, Sekunden später, der Befehl: »Omega 1, Delta 1, Sie sind freigegeben für Grün.«

Poindexter nickte dem Fahrer neben sich zu, und der Wagen fuhr langsam auf das Ziel zu, ein altes Lagerhaus im Osten von Manhattan, in dem die Operationsbasis für eine Terrorzelle des Dschihad al-Scharia vermutet wurde. Gleichzeitig näherte sich aus der anderen Richtung der Wagen des Delta-Teams der Rückseite des Gebäudes. Die Aufgabe des HRT: so viele Täter wie möglich lebendig gefangen zu nehmen und die Computer- und Kommunikationsausrüstung sicherzustellen. Poindexter sprach wieder in sein Mikrofon. »Omega auf Grün, bereit zum Sturm.«

Die Antwort der Zentrale kam sofort: »Verstanden, Omega 1, halten Sie sich bereit.«

Das Delta-Team meldete sich und bekam die gleiche Antwort. Die Agenten hinten im Suburban hatten ihre Hände an den Türgriffen, bereit, hinauszuspringen. Poindexter kontrollierte ein letztes Mal, ob seine Waffen bereit waren, das übliche Ritual vor jedem Einsatz. Sekunden später der Befehl aus der Zentrale. Die Männer sprangen aus den beiden Wagen und stürmten das Lagerhaus.

Diyarbakir, Türkei
22.04 Uhr

Auch wenn Mark vom CIA vorgewarnt worden war – aus Abus eigenem Mund zu hören, dass er zum Dschihad al-Scharia gehörte, war ein Schlag in die Magengrube.

»Was soll das heißen – du bist der Kontaktmann?«

Abu lächelte. »Hast du dich nicht gefragt, warum ausgerechnet du Sa'id interviewen sollst?«

Mark nickte.

»Ich bin der Grund. Ich wollte, dass du kommst.«

»Willst du damit sagen, dass du zum Dschihad al-Scharia gehörst?«

»Ja.«

»Abu, wie ... Wir haben stundenlang über den Islam diskutiert. Wie kannst du, ein Mann des Friedens, auf einmal ein Terrorist sein?«

»Ich habe nicht gesagt, dass ich ein Terrorist bin«, korrigierte Abu. »Nur, dass ich zum Dschihad al-Scharia gehöre.«

»Und wo liegt der Unterschied?«

»Du darfst den Lügen deiner Regierung nicht glauben, Mark. Bitte geh unvoreingenommen in dieses Treffen. Es wird dir alles erklärt werden.«

»Willst du etwa leugnen, dass der Dschihad al-Scharia hinter den Anschlägen auf unsere Botschaften und unsere Football-Stadien steht?«

Abu hielt seinem Blick stand. »Es wird dir alles zur gegebenen Zeit erklärt werden.«

»Abu.« Marks Stimme wurde eindringlicher. »Was geht hier vor? Warum gehörst du auf einmal zum Dschihad al-Scharia? Warum hast du mich hierhergeholt?«

»Ich bin dir wohl eine Erklärung schuldig.« Abu lächelte dünn. »Ich gehörte schon immer dazu. Ahmad Hani Sa'id ist mein Onkel.«

»Machst du Witze?«, rutschte es Mark heraus. Er sah Abus entschlossenes Gesicht. »Nein, natürlich nicht, Entschuldigung. Ich ... kann das einfach nicht fassen.«

Abu beugte sich näher, bis sein Gesicht nur noch eine Handbreit von Marks entfernt war. »Es ist so, mein Freund: Euer Präsident steht kurz davor, die Militärmacht der USA gegen meinen Onkel einzusetzen. Ich habe ihn überzeugt, dass es Zeit ist, seine Seite der Geschichte zu erzählen, aber er traut der amerikanischen Presse nicht; er hält sie für eine Marionette der Regierung.«

»Das ist nicht wahr.«

»Ich sagte ihm, dass es einen Journalisten gibt, dem wir vertrauen können. Einen, der ihn anhören und den Anstand haben wird, die Wahrheit weiterzusagen.« Abus Stimme schwoll an vor Stolz. »Ich sagte ihm, dass dieser Mann Mark Taylor ist.«

Mark seufzte und ließ den Kopf in die Hände sinken. »Das erklärt alles.«

»Du wurdest auserwählt, Mark«, schloss Abu lächelnd.

New York City
15.07 Uhr

»Omega-Team gesichert«, sprach Poindexter in sein Mikrofon. »Benötigen sofort einen Krankenwagen.«

Er stand über zwei stöhnenden Arabern, deren Blut eine tiefrote Pfütze auf dem Betonfußboden bildete, während zwei andere Teammitglieder ihre MP-5-Gewehre auf drei weitere gerichtet hielten, die mit dem Gesicht nach unten und den Händen hinter dem Kopf gefesselt auf dem Boden lagen. Die beiden Teams waren fast exakt gleichzeitig durch die vordere und hintere Tür gestürmt und hatten die Männer drinnen völlig überrumpelt. Poindexter hatte selbst einen von ihnen unschädlich gemacht, als der seine Waffe zog, mit einem Treffer direkt in seine rechte Schulter und Oberarm.

»Johnson«, bellte Poindexter. »Schau dir diese Computer an, ob sie mit Sprengfallen präpariert sind.«

Brad Johnson nickte und ging zu einer Reihe von Tischen an einer der Wände, die mit elektronischen Geräten vollgestopft waren. Poindexter hielt seine Waffe weiter auf die verwundeten Terroristen gerichtet, während er den Tisch in der Mitte des Raumes überflog. Er war übersät mit Chemiebehältern, Drähten, Zündkapseln und Schaltuhren. Es war offensichtlich, dass das Lagerhaus als Bombenfabrik diente. Die große Preisfrage war: Wen oder was hatten sie in die Luft jagen wollen?

Diyarbakir, Türkei
22.15 Uhr

»Auserwählt? Ich wünschte, du hättest dir jemand anderes ausgesucht.« Marks Stirn lag in Falten.

»Das tut mir leid.« Abu lehnte sich auf seinem Stuhl zurück. »Aber es ist Allahs Wille.«

»So wie er das Massaker an über 12 000 unschuldigen Zivilisten in Amerika wollte?«

Schweigen.

»Abu, was ist geworden aus dem Mann, der damals mein Leben rettete, aus dem Mann des Friedens, der in Nadschaf den Islam studierte, dem Collegestudenten, mit dem ich in Kalifornien stundenlang über die Lehren des Islam diskutiert habe?«

»Dieser Mann bin ich«, antwortete Abu kalt und schaute zur Seite. »Du verstehst nicht.«

»Da hast du wohl recht, das verstehe ich nicht.«

Abu seufzte und wandte sich Mark mit einem frustrierten Blick wieder zu. Im gleichen Augenblick klingelte das Hoteltelefon. Mark streckte sich über das Bett und nahm ab.

»Hallo?«

»Alles okay bei dir? Ich fange an, mir Sorgen zu machen.« Es war Chuck.

»Alles okay«, erwiderte Mark. Er schielte zu Abu. »Ich bin soeben kontaktiert worden. Er ist hier bei mir.«

»Dann komm ich gleich rauf.«

»Nein, lass mich noch einen Augenblick allein mit ihm. Bestellt mir schon mal was; ich komme nach, sobald ich kann.«

Er legte auf. Abu schwieg einen Moment, dann stand er auf und ging zur Balkontür. »Als wir uns damals trafen, war ich auf einer spirituellen Reise zu den Leben der ersten Kalifen. Deswegen war ich an Alis Schrein.«

»Ich erinnere mich«, sagte Mark ruhig.

»Dann, zum Teil aufgrund unserer Beziehung, führte mich meine Suche in dein Land.« Abus Stimme wurde emotionaler. Er trat zurück zum Stuhl, setzte sich auf die Kante und schaute Mark an. Er hielt die Hände vor seinem Gesicht nebeneinander und verschränkte nach und nach die Finger. Seine dunklen Augen brannten. »Nicht nur, wie du dachtest, um zu studieren, sondern um zu sehen, wie der Islam und der Westen sich vereinigen lassen.«

Er riss seine Hände auseinander. »Sie sind unvereinbar. Die Freiheiten, die euch Amerikaner angeblich zur Führungsmacht der Welt machen, sind euer Untergang.«

Mark antwortete nicht.

»Eure Gesellschaft ist korrupt«, fuhr Abu mit blitzenden Augen fort, »eine Ödnis der Sinneslust und des Egoismus. Durch eure Fernsehshows und Filme exportiert ihr euren Schmutz in die ganze Welt. Pornografie, Alkohol und Gewaltverbrechen sind eure Verfassung. Ihr benutzt eure Militärmacht, um Tyrannen zu stützen, Diktatoren ohne Gewissen. Mit eurer Hilfe halten die Juden eine unserer heiligen Städte besetzt und unterdrücken die rechtmäßigen Besitzer des Landes.«

Mit halb gesenktem Kopf musterte Mark den Fremden, der ihm da gegenübersaß. Wie sollte er durch die ausgefeilte Rhetorik hindurchdringen zu dem wirklichen Abu?

»Abu«, begann er leise, »ich gebe zu, dass es in unserer Gesellschaft Missbräuche gibt und Dinge, die ich persönlich verabscheue. Aber wir können uns frei entscheiden. Ich schaue mir bestimmte Filme nicht an und betrinke mich nicht. Ich habe die Freiheit, in die Kirche meiner Wahl zu gehen, offen meine Meinung zu sagen, die Frau zu heiraten, die ich liebe, eine Familie zu gründen ...«

Mark verlor den Faden, als das Bild von Tracy mit einem neugeborenen Kind im Arm durch seinen Kopf zuckte.

»Moral kann man nicht gesetzlich erzwingen«, fuhr er fort. »Die das versucht haben, sind noch immer gescheitert. Kannst du mir ein islamisches Land nennen, in dem es funktioniert? Ein Land, das die Menschenrechte nicht mit Füßen tritt und die Frauen in die Sklaverei des 7. Jahrhunderts zurückstößt?«

»Darum geht es doch!«, rief Abu aus. »Sie sind alle unvollkommen. Es dürfte gar keine verschiedenen islamischen Länder geben, sondern nur die vereinigte *umma* des Islam. Mein Onkel hat die Macht, den Auftrag Allahs, die muslimische Welt zu vereinigen.«

»Und das will er erreichen, indem er Amerika vernichtet?«

»Die, die Allah leugnen ... die Ungläubigen müssen fallen«, erwiderte Abu kalt. »Wir sind nicht die Angreifer, wir verteidigen den Islam nur.«

»Redest du gerade von mir?«, fragte Mark langsam. »Bin ich ein Ungläubiger? Sagst du, dass man mich töten muss, damit deine reine islamische *umma* die Welt erobern kann?«

Abu schüttelte den Kopf. »Nein. Ich habe dich kommen lassen, weil du anders bist. Ich wollte, du könntest mich verstehen.«

»Das versuche ich die ganze Zeit, Abu.«

»Du bist ein Mensch der Schrift. Der heilige Koran sagt, dass ich dich zu achten habe.«

Mark rutschte näher zu Abus Stuhl. »Dann sage mir doch, Abu, wie diese Achtung im Islam praktiziert wird. Bei den Iranern, die die ›Menschen der Schrift‹ verhaften und töten. Oder bei den Saudis. Oder im Irak. Das Leben eines Christen ist unter anderem in Pakistan weniger wert als das eines Muslims. Ich kenne kein islamisches Land, in dem Christen und Juden gleichberechtigt sind und die Freiheit haben, ihre Religion zu praktizieren und offen zu bezeugen. Was für eine Achtung wird dein Onkel uns gegenüber zeigen?«

»Die Achtung, die der Koran verlangt, Mark. Er ist ein heiliger Mann. Darum habe ich dich holen lassen.«

»Der Koran verlangt, dass man mir den Kopf abschlägt und die Finger gleich mit – Sure 8! Außer natürlich, ich trete zum Islam über, bete eure Gebete und zahle die Almosensteuer; dann ist Allah gnädig. Was für eine Achtung ist das?«

Abu rutschte auf seinem Stuhl zurück. »Du hast ein tieferes Verständnis des Korans als das letzte Mal, als wir uns unterhalten haben, aber du verstehst den Islam immer noch nicht.«

»Mir ist klar, dass ich nach deinem Glauben *schirk* begangen habe, die schlimmste Form des Unglaubens.«

Abu schaute ihn versteinert an. Mark fuhr fort: »Auch ich habe eine spirituelle Reise hinter mir, Abu. Als ich dich kennenlernte und auch noch als Student, war ich nicht wirklich Christ. Ich glaubte an Gott, aber ich hatte ihm mein Leben noch nicht anvertraut. Das ist vor einigen Jahren anders geworden, und seit dem 11. September beschäftige ich mich intensiv mit dem Islam. Ich wünschte, ich hätte das, was ich heute weiß, schon früher gewusst, dann hätte ich dich vielleicht erreichen können.«

»Ich bin auf dem Weg der Wahrheit, Mark.«

»Nein, das bist du nicht. Gott liebt dich, mehr, als du dir je vorstellen kannst.«

»Allah will, dass ich mich ihm ganz unterordne und gehorche.«

»Nicht Allah - Gott der Vater«, erwiderte Mark leidenschaftlich. »Die beiden sind nicht derselbe. Gott möchte, dass du ihn persönlich kennenlernst, so wie ein Sohn seinen Vater. Er möchte zu dir reden.«

Abu zuckte zurück. »Du redest Lästerung.«

»Nein, Abu, ich sage die Wahrheit. Darum kam Jesus auf die Erde - um sein Leben zu opfern, damit wir in Beziehung zu Gott treten können. Er liebt dich und will, dass du ihn kennenlernst.« Mark griff in seine Aktentasche und zog seine Bibel heraus.

»Dieses Buch - die Schrift, vor der du Achtung haben sollst - sagt: Wenn wir annehmen, was Jesus für uns getan hat, werden wir zu Kindern Gottes. Gott ist unser liebender, himmlischer Vater und nicht der rachsüchtige, schwertschwingende Allah. Gott der Vater liebt dich, und er will, dass du das weißt.«

Abu schüttelte den Kopf. »Allah redet nicht zu uns. Er hat uns seinen Willen im Koran gegeben, den er durch den letzten der Propheten, Mohammed, Friede sei mit ihm, geoffenbart hat.« Er sah Mark fest an, sein Ton wurde herablassend. »Bildest du dir ein, so gut zu sein, dass Gott zu dir redet?«

»Nein, das bin ich nicht, Abu.« Mark legte die Bibel aufs Bett und sah Abu an, seine Augen voller Mitleid. »Die Frage ist nicht, ob ich gut genug bin, Gottes Stimme zu hören. Die Frage ist: Ist Gott groß genug, um durch meine Fehler und Schwächen zu dringen, sodass ich seine Stimme hören kann?«

Abus Blick wurde weicher. Mark fuhr mit einem warmen Lächeln fort: »Wenn ich ihn von Herzen bitte, zu mir zu reden, dann geschieht es! Er ist groß genug; er will, dass ich seine Stimme höre. Und er möchte auch zu dir reden, Abu.«

Abu verzog das Gesicht. »Erzähle so etwas nicht meinem Onkel. Er wird ...«

»Schon gut, Abu.« Mark legte seine Hand auf Abus Schulter. »Ich habe nicht vor, so mit deinem Onkel zu sprechen. Aber wir beide sind Freunde, und du bist mir nicht egal. Ich möchte, dass du die Wahrheit kennenlernst.«

Abu sah zu ihm hoch, seine Stirn in Falten. »Ich habe mein Leben mit der Suche nach der Wahrheit verbracht. Sie liegt im Koran!«

Mark seufzte. Wie sollte er seinen Freund erreichen? Ein Klopfen an der Tür riss ihn aus seinen Gedanken. Abu schaute zur Tür, dann wieder zu Mark.

»Soll ich aufmachen?«, fragte dieser.

Abu nickte, erleichtert über die Unterbrechung. Mark ging zu der Tür und schaute durch den Spion. Im Flur stand Chuck. Mark öffnete.

»Ich hab mir Sorgen gemacht«, flüsterte Chuck.

»Komm rein.« Mark führte ihn ins Zimmer. »Abu, darf ich dir Chad Moreland vorstellen? Er ist Reporter bei *Newsweek*. – Chad, dies ist Abu Ressam.«

Abu erhob sich mit einer leichten Verneigung und schüttelte Chucks ausgestreckte Hand. Dann sah er Mark fragend an. »Was macht er hier?«

»Das wollte ich gerade erklären.« Und dann fiel es Mark ein: Chuck und Abu waren sich ja schon einmal begegnet, bei der Operation Eagle Lift. Was, wenn Abu ihn erkannte? Aus dem Augenwinkel heraus konnte Mark sehen, wie Chuck seinen Kopf etwas senkte; er dachte wohl gerade dasselbe. Andererseits war die Begegnung über 20 Jahre her, und Mark war der Einzige gewesen, der sich anschließend um Abu gekümmert hatte. Es war unwahrscheinlich, dass Abu die Gesichter der fünf anderen Marines aus dieser bewegten Nacht im Gedächtnis behalten hatte. Mark hoffte es jedenfalls; das Schweigen wurde zu lang.

»Ein Interview mit einem ...« – er suchte nach einem anderen Wort als »Terrorist« – »... mit einem ausländischen Staatsmann führt man nie, ohne dass ein Reporter eines anderen Mediums als Zeuge dabei ist.«

»Der Kalif möchte, dass du alleine kommst«, sagte Abu.

»Dann musst du ihm klarmachen, dass es nur in seinem Interesse ist, wenn Chad auch dabei ist. Ohne einen zweiten Journalisten als Zeugen wird die Welt nicht glauben, dass ich wirklich mit Sa'id gesprochen habe.«

»Ich glaube nicht, dass er es erlauben wird.«

»Mark hat recht«, sagte Chuck. »Aus diesem Grund hat er mich gebeten mitzukommen. Ohne einen Zeugen vergeudet Sa'id seine Zeit.«

Abu schaute Chuck an, dann wieder Mark. »Das muss ich erst bestätigen lassen.«

»Wie wird unsere Sicherheit garantiert?«

»Du hast mein Wort, Mark«, sagte Abu fest. »Ich habe dich nicht den weiten Weg kommen lassen, damit dir etwas zustößt.«

»Das mag sein«, antwortete Mark. »Aber ich nehme an, wir müssen nach Syrien und dazu durch das Herzland der Kurdenpartei reisen. Es kann sein, dass du meine Sicherheit dort nicht kontrollieren kannst.«

»Alles ist vorbereitet. Vertraue mir.«

Mark schaute zu Chuck hin. »Wir müssen ihm wohl glauben.«

»Sieht so aus«, brummte Chuck.

Mark wandte sich wieder Abu zu. »Kannst du uns noch irgendwas sagen?«

»Eine Information, die du deinem Sender zur Vorbereitung des Interviews übermitteln kannst.«

Mark sah ihn an. Was würde jetzt kommen?

»Ronald March.«

Mark und Chuck sahen sich verwundert an. Abu fuhr fort: »Schaut seine Einschreibe-Dokumente der Stanford University an, 1989 bis 1993.«

»Und was werden wir finden?«, fragte Mark.

»Den Anfang der verschollenen Jahre von Ahmad Hani Sa'id.« Abu grinste. Dann, bevor Mark die nächste Frage stellen konnte, ging er zur Tür. »Das Wetter wird stürmisch, wir müssen das Interview noch in dieser Nacht machen. Euer Team muss um Mitternacht in seinem Wagen sein. Wartet im hinteren Teil des Parkplatzes; dort wird man euch sagen, wie es weitergeht.«

CIA-Zentrale, Langley, Virginia
15.15 Uhr

»Was geschieht gerade?«, fragte Jack, als er mit Wendy in den Lageraum trat.

»Taylor ist von Sa'ids Leuten kontaktiert worden, aber Vince ist nicht bei ihm«, antwortete Faxon. »Zurzeit nur Small Talk beim Abendessen; Vince, Mclintock und Berman sind anwesend.«

Jack setzte sich an den Tisch gegenüber den Bildschirmen. Wendy nahm neben ihm Platz. Da nur eine Audioverbindung bestand, waren die Bildschirme schwarz, bis auf den Hauptmonitor, der einen blinkenden roten Punkt in einer Karte der östlichen Türkei zeigte.

»Ich wünschte, Taylor wäre verdrahtet«, sagte Jack. »Wüsste zu gern, was gerade abläuft. Wo ist Fleming?«

»Der war vorhin unten beim Essen«, erwiderte Faxon. »Rief Taylor auf seinem Zimmer an und hörte, dass er kontaktiert worden ist. Dann wurde er nervös und ist gerade eben raufgegangen.«

Die Gruppe saß schweigend in dem abgedunkelten Raum und hörte der bedeutungslosen Unterhaltung im Hotelrestaurant zu. Jack nahm das Telefon vor sich und wählte die Nummer des Direktors. »Kontakt hergestellt.«

Diyarbakir, Türkei
22.22 Uhr

Mark und Chuck gingen an den leeren Tischen vorbei zu ihrem Team. Das Restaurant war seit 22 Uhr geschlossen, hatte die Bestellung der Amerikaner aber noch entgegengenommen. Mark fand einen Teller mit einem Hähnchenspieß auf Reis vor. Er setzte sich; Appetit hatte er keinen.

»Und, was hast du erfahren?«, fragte Josh.

»Wir haben eineinhalb Stunden, um zu packen und abfahrtbereit zu sein. Sie erwarten uns auf dem Parkplatz.«

»Wow«, sagte Josh. »Die sind von der schnellen Truppe.«

»Kann man sagen, ja.«

»Sonst noch was?«, fragte Vince.

»Der Kontaktmann ist ein alter Freund von mir. Abu Ressam.«

Vince tat so, als kenne er den Namen nicht. Ross schaute auf. »Das ist doch der Typ aus dem Golfkrieg, nicht? Hat der was mit denen zu tun?«

»Ja«, sagte Mark. »Sa'id ist sein Onkel.«

Mark sah, wie ihn alle mit großen Augen anstarrten. »Der Mann, der vor über 20 Jahren dein Leben gerettet hat, ist Sa'ids Neffe?«, fragte Ross.

»Ja.«

»Na, dann wissen wir ja jetzt, warum du das Interview machen sollst«, kommentierte Josh.

»Ja. Ich kann's auch kaum glauben, dass er einer der Terroristen ist.«

»Wie gut kanntest du ihn?«, fragte Chuck.

»Scheinbar nicht sehr gut. Bis heute Abend dachte ich, er könne keiner Fliege was zuleide tun. Aber er ist anders geworden - viel kaltblütiger. Zorniger.«

»Aah, das Leben eines Terroristen - das macht einen Mann aus dir«, spottete Ross.

»Ich begreife es nicht. Er ist definitiv nicht mehr der Mensch, der mir damals das Leben rettete«, sagte Mark. »Ach ja, und noch was.«

Alle beugten sich näher zu ihm. Mark drehte sich zu Vince. Hoffentlich würde dessen Sender seinen nächsten Satz nach Langley übertragen. »Er hat mir den Decknamen verraten, unter dem Sa'id gelebt hat, zumindest zu Anfang seiner fehlenden Jahre. Er war 1989 Student in Stanford, unter dem Namen Ronald March.«

Josh reagierte als Erster. Er stand abrupt auf. »Ich ruf gleich New York an, die sollen das nachprüfen.«

Chuck erhob sich gleichfalls, tat genau das, was er für seine Rolle hielt. »Und ich muss *Newsweek* ...«

»Augenblick!« Josh sah ihn an. «Wir geben dir alle Informationen, nachdem das Interview ausgestrahlt wurde, aber ich will nicht, dass du dein Magazin kontaktierst. Diese Information ist exklusiv für *National News*.«

»Schon gut.« Chuck setzte sich wieder.

Ross stand auf. »Und wir müssen Los Angeles anrufen. Kommst du mit, Mark?«

Mark legte seine Serviette auf den Tisch und stand auf. »Ich hatte sowieso keinen Hunger.«

»Okay«, sagte Josh. »Alle mal herhören. Wir treffen uns um Viertel vor zwölf in der Lobby. Ross und Mark, ihr ruft eure Leute in Los Angeles an, und ich rede mit den Bossen in New York, damit sie an beiden Enden der USA alles über Sa'id ausgraben, was sie kriegen können. Vince, du kümmerst dich um deine Ausrüstung; Chad kann dir helfen.«

Chuck nickte. »Gut«, fuhr Josh fort. »Dann ziehen wir uns mal unsere Trekkingschuhe an. Wir sehen uns in einer Stunde wieder.«

CIA-Zentrale, Langley, Virginia
15.27 Uhr

Wendy war schon auf dem Weg zur Tür, als Jack rief: »Ich will alles über Ronald March wissen, und zwar vor einer Stunde!«

»Schon dabei!«, rief Wendy über ihre Schulter.

Jack nahm das Telefon, um den CIA-Chef anzurufen; die Kollegen von FBI und Homeland Security taten das Gleiche mit ihren Chefs, und Sekunden später durchforsteten alle amerikanischen Nachrichtendienste die Vergangenheit von Ronald March.

Kapitel 22

Diyarbakir, Türkei
22.35 Uhr

Ross ging voraus, nicht hinauf in eines ihrer Zimmer, sondern hinaus in die kalte türkische Nacht. Mark und er entfernten sich vom Hotel, in eine der Seitenstraßen hinein. Alle zehn Meter wurde die Dunkelheit durch den Lichtfleck einer Straßenlaterne unterbrochen, hin und wieder fuhr ein Auto vorbei.

»Wolltest du nicht Russell anrufen?«, fragte Mark.

Ross schüttelte den Kopf. »Es ist Zeit, dass du mich einweihst, Mark.«

»Wie meinst du das?«

»Na, du versteckst doch was vor mir, oder?« Ross blieb stehen und sah Mark an.

Mark schaute hastig nach links und rechts, um zu sehen, ob jemand in der Nähe war. »Was willst du wissen?«

»Was hast du der CIA wirklich geantwortet?«

Mark überlegte.

Was war das kleinere Übel: Ross anlügen oder die Mission in Gefahr bringen?

»Komm schon, Mark«, sagte Ross. »Es geht auch um mein Leben. Raus damit.«

Mark spürte, wie ihm trotz der Kälte der Schweiß über den Rücken lief. Er seufzte. Nun gut. »Du hast recht. Aber zuerst musst du mir was versprechen.«

»Was?«

Mark schaute sich noch einmal um, dann sah er Ross an. »Du darfst dies ohne meine Erlaubnis niemandem weitersagen, klar?«

»Das kommt darauf an, was du ...«

»Nein«, unterbrach Mark ihn. »Schau her, Ross, wenn du nicht einverstanden bist, kannst du im Hotel bleiben; da bist du in Sicherheit. Vielleicht ist das sowieso besser, so wie die Dinge sich entwickeln.«

»Ich bin nicht hierher mitgekommen, um jetzt auszusteigen!«

»Hör mir zu. Wenn du beschließt, doch nicht mitzukommen, möchte ich, dass du niemandem ein Sterbenswörtchen sagst. Versprichst du mir das?«

Mark hielt inne und wartete auf Ross' Antwort. »Okay«, sagte Ross schließlich. »Ich verspreche es dir. Und jetzt klär mich auf.«

Mark hörte ein Geräusch. Von der nächsten Straßenecke kam eine Gruppe Teenager auf sie zu. Er drehte um und begann, zum Hotel zurückzulaufen, Ross neben ihm.

»Zuerst wollte ich mit der CIA nichts zu tun haben, aber nachdem ich mir ihren Plan angehört und mit Tracy besprochen hatte, habe ich eingewilligt, dass einer von ihnen als Teil des Teams mitgeht.«

Ross blieb stehen. »Du hast was?«

»Geh weiter.« Mark bog in die Hauptstraße vor dem Hotel ein. »Und rede nicht so laut.«

»Wie konntest du nur?« Ross verlegte sich auf ein empörtes Flüstern.

»Wie hätte ich nicht gekonnt? Denk doch mal nach, Ross. Was, wenn wir das Interview unseres Lebens führen und zwei Wochen später bringt Sa'id die nächsten paar Tausend um? Wie wäre dir dann zumute?«

Ross schüttelte den Kopf. »Wenn Sa'id weitere Anschläge plant, ändert unser Interview überhaupt nichts daran.«

»Wenn wir ihn stoppen, schon.«

»Du bist verrückt. Wir sind Journalisten, keine Elitesoldaten.« Ross kickte einen Stein den Bürgersteig entlang.

»Wir machen doch gar nichts«, erklärte Mark. »Ich soll nichts anderes tun als das Interview. Den Rest erledigen die selbst.«

»Und wer ist der Spion? Chad oder Vince?«

»Willst du das wirklich wissen?«

Ross hielt wieder an. »Warum sollte ich nicht?«

»Zu deinem Schutz. Je weniger du weißt ...«

Ross ließ ein paar ausgewählte Flüche los. »Komm endlich runter von deinem hohen Ross! Du hattest kein Recht, mich da reinzuziehen!«

Mark schaute auf den Boden. »Das weiß ich, und das tut mir leid.« Er hob den Kopf. »Wenn es eine andere Möglichkeit gegeben hätte ...«

»Du hättest Nein sagen können!«

»Nein, Ross, ich glaube, das hätte ich nicht gekonnt.«

Ross schüttelte den Kopf. »Na schön. Und was ist der Plan?«

Mark hob seine Brauen, ohne zu antworten.

»Findest du nicht, dass ich das wissen sollte?«, schnappte Ross.

»Ich glaube, es ist vielleicht besser, du bleibst im Hotel.«

»Jetzt entscheidest du schon wieder für mich mit!«, brauste Ross auf.

Mark zitterte. Der Wind schien stärker zu werden. Eine Gruppe Jugendlicher kam ihnen entgegen. Mark wartete nervös, bis sie an ihnen vorbeigingen. Er hörte, wie einer von ihnen sagte: *»Iyi Akşamlar«*.

Er nickte und antwortete mit dem gleichen Satz. Sie gingen weiter. Ross sah ihn an. »Was haben die gerade gesagt?«

»Ich glaube, ›Guten Abend‹.« Er und Ross gingen langsam weiter, zurück zum Hotel.

»Schau mal, Ross, wenn ich hierbleiben und die CIA alleine zu Sa'id schicken könnte, ich würde es sofort machen.« Er unterbrach sich, wog die nächsten Worte ab. »Ich hab den Anrufbeantworter zu Hause abgehört. Es sieht so aus, dass Tracy schwanger ist.«

Selbst in der Dunkelheit sah er den Schock in Ross' Augen. »Warum bist du dann überhaupt hier?«

»Na, ich mache meinen Job.«

»Wie kannst du die CIA mit reinziehen, dein Leben riskieren, wenn du weißt, dass deine Frau schwanger ist?«

Mark schüttelte den Kopf. »Das weiß ich erst seit einer halben Stunde. Ich glaube, Tracy wollte es mir am Mittwochabend sagen, aber hat's gelassen, als ich ihr von dem Interview erzählte. Wenn ich noch in den Staaten wäre, ich glaube, ich würde mich anders entscheiden.«

»Dann tu's doch jetzt noch! Sag der CIA, sie sollen abhauen!«

»Es ist zu spät. Und außerdem ...«

»Jetzt sag mir bloß nicht, du glaubst immer noch, dass du das durchziehen musst!«

»Ross, bitte. Ich habe das getan, was ich für das Richtige hielt.«

Ross stieß einen langen Seufzer aus. »Das Richtige wäre gewesen, die CIA zum Mond zu schießen.«

»Dafür ist es jetzt ein bisschen spät. Es tut mir echt leid, Ross, dass ich dir nichts gesagt habe, aber meine Entscheidung tut mir nicht leid. Sa'id muss gestoppt werden!«

Ross sah ihn kalt an. »Ob er gestoppt wird oder nicht, deine Karriere hast du beendet.«

CIA-Zentrale, Langley, Virginia
15.52 Uhr

Wendy hatte zusammen mit ihren Kollegen vom FBI jeden Stein nach Ronald March umgedreht. Jetzt leuchteten zwei Bilder auf ihrem Bildschirm: eines des 18-jährigen Sa'ids, das kurz vor seinem Untertauchen aufgenommen war, und das eines kalifornischen Führerscheins von 1989. Die Bilder stimmten überein. Das Bild aus Saudi-Arabien zeigte einen ernsten jungen Mann mit struppigem Bart und Turban. Das kalifornische Bild zeigte einen glatt rasierten dunkelhäutigen Mann mit pechschwarzem schulterlangem Haar und dicken Augenbrauen. Aber die Augen ... Sie waren es, die Wendy bestätigten, dass sie den gleichen Mann vor sich sah. Das alte Sprichwort schien zu stimmen: Die Augen sind die Fenster der Seele. Die gleiche unheimliche Finsternis strahlte aus ihnen. Sie lehnte sich zurück und seufzte. Erstaunlich, dass Sa'id sich einen europäischen Namen ausgesucht hatte.

Keine Behörde wusste etwas über die Einreise eines Ronald March oder Ahmad Hani Sa'id aus Saudi-Arabien in die USA im Jahr 1989; offenbar war er illegal ins Land gekommen.

Warum nur hatte er seinen Namen geändert? Ein arabischer Student war nichts Besonderes; im Laufe der Jahre waren Tausende Araber mit einem Studentenvisum in die USA gekommen.

Das akustische Signal, das den Eingang einer neuen E-Mail meldete, und das Klingeln des Telefons rissen Wendy aus ihren Gedanken. »Hamilton«, meldete sie sich, während sie das E-Mail-Fenster aufrief.

»Wendy, hier Seth.« Es war FBI-Agent Maxwell. »Wir haben die Universitätsunterlagen aus Stanford, ich hab sie dir soeben geschickt.«

Wendy sah die E-Mail von Maxwell. »Ich öffne sie gerade.« Sie öffnete die Anhänge und sah die vier Studienjahre des Ronald March vor sich. Die ersten beiden Jahre sahen aus wie ein normales Bachelorstudium, doch die letzten beiden waren vollgestopft mit Kursen und Seminaren. Betriebswirtschaft und Informatik, beides als Hauptfächer.

»Er war mordsfleißig.« Seth wartete einen Augenblick, um Wendy Zeit zum Durchlesen zu geben.

»Stimmt. Aber sag mal, was hat ein Student der Betriebswirtschaft in drei Chemiekursen für Fortgeschrittene zu suchen?«

»Jede Menge, wenn er Terrorist werden will.« Seth war es auch aufgefallen.

»Wissen wir, was er nach Stanford gemacht hat?«

»Chicago«, erwiderte Seth. »Wenn es denn derselbe Ronald March ist. Master-Kurse an der Northwestern University. Unsere Leute prüfen das gerade.«

»Irgendwelche Theorien, warum er die neue Identität brauchte?«

»Null Ahnung.«

»Könnte er die angenommen haben, um seine reichen Verwandten zu schützen?«

»Kann schon sein«, antwortete Seth. »Vielleicht wollten die verhindern, dass ein Kidnapper ein Auge auf ihre Millionen wirft.«

»Aber illegal einreisen und eine neue Identität aufbauen, das war doch bestimmt nicht einfach. Besonders in den 80er-Jahren.«

»Darüber sprechen wir gerade mit der Einwanderungsbehörde. Wenn er damals schon eine Terrorlaufbahn plante, war er seiner Zeit voraus.«

»Da kommt man ins Grübeln, nicht?«, sagte Wendy. »Habt ihr schon den kalifornischen Führerschein gesehen?«

»Ja. Er sieht aus wie ein x-beliebiger Amerikaner.«

»Nicht die Augen. Diese Art Bosheit kannst du nicht verstecken.«

Diyarbakir, Türkei
23.12 Uhr

Im 10. Stock trennten sich Mark und Ross. Sie hatten vereinbart, dass Ross Russell anrufen würde. Mark öffnete die Tür seines Zimmers, froh, dass es leer war. Er dachte nur noch an Tracy. Er musste sie einfach sprechen, bevor sie das Hotel verließen! Er hoffte, dass Ross sein Versprechen halten würde, Russell nichts über die CIA zu sagen. Nun ja, das musste Ross selbst wissen.

Er nahm das Satellitentelefon und öffnete die Balkontür. Ein Windstoß drückte den Vorhang ins Zimmer. Er tippte die Nummer ein und trat nach draußen. Der kalte Wind riss an seiner Jacke. Gott, bitte, lass sie abheben ...

Nach dem vierten Klingeln hörte er die Ansage von Tracys Sprachbox. Er holte Luft. Was sollte er sagen? »Tracy ... Ich bin's ... Schade, dass du nicht da bist. Wir sind in Diyarbakir, unser Kontaktmann hat sich gemeldet. Es ist der Freund, den ich im Golfkrieg kennenlernte ... und dann im Studium, du weißt schon.« Er suchte nach den richtigen Worten. Er durfte nicht zu viel sagen, falls das Gespräch abgehört wurde. Sollte er sagen, dass er das mit dem Ultraschalltermin wusste? Wenn er zu lange schwieg, würde die Aufnahme abbrechen. Er musste weiterreden.

»Also, in ein paar Minuten geht's los. Ich weiß nicht, wann ich mich wieder melden kann, aber dann ist hoffentlich alles vorbei und ich werde auf dem Rückflug sein. Ich liebe dich, Tracy ...« Jetzt war die letzte Chance, die Schwangerschaft zu erwähnen. »Ich ... bin bald zu Hause.«

Er schaltete das Telefon aus und schaute über die Balkonbrüstung in die Dunkelheit hinaus. *Wo bist du, Tracy?* Zu Hause musste es jetzt nach 13 Uhr sein, Tracy saß wahrscheinlich in einem Seminar und hatte ihr Telefon abgeschaltet. Er starrte in die Ferne und begann zu beten.

New York City
16.27 Uhr

Nachdem Keith Chapman, FBI-Spezialagent für Terrorismusbekämpfung in New York, das Chemikalien- und Kabellager in dem blutbefleckten Raum durchgesehen hatte, wandte er sich den Papieren zu, die um die Computer herumlagen.

Sein Job war, die Puzzleteile zusammenzusetzen und herauszufinden, was der Dschihad al-Scharia für Samstag oder Sonntag vorhatte. Es konnte Tage dauern, die Passwörter der Computer zu knacken.

»Schau mal hier, Chap.« Keiths Kollege reichte ihm eine lange Pappröhre von der Art, wie Architekten sie zur Aufbewahrung ihrer Skizzen verwenden.

Keith nahm die Röhre, öffnete das eine Ende und ließ die Papiere auf den Tisch gleiten; dann legte er sie auf die Computertastaturen und strich sie glatt.

»Baupläne«, sagte der Kollege.

»Ja, aber von was ...?«

Es waren ein Dutzend Pläne von drei verschiedenen Gebäuden. Keith blätterte sie durch: St. Patrick's Cathedral, Times Square Church, Brooklyn

Tabernacle – alles große Kirchen in New York, zu deren Gottesdiensten Tausende von Menschen kamen.

»O nein!«, murmelte Keith.

Diyarbakir, Türkei
23.48 Uhr

Mark zog bequeme schwarze Levis-Jeans, einen schwarzen Pullover und Wanderstiefel an, bevor er zurück in die Hotellobby fuhr. Er hatte Tracy ein letztes Mal angerufen, ohne Erfolg. Er hatte das Satellitentelefon in seine Reisetasche gesteckt, für den Fall, dass er es noch einmal versuchen konnte; viel Hoffnung hatte er nicht.

Josh und Chuck standen an der Rezeption. Als Josh Mark sah, kam er zu ihm. »Wo ist Ross?«

»Keine Ahnung«, erwiderte Mark. »Ich dachte, er wäre schon hier.« Hatte Ross seinen Rat angenommen und beschlossen, im Hotel zu bleiben? Mark hoffte es. »Wo ist Vince?«

»Der ist schon beim Auto.«

»Und hast du mit New York gesprochen?«

»Ja«, antwortete Josh. »Die sind schon dabei, jeden Stein im Leben von Ronald March umzudrehen.«

Mark nickte. »Gut. Ich hoffe, Ross hat Los Angeles erreicht.«

»Hab ich«, kam Ross' Stimme von hinten. »Russell ist aus dem Häuschen; er hat alle, die verfügbar waren, an Recherchen über Sa'id gesetzt. Er sagt, das wird die größte Story aller Zeiten.«

Mark schloss kurz die Augen; er wünschte sich, er könne Russells Begeisterung teilen. »Das kann ich mir vorstellen.«

»Wir gehen besser raus«, sagte Josh. »Die warten sicher nicht gerne.«

»Alles klar, Ross?« Mark sah seinen Produzenten fest an.

Ross erwiderte den Blick. Dann nickte er langsam. »Ich bleibe bis zum Schluss bei dir.«

»Okay.« Mark erwiderte das Nicken. »Dann mal los.«

Die vier traten nach draußen. Der Wind war kalt und scharf, die Temperatur schien seit Marks und Ross' Spaziergang um 12 Grad gesunken zu sein. Sand wirbelte in ihre Gesichter und prickelte auf ihren Händen. »Gerade die richtige Nacht für einen Mitternachtsausflug, nicht?«, rief Mark über das Heulen des Windes.

»Es gibt keine bessere«, lachte Chuck.

Sie gingen zur hinteren Ecke des Parkplatzes, wo Vince bei dem SUV auf sie wartete. Schon auf der Fahrt vom Flughafen hierher war es im Geländewagen eng gewesen. Mark fragte sich, wie lange sie unterwegs sein würden.

»Ich bin startklar«, begrüßte Vince sie. Mark hatte den Eindruck, dass der Satz für ihn gedacht war und nichts mit der Filmausrüstung zu tun hatte.

Josh räusperte sich. »Okay, Leute. Als mein Kontaktmann das Interview vorschlug, hab ich ihn als Erstes gefragt, ob wir 'ne bewaffnete Eskorte mitbringen dürfen. Wir dürfen nicht. Diese Typen haben das Kommando, also haben wir keine Wahl. Aber bisher waren sie immer anständig. Aber wenn einer von euch Bedenken hat, sollte er sich jetzt melden. Wenn wir erst mal unterwegs sind, gibt's kein Zurück.«

Mark hatte den Eindruck, dass vor allem er gemeint war mit diesen düsteren Worten. Hatte er nicht am meisten Grund, doch noch einen Rückzieher zu machen? Es ging ja nicht mehr nur um seine eigene Haut, es ging um Tracy, die ihn dringend brauchte.

»Der Zug ist abgefahren.« Chuck lachte.

»Ich bin Journalist«, murmelte Ross. »Und da draußen wartet eine Story.«

Vince musste schmunzeln. »Ich schieße nur die Bilder. Zeigt mir einfach das Ziel.«

Vinces versteckte Anspielung brachte Mark zum Grinsen. »Und meine Gegenwart wurde ausdrücklich gewünscht, ich muss wohl mit.«

Ein schwarzer Toyota-Pick-up schoss über den Parkplatz und hielt direkt neben der Gruppe an. Abu stieg aus der Beifahrertür und kam zu Mark.

»Der zweite Journalist darf mit«, sagte er knapp.

»Danke«, antwortete Mark. »Leute, dies ist Abu. Er wird wohl heute Abend unser Führer sein.«

Inzwischen war auch der Fahrer des Toyota ausgestiegen und hatte sich neben Abu gestellt. Er sah martialisch aus im Tarnanzug, mit einem Munitionsgürtel über der Schulter und einer Pistole an der Hüfte. Auf seinem Kopf saß ein schlichter schwarzer Turban. Abu trug weite Wollhosen und ein weites weißes Hemd unter seiner schweren dunklen Jacke. Auf dem

Kopf hatte er die traditionelle karierte Kopfbedeckung, die viele Türken trugen.

Abu wandte sich der ganzen Gruppe zu. »Einer von euch fährt mit Mustafa. Ich werde euren Wagen fahren.«

Josh trat an den Nissan. Mustafas Gegenwart machte ihn nervös; er wollte nicht derjenige sein, der mit ihm fuhr.

»Du bleibst hier«, zischte Mustafa.

»Was soll das ...?« Josh wollte protestieren, aber Mustafa hielt ihm die Pistole ins Gesicht. Vielleicht war es doch keine schlechte Idee, im Hotel zu bleiben.

»Wir machen es folgendermaßen.« Abu zeigte auf Chuck. »Du wirst mit Mustafa fahren. Alle Telefone und dergleichen bleiben hier.«

Abu wartete, bis alle Josh ihre Telefone ausgehändigt hatten, dann sagte er: »Los geht's!«

Ross stieg rasch in den SUV. Chuck blieb unschlüssig stehen, suchte Augenkontakt mit Mark. Der nickte stumm, zum Zeichen, dass es besser war, Abu zu gehorchen. Chuck verstand und ging seufzend zum Toyota, während Mark zu Ross, Vince und Abu in den Nissan stieg.

»Wann bringt ihr sie zurück?«, fragte Josh Mustafa.

»Früh genug. Bleib hier und warte!«

Sekunden später waren die beiden Wagen verschwunden, und ein vor Schock und Kälte bibbernder Studioleiter starrte in die Dunkelheit.

Sie fuhren wie erwartet nach Süden, Richtung syrische Grenze. Abu fuhr voran, Mustafa dicht hinter ihm. Die Straßen waren um diese Zeit ruhig; sie begegneten selten einem anderen Fahrzeug. Niemand sprach.

Im Süden der Stadt wurde es dunkler, Straßenlampen gab es keine mehr, und dann waren sie auf einer einsamen Landstraße, die nach Mardin und zur syrischen Grenze führte. Nach ein paar Kilometern bog Abu in einen Feldweg ein, wo drei weitere Fahrzeuge im wirbelnden Sand warteten. Einer war ein uralter Chevy-Van, die beiden anderen waren Pick-ups wie der, den Mustafa fuhr, jedoch mit Maschinengewehren auf der Ladefläche, die von grimmig aussehenden Arabern im Tarnanzug bedient wurden.

Abu hielt an und drehte sich zu seinen Passagieren um, während draußen ein Mann auf die Fahrertür zukam. »Mark kommt mit mir. Die anderen bleiben hier.«

Mark hatte ein ungutes Gefühl. Aber was sollte er machen? Er sah Ross und Vince an und zuckte resigniert die Achseln, dann öffnete er seine Tür. Draußen stand einer der Terroristen und schob ihn zum Chevy, bevor er sich auf Marks Platz in den SUV setzte. Ein anderer Araber setzte sich auf den Fahrersitz und schloss die Tür.

Am Chevy sah Mark, dass ihm Chuck folgte. Jemand schob sie beide auf den Rücksitz und schloss die Tür. Abu sprang auf den Fahrersitz und fuhr los.

Voran fuhr einer der Pick-ups, danach kam der Nissan, dann Mustafas Wagen, Abus Chevy-Van und zum Schluss der andere bewaffnete Pick-up.

»Was ist los, Abu?«, fragte Mark. »Warum trennt ihr uns?«

»Keine Fragen!«, befahl Abu. »Verhalte dich ruhig; es läuft alles nach Plan.« Der Konvoi fuhr weiter nach Süden.

CIA-Zentrale, Langley, Virginia
17.23 Uhr

Der große Bildschirm in der Mitte der Wand des Lageraums zeigte eine Karte der südöstlichen Türkei. Der kleine rote Punkt fuhr blinkend die Straße zwischen Diyarbakir und Mardin entlang, immer näher zur syrischen Grenze. Aus den Lautsprechern drang seit dem Umsteigemanöver nichts mehr, bis auf ein gelegentliches Husten oder Atemgeräusch.

»Wie weit ist es noch zur syrischen Grenze?« Vinces Stimme durchbrach die Stille. Jack und die anderen beugten sich mit gespitzten Ohren nach vorne. Keine Antwort.

»Sprichst du Englisch?«, fragte Vince den neuen Fahrer. »Warum habt ihr Mark und Chad in den Wagen hinter uns gesetzt?«

»Klappe!«, befahl der Fahrer mit starkem arabischen Akzent.

Wieder Stille. Jack rieb sich die Augen und sah die versammelten Kollegen an. »Was meint ihr – was bedeutet das?«

»Wahrscheinlich nichts Gutes«, sagte jemand. »Vince will uns mitteilen, dass man sie getrennt hat, aber dass sie noch in dieselbe Richtung fahren.«

»Hoffentlich bleiben sie zusammen«, fiel Faxon ein, »oder wir verlieren den Kontakt zu Taylor.«

»Ja, hoffentlich«, antwortete Jack leise.

Kapitel 23

Los Angeles
14.45 Uhr

Tracy saß in ihrem Auto und hörte Marks Nachricht ab, verärgert, dass sie schon wieder einen Anruf von ihm verpasst hatte. Sie hörte seine letzten Worte: »Ich ... bin bald zu Hause.« Etwas in seinem Ton machte ihr Angst. Diese unnatürlichen Pausen, als ob er mehr sagen wollte, aber nicht konnte. Vielleicht war er nicht allein gewesen? Das musste es gewesen sein. Einer von seinen Kollegen. Oder sogar der Terrorist? Tracy schauderte. Jetzt war Mark in ihren Händen ...

Dass Mark seinen Freund aus dem Golfkrieg erwähnt hatte, hatte sie überrascht. Sicher war das dieser Araber, von dem er ihr öfter erzählt hatte ... wie hieß er noch? Er hatte Mark einmal das Leben gerettet, aber der Gedanke tröstete sie nicht.

Sie fühlte sich, als ob sie an einer Klippe stand und eine unsichtbare Hand sie in den Abgrund ziehen wollte. Als Christin wusste sie, dass sie auf Gott vertrauen sollte, aber der schien auf der anderen Seite des Abgrunds zu sein, von ihr getrennt durch ihre bohrende Angst, Mark nie wiederzusehen.

Sie schloss die Augen, versuchte, gegen das Gefühl anzukämpfen. Es war aussichtslos. Sie begann zu beten. Sie hörte die Schritte und die Unterhaltung der anderen Studenten um sich herum. Autotüren knallten. Sie achtete nicht darauf, versuchte, sich ganz auf Gott zu konzentrieren.

Sie musste plötzlich wieder an die Vision denken, die Mark in Paris in der Dusche gehabt hatte – wie Sa'id voller Angst vor der Bibel zurückgewichen war. Sie bat Gott, sein Wort lebendig zu machen, durch Mark und in ihr. Ihre Angst verschwand nicht sofort, aber der Wunsch, ihr nachzugeben, war nicht mehr da. Stattdessen spürte sie so etwas wie Frieden. Nicht unbedingt die innere Gewissheit, dass Mark wohlbehalten zurückkommen würde, aber das Wissen, dass Gott am Werk war. Und damit konnte sie fürs Erste leben.

Südost-Türkei
1.17 Uhr

Mark schaute auf seine Uhr. Der Wind war stetig stärker geworden, sodass Abu manchmal gegensteuern musste, damit der Van auf der Straße blieb. Tracys Seminar würde jetzt wohl zu Ende sein.

»Abu.« Mark durchbrach die Stille im Wagen. »Wäre es möglich, dass ich meine Frau anrufe?«

Abu lachte. »Du überraschst mich immer wieder, Mark Taylor.«

»Also ist es okay?«

»Nein.« Abu schüttelte den Kopf. »Keine Kontaktaufnahme, bis du zurück im Hotel bist.«

Mark sah seinen alten Freund an. »Bitte! Ich muss ihr etwas sagen, bevor ...«

»Nein!«, rief Abu. »Wenn du sie wiedersehen willst, dann tu, was man dir sagt! Unsere Freundschaft nützt dir nur, wenn du alle Anweisungen befolgst.«

»Und was ist mit den anderen? Warum hast du uns von ihnen getrennt?«

»Befehl von oben.«

»Du kannst es mir ruhig sagen, Abu, wir sind unter uns. Was plant ihr?«

»Nichts.« Abus Stimme wurde ärgerlich. »Entspann dich, wir sind fast da.«

Der kleine Konvoi fuhr ohne Verzögerung durch Mardin. Dann kam eine kleinere Stadt namens Kiziltepe, und Mark merkte, dass Abu nervöser wurde.

Sein Gesicht schien entschlossener zu werden, seine Hände packten das Lenkrad, dass die Knöchel weiß leuchteten.

Mark schaute nach vorne. Jetzt kreuzten sie eine Straße, die E 90 hieß. Die Wagen vor ihnen fuhren geradeaus weiter, Richtung Syrien. Abu bremste abrupt und bog nach links ab, der E 90 nach Osten folgend. Der bewaffnete Pick-up hinter ihnen bog ebenfalls ab.

»Abu, was machst du da?«

»Die brauchen wir nicht«, erwiderte Abu kalt.

»Ihr könnt uns doch nicht trennen!« Mark schaute den drei anderen Wagen hinterher. »Da ist unser Kameramann drin, und die ganze Ausrüstung! Was soll das?«

Vince sah, wie die Scheinwerfer hinter ihnen auf die andere Straße einbogen. »He, die anderen sind nach links ...«

Der Mann auf dem Beifahrersitz unterbrach ihn, indem er sich umdrehte und seine Pistole auf ihn richtete. »Du still!«

Ross kämpfte gegen aufsteigende Panik an.

»Ich soll das Interview aufnehmen, ihr könnt nicht ...«

Der Knall der Pistole war ohrenbetäubend in dem kleinen Nissan. Ross schrie auf. Vince saß weiter neben ihm, aber in dem Dach über ihnen war ein Loch. »Wir treffen sie bald. Und jetzt still!«, bellte der Terrorist.

Er musste Ross das nicht zweimal sagen, aber Vinces Augen wurden hart. Er starrte den Araber an, dann schaute er aus dem Fenster den Rücklichtern von Marks Van auf der anderen Straße hinterher.

CIA-Zentrale, Langley, Virginia
18.18 Uhr

»Was war das?«, fragte Jack, als ein donnerartiges Krachen aus den Lautsprechern im Lageraum kam; der Schuss hatte das System übersteuert. Eine Sekunde angespannte Stille, dann – Erleichterung – die Stimme des Terroristen.

Jack atmete aus. Vince lebte also noch. Dann schaute er auf und sprach das Offensichtliche laut aus. »Sie haben sie getrennt. Wir werden Taylors Spur verlieren.«

»Wir haben noch den Satelliten«, sagte Faxon.

Jack packte das Telefon, das vor ihm stand. »Bitte stellen Sie mich nach Chantilly durch.« In Chantilly in Virginia lag die Zentrale des National Reconnaissance Office (NRO), das die Spionagesatelliten der USA überwachte. »Je nachdem wie dicht die Wolken sind, können wir Marks Wagen vielleicht folgen«, murmelte Jack.

»Vince hat gesagt, dass der Van nach links abgebogen ist, das heißt nach Osten, immer noch Türkei«, sagte Faxon. »Und die andere Stimme sagte, dass sie sich bald wieder treffen.«

Jacks Telefon klingelte. »Darauf können wir nicht warten«, sagte er. »Murphy.«

Es war das NRO. »Habt ihr das Signal von Vince?«, fragte er.

»Ja ... sie sind jetzt fast an der Grenze.«

»Sie haben Taylor von ihm getrennt. Er fährt nach Osten, bleibt in der Türkei. Habt ihr zurzeit Satellitenbilder?«

»Ja, aber es kommt eine Sturmfront. Ich weiß nicht, wie lange wir noch Sicht haben.«

»Tut euer Bestes und redet dem Vogel gut zu, ja?«

»Wird gemacht.«

Ein paar Augenblicke später erschien das Thermobild des Chevy-Vans und des Pick-ups hinter ihm auf dem Wandbildschirm – zwei kleine, sich langsam bewegende Flecken, mal von einer Wolke verdeckt, dann wieder klar sichtbar.

»Bitte verliert sie nicht«, flüsterte Jack.

Südost-Türkei
1.19 Uhr

All die Vorbereitungen, die Wunder der Elektronik, der schöne CIA-Plan ... zerstört. Alles, was Mark auf dieser Fahrt ins Ungewisse noch blieb, war Chuck.

Abu fuhr flott weiter; die Straße schien parallel zur syrischen Grenze zu verlaufen. Hinter einer Kurve musste er scharf bremsen, um nicht in einen alten Jeep zu krachen, der mitten auf der Straße stand, umgeben von Männern mit Maschinenpistolen. Der Pick-up hinter ihnen kam neben ihnen zum Stehen, der Terrorist schussbereit hinter seinem Maschinengewehr. »Was ist los?«, fragte Mark.

»Kurden«, antwortete Abu. »Verhaltet euch einfach ruhig.« Er kurbelte sein Fenster hinunter und rief den Bewaffneten etwas auf Kurdisch zu, worauf einer von ihnen langsam mit seiner Kalaschnikow herbeikam. Er rief Abu eine Frage zu, die dieser zufriedenstellend zu beantworten schien, denn der Mann winkte mit dem Arm und sie durften weiterfahren.

Mark sah, wie die Männer ihn durch das Fenster anstarrten, als sie an ihnen vorbeifuhren. »Was war das gerade?«

»Eine militante kurdische Gruppe«, erwiderte Abu. »Kämpft für ein unabhängiges Kurdistan.«

»Gehören sie zur Koalition deines Onkels?«

»Er hat sie schon ein paarmal unterstützt. Wer wie wir von Nordsyrien aus operiert, sollte Verständnis für die Kurden haben.«

Sie fuhren schweigend weiter. Nach etwa zehn Minuten bog Abu nach links in eine Nebenstraße ab. Die Nacht verschluckte sie.

Syrische Grenze
1.31 Uhr

Ross und Vince bekamen den Befehl, sich ruhig zu verhalten, während der Fahrer des ersten Wagens mit den Grenzbeamten sprach. Ross studierte das schwach erleuchtete große Schild auf der anderen Seite der Straße, das sie mit arabischer Schrift und einem riesigen Bild von Präsident Assad in Syrien willkommen hieß. Nach einer scheinbar endlosen Diskussion wurden sie schließlich durchgewinkt.

Jetzt waren sie also in Syrien, meilenweit entfernt von Mark. Zum ersten Mal seit Beginn der Reise fragte Ross sich, ob er je wieder nach Hause kommen würde – oder ob es nicht besser gewesen wäre, im Hotel zu bleiben. Und dann die Frage aller Fragen: War Vince oder dieser *Newsweek*-Reporter der CIA-Agent? Ross war sich nicht sicher, was ihm lieber war.

Nachdem sie die Grenze überquert hatten, warf der Terrorist auf dem Beifahrersitz zwei schwarze Kapuzen nach hinten und befahl Ross und Vince, sie sich über den Kopf zu ziehen.

Hinter der Grenzstadt Al-Darbasiyah verließen sie die Hauptstraße und fuhren mehrere Kilometer in die Wüste hinein. Sie stoppten vor einem fast militärisch aussehenden Komplex aus drei Häusern und mehreren Zelten. Der Fahrer ihres SUVs parkte den Wagen rückwärts vor einem der Gebäude.

»Kapuzen runter und raus!«, bellte der Mann mit der Pistole. Ross und Vince folgten. Man führte sie zu einer Tür. »Tragt eure Sachen da rein und macht alle Koffer auf! Wir kontrollieren, dann könnt ihr aufbauen!«

Vince nickte überrascht. Hatte man sie von den anderen getrennt, damit schon alles fertig aufgebaut war, wenn Sa'id und Mark ankamen? Er sah Ross an. »Dann mal los. Hilf mir, das Zeug reinzutragen. Wir haben ein Interview vor uns.«

Südost-Türkei
1.32 Uhr

Abu fuhr gerade durch ein kleines Dorf, als es zu nieseln begann. Die Straße war nicht asphaltiert, es gab keine Laternen, scheinbar überhaupt nichts Elektrisches, nur hier und da der flackernde Schein einer Öllampe in einem Fenster. Manche Häuser waren nur offene Schuppen. Sie passierten mehrere Gebäude, bevor Abu ein letztes Mal abbog und neben einem großen Zelt anhielt.

Sie stiegen aus und folgten Abu in das Zelt. Darin stand, von einer einsamen Öllaterne beleuchtet, eine Bank mit zwei weißen Gewändern darauf. Daneben stand ein Mann in militärischer Kleidung. Auf dem Lehmboden vor der Bank lagen zwei Paar Sandalen. »Zieht eure Kleider aus!«, befahl der Soldat.

Mark und Chuck reagierten nicht. »Tut, was er sagt!«, betonte Abu.

Mark begann als Erster. Er zog seine Jacke aus, dann das Hemd. Bald trug er nur noch seine Unterwäsche und langte nach einem der Gewänder.

»Nein!« Der Soldat zeigte auf seine Unterhose.

Mark starrte ihn an, dann zog er auch die Unterhose aus. Dann folgte eine beschämende Untersuchung aller Körperöffnungen auf versteckte Gegenstände; man nahm ihnen Armbanduhren und Ringe ab, bevor sie endlich die Kleider und die Sandalen überstreifen durften. Ein anderer Mann kam herein, hob ihre Sachen auf und verschwand.

»Was macht der damit?«, fragte Mark.

»Er untersucht alles auf Wanzen oder Satellitensender«, antwortete Abu.

»Denkt ihr im Ernst, ich hätte den Nerv, so was mitzubringen?«, fragte Mark, erleichtert, dass sie nicht geplant hatten, Chuck und ihn zu verdrahten.

»Man weiß nie«, erwiderte Abu. »Du bist doch von deiner Regierung besucht worden, oder nicht?«

»Schon. Aber in meinem Land sind Journalisten frei – unabhängig von der Regierung. Ich bin nur hier wegen der Story.«

Der Mann in der Militärkleidung knurrte ungläubig. »Ihr bleibt hier, bis wir wissen, dass ihr nichts mitgebracht habt.« Dann verließ er den Raum.

Mark setzte sich auf die Bank. Das Gewand kratzte. »Wo sind unser Kameramann und mein Produzent, Abu?«

»In Sicherheit.«

»Das habe ich schon zu oft gehört. Wo sind sie?«

»Man wird sie eine Weile festhalten und dann zurück ins Hotel fahren. Es passiert ihnen nichts.«

»Und wie sollen wir dann dieses Interview aufnehmen, das euch so wichtig ist?«

Abu drehte sich um und zog die Zeltplane hinter sich beiseite.

Hinter der Trennwand stand ein Stativ mit einem Sony-Camcorder, dazu zwei Standscheinwerfer. Ein paar Schritte dahinter sah Mark zwei Metallstühle, die einander gegenüberstanden. Abu lächelte. »Du siehst, ihr werdet eure Kameraausrüstung nicht brauchen.«

»Und wo kriegt ihr den Strom her?«, fragte Chuck.

»Hinter dem Zelt ist ein Generator.«

»Warum habt ihr Vince und Ross nicht gleich im Hotel gelassen?«, fragte Mark.

»Sie werden durchsucht, wie ihr auch. Wenn sie sauber sind, dürfen sie zurück.«

»Leidet dein Onkel etwa unter Verfolgungswahn?«, fragte Mark.

Abu lächelte. »Sagen wir, er ist vorsichtig.«

Chuck breitete die Arme aus. »Ich bin Zeitungsjournalist und hab noch nicht einmal einen Notizblock.«

»Wir werden Ihnen alles zur Verfügung stellen, Mr Moreland.«

Mark sah seinen alten Freund an. »Abu, findest du dieses Leben wirklich besser als das, das du in Amerika geführt hast?«

»Mein Besuch in deinem Land hat meinen Geist verfinstert«, erwiderte Abu. »Der Dreck hier beschmutzt nur meine Haut. Man muss Opfer bringen, um die Welt besser zu machen.« Der Ruf eines der Männer draußen unterbrach ihn. »Entschuldige mich eben, alter Freund, ich komme wieder.« Abu bückte sich und verschwand durch die Türklappe.

»Das ist nicht ganz das, was wir erwartet hatten«, flüsterte Chuck.

»Ich weiß«, erwiderte Mark. »Ich hoffe, Ross und Vince sind okay.«

»Ich auch. Was machen wir jetzt?«

Mark zeigte auf sein Ohr, um Chuck anzudeuten, dass sie vielleicht belauscht wurden. »Wir führen das Interview mit dieser Spitzenausrüstung und fahren nach Hause.«

Kapitel 24

In der Nähe der syrischen Grenze
1.33 Uhr

Ross fühlte sich vergewaltigt. Nachdem er Vince geholfen hatte, die Ausrüstung auszuladen, hatte man ihn in einen kleinen Raum geführt, wo er sich nackt ausziehen musste. Danach war der erniedrigendste Augenblick seines Lebens gekommen, als sein Wächter auch seine Körperöffnungen untersucht hatte. Darauf war ein anderer Mann hereingekommen, mit einer Art Metalldetektor, wie Ross sie vom Flughafen kannte. Schließlich hatte man ihm einen grauen Wollumhang zugeworfen und ihm befohlen, diesen anzuziehen, während die Wächter mit seinen Kleidern verschwanden.

Er streifte den Umhang über seinen Kopf und steckte die Arme durch die Löcher. Das Gewand hing lose fast bis auf den Boden. Er fühlte sich hilflos. Sie hatten ihm alles abgenommen, selbst seine Brieftasche und seinen Pass.

Als er aus dem kleinen Raum hinaustrat, sah er, wie drei der Terroristen ihre Ausrüstung durchwühlten. Die Behälter und Koffer waren geöffnet und ihr Inhalt – Kabel, Schalter, alles – auf dem Fußboden verstreut. Ein Mann war dabei, Vinces Kamera mit einem Schraubenzieher zu attackieren. Diese Leute hatten nicht die Absicht, sie zum Interview mit Sa'id zu bringen. Neben Vince stand ein vierter Terrorist und hielt den Lauf einer Uzi auf ihn gerichtet.

»Was geht hier vor?«, fragte Ross.

»Klappe«, knurrte Vince.

Der Terrorist mit der Uzi schob Ross zu einem Metallklappstuhl an der einen Wand und befahl ihm, sich zu setzen. Ross musterte den Haufen Schrott vor ihm; wie viel Tausend Dollar mochte die Kamera gekostet haben?

Sie führten Vince in den kleinen Raum. Er zog sich aus und wurde genauso untersucht wie Ross. Dann kam ein anderer Terrorist mit dem Detektor. Vince blickte ihn angespannt an; würde das Ding die neuen Wundergeräte aus Langley entdecken? Er musste seine Arme heben. Der Detektor fuhr den einen Arm entlang, dann den anderen. Jetzt lief er über einen roten Fleck in Vinces Achselhöhle. Der Detektor reagierte nicht, aber der Araber unterbrach die Prozedur und zeigte auf den Fleck. »Was ist das?«

Vince grinste. »Ich habe eine temperamentvolle Freundin.«

Der Araber lachte, zufrieden mit der Antwort. Vince lachte mit.

Kurz darauf setzte er sich, jetzt ebenfalls in einem grauen Umhang, neben Ross auf einen zweiten Klappstuhl. »Haben sie dich gut behandelt?«, fragte Ross.

»Erst Abendessen und ein guter Film wären mir lieber gewesen. Verhalte dich ruhig und tu, was sie sagen, dann schaffen wir's wahrscheinlich.«

»Aber die Ausrüstung ...«

»Lässt sich ersetzen.«

CIA-Zentrale, Langley, Virginia
18.35 Uhr

Jacks Kugelschreiber flog in hohem Bogen gegen die Wand. »Jetzt kriegen wir Vince nicht mehr in Sa'ids Nähe!«

Die anderen schwiegen. Die Möglichkeit, dass Vince und Taylor getrennt wurden, bevor sie Sa'id erreichten, hatte keiner bedacht. Dazu noch die Wolken, die es unmöglich machten, Taylor die ganze Zeit per Satellit zu beobachten Die Operation war gescheitert, bevor sie begonnen hatte.

Jack drehte sich zu Faxon hin, ihrem Elektronikspezialisten. »Können die die Sender in Vinces Ausrüstung finden?«

»Glaube ich nicht, Sir«, erwiderte Faxon. »Noch am leichtesten zu entdecken war das Ding in seiner Achselhöhle, und das haben sie nicht gesehen.«

»Hoffen wir, dass du recht hast. Vinces Leben ist keinen Cent mehr wert, wenn sie was finden.« Jack sah seine Assistentin an. »Verbinden Sie mich mit dem Direktor, ich muss ihn sprechen.«

»Ja, Sir«, antwortete sie. »Er ist gerade im Weißen Haus.«

Südost-Türkei
3.15 Uhr

Mark lief im Zelt hin und her. Warum brauchten die so lange? Seit Abu gegangen war, hatten sie nichts mehr gehört.

Jetzt ein Geräusch – der Generator wurde angelassen. Einen Augenblick später kam Abu ins Zelt. »Es ist so weit. Er wird bald hier sein.«

»Wer von euch wird die Kamera bedienen?«, fragte Mark.

»Niemand. Ihr macht das selbst. Stellt es so auf, wie ihr wollt.«

Mark seufzte auf und sah Chuck an. »Kannst du mir mal helfen?«

Mark musterte die primitive Ausrüstung. Es gab zwei Scheinwerfer; er hoffte, dass sie funktionieren würden. Er stöpselte den ersten ein und schaltete ihn an. Nach dem Licht der Öllampe schien er gleißend hell. Er schaltete auch das zweite Licht ein.

Er beschloss, Sa'id von beiden Seiten zu beleuchten; die eine Lampe würde die eine Hälfte seines Gesichtes beleuchten, die andere die Schatten aufhellen. Einen dritten Scheinwerfer gab es nicht, also konnte er den Hintergrund nicht ausleuchten. Mit Vinces Ausrüstung hätte er mehr aus der Szene machen können. Dann erinnerte er sich daran, wen er filmen würde, und fand, dass es so schon in Ordnung war.

Mark nahm den Camcorder. Er schaltete ihn ein und öffnete das DVD-Fach. Die Disk war eingelegt. Gut. Er bat Chuck, sich auf den Stuhl zu setzen. Die Ausleuchtung war nicht schlecht.

»Und was ist mit dem Ton?«, fragte Mark.

»Was meinst du?«, erwiderte Abu.

»Mikrofone. Habt ihr ein Mikro für Sa'id?«

Abu schaute sich achselzuckend um. »Ist denn keins in der Kamera?«

»Schon.« Mark schüttelte seinen Kopf. »Aber das wird keine gute Aufnahme liefern. Wir brauchen ein Mikrofon für Sa'id selber.«

Abus verständnisloser Blick zeigte Mark, dass er tauben Ohren predigte. Er nahm den Ständer mit der Kamera und stellte ihn so nah wie möglich vor Sa'ids Stuhl. Nicht optimal, aber es musste reichen.

»Ich glaube, wir sind fertig«, sagte er.

»Gut. Ich hole ihn dann.« Abu verließ das Zelt.

Mark sah zu Chuck. Der lächelte dünn. »Dürfte interessant werden.«

»Ja. Nicht ganz das, was wir geplant hatten«, pflichtete Chuck ihm bei.

Mark schnippte ein paarmal direkt vor der Kamera mit den Fingern. Wo war die Aussteuerungsanzeige für den Ton? »Ich hoffe, das Ding nimmt ihn so auf, dass man ihn verstehen kann.«

»Machst du dir wirklich Sorgen über den Ton?«

Mark hielt inne und sah seinen Freund an. »Nein. Eher wegen Ross. Aber im Augenblick können wir nichts für ihn tun.«

Die Türklappe öffnete sich, zwei Männer mit Kalaschnikows traten ein und postierten sich zu beiden Seiten des Eingangs. Als Nächster kam Ahmad Hani Sa'id. Er trug einen weißen Umhang mit einer Schärpe um die Taille. Auf seinem Kopf saß ein ebenfalls weißer Turban, um den eine geflochtene Kordel lief. Ein langer Bart, und er hätte ausgesehen wie einem Passionsspiel entsprungen. Aber er war glatt rasiert, und sein Haar schien kurz geschnitten.

Aber viel auffallender als Sa'ids auffälliges Äußeres waren seine dunklen, leeren Augen. Ihr Anblick ließ einen eisigen Schauer über Marks Rücken laufen. Er merkte, dass er betete. Alle Personen im Raum schwiegen. Dann kam Abu herein.

»Kalif ...« Abu sprach seinen Onkel mit dem Ehrentitel an, den die ersten Führer des Islams getragen hatten. »Ich darf Euch Mark Taylor vom *National Network* in Amerika vorstellen sowie Chad Moreland vom Magazin *Newsweek*.«

Sa'id deutete eine Verbeugung an. Er warf einen raschen Blick zu Chuck, dann sah er Mark an. Seine starren Augen schienen Mark tief in die Seele hineinzuschauen.

Mark verneigte sich ebenfalls flüchtig, darum bemüht, sich nicht einschüchtern zu lassen. Er erinnerte sich an den Bibelvers, den er sich in dem Hotel in Paris vorgesagt hatte, und wiederholte ihn innerlich: Der Geist, der in euch lebt, ist größer ...

Dann sagte Sa'id, in absolut akzentfreiem, korrektem Englisch: »Es ist mir ein Vergnügen, Sie kennenzulernen, Mr Taylor. Danke, dass Sie so weit angereist sind.«

Mark hob die Augenbrauen. »Danke. Es ist mir eine Ehre, hier zu sein. Und eine Überraschung.«

Sa'id lächelte verbindlich. »Dafür haben Sie meinem Neffen zu danken. Etwas an Ihnen hat sein Herz bewegt. Er glaubt, dass Sie anders sind als viele in Ihrem Land. Ich hoffe, er hat recht.«

Mark wusste nicht recht, was er antworten sollte. Er merkte: Dieser so höflich säuselnde Mann, der da vor ihm stand, war nicht echt, sondern ein Schauspieler, der eine Rolle spielte. Sobald er die Bühne verließ, würde sein wirkliches Ich zutage treten. Er sah es in seinen Augen. Er dachte an die Tausende unschuldiger Menschen, denen die Befehle des Mannes da vor ihm den Tod gebracht hatten. Nein, er würde sich nicht einlullen lassen.

»Abu und ich haben wegweisende Momente zusammen erlebt.«

»Das stimmt.« Sa'id nickte und sah Chuck an. »Und es ist mir ein Vergnügen, Sie zu begrüßen, Mr Moreland.«

»Die Ehre liegt ganz auf meiner Seite.« Chuck verneigte sich leicht.

»Nun gut, wo soll ich mich setzen?«

Mark trat zurück. »Auf diesen Stuhl hier, bitte. Und wie darf ich Sie anreden? Mr Sa'id, Kalif, Imam ...?«

»Bitte nennen Sie mich Ahmad.« Sa'id trat zum Stuhl. »Das heißt, wenn die Kamera läuft, wäre der Titel Kalif Sa'id vielleicht angemessen.«

»Gut, Ahmad«, sagte Mark. »Wenn Sie bitte Platz nehmen würden.«

Sa'id setzte sich und strich sein Gewand glatt. Mark setzte sich auf den Stuhl gegenüber und versuchte, die juckende Wolle auf seiner Haut zu ignorieren. Dieses Interview würde nicht leicht werden. Mark verdrängte die Gedanken an die CIA und war ganz auf seine Aufgabe fokussiert – Sa'id authentisch auf Film zu bannen. Er schaltete den Camcorder ein, dann sah er wieder den Terrorchef an, der da vor ihm saß. An der Tür standen wie zwei Statuen die bewaffneten Leibwächter. Nein, es gab nur noch eine Herausforderung.

CIA-Zentrale, Langley, Virginia
20.20 Uhr

Als Wendy mit dem vorläufigen Dossier über Ronald March den Lageraum betrat, begrüßten sie lauter versteinerte Gesichter. Sie legte die Papiere auf den Tisch und sah Jack an. »Was ist los?«

»Wir haben Taylors Spur verloren.«

»Wie ist das ...?« Sie ließ sich auf einen Stuhl fallen. »Und Vince?«

Jack informierte sie in knappen Sätzen über den neuesten Stand. Hin und wieder knisterte es in den Lautsprechern.

»Was kann Vince noch tun?«, fragte Wendy.

»Soviel ich weiß, nichts«, erwiderte Jack. »Er ist nicht in Sa'ids Nähe. Egal, was er tut, er gefährdet nur sich selbst, aber nicht Sa'id. Im Augenblick muss er wohl seine Rolle weiterspielen und abwarten, was passiert.«

Wendy setzte sich langsam auf den Stuhl neben ihrem Chef, ihre Hoffnungen jäh ausgelöscht. Seit dem Tod - nein, der Ermordung - ihres Bruders hatte sie nur noch ein Ziel gehabt. Solange Sa'id nicht tot war, konnte sie nicht richtig leben. Sie vermisste ihren Bruder über alles.

Plötzlich tönten aufgeregte Stimmen aus den Lautsprechern. Sie unterhielten sich in Arabisch.

»Was sagen die?«, fragte Jack Wendy.

Sie beugte sich näher zu den Lautsprechern. »Die ... haben was gefunden. In der Kamera.«

Die eine Stimme wurde lauter, als sich der Terrorist Vince näherte. Er schrie vor Zorn.

»O Mann. Jetzt gibt es Ärger.«

Nordsyrien
3.20 Uhr

»Was ist das?« Der Mann, den sie Mustafa nannten, begann Englisch zu sprechen. Er trat zu Vince und hielt eine kleine schwarze Scheibe hoch.

»Das weiß ich nicht«, antwortete Vince ungerührt. »Muss zur Kamera gehören.«

Die Ohrfeige kam aus dem Nichts. Vince hätte sie abwehren können, aber er zwang sich, stillzuhalten. Der Schlag warf ihn fast vom Klappstuhl.

»Du lügst! Das ist ein Sender!«, brüllte der Terrorist.

Vince setzte sich wieder und schaute ihn an. Seine Lippe begann zu bluten. »Ich bin nur ein Kameramann, ich verstehe nichts von Elektronik. Wenn da was drin ist, das nicht dazugehört - ich habe es nicht hineingetan.«

Ross beobachtete die Szene mit ungläubig aufgerissenen Augen. Jetzt schrie der Terrorist etwas auf Arabisch. Im nächsten Augenblick standen zwei andere Männer im Raum. Der eine begann, Ross die Arme auf den Rücken zu binden.

Vince ging blitzschnell seine Optionen durch. Wenn er handeln wollte, dann jetzt. Sein Fuß schoss hoch, voll in Mustafas Leiste, während er gleichzeitig seinen Kopf nach hinten rammte, in das Gesicht des Terroristen, der hinter ihm stand, um ihn zu fesseln. Er bewegte sich so schnell, dass Ross seinen Augen nicht traute. Jetzt packte Vince den Mann hinter sich, dem er gerade die Nase zertrümmert hatte, schleuderte ihn wie einen Rucksack, den man schwungvoll absetzt, auf Mustafa und rammte ihm mit der Faust die Luftröhre ein. Er packte Mustafas Uzi und wirbelte herum, zu dem Dritten, der noch stand. Der hatte Ross' Hände wieder losgelassen und griff nach seiner Pistole. Bis jetzt hatte es nicht genug Lärm gegeben, um die Terroristen draußen zu warnen. Wenn Vince schießen musste ...

CIA-Zentrale, Langley, Virginia
20.25 Uhr

Die im Lageraum versammelten Männer und Frauen hielten den Atem an und lauschten den Geräuschen des Handgemenges, die aus den Lautsprechern kamen. Mit wie vielen Gegnern hatte Vince es zu tun? Würde der Lärm andere herbeiholen? Das gefährlichste Geräusch wäre jetzt ein Schuss.

»Können wir ihm keine Hilfe schicken?«, fragte Wendy.

»Wir haben eine Special-Operations-Einheit einsatzbereit in der Türkei«, sagte Jack und zeigte auf die Karte an der Wand. »Aber bis die da sind, ist Vince entweder tot oder hat die Lage schon unter Kontrolle. Er ist auf sich allein gestellt.«

Noch nie war Wendy bei einem Einsatz so nahe dabei gewesen. Alles direkt über Lautsprecher zu hören, es war ein unglaubliches Gefühl. Und ein Gefühl von Hilflosigkeit.

Dann kam Vinces Stimme. »Lass das Ding fallen.«

Was würde jetzt passieren?

Kapitel 25

Südost-Türkei
3.30 Uhr

»Kalif Sa'id.« Mark saß neben der Kamera, während er sprach. »Bevor wir das eigentliche Interview beginnen: Vielleicht möchten Sie den Menschen in Amerika erklären, wie Sie zu den tragischen Terrorakten der letzten Zeit stehen.«

Sa'id sah Mark an und nickte leicht. Dann schaute er direkt in die Linse der Kamera, und sein Gesicht verwandelte sich; aus dem jovialen Gastgeber wurde ein ernster, besorgter Mann.

»Die Ereignisse in der Welt erfüllen mich mit Trauer. Das Leiden, das über das amerikanische Volk gekommen ist, ist schrecklich. Sehr schrecklich. Mein Herz blutet für die Familien, die ihre Lieben verloren haben, vor allem für die Kinder, die ihre Eltern nie mehr wiedersehen werden. Zusammen mit allen Muslimen bete ich für die Opfer dieser ... Tragödien. Möge Allah sich ihrer Seelen erbarmen. Vielleicht finden sie Trost in den Worten der 39. Sure: ›Die aber ihren Herrn gefürchtet haben, werden in Scharen zum Garten geführt. Sobald sie zu ihm kommen, werden seine Tore geöffnet und seine Wächter sagen zu ihnen: Friede über euch! Ihr seid gut gewesen. So geht hinein für ewig!‹«

Mark beobachtete Sa'ids Augen genau. Sie schauten unverwandt in die Linse des Camcorders. Als Reporter, der Hunderte von Menschen interviewt hatte, wusste er, dass dies einige Übung erforderte. Meist gingen die Augen des Interviewten auf Wanderschaft, ein natürlicher Ausdruck der Nervosität. Ganz normal, wenn man in einen Apparat reden muss, der jeden noch so kleinen Fehler aufzeichnet. Aber Sa'id sprach souverän, schaute keinen Augenblick zur Seite, fast wie ein Präsidentschaftskandidat während einer Wahlkampagne. Er fixierte die kalte Glaslinse, als sei sie sein bester Freund.

Und noch etwas spürte Mark: dass Sa'id unverblümt log. Alles in ihm schauderte bei diesem gut, nein, schlecht gespielten Versuch, die Menschen zu trösten, die ihre Lieben bei den Terroranschlägen verloren hatten. Der

Mann, der die verheerenden Selbstmordattentate geplant hatte, hatte die Stirn, wie ein Hofprediger dazusitzen und Worte des Trostes an die Trauernden zu richten. Es war gerade so, als ob Adolf Hitler dort auf dem Stuhl säße und einen Nachruf für ein Auschwitz-Opfer hielte. Es war ekelhaft. Mark musste an sich halten, um weiter zuhören zu können.

Sa'id senkte seinen Kopf etwas, wie jemand, den seine Gefühle zu überwältigen drohen. »Diese sinnlose Gewalt bedrückt mich sehr, und ich möchte allen Amerikanern versichern, dass sie nicht von denen kommt, die Allah nachfolgen. Islam bedeutet Frieden, die Unterwerfung unter Allahs Willen.«

Er zitierte einige Sätze auf Arabisch und übersetzte sie ins Englische. »Der heilige Koran sagt: ›Wenn einer jemanden tötet, ohne dass es Vergeltung wäre für einen anderen oder für Unheil auf der Erde, dann ist das, als ob er die Menschen allesamt getötet hätte. Wenn aber einer jemandem Leben schenkt, dann ist das, als ob er den Menschen allesamt Leben geschenkt hätte.‹ Sure 5, Vers 32. Kein wahrer Gläubiger kann diese Taten begangen haben.«

Mark öffnete den Mund, um seine erste Frage zu stellen, aber Sa'id sprach weiter, im Ton der beleidigten Unschuld. »Ich kann nicht verstehen, dass die Führer der amerikanischen Regierung die Lüge verbreiten können, dass dieses Böse von Muslimen begangen wurde. Der Dschihad al-Scharia ist der Kampf für das islamische Gesetz und den Frieden und hat nichts mit Tod und Zerstörung zu tun. Mohammed selbst, Friede sei mit ihm, hat gesagt, dass der edelste Dschihad der zur Eroberung des Ichs ist. Unser Dschihad ist der innere Kampf. Wir sind keine Terroristen. Unser Ziel ist es, den Islam in einer *umma* zu vereinigen, und nicht, Unschuldige zu ermorden. Wenn euer Präsident etwas anderes behauptet, dann irrt er entweder oder er versucht, die Welt in die Irre zu führen. Er hat keine Beweise, und sein Kreuzzug ist der Versuch, den Westen gegen unsere friedliche Mission aufzubringen. Der Dschihad folgt aus dem Kampf des amerikanischen Militärs gegen friedliche Muslime, auf Befehl eures Präsidenten.«

Nordsyrien
3.31 Uhr

Die Hand des Arabers lag auf dem Pistolenhalfter. Vince las das Zögern in seinem Gesicht; vielleicht war dieser Mann nicht bereit, Allah schon zu begegnen. Er machte einen Schritt nach vorne, und der Araber hob die Hände. Vince verlor keine Zeit; er drehte die Uzi um und knallte ihren Kolben gegen das Kinn des Terroristen, der sofort zu Boden ging. Dann wirbelte er herum und richtete die Waffe auf Mustafa, dem es gelungen war, unter seinem toten Kameraden hervorzukriechen.

Mustafa stöhnte laut und hielt seine Leiste. Er schaute in den Lauf seiner eigenen Uzi und krächzte: »Ihr werdet nicht entkommen.« Seine schwarzen Augen verrieten Vince, dass er jede Gelegenheit wahrnehmen würde, ihn zu töten.

»Vielleicht nicht«, sagte Vince kalt. »Aber du wirst es nicht mehr erfahren. Du hast drei Sekunden, mir zu sagen, wo Sa'id ist.«

Mustafa spuckte Vince an; er verfehlte ihn nur um ein paar Zentimeter. Vince begann ungerührt, zu zählen. »Eins ... zwei ...«

»Ich werde dich in der Hölle brennen sehen, Ungläubiger.« Mustafa bereitete sich auf das Paradies vor.

Vince trat ihn gegen das Kinn. »Dafür habe ich jetzt keine Zeit.«

Ross schaute ungläubig in die Runde. Zwei Terroristen bewusstlos, der dritte tot, und das ohne einen Schuss und in weniger als 15 Sekunden. Die Frage, wer der CIA-Mann war, sie war beantwortet.

»Wir müssen hier weg.« Vince trat hinter Ross und band seine Hände los. »Schau nach, ob unsere Sachen noch nebenan liegen, wo wir uns umgezogen haben.«

Ross blieb wie angewurzelt sitzen. »Mach schon, wir haben nicht viel Zeit«, zischte Vince.

Ross stand wie betäubt auf und ging in das kleine Zimmer. Vince zog die schwarze Scheibe aus Mustafas Hand und trat zu dem Haufen der Kabel und Geräte, die die Terroristen durchsucht hatten. Er fand die als Mikrofon getarnte Fernsteuerung und nahm sie. Die Senderscheibe schob er in einen der Scheinwerfer. Wenn sie hier weg wären, würde er das Signal aktivieren. Dann konnte Langley entscheiden, ob sie das Terroristenlager ausradieren wollten oder nicht. Er hoffte, dass sie es taten.

Ross kam zurück und schüttelte den Kopf. »Nichts mehr da.«

Vince nickte. Also keine Pässe. Er ging zurück zu Mustafa und durchsuchte ihn. Er fand die Schlüssel zu dem Toyota-Pick-up und nahm sich die Glock 9-mm-Pistole des Terroristen und eine zweite Uzi, dazu für alle Fälle ein zweites Magazin. »Weißt du, wie man eine MP bedient?«, fragte er Ross.

Ross schüttelte den Kopf.

»Dann nimm die Pistole. Entsichere sie – so –, und dann ziel und schieß.«

»Das kann ich nicht ... ich bin J-journalist«, stotterte Ross.

Vince packte ihn am Gewand und sah ihm direkt in die Augen. »Schon mal den Namen Daniel Pearl gehört? Tu, was ich dir sage, dann überleben wir die nächsten Minuten vielleicht.«

Ross nahm die Waffe stumm entgegen. Vince nahm Mustafa den Turban ab und wickelte ihn sich gekonnt um den eigenen Kopf. Dann wickelte er den Turban eines anderen Terroristen um Ross' Kopf. »Und jetzt mir nach, und keinen Mucks!«

Ross gehorchte.

Südost-Türkei
3.34 Uhr

»Das ist eine erstaunliche Anschuldigung, Kalif«, sagte Mark, als Sa'id endlich schwieg.

»Wie können Sie sagen, dass der Dschihad von der Regierung meines Landes ausgelöst wird, wenn Ihr Netzwerk Anschläge auf unsere Football-Stadien und Botschaften plant?«

Zum ersten Mal seit er zu sprechen begonnen hatte, wandte Sa'id seinen Blick Mark zu, den Kopf leicht geneigt. »Beantworten Sie mir folgende Frage, Mr Taylor: Überprüfen Sie als erfahrener Journalist nicht alles, was ein Informant Ihnen erzählt, mithilfe anderer Quellen, bevor Sie es veröffentlichen?«

»Wo immer möglich, ja, sicher.«

»Aber die Behauptung Ihrer Regierung, diese Akte seien von meinen Anhängern geplant worden, überprüfen Sie nicht. Und da sollen wir Ihnen glauben, dass Ihre Presse unabhängig ist?«

»Das ist eine originelle Art, einer Frage mit einer anderen Frage auszuweichen«, sagte Mark. »Aber sie übersieht die Berge von Beweisen, von den Anschlägen hinterlassen, die Tausende von Amerikanern das Leben kosteten. Können Sie mir erklären, warum nicht nur in meinem Land, sondern in Saudi-Arabien, Kuwait und Ägypten Dutzende von Mitgliedern von Dschihad al-Scharia-Zellen festgenommen wurden?«

»Erfindungen!«, schoss Sa'id zurück. »Lügen und Fälschungen! Haben Sie diese ›Beweise‹ selbst gesehen? Haben Sie diese sogenannten Islamisten, die für meine Sache kämpfen sollen, interviewt? Oder hält man sie auf Kuba oder anderswo versteckt, während Ihr Präsident seinen Feldzug gegen das nächste islamische Land plant? Wir sind von Millionen von Arabern umgeben, Mark, die nicht glauben, dass diese Anschläge oder die vom 11. September von Muslimen begangen wurden.«

»Das bedeutet noch lange nicht, dass es wahr ist. Bin Laden hatte wenigstens den Mut, die Verantwortung für die Zerstörung des World Trade Centers zu übernehmen.«

»Ich bin nicht Osama bin Laden.« Sa'ids Stimme klang zornig – der erste Riss in der Fassade. Aber er fing sich so rasch wieder, dass Mark sich nicht sicher war, dass die Kamera es festgehalten hatte. »Ich teile seine politischen Ambitionen nicht. Mir geht es um die Seele der Welt, um die friedliche Revolution des Islam.«

»Braucht man für eine friedliche Revolution militärische Ausbildungslager, ein Waffenarsenal, das mit vielen Armeen dieser Welt mithalten kann, Unterricht im Umgang mit Sprengstoff ...«

»Wir sind friedlich, aber nicht töricht. Mein Volk erinnert sich nur zu gut an den Terror der Kreuzzüge, der sich heute im Irak, in Afghanistan und Palästina wiederholt. Wir müssen fähig sein, uns zu verteidigen. Mehr tun wir nicht.«

Nordsyrien
3.35 Uhr

Vince öffnete die Hintertür einen Spalt und spähte in die Nacht hinaus. Es regnete schon eine Weile, der Boden war aufgeweicht, was auch bedeutete, dass sich draußen niemand herumtrieb. Gut. Er schloss die Tür wieder, drehte sich um und schaute direkt in den Lauf von Ross' Pistole. Er schüttelte den Kopf und schob den Lauf zur Seite. Ross zuckte entschuldigend die Achseln. Vince gab ihm die Schlüssel des Toyotas. »Wir versuchen uns zu dem Pick-up zu schleichen. Wir müssen möglichst weit weg sein, bevor sie merken, dass wir nicht mehr da sind.«

Ross schüttelte den Kopf und verzog nervös den Mund. Vince drehte sich wieder um und trat hinaus in die Nacht. Der Wind peitschte ihnen den Regen entgegen. Die grauen Umhänge waren nicht dunkel genug, um sie zu verbergen, aber mit den Turbanen sahen sie wenigstens von Weitem wie die Terroristen aus.

Als Ross die Ecke des Gebäudes erreichte, blieben seine Sandalen im Schlamm stecken. Eine Mischung aus kaltem Matsch und Regen quoll zwischen seinen Zehen hindurch. Er blieb so dicht hinter Vince wie möglich, der an der Ecke stehen blieb, um die Lage zu peilen.

Die Autos wurden von zwei Terroristen bewacht. Der eine stand hinter Mustafas Pick-up, der andere saß im SUV, seine Zigarette ein roter Punkt im Fenster.

»Bleib hier«, flüsterte Vince Ross zu. »Ich kümmere mich erst um den in unserem Wagen. Wenn der beim Pick-up zu Boden geht, renn hin und fahr los. Warte nicht auf mich; ich spring hinten auf.«

Ross atmete tief ein und nickte.

Vince duckte sich tief und schlich am Pick-up vorbei zum Nissan. Der Wächter stand mit dem Rücken zu ihm. Er bewachte das Lager gegen Eindringlinge von außen; niemand erwartete einen Angriff der Amerikaner. Wenn Vince den Ersten leise erledigen konnte, hatte er eine gute Chance, auch den Zweiten zu überwältigen.

Als er die Seite des SUV erreichte, sah Vince im Außenspiegel das Gesicht des Terroristen am Steuer – was bedeutete, dass dieser ihn ebenfalls sehen konnte.

Zum Schrecken von Ross stand Vince auf und ging zur Fahrertür des Nissans.

Vince hielt seinen Kopf gesenkt, als suche er Schutz vor dem Regen, und klopfte leise ans Fenster. Der Mann drinnen zog an seiner Zigarette und öffnete die Tür. Vince riss sie blitzschnell auf und knallte seine Faust gegen das Kinn des Arabers. Ein zweiter Schlag, und der Terrorist sackte ohnmächtig zusammen.

Der andere Wächter hatte das Geräusch gehört, drehte sich um und rief etwas auf Arabisch in Vinces Richtung.

Vince duckte sich hinter das Auto, rief in akzentfreiem Arabisch zurück und ging Richtung Pick-up. Der zweite Wächter kam ihm entgegen. Vince holte mit dem Lauf seines Gewehrs aus und fällte ihn mit einem Schlag über den Schädel.

Ross zögerte einen Augenblick. Vince winkte ihm heftig zu. Ross rannte zum Pick-up. Gerade als er in die Fahrerkabine stieg, drangen Schreie aus dem Gebäude, aus dem sie gekommen waren. Mit zitternden Fingern schob Ross den Schlüssel in die Zündung; erst beim zweiten Versuch schaffte er es.

Als er den Schlüssel drehte, machte der Wagen einen Satz nach vorne und prallte fast in die Wand. Verdammt, das Ding hatte ein Schaltgetriebe. Ross stemmte seinen linken Fuß auf die Kupplung und drehte den Schlüssel wieder. Der Motor brüllte auf. In diesem Moment öffnete sich die Tür in der Wand direkt vor Ross.

Ross konnte Vince nicht mehr sehen und war überzeugt, dass sie verloren hatten. Er legte hastig den Rückwärtsgang ein und ließ die Kupplung los. Der Pick-up hüpfte nach hinten. Durch die regennasse Windschutzscheibe sah Ross zwei Araber aus dem Haus stürzen, ihre Gewehre direkt auf ihn gerichtet. Dann ratterte eine Maschinenpistole, aber die Windschutzscheibe blieb heil, dafür spritzte das Blut der beiden Terroristen an den weißen Putz der Hauswand.

Mit aufgerissenen Augen trat Ross auf Bremse und Kupplung. Er hatte noch nie gesehen, wie jemand von Kugeln durchsiebt wurde. Die Szene vor ihm würde er nie vergessen. Aber jetzt musste er an andere Dinge denken.

Er packte den Schalthebel, legte den ersten Gang ein und riss das Steuer herum. Von draußen Schreie auf Arabisch. Weitere Männer, die einen in weiten Gewändern, die anderen in Militärkleidung, kamen aus den anderen Gebäuden. Ross fuhr zusammen, als hinter ihm etwas auf die Ladefläche knallte. Er drehte sich kurz um. Es war Vince, der seine MP auf die Verfolger gerichtet hielt. Ross ließ die Kupplung los und trat das Gaspedal durch. Der Pick-up schoss nach vorne.

Dann sah er Blitze im Rückspiegel. Das hintere Fenster zerplatzte. Schüsse, Schreie. Ross duckte sich fluchend über das Lenkrad, um ihn herum regnete es Glassplitter.

Vince erwiderte das Feuer. Zwei der Terroristen gingen zu Boden, aber es waren viele. Vince duckte sich auf die Ladefläche, zog das leere Magazin aus der Uzi und schob das nächste hinein. Hinter ihnen leuchteten die Scheinwerfer des Pick-ups mit dem Maschinengewehr auf.

Südost-Türkei
3.38 Uhr

Mark schaute prüfend auf das Sucherbild der Kamera. Ja, sie nahm weiter auf. »Sprechen wir über den Dschihad al-Scharia. Wenn er keine Terrororganisation ist, was ist er dann?«

Sa'id lächelte. »Wir verüben keinen Terrorismus, Mr Taylor. Der Dschihad al-Scharia ist dazu da, das goldene Zeitalter des Islam einzuleiten, das der Welt Frieden bringen wird. Wie ich schon sagte, der Dschihad ist der innere Kampf, wenn wir uns unter den Willen Allahs unterwerfen. Vielleicht verstehen Sie das besser, wenn Sie an das Absterben des alten Ichs im Christentum denken.«

Mark hielt seinen Blick fest auf Sa'id gerichtet. »Das Absterben des alten Ichs, das Sie da erwähnen, bedeutet, wie Jesus Christus zu werden, das alte sündige Wesen abzulegen und ein Leben voller Liebe zu Gott und zum Nächsten zu führen.« Mark bemerkte, wie Sa'id bei der Nennung des Namens Jesus leicht zusammenzuckte. Er war sicher, dass seine Worte in den Ohren des Muslim wie Gotteslästerung klingen mussten, aber er fuhr fort.

»Mir ist in der heutigen Zeit kein einziger christlicher Selbstmordattentäter bekannt, auch kein buddhistischer oder jüdischer – nur muslimische. Das Sterben des alten Ichs wird heute von keinem Christen als Aufforderung zu Attentaten oder zum Krieg gegen die Andersgläubigen verstanden, so wie die Welt heute den heiligen Dschihad versteht.«

Sa'ids Blick war kalt und schwarz. »Ich glaube, ein genaueres Wort für das, was Sie gerade beschreiben, ist ›Kreuzzug‹«, sagte er. »Der Islam glaubt nicht an die Erbsünde. Es hat keinen Sündenfall gegeben. Der Mensch wird gut und unschuldig geboren, und in diesen Zustand kehrt er durch den Islam zurück. Aber wir sind nicht hier, um über Theologie zu diskutieren.«

»Warum sind wir dann hier?«, fragte Mark. Sa'id öffnete den Mund, um zu antworten, als drei Männer mit automatischen Gewehren heftig schreiend in den Raum stürzten. Mark drehte sich um und sah, wie einer der drei seine Waffe auf Chuck richtete und die beiden anderen auf ihn.

Mark hob langsam seine Hände. Aus dem Augenwinkel heraus sah er, wie Chuck das Gleiche tat. Sa'id erhob sich ohne Hast, trat zu den beiden Männern und fragte sie etwas auf Arabisch. Sie antworteten laut und aufgeregt. Mark verstand kein Wort, aber er spürte: Es war etwas passiert, und zwar nichts Gutes.

Sa'id drehte sich zu ihm, sein Blick hasserfüllt. Sein Schlag traf Mark im Gesicht, warf ihn vom Stuhl und stieß die Kamera um. Abu wollte zu ihm; ein finsterer Blick seines Onkels stoppte ihn.

»Du hast gesagt, dass er vertrauenswürdig ist!«, schrie Sa'id ihn an.

»Ja, er ...«, erwiderte Abu.

Mark stützte sich auf einen Ellbogen und wischte sich das Blut von der Lippe. »Was ist passiert?«

»Deine Freunde!«, zischte Sa'id. »Sie sind Spione! Man hat eine Wanze bei ihnen gefunden, wohl einen Sender, der eurem Militär zeigt, wo ich bin, damit es mich ermorden kann.«

Mark schüttelte den Kopf und tat schockiert. »Das ist unmöglich ...«

Sa'id rammte seinen Fuß in Marks Magen. Mark japste nach Luft. »Du lügst, Ungläubiger! Dafür wirst du sterben wie sie!«

Mark hatte Mühe, Atem zu holen. Hatte er richtig gehört? Ross und Vince tot?

Er hörte auf Arabisch gebrüllte Befehle, dann riss ihn jemand auf die Füße, ein anderer zog ihm eine schwarze Kapuze über den Kopf, seine Hände wurden auf dem Rücken zusammengebunden. Man zerrte ihn zum Van, schlug ihm in die Nieren und warf ihn auf den Rücksitz neben Chuck. Die Tür knallte zu, der Wagen raste davon.

Kapitel 26

Nordsyrien
3.46 Uhr

»Nimm die nächste rechts!«, schrie Vince durch die zerbrochene Rückscheibe. »Und auf der Hauptstraße links, da geht's zur Grenze!«

»Wie du willst!«, schrie Ross zurück. Er hatte keinen Schimmer, wo sie waren. Er hoffte, dass dieser Profi-James-Bond wusste, was er sagte.

Plötzlich hagelte es großkalibrige Kugeln aus dem MP ihres Verfolgers. Dann eine lange Salve aus Vinces Uzi. Ross sah im Rückspiegel, wie der Pick-up der Verfolger abrupt nach links schleuderte, dann nach rechts. Jetzt überschlug er sich zweimal, der Schütze auf der Ladefläche flog in die Luft. Ein zweiter Wagen, irgendein Van, der dicht gefolgt war, konnte nicht mehr rechtzeitig stoppen, krachte in den Pick-up und ging in Flammen auf.

»Volltreffer, hurra!«, schrie Ross, den Fuß auf das Gaspedal gedrückt. Nach einer halben Minute kam er auf eine asphaltierte Straße und bog links ein, wie Vince ihn angewiesen hatte. Er schaute kurz nach hinten. Vince lag auf der Ladefläche und bewegte sich nicht. Ross hielt an und sprang hinaus. Vinces Umhang war durchnässt vom Regen, aber die beiden dunkleren Flecken an seiner linken Schulter und am Bauch waren kein Wasser. Ross beugte sich über ihn. »Vince. Vince ...« Er riss ein Stück seines eigenen Umhangs ab und presste es fest auf Vinces Wunden.

Vinces Augen flackerten und öffneten sich halb. Er stöhnte. »Folgen ... sie uns ... noch?«

Ross drehte sich um. Keine Scheinwerfer zu sehen. »Noch nicht.«

»Fahr weiter ...«, flüsterte Vince.

»Ich weiß nicht, wohin«, erklärte Ross.

»Nicht zur Grenze. Dreh um ... nach Osten in die Wüste.«

»Du fantasierst«, sagte Ross. »In der Wüste überleben wir nicht. Wir brauchen Hilfe.«

Vince versuchte keuchend, sich aufzusetzen.

»Bewege dich nicht, du machst es nur noch schlimmer.«

Vince hörte nicht auf ihn und langte nach der Fernbedienung. Mit einem finsteren Grinsen drückte er den Schalter, der die schwarze »Zielscheibe« im Terroristenlager aktivierte. Dann nahm er eine Glasscherbe der zerstörten Autoscheibe, rollte seinen rechten Ärmel hoch und begann, seine Haut aufzureißen.

»Was machst du denn da?«, fragte Ross ungläubig.

Vince biss die Zähne gegen den Schmerz zusammen und schnitt weiter. Endlich hielt er einen winzigen, blutverschmierten Zylinder in der Hand. »Nimm das. Damit können sie dich hören, und dann kommen sie zu uns ... zu dir. CIA ...«

Er kippte nach hinten, bewusstlos. Ross nahm den Zylinder in seine Hand. War das eine Art Wanze, konnte die CIA sie damit wirklich finden? Ross wusste es nicht, aber es war offensichtlich ihre einzige Chance. Er band rasch ein paar weitere Stücke seines Umhangs fest um Vinces Bauch; mehr konnte er wohl im Augenblick nicht tun. Dann sprang er zurück auf den Fahrersitz.

Er wendete rasch und fuhr ... ja, wohin? Er wusste es nicht, aber er fuhr schnell. Mit einer Hand hob er den blutigen Sender hoch und begann zu reden. Hoffentlich hörte ihn jemand. »Ist das die CIA? Wir brauchen Hilfe. Ich fahre irgendwo durch Syrien. Euer Agent ist zweimal getroffen worden, ich weiß nicht, ob er noch lebt.«

Ross' Stimme begann zu zittern, dann sein ganzer Körper. »Wir brauchen Hilfe. Bitte schickt jemanden!«

Südost-Türkei
3.48 Uhr

Es war schwierig, mit auf dem Rücken gefesselten Händen aufrecht zu bleiben, während der Van über den alten Feldweg rumpelte. Jedes Schlagloch trieb einen neuen Stich durch Marks geschundenen Körper.

Er versuchte zu erahnen, wohin sie fuhren. Mit der Kapuze über den Augen musste er sich auf seine anderen Sinne verlassen. Er hörte das Trommeln des Regens und das Leiern der Scheibenwischer. Die beiden Terroristen vorne tauschten dann und wann ein paar arabische Worte aus. Er konnte nur schließen, dass Abu nicht mit im Wagen zu sein schien.

Er kämpfte darum, die Hoffnung nicht zu verlieren, versuchte, nicht an die Entführung, Folterung und Ermordung von Daniel Pearl zu denken. Aber hatten er und Chuck denn etwas anderes zu erwarten? Er begann zu beten, eine Mischung aus Flehen um Hilfe und Bibelzitaten, die von Gottes Gegenwart und Schutz handelten. Der 23. Psalm fuhr ihm durch den Kopf: »Und ob ich schon wanderte im finsteren Tal, fürchte ich kein Unglück, denn du bist bei mir ...«

Ein neues Schlagloch brachte den Schmerz in seinen Nieren zurück. Er stöhnte auf.

»Alles okay, Partner?«, flüsterte Chuck neben ihm.

»Ja. Und du?« Doch bevor Chuck antworten konnte, brüllte der Terrorist auf dem Beifahrersitz ihnen zu, zu schweigen. Nur der Regen trommelte weiter, während sie schweigend in die Nacht fuhren.

Chatsworth, Kalifornien
17.57 Uhr

Als Tracy das Restaurant Olive Garden betrat, saßen Brenda und Tom schon an einem der Fenstertische. Sie ging lächelnd zu ihnen. »Wie war's auf der Uni heute?«, fragte Brenda.

»Ich konnte mich kaum konzentrieren«, antwortete Tracy, während sie sich neben sie setzte. »Meine Notizen dürften wertlos sein, das geht schon seit zwei Tagen so.«

Brenda lächelte ihr aufmunternd zu. »Mach dir keine Sorgen, das holst du nach.«

»Hast du von Mark gehört?«, fragte Tom.

»Er hat mich heute Morgen angerufen, kurz nachdem ihr gegangen seid.«

»Und ist alles in Ordnung?«, fragte Brenda.

»Heute Morgen schon, ja.« Tracy seufzte. Wie viel durfte sie ihren Freunden verraten? Sie war so einsam und beschloss, ihre Freunde ins Vertrauen zu ziehen. »Er hatte gestern Abend ... eine Art Vision.« Und sie erzählte Marks Geschichte mit dem Bild des Teufels im Spiegel. Als sie fertig war, kam die Kellnerin mit einem Korb warmen Knoblauchbrots. Sie nahmen sich jeder ein Stück und gaben ihre Bestellung auf.

»Tracy.« Brenda beugte sich zu ihr. »Mark interviewt doch wohl nicht Ahmad Sa'id?«

Tracy biss in das Knoblauchbrot, um Zeit zu gewinnen. Sie genoss dieses Brot jedes Mal, wenn sie in diesem Restaurant war. Brenda sah ihren inneren Kampf und sagte: »Nein, lass, die Frage war unfair.«

Tracy lächelte sie dankbar an. Brenda legte ihre Hand auf die ihre. Tracys Schweigen war Antwort genug. »Ich hab die Gebetskette der Kirche angerufen. Die beten jetzt sicher alle.«

»Danke«, antwortete Tracy. »Am Nachmittag hat Mark noch mal angerufen, aber ich war nicht da. Er hat eine Nachricht hinterlassen, dass der Kontaktmann gekommen ist und dass er jetzt zu dem Interview fährt.«

»Wann war das?«, fragte Tom.

Tracy dachte nach. »Vor fast vier Stunden ...«

»Dann wird er sich sicher bald wieder melden«, kommentierte Brenda.

»Ja, vielleicht schon.«

»Kommt drauf an, wie weit er fahren musste«, sagte Tom.

»Wie meinst du das?«, fragte Tracy.

Tom nahm sein Wasserglas in die Hand. »Nun, wir wissen doch nicht, wie weit es vom Hotel zum Ort des Interviews ist. Vielleicht fahren sie die ganze Nacht durch. Oder halten ihn noch einen Tag fest, bevor sie ihn zurückbringen.« Er nahm einen raschen Schluck. »Ich meine, du solltest dir nicht unnötig Sorgen machen; das kann dauern.«

Tracy holte tief Luft. »Ich hoffe nicht. Ich weiß nicht, wie lang ich es aushalte, ohne dass er anruft.«

Nordsyrien
3.59 Uhr

Ross war ein paar Kilometer auf der Hauptstraße gefahren, als in seinem Rückspiegel ein Scheinwerferpaar auftauchte. Er geriet in Panik. Bei diesem Regen und mitten in der Nacht gab es keinen Grund für jemand anderes, unterwegs zu sein. Er fuhr, so schnell es ging, aber die Lichter kamen näher.

Er sprach erneut in den Sender. »Hört ihr mich? Ich glaube, sie haben uns aufgespürt.«

Die Scheinwerfer hinter ihm wurden immer größer. Ross' Hände umklammerten das Lenkrad, als ob er den Wagen dadurch schneller machen konnte. Das Knattern eines Maschinengewehrs riss ihn aus seiner Konzentration. Links und rechts schlugen Kugeln ein. Er duckte sich, so tief es ging, den rechten Fuß weiter auf das Gas gedrückt.

Die nächste Salve. Ross lenkte heftig hin und her, um seinen Verfolgern das Zielen zu erschweren. Er brachte den Wagen fast ins Schleudern, aber welche Alternative hatte er? Die Scheinwerfer waren schon direkt hinter ihm, als der Wagen auf einmal zu zittern begann, dann folgte ein Dröhnen, das das Maschinengewehr übertönte. Plötzlich kam blendend helles Licht von oben, sodass Ross den Pick-up fast in den Graben lenkte.

Die nächsten Augenblicke verschwammen im Nebel. Das Geräusch eines anderen Maschinengewehrs, schwerer, großkalibriger, schneller. Ein Hubschrauber. Hatten diese Verbrecher Luftunterstützung? Er war ein toter Mann.

Bevor er den Gedanken zu Ende führen konnte, explodierte der Wagen hinter ihm in einem Feuerball. Ross richtete sich langsam wieder auf. Die Nacht draußen wurde wieder still, bis auf das friedliche Trommeln des Regens auf der Windschutzscheibe.

Er schaute in den Rückspiegel. Der Wagen, der ihn verfolgt hatte, lag lichterloh brennend auf der Straße. Keine anderen Scheinwerfer waren zu sehen. Er bremste ab und schaute durch den Regen nach oben. Wo war der Hubschrauber?

Da war er wieder, keine dreißig Meter vor ihm, dicht über der Straße. Ross hielt an, und der Hubschrauber landete langsam. Bevor er die Straße berührte, sprangen Soldaten in Kampfuniform heraus. Marines. Sie kamen mit schussbereiten Waffen auf den Toyota zu. Ross hob die Hände.

»Sind Sie verletzt?«, fragte ihn der erste Marine.

»Ich ... glaub nicht. Aber hinten liegt ein Verletzter.«

Ein zweiter Soldat sprang auf die Ladefläche und untersuchte Vince rasch. »Er lebt noch!«

Jemand öffnete Ross' Fahrertür. »Steigen Sie in den Hubschrauber, der bringt Sie nach Hause!«

Das ließ sich Ross nicht zweimal sagen. Auf wackligen Beinen ging er zum Helikopter, während zwei Marines Vince hochhoben. Kaum waren alle an Bord, startete der Hubschrauber.

Ross ließ sich gegen die Bordwand sinken. Er hatte das Gefühl, zum ersten Mal Atem zu holen, seit er den Pick-up gestartet hatte. Zitternd schaute er auf das brennende Grab der Terroristen hinab, die ihn hatten töten wollen. Der Pilot drehte ab, und die Flammen wurden von der Nacht verschluckt, aber das Bild war für immer in sein Gedächtnis gebrannt.

Er hatte noch nie zuvor dem Tod in die Augen geschaut, und er hoffte, dass es so bald nicht wieder geschehen würde. Er schaute zu Vince. Ein Sanitäter versuchte hektisch, die Blutung zu stoppen. Würde Vince es schaffen? Ross konnte es nur hoffen. Er schaute die anderen Männer um sich herum an. Sie hatten alle ihr Leben riskiert, um seines zu retten. Er war nie ein Freund des Militärs gewesen, es passte nicht zu seinen politischen Ansichten. Bis heute.

Sein Blick traf den des jungen Soldaten, der ihm gegenübersaß. Seine Lippen formten das Wort »Danke«, dann musste er die Augen schließen, um nicht wie ein Kind loszuheulen.

CIA-Zentrale, Langley, Virginia
21.00 Uhr

Jubel brach rund um den Tisch aus, als sie hörten, wie der Hubschrauber abhob. Jacks strenger Blick ließ sie rasch wieder verstummen. Auf dem mittleren Bildschirm leuchtete eine Karte des türkisch-syrischen Grenzgebiets. Vinces letzte Handlung hatte einen zweiten Leuchtpunkt auf sie gezaubert, der orange blinkte und die Position des Lagers angab, in dem man ihn und Ross festgehalten hatte.

»Es sind nach wie vor zwei unserer Leute da draußen. Also, wie finden wir heraus, wo Taylor ist?«

Schweigen. Der Satellitenkontakt war abgebrochen; die südöstliche Türkei wurde von einer Sturmfront bedeckt. Ohne einen Hochleistungssender wie den, den Vince über die Grenze geschmuggelt hatte, konnten sie Mark nicht lokalisieren. Sie hatten seine Spur verloren.

Jack wusste, warum niemand etwas sagte. Er erwartete keine Antwort, weil es keine gab. Ihnen blieb nur noch ein reines Geduldsspiel. Was würden die Terroristen jetzt tun? Würden sie Marks Aufenthaltsort feststellen können, wenn die Sturmfront abgezogen war?

»Ich will, dass jedes Trainingslager, absolut jeder Standort mit Verbindungen zu Sa'id, von unseren Satelliten beobachtet wird«, sagte Jack. »Irgendwas wird uns verraten, wohin sie ihn gebracht haben.«

Er ließ seine Worte wirken, dann drehte er sich der Assistentin neben sich zu. »Verbinden Sie mich mit dem Weißen Haus.« Er würde alles geben, um diese Meldung nicht machen zu müssen. Ein paar Sekunden, und sie reichte ihm das Telefon.

»Wir haben Taylor verloren, Sir.«

Kapitel 27

Türkischer Militärstützpunkt bei Diyarbakir
4.25 Uhr

Der Hubschrauber setzte direkt neben einem wartenden Krankenwagen auf. Zwei Marines rannten zur Tür, zogen Vince rasch heraus und trugen ihn in den Wagen. Ross sah ihnen zu; hoffentlich würde Vince überleben, der Mann, der ihm das Leben gerettet hatte. Das finstere Gesicht des Sanitäters zeigte Ross, dass Vinces Chancen gering waren.

»Ross Berman?« Ein anderer Mann schaute in den Hubschrauber.

»Ja?«

»Ich bin Patrick Wark vom State Department.« Der Mann streckte seine Hand aus. Ross nahm sie und stieg aus.

»Kommen Sie bitte mit mir, Sir«, sagte Patrick. Er führte Ross zu einem wartenden Militärjeep. Der Krankenwagen raste davon.

»Ich muss meinen Sender anrufen«, sagte Ross.

»Alles zu seiner Zeit. Jetzt machen Sie sich erst mal frisch und dann erzählen Sie mir, was passiert ist.«

Northridge, Kalifornien
21.21 Uhr

Mit jeder Stunde wuchs Tracys Spannung und Angst. In der Türkei war es jetzt sieben Uhr morgens. Warum rief Mark nicht an? War er immer noch in dem Treffen mit Sa'id? Warum dauerte das die ganze Nacht?

Sie lag auf dem Gästebett ihrer Freundin, neben sich den Hund. Auf ihrem Bauch lag die geöffnete Bibel. Sie versuchte, 1. Johannes 3 zu lesen, aber die Worte verschwammen vor ihren Augen. Und Mark hatte bestimmt noch keine Zeit gehabt, das Kapitel zu lesen.

Sie schloss die Augen und stellte sich Marks Gesicht vor, während sie Shandy hinter dem Ohr kraulte. Sie versuchte, sich zu beruhigen, dass alles in Ordnung und er nur noch nicht wieder zurück im Hotel war.

Das Handy auf dem Nachttisch klingelte. Sie sprang auf, sodass der Hund knurrend hochfuhr. »Ja bitte?«

»Tracy, hier Jack Murphy.«

»Oh, hallo.« Ihre Stimme wurde leiser.

»Bitte entschuldigen Sie. Sie haben sicher einen anderen Anruf erwartet. Er hat sich also noch nicht bei Ihnen gemeldet?«

»Nein.« *Warum fragt er mich, ob Mark angerufen hat? Wissen die das nicht?* »Was ist los, Jack?«

»Ich will ehrlich sein, wie ich es Ihnen versprochen habe. Wir haben den Kontakt zu Ihrem Mann verloren.«

Die Zeit stand still. Das leere Loch in ihrer Magengrube brannte wie Feuer. Schock, Angst, Wut, Verwirrung, Einsamkeit – sie spürte alles auf einmal.

»Tracy, sind Sie noch da?« Sie ließ um ein Haar das Telefon fallen, als er wieder sprach.

»Was soll das heißen, den Kontakt verloren?«, krächzte sie schließlich.

»Das kann ich über eine ungesicherte Leitung nicht ...«

»Doch, Sie können! Ist mir egal, welche Leitung wir verwenden!«

Jack sprach langsam und leise, versuchte, sie zu beruhigen. »Der Kontakt wurde um Mitternacht hergestellt, wie geplant. Aber an der syrischen Grenze wurde die Gruppe getrennt. Der Kameramann und der Produzent Ihres Mannes saßen in einem Fahrzeug, das nach Syrien weiterfuhr, Mark und der andere Reporter blieben in der Türkei; wir nehmen an, dass die beiden sich dann mit ...«

»Ich weiß«, unterbrach Tracy ihn, »sprechen Sie weiter.«

»Nun, durch die Trennung der Gruppe war es unmöglich, Mark im Auge zu behalten.«

»Was ist mit den anderen beiden?«

»Für die Details bräuchten Sie ein sicheres Telefon. Ich kann so viel sagen, dass sie in Sicherheit sind.«

»Und über Mark wissen Sie gar nichts?«

»So ist es. Ich wollte Ihnen mitteilen, wie der Stand der Dinge ist. Es besteht kein Grund zu Panik. Wir hoffen, dass das Interview wie geplant gelaufen ist und wir bald von ihm hören werden.«

»Aber wenn Ross' Gruppe wieder zurückgekehrt ist, ist ihnen was zugestoßen. Dann ist doch nicht alles nach Plan verlaufen.«

»Nein, das ist es nicht«, sagte Jack. »Aber zurzeit kann ich Ihnen nicht mehr sagen.«

»Holt meinen Mann da raus!«, schrie Tracy.

»Wir tun alles, was wir können, Tracy. Sie müssen Geduld haben. Geben Sie die Hoffnung nicht auf.«

»Ich gebe nicht auf, ich kann nur nicht glauben, dass Sie ihn verloren haben. Er hätte das nie machen dürfen, er hätte ...«

Es klopfte an ihre Tür, sie öffnete sich einen Spalt und Brendas Kopf erschien. »Ist alles in Ordnung, Tracy?« Tracy winkte sie herein.

»Wenn Sie möchten«, fuhr Jack fort, »können wir Sie abholen und im FBI-Büro weiter informieren.«

»Würde mir das helfen?«

Jack musste an Vince denken. »Wahrscheinlich eher nicht.«

»Dann halten Sie mich so auf dem Laufenden. Geben Sie mir sofort Bescheid, wenn Sie wissen, wo Mark ist.«

»Einverstanden. Und Sie rufen bitte an, falls er sich zuerst bei Ihnen meldet.«

»Natürlich.«

»Und, Tracy, die Sache tut mir leid. Wir holen ihn da raus, wir lassen ihn nicht im Stich.«

»Machen Sie das.« Tracy beendete das Gespräch.

Sie legte das Telefon zurück auf den Nachttisch, dann sah sie Brenda an. »Mark wird vermisst ...« Sie brach in Tränen aus.

»Oh, Tracy.« Brenda setzte sich zu ihr auf das Bett. Tracy ließ ihren Kopf gegen sie sinken und schluchzte. Shandy kroch wimmernd näher.

»Alles wird gut, er kommt zurück.« Brenda versuchte, sie zu trösten. Aber würde Mark wirklich wiederkommen? Sie begann, still für Tracy und Mark zu beten.

Tracy weinte weiter, ließ den Ängsten freien Lauf, die sie seit Marks Abreise in Schach gehalten hatte. Worte konnten ihr nicht helfen – aber wenigstens hatte sie einen Menschen, der sie in den Arm nahm.

CIA-Zentrale, Langley, Virginia
0.30 Uhr

Jack legte auf. Sein Herz weinte für Tracy. Es war alles so perfekt geplant gewesen; Vince war einer ihrer Besten. Wie hätte Jack erahnen können, dass ihn die Terroristen von Mark trennten? Der Präsident schäumte, der Direktor saß auf glühenden Kohlen, aber niemand litt mehr als Tracy. Ungewissheit war das Schlimmste.

Er knallte seine Faust auf den Schreibtisch. Sa'id machte ihn verrückt, sie mussten ihn stoppen! Er versuchte sich einzureden, dass die CIA das Richtige tat. Er durfte sich nicht von seinen Gefühlen mitreißen lassen und seine Objektivität verlieren. Er war übermüdet. Er musste Distanz wahren und seine Arbeit tun. Er musste Mark lebendig da rausholen.

»Alles in Ordnung?«, fragte Wendy durch die offene Tür.

Jack schaute auf. »Nein. Hab gerade mit Mrs Taylor telefoniert.«

Wendy trat seufzend ins Büro. »Das war sicher schwierig.«

»Sehr. Ich kann es immer noch nicht glauben, dass das schiefgegangen ist!«

Wendy nickte. »Ich auch nicht. Gibt es Neuigkeiten aus der Türkei?«

»Die letzte Nachricht war, dass Vinces Zustand nach wie vor kritisch ist und dass sie noch mit Ross reden. Aber ich glaube nicht, dass wir mehr erfahren werden.«

»Werden wir das Lager bombardieren, in dem sie Vince festgehalten haben?«

»Nein«, erwiderte Jack. »Das lohnt die Mühe nicht und würde Taylor nur zusätzlich gefährden. Außerdem wissen wir, dass Sa'id dort nicht ist.«

»Das Spiel ist noch nicht aus«, sagte Wendy. »Wir haben noch zwei Ex-Marines irgendwo in Sa'ids Lager.«

»Wie meinst du das?«

»Ich weiß nicht, aber während meiner Recherche habe ich Mark Taylor ganz gut kennengelernt und ... ich hab das Gefühl, dass er uns noch überraschen wird.«

Jack schaute seine junge Analystin an. »Ich hoffe, du hast recht, Wendy.«

Sein Telefon klingelte. Er schaute auf das Display. »Das ist der Direktor.«

»Dann geh ich ...«

»Nein, bleib hier.« Jack nahm den Hörer. »Ja bitte, Sir?«

»Was machen wir mit Ross Berman?«, fragte der Direktor. »Der Präsident erwartet einen Vorschlag.«

»Das ist eine knifflige Frage«, sagte Jack. »Wenn die Marines ihn zu lange festhalten, riskieren wir einen Skandal. Und wenn wir ihn gehen lassen und er die Beteiligung der CIA ausplaudert, haben wir erst recht einen Skandal und gefährden Mark zusätzlich.«

»Genau das denk ich auch«, sagte der Direktor. »Ich möchte, dass du ihn besuchst und überredest, stillzuhalten, bis Taylor frei ist.«

»Wollen Sie wirklich, dass ich das übernehme, Sir? Wir stecken hier mitten in der Arbeit.«

»Du hast mit Taylor gesprochen. Du weißt, wie er mit sich gekämpft hat. Vielleicht hört Berman auf dich. Wir brauchen ihn, wenn wir die Sache unter Kontrolle behalten wollen.«

Jack nickte. »Da ist noch eine Sache.«

»Was denn?«

»Der Ex-Marine, den wir mit Taylor mitgeschickt haben. Wenn Sa'id die beiden als Geiseln nimmt, wie wird er reagieren, wenn er erfährt, dass er nicht Chad Moreland von *Newsweek* in seiner Gewalt hat?«

»Das muss ich mir durch den Kopf gehen lassen.« Der Direktor machte eine kurze Pause, wohl um sich etwas zu notieren. »In der Zwischenzeit wartet in Andrews ein Air-Force-Jet auf dich.«

Jack legte langsam auf und schaute zu Wendy. »Ich vermute, ich fliege in die Türkei.«

»Das habe ich geahnt.«

Wendy lächelte. »Vielleicht ist es wirklich am besten, wenn du dort vor Ort bist.«

Jack stand auf und schob mehrere Papiere in seine Aktenmappe. »Ruf das Team zusammen. Ich muss ein paar Sachen besprechen, bevor ich fliege.«

Türkischer Militärstützpunkt bei Diyarbakir
7.32 Uhr

»Schauen Sie, ich hab Ihnen alles gesagt. Bringen Sie mich jetzt bitte zu einem Telefon«, bat Ross. »Ich muss mit meinem Chef sprechen.«

CIA-Officer Patrick Wark schaute den jungen Produzenten an, der da in geborgten Marines-Kleidern vor ihm saß. Man hatte ihm erlaubt, sich zu duschen und umzuziehen, bevor man ihn befragte. »Das muss ich erst genehmigen lassen.«

»Was soll das heißen, genehmigen lassen? Bin ich ein Gefangener?«

»Nein, Sie sind unser Gast.«

Ross' Stirn legte sich in Falten. »Ich muss mit unserem Studio in Los Angeles reden.«

»Und das werden Sie auch. Schauen Sie, Ross, dies ist eine kritische Situation. Solange wir nicht wissen, was mit Mr Taylor geschehen ist, müssen wir sehr vorsichtig sein. Ein Fehler, und wir könnten ihn in Lebensgefahr bringen.«

»Sie meinen, so wie Sie statt des Kameramanns jemanden vom CIA mitgeschickt haben?«, fragte Ross sarkastisch.

Patricks Gesicht verdunkelte sich, er antwortete nicht.

»Übrigens.« Ross' Stimme wurde weicher. »Wird Vince es schaffen?«

»Die nächsten Stunden werden entscheidend sein. Wir wissen es nicht.«

Ross schüttelte den Kopf. »Ich weiß nicht, ob ich ihm dankbar sein soll, dass er mein Leben gerettet hat, oder wütend, dass er es in Gefahr gebracht hat.«

»Sie sollten sehr dankbar sein, dass er bei Ihnen war«, erwiderte Patrick kühl. »Wenn Sie wüssten, was Vince in den letzten Jahren undercover alles geleistet hat ... Sagen wir, Sie sollten sich geehrt fühlen, dass Sie an seiner Seite sein konnten.«

Ross dachte einen Augenblick nach, nicht sicher, wie er antworten sollte. »Was wollten Sie mit diesem Einsatz eigentlich erreichen?«

Wieder antwortete Patrick nicht. Er stand auf und ging zur Tür. »Sie müssen Geduld haben, Ross. Wenn es so weit ist, können Sie auch Ihren Sender anrufen.« Er zeigte auf das Feldbett, das in der einen Ecke stand. »Warum legen Sie sich nicht erst mal hin und schlafen etwas?«

Van Nuys, Kalifornien
23.42 Uhr

Fazul saß auf dem Beifahrersitz des offenen Lkws und versuchte, sich so klein zu machen, dass ihn niemand sehen konnte. Er schaute nervös zu Ismael, der am Steuer saß und entspannt eine Zigarette rauchte.

»Warum können wir nicht einfach zu einer Tankstelle fahren?«, flüsterte er.

»Weil wir die Fässer brauchen.«

»Wie lange werden wir noch warten?«

»Nur noch ein paar Minuten. Jusef hat gesagt, kurz vor Mitternacht kontrollieren die das Gelände. Das warten wir noch ab.«

»Und was hat er vor?«

Ismael lächelte. »Das brauchst du noch nicht zu wissen, junger Freund. Halte dich einfach am Sonntagmorgen bereit.«

Sie parkten auf der Dulheny-Straße im Industriegebiet von Van Nuys, einen Block von einem Agrar- und Gartenmarkt entfernt. Nachdem sie mehrere Stunden lang Dünger in der Bruchbude in den Hügeln zerstoßen hatten, hatte Jusef dem Paar einen zweiten Auftrag gegeben. Er brauchte Dieselöl in Fässern.

Fazul saß ganz still und überdachte das, was er gleich tun würde. Das Gesetz gebrochen hatte er noch nie. Die Begeisterung in der Moschee, dieses Gefühl, sich Allah ganz hinzugeben, musste sich jetzt bewähren. Würde er es schaffen?

Er schaute zu Ismael hinüber und begriff die Konsequenzen seiner Entscheidungen. Auf keinen Fall wollte er sich beim Diebstahl von Dieselöl erwischen lassen und damit Schande über seine Familie bringen. Nur wenn er Jusefs Auftrag bis zum Ende ausführte, würden die Seinen wissen, dass er etwas Großes für Allah getan hatte. Er sah, wie ein Polizeiwagen langsam vor dem Laden vorbeifuhr, und fragte sich, was dieses Große wohl war.

Northridge, Kalifornien
Mitternacht

Tracy schaute hellwach zu, wie die grüne Digitalanzeige des Weckers den neuen Tag ankündigte. Der Schlaf wollte nicht kommen. Wann würde sie wieder normal schlafen können? Tausend Bilder, was Mark wohl gerade zustieß, kreisten durch ihren Kopf. Ging es ihm gut? Oder folterten sie ihn gerade? War er sogar schon tot? Nein, er konnte nicht tot sein, er musste noch leben. Sie würde es spüren, wenn er sterben würde, oder?

Sie wusste, dass er in Schwierigkeiten war. Sie fing an, wieder für ihn zu beten, flehte Gott an, einzugreifen, ihren Mann vor dem Bösen zu retten und sicher und bald zu ihr zurückzubringen. Sie kämpfte um die richtigen Worte, versuchte, im Glauben zu beten, die Angst, die in ihr gärte, zu überwinden.

Nach dem Anruf der CIA war Brenda eine Weile bei Tracy geblieben, um sie zu trösten und mit ihr zu beten, obwohl Tracy das Beten schwerfiel und die richtigen Worte nicht kommen wollten.

Nein, ihr Gottvertrauen war nicht erschüttert – hoffte sie jedenfalls; sie wusste nicht, wie sie reagieren würde, wenn sie von Marks Tod erführe. Zu diesem Zeitpunkt war ihre Annahme erschüttert, dass guten Menschen nichts Böses widerfahren konnte. Wie konnte Gott zulassen, dass Mark in diese Sache hineingerutscht war? Aber war das nicht genau die Frage, die Tausende Familien sich nach dem 11. September und dem Sonntagsmassaker gestellt hatten?

Das gesamte Land hatte das Thema von allen Seiten beleuchtet, aber keine noch so klugen Argumente konnten den Schmerz stillen, der an Tracys Herz riss.

Ihr Blick fiel auf die Bibel, die immer noch bei 1. Johannes 3 aufgeschlagen war. Sie zog sie heran und las den ersten Vers: »Seht, wie viel Liebe unser himmlischer Vater für uns hat, denn er erlaubt, dass wir seine Kinder genannt werden – und das sind wir auch! Doch die Menschen, die zu dieser Welt gehören, kennen Gott nicht; deshalb verstehen sie auch nicht, dass wir seine Kinder sind.«

Tracy schloss seufzend die Augen und ließ die Worte wirken. Was sie jetzt mehr als je zuvor brauchte, war die Zuflucht in den Armen ihres himmlischen Vaters. Sie begann zu beten, und der Damm, der beim Gebet mit

Brenda ihre Worte zurückgehalten hatte, zerriss. Sie schüttete Gott ihr Herz aus. Sie ließ ihren ganzen Zorn hinaus, dann ihre Angst, und bat Gott, seine Hand über Marks Leben, ihr Leben und vor allem das ihres Kindes zu halten.

Mit dem Damm der Worte brach auch der der Gefühle. Sie weinte, bis sie keine Tränen mehr hatte. Und dann, in dem Augenblick, bevor der gnädige Schlaf kam, spürte sie sie, die unsichtbaren Arme, die sie sanft und liebevoll umschlossen.

Kapitel 28

Nordsyrische Wüste
16.14 Uhr

Erst nichts, nur schwarze Leere. Dann grüne Funken, wie Glühwürmchen in einer mondlosen Nacht. Zuletzt der Schmerz, in immer größeren Wellen. Mark Taylor kämpfte verzweifelt darum, die Schwärze nicht loszulassen.

Dann trat der erste Gedanke aus dem Nebel. Nicht die Frage, wie es ihm ging, wo er war oder wie viele Knochen er gebrochen hatte, sondern ein verschwommenes Bild seiner Frau. Es zog ihn unwiderstehlich ins Bewusstsein zurück. Seine Augen öffneten sich. Das Licht stach in seinen Kopf, und er schloss sie sofort wieder.

Nach einem Augenblick versuchte er es noch einmal, langsamer. Wo war er? Dann kamen Schritte. Mark hielt das Bild eines nackten Raumes mit Lehmfußboden fest und schloss die Augen erneut. Stimmen. Die Worte verstand er nicht. Arabisch? Sie klangen danach. Die Geräusche und der Schmerz klärten seinen Kopf.

Richtig, er war – irgendwo in der Türkei. Oder doch Syrien? Langsam kam ihm die Erinnerung, und die Erkenntnis, dass er in Schwierigkeiten steckte, und zwar in gewaltigen.

Er lag seitlich zusammengerollt auf dem harten Boden. Wie lange er bewusstlos gewesen war – keine Ahnung. Die Stimmen kamen näher. Mark rührte sich nicht, atmete nur, flach und rasch.

Plötzlich ergoss sich eine modrige Flüssigkeit über seinen Kopf, dass er würgte und hustete. Der Schmerz im ganzen Körper war fast unerträglich.

»Ich hoffe, Sie haben gut geschlummert.« Das Englisch war fast akzentfrei.

Mark spuckte das faulige Wasser aus und wischte sich die Augen. Zwischen drei Männern mit Kalaschnikows stand Ahmad Hani Sa'id, der berüchtigte Anführer des Terrornetzwerks Dschihad al-Scharia. »Ich denke, Mr Taylor«, fuhr er gelassen fort, »wir sollten unsere Unterhaltung fortsetzen.«

CIA-Zentrale, Langley, Virginia
9.16 Uhr

Jacks Team war im Old Building der CIA-Zentrale versammelt. Jack war in der Nacht zu einem Militärstützpunkt in England geflogen und meldete sich, bevor er mit dem nächsten Militärtransporter in die Türkei weiterflog. »Gut, also was wissen wir?«, dröhnte seine Stimme aus den Lautsprechern im Lageraum.

»Aus Syrien und der Türkei nichts Neues«, begann Wendy.

»Immer noch bewölkt?«

»Negativ, Sir«, antwortete Ryan Drake. »Die Regenfront ist um Mittag syrischer Ortszeit weitergezogen. Aber das NRO hat den Wagen der Terroristen nicht ausmachen können.«

»Dann wissen wir nicht, ob Mark noch in der Türkei ist oder ob sie ihn nach Syrien gebracht haben?«

»Korrekt«, bestätigte Wendy. »Wir haben fünf Orte identifiziert, an die sie Taylor gebracht haben können, alle in Syrien. Wir glauben nicht, dass sie Ressourcen haben, um Mark in der Türkei gefangen zu halten. Wir beobachten alle fünf Orte mit Adleraugen, aber bis jetzt nichts Verdächtiges.«

»Schreibt die Kurden nicht zu schnell ab. Die Terroristen haben Taylors Team geradewegs durch ihr Gebiet gefahren.«

»Verstanden«, sagte Drake.

»Welche Optionen haben wir?«, fragte Jack.

»Wir überwachen schon alle Kommunikationen in beiden Gebieten«, berichtete Wendy. »Außerdem wird Josh Mclintock im Hotel in Diyarbakir ständig elektronisch überwacht; wenn sie den kontaktieren, erfahren wir das.«

Jacks Gesicht auf der anderen Seite des Atlantiks wurde noch ernster. »Dann können wir im Augenblick nur abwarten?«

»Wenn es hell wird«, fuhr Wendy fort, »kriegen wir vielleicht eine Horizontaufnahme hin und können in den Terrorcamps ein paar Gesichter erkennen.« Sie spielte auf die Technik an, einen Satelliten zu benutzen, der nicht direkt über dem Zielgebiet stand, sondern näher am Horizont und so eine mehr horizontale Sicht lieferte. Aber dazu brauchten sie Tageslicht.

»Sir.« Kristen, Jacks Assistentin, meldete sich. »Gerade kommt ein Anruf, wahrscheinlich für Sie – Seth Maxwell, FBI, Terrorismusbekämpfung.«

»Verbind mich mit ihm. – Bist du da, Seth?«

»Hallo, Jack.«

»Wir hören dich in Langley über Lautsprecher. Was gibt's?«

»Neue Erkenntnisse, die ihr wissen solltet. Wir haben in New York eine Dschihad-al-Scharia-Zelle ausgehoben. Es scheint, als ob sie Bombenanschläge auf Kirchen in Manhattan vorhatten.«

Wendy bedauerte, dass sie Jacks Gesicht nicht sehen konnte.

»Was habt ihr gefunden?«, fragte er.

»Sprengstoff, Zünder und Pläne von mehreren bekannten Kirchen. Wir wissen nicht, welche von ihnen sie im Visier hatten ... vielleicht alle. Aber es sieht so aus, als ob das mit der Gefahrenlage an diesem Wochenende zusammenhängt.«

»Glaubt ihr, dass nur New York das Ziel war?«

»Das wissen wir nicht. Wir versuchen gerade, die Passwörter ihrer Computer zu knacken.«

»Okay, Seth, danke«, erwiderte Jack. »Haltet uns auf dem Laufenden.«

Der FBI-Agent legte auf.

»Das kann nicht auf New York beschränkt sein«, sagte Wendy heftig. »Sa'id plant immer mehrere Angriffe gleichzeitig. Ich vermute, er wird Kirchen in halb Amerika angreifen.«

Jacks Stimme schnitt durch das bedrückte Schweigen. »Ich glaube, da hast du recht, aber wie kriegen wir raus, wo er zuschlägt?«

»Solange das FBI nicht in die Computer reinkommt, gar nicht«, antwortete Wendy.

»Dann müssen wir andere Möglichkeiten ausschöpfen«, sagte Jack. »Macht euch an die Arbeit. Wenn ich in der Türkei lande, will ich wissen, welche Städte angegriffen werden. Und wir müssen Taylor finden! Los, Leute, wir haben nicht mehr viel Zeit.«

Nordsyrische Wüste
16.16 Uhr

»Wie lange ...?« Mark wollte sprechen, aber sein Mund war zu trocken. Er merkte, dass er nicht seine eigenen Kleider trug, sondern nur etwas wie ein Nachthemd, dessen oberer Teil von stinkendem Wasser durchnässt war.

Dann erinnerte er sich, wie durch einen Nebel: die vergangene Nacht, die Trennung von Ross und Vince, die Leibesvisitation, das Interview mit abruptem Ende, dann die Fahrt durch die Wüste mit einer Kapuze über seinem Kopf. Wo war Chuck ...?

»Das ist nicht wichtig.« Sa'id kniete sich neben ihn. »Das Wichtige ist, warum Sie einen Spion in mein Lager geschleust haben!«

Die Worte sickerten langsam zu ihm durch. Offenbar antwortete Mark nicht rasch genug, denn der Stiefel eines der anderen Männer knallte in seine Rippen. Er kämpfte um Luft, der Schmerz trieb ihm das Wasser in die Augen. Was der Fahrt durch die Wüste gefolgt war, er wusste es nicht mehr. Er wusste nur noch, dass die Terroristen ihn geschlagen hatten, bis er das Bewusstsein verlor. Und vor ein paar Minuten war er wieder zu sich gekommen.

Als er wieder Luft bekam, schaute er zu Sa'id hoch, das Gesicht schmerzverzerrt. »Ich weiß nicht, wovon Sie reden.«

Sa'id warf ihm ein Lächeln zu, das so charismatisch strahlte wie vor der Kamera, aber seine Augen blieben schwarz. »Also wirklich, Mark. Mich kann man nicht anlügen. Als wir in der Kameraausrüstung einen von euren Miniatursendern fanden, hat euer CIA-Agent versucht, zu entkommen.«

Mark erinnerte sich, dass die drei Männer etwas in die Richtung gesagt hatten, als sie das Zelt gestürmt hatten.

»Wie meinen Sie das – CIA?« Mark musste husten, der Schmerz stach in seine Brust. Er legte die Hand darauf. Wie viele Rippen hatte er gebrochen?

»Den Kameramann hat Josh angeheuert, damit hatte ich nichts zu tun.«

»So wie Sie nichts mit den Agenten zu tun hatten, die an Ihrem Abreisetag an Ihre Tür geklopft haben?«

»Ich habe es bereits Ihrem Mann in Paris gesagt: Sie haben bei mir geklopft und ich habe sie fortgeschickt.«

Sa'ids Gesicht kam näher. »Du lügst.«

Mark schaute hoch, erwiderte den Blick des Mannes und dachte: *Ja, aber das werde ich nie zugeben*. »Wenn Sie glauben, dass ich mit der CIA zusammenarbeite, warum haben Sie das Interview nicht einfach abgesagt?« Mark schaute über Sa'ids Schulter. Hinter ihm stand Abu und beobachtete ängstlich die Auseinandersetzung, sein Gesicht sichtlich besorgt.

»Mein Neffe sagte, ich könne Ihnen vertrauen. Offensichtlich hatte er unrecht.«

»Und ich dachte, ich könne Ihnen vertrauen. Da hatte ich wohl unrecht!«

Sa'id schlug ihn mit der Hand ins Gesicht, wie in der Nacht zuvor schon. »Du wirst respektvoll mit mir reden!«

Mark senkte den Kopf und wartete, bis der Funkensturm nachgelassen hatte. »Was habt ihr mit Ross gemacht?«

»Er ist tot, wie auch der Spion«, erwiderte Sa'id stolz.

Mark schloss die Augen. Wut, ohnmächtige Wut brannte ihn ihm. Aber war das wirklich wahr? Ein Gedanke kam ihm, wie von weit her, eine Erinnerung: Glaube als Gefangener nichts, was man dir sagt. In seiner Special-Operations-Ausbildung vor über zwanzig Jahren hatte man ihm dies immer wieder eingehämmert.

Und war er jetzt nicht ein Gefangener? Die Hoffnung, dass Sa'id log, bewahrte ihn davor, zusammenzubrechen.

»Warum Ross? Er war doch nur ein Journalist.«

»Sie geben also zu, dass der andere keiner war?«

Sa'id war clever. Mark merkte, dass er sich jedes Wort genau überlegen musste. »Ich habe eben schon gesagt, dass ich mit ihm nichts zu tun hatte. Mclintock hat ihn von seinem Büro in Damaskus aus engagiert. Ich sorge mich nur um meinen Freund.«

»Oh, wie rührend«, antwortete Sa'id. »Aber sorgen Sie sich besser um seine Seele, Allah sei ihr gnädig.«

»Onkel, bitte.« Abu tat einen Schritt vorwärts. »Er sagt die Wahrheit. Ich bin sicher, dass Mark niemals die CIA mit reingezogen hätte.«

»Eure gemeinsame Geschichte vernebelt dein Urteilsvermögen, Abu. Er ist ein Amerikaner, ein Ungläubiger. Man kann ihm nicht vertrauen.«

Mark ignorierte den Schmerz, setzte sich auf und lehnte sich an die nackte Wand. Er wusste immer noch nicht, wo er war oder in welcher Art Gebäude. Es gab keine Fenster, nur eine grelle Lampe in der Mitte des Raumes. Dem Lehmfußboden nach zu urteilen, war er weit weg von der Zivilisation.

»Was haben Sie mit mir vor?«

»Das habe ich noch nicht entschieden«, sagte Sa'id.

»Meine Regierung verhandelt nicht mit Terroristen.«

»Das ist egal. Sie sind nicht meine Geisel, sondern mein Gefangener. Sie werden sich unter der islamischen Scharia für Ihren Mordanschlag auf mich verantworten müssen.«

»Kalif.« Etwas Respekt konnte nicht schaden. »Ich bin auf Ihre Einladung gekommen, um Sie zu interviewen.«

Sa'id antwortete nicht. Mark fuhr fort. »Was ist aus dem Mann des Friedens geworden, der mir gegenübersaß und voller Mitleid mit den Familien der Opfer war? Was haben Sie in dem Interview gesagt – dass jemand, der einen Unschuldigen tötet, die ganze Menschheit tötet? Oder war das nur Fassade und sehe ich jetzt das wahre Gesicht des Islam?«

Ein verschlagenes Lächeln erschien auf Sa'ids Gesicht. Er nickte. »Sehr gut, Mark Taylor. Aber was Sie nicht verstehen, ist, dass beides Islam ist. Was ich sagte, ist wahr: Der Koran lehrt, dass der, der den Unschuldigen tötet, die ganze Menschheit tötet. Aber das entscheidende Wort hier ist das Wort Unschuldiger. Man kann es wohl kaum auf amerikanische Ungläubige anwenden. Ihr seid nicht unschuldig!«

»Nach Ihren Lehren müssten Sie sich im Krieg befinden, um ...«

»Wir sind im Krieg!«, schrie Sa'id. »Solange Amerika gottlose Regierungen im Nahen Osten unterstützt, solange eure Wirtschaftssanktionen hungernden muslimischen Kindern Essen und Medizin verweigern, solange die Welt von eurer Pornografie und eurer Kultur beschmutzt wird, solange eure Regierung die Kinder von Schweinen am Leben erhält und Palästina besetzen lässt, solange eure Soldaten unser heiliges Land angreifen, sind wir im Krieg!«

»Und das rechtfertigt Ihren Terrorismus?«

»Es ist kein Terrorismus, wenn jemand Allah verteidigt oder sich das wiederholt, was ihm gestohlen wurde. Die Terroristen sind die Amerikaner!«

»Und wie nennen Sie es dann, wenn Schulbusse als Bomben benutzt werden und Tausende Unschuldige ermordet werden?«

Sa'id lächelte. »Ich nenne das Gerechtigkeit und die Hand Allahs!«

»Dann ist Ihre Religion bedeutungslos.« Mark bereitete sich auf die nächsten Schläge vor, und sie kamen, aber die rettende Bewusstlosigkeit war nicht weit weg.

Northridge, Kalifornien
6.45 Uhr

Shandy sprang auf das Bett und zog an Tracys Decke. Sie öffnete ein Auge, und der Hund legte sich neben sie und leckte ihre Nase.

»Ach, du.« Sie zog Shandy näher. »Ich bin noch nicht bereit für die Welt.«

Die beiden lagen ein paar Augenblicke schweigend da. Tracys Gedanken gingen auf Wanderschaft. Bilder schossen durch ihren Kopf. Mark in Geiselhaft, unter Folter und Misshandlung. Sie musste ihre Gedanken unter Kontrolle kriegen, sie musste etwas Positives denken.

Sie merkte, wie ihr heiß wurde. Sie schob die Decke beiseite. Die Übelkeit kam. »Mach Platz, Shandy.«

Zehn Minuten später saß sie auf der Bettkante und suchte die beste Strategie. Sie langte nach ihrer Handtasche und zog die Karte heraus, die der FBI-Agent ihr gegeben hatte. Sie wählte seine Mobilnummer.

»Agent Weston.« Die Stimme klang müde.

»Hier Tracy Taylor. Ich würde Sie gerne treffen. Ich muss über ein sicheres Telefon mit Jack Murphy reden.«

Nordsyrien
20.03 Uhr

Mark öffnete ein Auge. Er lag wieder zusammengerollt auf dem Lehmfußboden. Was war passiert? Diesmal kam die Erinnerung schneller. Und der Schmerz, in jeder Faser seines Körpers.

Hatte er Sa'id wirklich gesagt, dass dessen Religion bedeutungslos war? Wie war er darauf gekommen? Er musste lächeln. Dass er gegenüber diesem Sadisten den Islam verurteilt hatte, das gefiel ihm. Dann riss das getrocknete Blut auf seiner Lippe auf, und der nächste Schmerz stach in sein Gehirn. Vielleicht war es das doch nicht wert gewesen.

Er versuchte sich langsam an der Wand aufzusetzen. Ein neuer Stich in seinen Rippen. Er kämpfte ihn nieder. Er sah sich im Raum um; es schien noch derselbe zu sein. Wohin mochten sie Chuck gebracht haben, und wie ging es ihm? Die Lage sah hoffnungslos aus. Würde er Tracy wiedersehen, das Kind kennenlernen, das sie gemeinsam gezeugt hatten?

Ein Bild von Ross, wie er tot irgendwo in der Wüste lag. Er kämpfte gegen es an. Er musste sich an seine Ausbildung halten, durfte nicht glauben, was Sa'id behauptete. Aber wenn sie wirklich einen von Vinces Sendern entdeckt hätten, hätten sie ihn und Ross nicht sofort erledigt? *Nein, glaub es nicht!*

Bevor die Verzweiflung ihn übermannte, begann er zu beten. Zuerst für Tracy, dass Gott ihr inneren Frieden geben möge in diesen Stunden. Er wusste, dass er sie nicht verlassen würde. Und ihn auch nicht. Die Vision oder was immer es gewesen war in der Dusche und die kleinen Fingerzeige der letzten Tage, sie zeigten Mark deutlich, dass Gott das Ruder in der Hand hatte.

Es war zu früh, um die Hoffnung aufzugeben. Geschichten aus der Bibel kamen ihm in den Sinn, dann Psalmen Davids, in denen er Gott sein Herz ausschüttete.

Daniel in der Löwengrube, Paulus und Silas, wie sie im Gefängnis sangen. Er schüttelte leicht seinen Kopf, worauf sich der Raum prompt zu drehen begann. Wenn Gott auch ihm ein Erdbeben schickte, um ihn zu befreien, es wäre ihm recht ...

Auf einmal musste er an den Zettel denken, den er an dem Zaun bei Ground Zero in New York gesehen hatte. Psalm 91. Er erinnerte sich an ein Lied, das diesen Text hatte. Er hatte nicht die Energie, es laut zu singen, aber dafür innerlich: »Wer unterm Schutz des Höchsten steht, im Schatten des Allmächtigen geht ...«

National Studios
10.32 Uhr

Für eine Sendung wie *Across the Nation* war Samstag kein arbeitsfreier Tag. Die Live-Sendung am Sonntagabend bedeutete, dass samstags Großeinsatz in Redaktion und Produktion war. Gewöhnlich kam Frank Russell irgendwann nach dem Mittagessen und sah sich die Bänder an. Sein »Gut so« bedeutete, dass das Produktionsteam schon am Nachmittag nach Hause konnte, seine Kritik bedeutete Überstunden, manchmal bis in die Nacht.

Heute war es anders. Die gesamte Belegschaft war bereits früh zum Dienst erschienen und recherchierte jetzt in kleinen Teams die »verlorenen

Jahre« aus Sa'ids Leben. Alles versuchte fieberhaft, ein Porträt von Ronald March alias Ahmad Hani Sa'id zu erstellen.

Nachdem Russell die Stichworte und Informationen seiner Leute durchgegangen war und die nötigen Anweisungen für die Redaktion gegeben hatte, lehnte er sich auf seinem Stuhl zurück und versuchte, den Kopf freizubekommen. Unmittelbar übermannte ihn die Sorge um Mark und Ross. Dass sie sich immer noch nicht gemeldet hatten, konnte nur bedeuten, dass etwas passiert war. Er beschloss, nicht länger zu warten, und wählte die Satellitentelefonnummer, unter der er Mark erreichen konnte. Es läutete ein paarmal, dann meldete sich eine fremde Stimme.

»Mark?«, fragte Russell.

»Nein, hier ist Josh. Wer spricht da?«

»Josh?« Russell war überrascht. »Hier Frank Russell aus Los Angeles. Ich frage mich gerade, was mit meinen Leuten los ist. Warum gehst du an Marks Telefon?«

»Ich frag mich das Gleiche, Frank.« Joshs Stimme klang hohl. »Sie sind seit Mitternacht weg, und ich hab seitdem nichts von ihnen gehört.«

»Du bist nicht mitgegangen?«

»Man hat mir unmissverständlich befohlen, hierzubleiben.«

Russell kochte. Warum hatte ihn keiner informiert? »Das ist merkwürdig.« Er nahm eine Büroklammer und begann, sie zu verbiegen. »Kann man deinen Kontaktmann erreichen?«

»Das hab ich schon versucht, da kriege ich nur den Anrufbeantworter.«

»Das gefällt mir gar nicht«, sagte Russell.

»Mir auch nicht. Was soll ich tun?«

»Bleib, wo du bist. Du bist gerade unser einziger Verbindungsmann.«

Russell legte auf und schüttelte den Kopf. Nein, diese Entwicklung gefiel ihm überhaupt nicht. Sie hätten längst wieder zurück sein müssen. Er rechnete kurz nach. Seit der Kontaktaufnahme durch Abu waren jetzt fast zwanzig Stunden vergangen.

Er durchsuchte seine Kontakte und schaute nach den Nummern, die er von *Newsweek*-Leuten gespeichert hatte. Er kannte einen der Chefredakteure in New York; vielleicht hatten sie von Moreland gehört. Da war er schon. Scott Elliot.

»Scott, hier Frank Russell von *Across the Nation*.«

»Frank, lange nichts mehr gehört. Wie geht's?«

»Gut, danke«, erwiderte Russell. »Entschuldige bitte, dass ich dich am Wochenende störe, aber ich muss dich fragen, ob du was von Chad gehört hast.«

Eine Pause, dann sagte Elliot: »Meinst du Chad Moreland?«

»Ja sicher. Hat er sich gemeldet? Wir haben noch keine Nachricht von Mark.«

»Es tut mir leid, Frank, aber ich habe keine Ahnung, wovon du redest ... Chad ist in Urlaub auf Hawaii.«

Russell schob das Telefon an sein anderes Ohr und lehnte sich vor. »Auf Hawaii? Bist du ganz sicher?«

»Ja, natürlich. Er fängt erst Montag in einer Woche wieder mit der Arbeit an. Was ist denn los?«

»Das würde ich auch gerne wissen«, murmelte Russell.

Kapitel 29

Nordsyrien
21.14 Uhr

Mark saß neben Chuck an der Wand des kleinen Raumes, die Hände hinter dem Rücken zusammengebunden, die Füße mit einem Lumpen gefesselt. Der Raum mochte drei auf zweieinhalb Meter messen, war weiß gekalkt und enthielt keinerlei Mobiliar. Eine einsame Glühbirne an der Decke spendete das einzige Licht.

Vorhin hatten einige von Sa'ids Männern Chuck hereingebracht und Mark eine syrische Zeitung in die Hände gedrückt. Dann hatten die Amerikaner in eine Kamera schauen müssen, während die Terroristen mehrere Bilder schossen. Mark hatte geistesgegenwärtig die Zeitung in die linke Hand genommen, Ring- und Mittelfinger der rechten Hand in die Handfläche abgewinkelt, während er Daumen, Zeigefinger und kleinen Finger streckte und gut sichtbar vor die Zeitung hielt.

Mit diesen Fotos hatten die Terroristen den Beweis dafür, dass Mark und Chuck noch am Leben waren. Nach den Fotos hatten sie Mark und Chuck zum ersten Mal allein gelassen.

»Wie geht es dir?«, fragte Chuck leise.

»Ich habe schon schönere Tage erlebt. Und du?« Der Mund tat Mark weh, wenn er sprach.

»Sieht so aus, als ob sie die Brutalitäten vor allem für dich reserviert haben«, erwiderte Chuck. »Ich lebe noch.«

»Tu das.« Mark schob sich vorsichtig mit dem Rücken in die Ecke, damit er seinen Freund besser sehen konnte. »Tut mir aufrichtig leid, dass ich dich mit reingezogen habe.«

»Das war meine eigene Entscheidung.«

Mark schaute auf die nackten weißen Wände. »Glaubst du, dass die uns beobachten?«

»Würde mich wundern, wenn sie's nicht täten.«

»Wozu sie das Bild gemacht haben, ist dir klar, oder?«

»Als Lebenszeichen natürlich. Und du weißt auch, was ich denke«, sagte Chuck.

»Ja, Chad«, erwiderte Mark. »Bald werden deine Chefs bei *Newsweek* merken, dass du verschollen bist.«

Chuck nickte. Mark benutzte seinen Decknamen, er dachte offensichtlich dasselbe wie Chuck: Es würde nicht mehr lange dauern, bis Sa'ids Männer Chucks Tarnung durchschauten. »Dann wird's interessant, nicht?«

Mark lächelte dünn. »Ja, kann's kaum erwarten. Sa'id sagt, dass Ross und Vince tot sind.«

»Glaube ihm nicht«, erwiderte Chuck. »Du kennst die Regel: Glaub ihnen kein Wort.«

»Ich weiß. Aber es ist schwer.«

Die Tür öffnete sich langsam; Abu kam mit einer Schüssel herein. Mark schaute zu seinem alten Freund hoch. »Wie ... geht es dir, Mark?«, fragte Abu.

»Es ist mir schon besser gegangen«, antwortete Mark.

»Das tut mir so leid. Ich hätte nie im Leben gedacht, dass das so ausgehen würde ... Ich bringe euch etwas Reis.«

»Wie dachtest du denn, dass es ausgehen würde? Dein Onkel hat Tausende meiner Landsleute umgebracht. Glaubst du, er handelt noch rational, Abu?«

Abu schaute zur Seite. »Es sollte nur ein einfaches Interview werden. Normalerweise wärst du schon fast wieder zu Hause. Aber wenn du einen CIA-Agenten mitbringst, um meinen Onkel zu ermorden – was erwartest du?«

»Der Mann kam aus Damaskus, ich habe ihn nicht angeheuert.«

»Mein Onkel glaubt, dass er mit deinem Wissen mitkam.«

»Dein Onkel glaubt vieles, was nicht stimmt.«

»Wenn du ihn weiter so gegen dich aufbringst, wird er dich töten«, flüsterte Abu. Er tauchte einen Löffel in den Reis und hielt ihn an Marks Lippen. »Hier, iss das.«

Mark tat es. Der Reis war weiß, trocken und ohne jeden Geschmack, aber Mark wusste, dass er etwas zu sich nehmen musste, wenn er nicht völlig entkräftet werden wollte. Abu füllte den Löffel und fütterte Chuck.

Mark schluckte, dann sah er seinen Freund fest an. »Abu, es ist egal, was ich oder du sagen. Dein Onkel wird mich so oder so umbringen.«

»Nein, das glaube ich nicht.«

»Denk doch mal nach, Abu! Er kann uns nicht freilassen. Wir haben den wirklichen Sa'id gesehen – seine Wut, seine Grausamkeit. Glaubst du im Ernst, er wird es zulassen, dass Amerika ihn so sieht?«

Abu schwieg. Mark fuhr fort: »Er lässt uns nur so lange leben, wie wir ihm nützlich sind. Onkel oder nicht, ich sehe nicht, wie du jemandem wie Sa'id folgen kannst.«

»Du kennst meinen Onkel nicht. Er ist ein gerechter Mann. Wenn du ihm eine Chance gegeben hättest, hättest du gesehen, dass er ein Heiliger ist. Er tut diese Dinge nur, um Allahs Willen zu erfüllen.«

»Glaubst du im Ernst, dass das Ermorden unschuldiger Frauen und Kinder im Namen Allahs geschieht? Öffne deine Augen, Abu! Als ich dich kennenlernte, warst du ein ehrlicher, frommer Muslim, der den Koran und die Geschichte der ersten Kalifen studierte. Du warst auf einer geistlichen Pilgerreise, du suchtest etwas, das größer ist als du. Eine Erfüllung, die dein Leben verändern würde, ein göttliches Ziel. Ist dir das gelungen, Abu? Ist all das hier das Ziel deiner Reise?«

Abu senkte seinen Kopf. »Du verstehst nicht. Und wie könntest du auch? Du kennst die Wahrheit nicht.«

Ein erstaunter Chuck hörte schweigend zu, wie Mark anscheinend zu jemandem durchdrang, den eigentlich nichts erreichen konnte – einem fanatischen Islamisten.

Mark sprach weiter. »Ich kenne die Wahrheit, und weißt du, woraus sie besteht?« Er wartete, bis Abu ihn wieder ansah. »Die Wahrheit ist, dass Gott dich mehr liebt, als du dir je vorstellen kannst, Abu. Dein Wunsch, Gottes Willen zu folgen und dein Leben für ihn zu führen, ist gut und edel, aber du bist auf dem falschen Weg. Der Islam kann dich nicht ans Ziel bringen.«

»Erzähl mir so was nicht«, murmelte Abu. Er erhob sich abrupt und ging zur Tür.

»Das muss ich aber. Wenn ich es dir nicht sage, wer dann?« Marks Worte schienen Abu festzuhalten. »Schau in dein Herz; du weißt doch, was recht und unrecht ist. Waren die Terroranschläge auf mein Land etwa Allahs Wille? Führe ich Krieg gegen dich, Abu? Behandelt dein Onkel meinen Freund und mich so, wie der Koran es vorschreibt?«

Abu sah seinen alten Freund an. Der Anblick tat ihm weh. Blaue Flecken an Armen und Beinen, das Haar voll von getrocknetem Blut, die rechte

Seite des Gesichtes geschwollen, die Haut an mehreren Stellen aufgeplatzt. Abu schüttelte langsam den Kopf, dann drehte er sich um und ging rasch zur Tür hinaus. Sie hörten das Klicken des Riegels.

National Studios, Hollywood
11.22 Uhr

»Ich hab ein ganz ungutes Gefühl«, sagte Russell ins Telefon. Seit seinem Gespräch mit dem *Newsweek*-Chefredakteur konnte er nur noch an Mark denken. Er war so weit weg und konnte Mark und Ross überhaupt nicht helfen – es war zum Verrücktwerden. Es hatte eine Weile gedauert, er hatte einige Leute in New York aus ihrer Freizeit gerissen, aber jetzt hatte er endlich Steve Thompson am Telefon, den Chef der National Cable News.

»Das versteh ich, Frank, ich mache mir auch Sorgen. Aber im Moment können wir nichts tun.«

»Wir sollten zumindest das State Department informieren, wo sich Mark und Ross aufhalten.«

»Und was erwartest du dir davon?«, konterte Thompson. »Wir müssen das aussitzen. Vielleicht sind sie schon auf dem Rückweg, und du hast deine Story bis morgen Abend.«

»Es geht mir nicht um die Story, Steve, es geht mir um meine Leute. Und ich will wissen, wer sich als Chad Moreland ausgegeben hat.«

»Ich weiß, ich weiß«, sagte Thompson. »In Ordnung, ich werde unsere Korrespondenten in der Region ins Vertrauen ziehen, vielleicht finden die was.«

Russell seufzte. Ihm fiel auch nichts Besseres ein. »Gut, aber wenn wir in den nächsten zwölf Stunden nichts von den Korrespondenten hören, rufe ich das State Department an oder das FBI. Ich will, dass sich jemand nach ihnen umschaut.«

»Einverstanden«, sagte Thompson. »Sehen wir, was die nächsten Stunden bringen. Man kann nie wissen. Vielleicht meldet sich auch Mclintocks Kontaktmann wieder bei ihm.«

»Hoffen wir's. Halt mich auf dem Laufenden.« Russell beendete das Gespräch und legte den Kopf in die Hände. Es musste noch einen Anruf erledigen, aber er wusste nicht, ob dies der richtige Augenblick dafür war.

Tracy Taylor. Vielleicht hatte Mark sie kontaktiert und sie wusste etwas. Und wenn nicht, dann hatte sie jedes Recht, zu erfahren, dass Mark sich nicht mehr meldete.

Er rieb sich die Stirn. Das Bild von Daniel Pearl trat vor seine Augen. Hatte er Mark und Ross in das gleiche Schicksal geschickt? Hoffentlich nicht. Er nahm wieder das Telefon. *Sei stark, Tracy ...*

Er wählte Marks Privatnummer. Es klingelte mehrere Male, dann antwortete die Mailbox. Marks Stimme. Russell lief es kalt den Rücken hinunter, als er daran dachte, dass sein junger Reporter Tausende von Meilen entfernt war.

»Hallo, Tracy. Hier Frank Russell von *Across the Nation*. Können Sie mich bitte zurückrufen? Sie kennen die Nummer ja, aber ich gebe Ihnen auch meine Mobilnummer, falls ich nicht im Büro bin ...«

Nordsyrien
21.22 Uhr

Abu stand vor der Zimmertür seines Onkels und zögerte. Drinnen befasste sich Sa'id gerade mit Mustafa, der aus dem Lager zurückgekehrt war, in dem sie Ross und Vince festgehalten hatten. Sa'ids Gebrüll war im ganzen Haus zu hören. Er gab Mustafa die Schuld an der Flucht der Spione. Abu hörte einen heftigen Schlag, dann Stille. Dann schickte sein Onkel Mustafa fort.

Es war wohl besser, wenn er später wiederkam ... Aber bevor er sich umdrehen konnte, trat Mustafa mit gebeugtem Kopf durch die Tür, dicht gefolgt von Sa'id.

»Komm rein, Abu!«, rief Sa'id.

Der Raum war spartanisch eingerichtet: eine Schlafmatte in einer Ecke, an der Wand gegenüber ein kleiner Schreibtisch mit einem Laptop. Abu nickte respektvoll und folgte seinem Onkel in das Zimmer. Er blieb stehen, der Schreibtisch zwischen ihnen.

»Wie geht es den Ungläubigen?«, fragte Sa'id.

»Sie sind noch am Leben«, antwortete Abu langsam.

Sa'id sah seinen Gesichtsausdruck. »Woran denkst du, Abu?«

»Nichts ...«

»Nein, nein, das nehme ich dir nicht ab.« Sa'id lachte, sein Zorn von eben scheinbar vergessen.

»Dich bedrückt doch etwas. Ist heute nicht ein ruhmreicher Tag für Allah? Was kann dich da bedrücken?«

Abu saß in der Falle. Der Letzte, mit dem er über seine Gefühle reden wollte, war dieser Mann.

»Er ist mein Freund«, murmelte er schließlich mit gesenktem Kopf.

Sa'id hörte abrupt auf zu lachen. »Er kann nicht dein Freund sein! Das wäre verboten!«

»Er hat damals mein Leben gerettet! Das bedeutet doch etwas.«

»Nur dass Allah ihn gebrauchen konnte, wie ich ihn jetzt. Du hast gehört, was er gesagt hat: ›Der Islam ist bedeutungslos.‹ Ich hätte ihn sofort töten sollen; solche Gotteslästerung darf nicht ungestraft bleiben. Er lässt sich nicht von der Gerechtigkeit unserer Sache überzeugen, wie du gedacht hast, Neffe!«

»Er ist nicht mehr der Mensch, den ich früher kannte. Er ist anders geworden.«

»Er ist all das, was ich an den Amerikanern hasse: diese Arroganz, dass sie die Wahrheit gepachtet hätten, obwohl sie in der Finsternis leben und gegen Allahs Willen kämpfen. Ich hätte diesem Interview nicht zustimmen sollen. Es hätte unserer Sache eher gedient, wenn wir eine eigene Video-Aufzeichnung direkt an Al-Jazeera geschickt hätten.«

»Das tut mir leid, Kalif«, sagte Abu leise. »Ich dachte, du würdest ihn überzeugen können. Wenn ihr nicht gestört worden wärt, vielleicht ...«

Sa'ids Stimme wurde leiser, sein Gesicht mitleidig. »Abu, ich weiß, dass du und Taylor eine gemeinsame Geschichte habt, aber lass dir von dieser nicht dein Urteilsvermögen trüben. Er ist nicht gekommen, um die Wahrheit zu hören, sondern um einen Mordanschlag auf mich zu verüben.«

Abu wollte protestieren; Sa'id hinderte ihn mit einer Handbewegung. »Große Dinge stehen uns bevor. Allah hat mir seine Gunst geschenkt. Die Vereinigung des Islam ist greifbar nahe. Wir werden der Welt die Scharia bringen und endlich in Frieden leben. Lass deine Gefühle nicht von einem unwichtigen Mann verwirren.«

»Aber er spricht von Liebe, nicht von Krieg. Er ist nicht wie die Amerikaner, gegen die wir kämpfen.«

»Er ist genauso wie sie, Abu! Sie reden von Liebe, dann schicken sie ihre

Cruise-Missiles in unsere Städte und töten unsere Kinder. Sie lieben nicht, sie zerstören nur. Mark Taylor ist keine Ausnahme.«

Und Sa'id fuhr fort mit seiner Hasstirade gegen die Amerikaner und Mark Taylor. Er dachte anscheinend, dass er überzeugend klang, dass er genau die Argumente anführte, die Abu bei der Stange halten würden. Aber wenn Abu den wirklichen Mark Taylor mit dem Zerrbild verglich, das sein Onkel malte, konnte Abu die beiden nicht zusammenbringen. Er hörte seinem Onkel respektvoll zu, aber zum ersten Mal überzeugten ihn dessen Argumente nicht mehr.

Los Angeles, Kalifornien
11.30 Uhr

Tracy erreichte das FBI-Gebäude genau pünktlich und fuhr wieder in den 16. Stock, wo die Rezeption sie bat, in der Lobby auf Weston zu warten. Fünf Minuten später kam ein anderer Agent und fuhr mit ihr drei Stockwerke hinunter zu Westons Büro. Weston sah von seinem Schreibtisch auf. »Mrs Taylor.«

»Danke, dass Sie das noch einmal ermöglichen, Agent Weston.« Tracy lächelte unsicher. War er womöglich nur ihretwegen an einem Samstagmorgen in sein Büro gekommen?

»Kein Problem, ich bin schon seit sechs Uhr hier.«

»Im Ernst? An einem Samstag?«

»Ja.« Weston zuckte die Achseln. »So sind die Zeiten, leider, dieses Wochenende herrscht erhöhte Alarmbereitschaft. Bitte setzen Sie sich doch.«

Tracy betrat den kleinen Raum mit Blick auf die Innenstadt von Los Angeles und setzte sich vor Westons Schreibtisch.

»Sie wollen wieder mit Jack Murphy reden?«

»Ja. Er hat mich gestern Abend angerufen und mir nur das erzählt, was er mir über ein ungesichertes Telefon sagen konnte. Ich habe nachgedacht, und jetzt möchte ich alles hören.«

»Okay.« Weston nickte. »Ich schau mal nach, ob er da ist.«

Es dauerte ein paar Sekunden, bis Weston mit Langley verbunden war. Er hörte einen Augenblick zu, dann legte er seine rechte Hand auf die Sprechmuschel und schaute Tracy an. »Sie haben Jack in den Nahen Osten geschickt. Sie suchen gerade jemand anderes, der Bescheid weiß. Einen Moment noch ...«

CIA-Zentrale, Langley, Virginia
14.30 Uhr

Am anderen Ende der USA saß Wendy an ihrem Schreibtisch und durchkämmte die Meldungen, die während der Nacht im Nahen Osten abgefangen worden waren. Irgendwo musste doch ein Hinweis darauf sein, was die Terroristen am Sonntag vorhatten. Das Telefon neben ihr klingelte. Sie nahm ab, ohne den Blick vom Computerbildschirm zu nehmen. »Hier Hamilton.«

»Wendy«, sagte Kristen, Jacks Assistentin. »Ich habe Tracy Taylor am Apparat, sie möchte Jack sprechen. Kannst du das übernehmen?«

Wendy hob den Kopf und ließ ihren Blick durch das Zimmer schweifen, fast so, als suchte sie jemanden, der ihr das Gespräch abnehmen konnte. »Ich weiß nicht ...«

»Bitte, Wendy«, sagte Kristen. »Jack hat gestern Abend mit ihr gesprochen und ihr das Wichtigste mitgeteilt. Sie sitzt jetzt beim FBI Los Angeles an einer gesicherten Leitung und will von Jack die Einzelheiten hören.«

Wendy seufzte. »Okay, stell sie durch.«

Sie hörte, wie die Verbindung hergestellt wurde. »Hallo, Mrs Taylor, mein Name ist Wendy Hamilton. Ich arbeite an der ... Mission Ihres Mannes.«

»Ja, hallo. Bitte nennen Sie mich doch Tracy.«

»Gut, Tracy.« Es berührte Wendy, die Stimme hinter dem Namen zu hören. »Und bitte nennen Sie mich Wendy. Also, was kann ich für Sie tun?«

»Also, ich wollte eigentlich Jack Murphy sprechen. Er hat gestern Abend angerufen und ... und hat mir gesagt, dass Mark vermisst wird.«

Wendy ahnte: Dieser Anruf würde nicht einfach werden. Alle Gefühle, die sie seit dem Tod ihres Bruders unter den Teppich gekehrt hatte, kamen an die Oberfläche. »Geben Sie die Hoffnung nicht auf, Tracy«, sagte sie. »Die Terroristen haben Marks Gruppe aufgeteilt, dadurch können wir ihn nicht mehr verfolgen. Das muss aber nicht bedeuten, dass etwas Schlimmes passiert ist.«

»Aber Sie wissen nicht, wo er ist.«

»Nicht genau, nein. Wir glauben, dass er wahrscheinlich in Nordsyrien ist, vielleicht auch noch in der Südost-Türkei.«

»Und Ross?«

»Ist zurück auf einen türkischen Luftwaffenstützpunkt geflogen worden, auf dem unsere Marines stationiert sind.«

»Genau das konnte Jack mir gestern Abend nicht genau erklären. Warum ist Ross schon wieder zurück?«

»Tracy, das unterliegt der Geheimhaltung. Bevor ich Details weitergebe, muss ich erst mit Jack reden.«

»Es geht um das Leben meines Mannes ...«

»Ich weiß, dass dies sehr schwer für Sie sein muss. Alles, was ich sagen kann, ist, dass die Marines Ross und unseren Mann mit einem Hubschrauber rausgeholt haben.«

»Dann wissen die Terroristen also, dass ihr hinter ihnen her wart.«

»Wahrscheinlich schon, ja.«

»Bringt das Mark nicht in eine ganz gefährliche Situation?«

Wendy seufzte. »Wir hoffen nicht, Tracy. Wir haben dafür gesorgt, dass Mark absolut nichts Verdächtiges bei sich trägt. Außerdem wurde Mark für das Interview nur deshalb eingeladen, weil er mit Abu Ressam befreundet ist. Wir hoffen, dass das für ihn zählt.«

Tracy überlegte. Wendy klang, als hielte sie sich an Strohhalmen fest. Aber Abu Ressam – hatte sie diesen Namen nicht schon einmal gehört? Natürlich – Marks Freund aus Saudi-Arabien. »Dann ist Abu Ressam derjenige, der Mark empfohlen hat. Aber was hat Ressam mit dem Dschihad al-Scharia zu tun?«

»Der Freund Ihres Mannes ist ein Neffe von Sa'id.«

Tracy hatte Abu nie persönlich kennengelernt. Trotzdem blieb ihr der Mund offen stehen. Marks Freund ein Terrorist?

Wendy brach das Schweigen. »Ich gebe Ihnen meine Durchwahl. Solange Jack unterwegs ist, dürfen Sie mich jederzeit anrufen, wenn Sie Fragen haben.«

Tracy notierte die Nummer und äußerte eine letzte Bitte, bevor sie auflegte:

»Bitte bringt mir meinen Mann zurück.«

Kapitel 30

Van Nuys, Kalifornien
19.04 Uhr

»Du siehst bedrückt aus, Fazul«, sagte seine Mutter. »Ist irgendwas passiert?«

»Nein, nichts.« Fazul lächelte dünn und stocherte in seinem Essen. »Ich hab einfach keinen Appetit.«

»Du bist spät nach Hause gekommen gestern Abend«, sagte Ramsi. »Wo warst du so lange?«

»Mit Freunden im Kino«, erwiderte Fazul. »Ach ja, heute Abend treffen wir uns wieder bei Sofian. Wahrscheinlich bleibe ich sogar über Nacht, vor Sonnenaufgang wollen wir beten.«

»Du bist viel bei Sofian in der letzten Zeit«, bemerkte Johara.

»Wir studieren den Koran, für die Kurse in der Moschee. Ich hab viel von ihm gelernt.«

»Zum Beispiel?«, fragte sein Vater.

Fazul wusste, dass er vorsichtig sein musste. »Zum Beispiel ... wie wichtig eine gute Ausbildung ist, wenn man im Leben Allahs Willen folgen will.«

Sein Vater nickte anerkennend, aber der Blick auf Akilahs Gesicht sprach Bände. Fazul sah sie eindringlich an.

»Ich fände es gut, wenn du deinen muslimischen Glauben mit einer guten Berufslaufbahn verbinden würdest«, sagte sein Vater und lächelte.

Wie du, nicht wahr?, hätte Fazul beinahe gesagt, aber er blieb still.

»Was macht ihr also heute Abend?«, fragte Ramsi.

»Ich werde mir ein paar Weiterbildungsangebote ansehen, die mich interessieren.« Fazul trug dick auf. »Vielleicht kann ich dieses Frühjahr ein paar Scheine nachholen und dann im Herbst meinen Bachelor abschließen.«

»Das wäre ja toll!«, rief sein Vater aus. Seine Mutter lächelte.

»Dann hast du nichts dagegen, wenn ich hingehe?«

»Natürlich nicht, mein Sohn.«

Fazul lächelte seinen Vater an. Den schockierten Gesichtsausdruck seiner Schwester ignorierte er lieber.

Türkischer Militärstützpunkt bei Diyarbakir
Sonntag, 6.21 Uhr

Jack war am Ende. Ein Nachtflug in einem Truppentransporter war nicht die beste Methode, fehlenden Schlaf nachzuholen. Die Marines hatten ihn zu dem Krankenhaus gefahren, in dem Vince lag. Er war noch bewusstlos und noch lange nicht über den Berg, aber die erste Nacht hatte er überstanden. Er wäre fast verblutet, doch eine sechsstündige Notoperation hatte seinen Zustand stabilisiert.

Jack zwang sich, an die vor ihm liegende Aufgabe zu denken. Er saß in einem kleinen Büro in der Kaserne, in der Ross untergebracht war. Es klopfte kurz an der Tür, und Wark kam mit Ross herein.

»Mr Berman«, sagte Jack. Er erhob sich und bot ihm seine Hand. »Mein Name ist Jack Murphy.«

Ross ergriff die Hand zögernd. »Wenn ich noch mal alles ...«

»Das wird nicht nötig sein.« Jack sah Wark an. »Danke, Patrick. Kannst du uns ein paar Minuten allein lassen?«

Wark nickte, ging hinaus und schloss die Tür hinter sich.

»Ich leite die Abteilung Nahost-Aufklärung in Langley.« Jack machte eine Pause.

»CIA«, murmelte Ross.

»Korrekt. Ich bin hier, um Sie um Ihre Hilfe zu bitten.«

Ross schüttelte ungläubig den Kopf. »Meine Hilfe? Finden Sie nicht, dass Sie schon genug vermasselt haben, indem Sie Mark um Hilfe gebeten haben?«

Jack sah den jungen Produzenten eindringlich an, dann deutete er auf den Stuhl vor ihm. »Bitte setzen Sie sich doch.« Er schob seinen eigenen Stuhl näher und setzte sich ebenfalls. »Haben Sie etwas dagegen, wenn ich Sie Ross nenne?«

Ross zuckte die Achseln. »Wie Sie wünschen.«

»Ich habe alles mitbekommen, was Ihnen und Vince passiert ist. Sie waren sehr mutig. Wahrscheinlich haben Sie Vince das Leben gerettet.«

Ross antwortete nicht.

Jacks Stimme wurde ernster. »Die Dinge sind nicht ganz so gelaufen, wie wir es gehofft hatten. Aber ich bin hier, um Sie im Namen des Präsidenten der Vereinigten Staaten persönlich um etwas zu bitten.«

Ross hob abwehrend seine Hand. »Kommen Sie mir nicht mit Patriotismus. Ich bin todmüde. Ich hab die Hölle hinter mir, ich will hier weg und nach Hause.«

»Machen Sie sich keine Sorgen um Ihren Kollegen Mark?«

»Natürlich mach ich mir Sorgen! Aber was kann ich denn für ihn tun, zum Kuckuck noch mal?«

Jack musste sich zwingen, nicht zu lächeln. »Ganz im Gegenteil, Sie können etwas tun.« Er ließ seine Aussage kurz stehen, bevor er fortfuhr. »Wir werden Sie hier nicht festhalten, Ross, außer natürlich, Sie wollen von sich aus hierbleiben und diesen Job zu Ende bringen. Wenn dieses Gespräch beendet ist, können Sie nach Hause.«

Ross lächelte dünn. »Aber?«

»Kein Aber. Ich möchte nur, dass Sie sich gut überlegen, was Sie Ihrem Sender und dem Rest der Welt erzählen.«

»Dass ich von Mark getrennt und durchsucht wurde und dann ...« Ross hielt an. Er merkte plötzlich, worauf Jack hinauswollte.

»Sie vergrößern die Gefahr für Mark, wenn Sie bestätigen, dass Vince zur CIA gehört.«

Ross schaute nachdenklich zur Seite. »Ich verstehe, was Sie meinen.«

»Ja, es ist ein bisschen kompliziert«, sagte Jack. »Der erste Teil der Story ist unproblematisch – dass Sie von Mark getrennt wurden –, aber warum haben Sie und der Kameramann nicht einfach gewartet, bis das Interview vorbei war?«

»Weil sie den Sender gefunden haben ... Aber das können wir natürlich nicht sagen.«

»Exakt. Und noch etwas müssen Sie wissen, etwas, das bald ans Licht kommen wird.«

»Und was?«

»Der andere Mann. Er ist nicht Chad Moreland von *Newsweek*.«

»Machen Sie Witze? Haben Sie zwei Agenten rein...«

»Nein, Moreland war Marks Idee. Der ist nicht von der CIA.«

»Und wer ist er wirklich?«

»Diese Information ist geheim, aber wenn wir uns einigen können, kann ich sie Ihnen geben.«

Ross senkte seinen Kopf, versuchte die Puzzleteile zusammenzusetzen. Nach einem Augenblick sah er wieder auf. »Und was schlagen Sie mir vor?«

»Das liegt bei Ihnen. Ich hoffe, dass Sie und ich ein Vorgehen finden, das Mark die größtmögliche Chance gibt, lebendig nach Hause zu kommen. Sobald wir uns über dieses Vorgehen geeinigt haben, können Sie zurück in die Staaten – oder auch, wenn Ihnen das lieber ist, hierbleiben und die neuesten Nachrichten über Mark sammeln. Sie wären dann für Ihren Sender der Mann vor Ort.«

Ross lehnte sich auf seinem Stuhl zurück und holte tief Luft. Dies war keine einfache Entscheidung.

CIA-Zentrale, Langley, Virginia
23.30 Uhr

Nichts ärgert einen CIA-Analysten mehr, als neue Informationen aus dem Fernsehen zu erhalten. So war es auch bei Wendy, als sie bis spät in die Nacht vor ihrem Computer saß und arbeitete. Sie hatte auf dem Bildschirm ein Fenster für den arabischen Sender Al-Jazeera aus Katar geöffnet, der Ton gerade so laut, dass sie wichtige Stichwörter aufschnappte. Sie war am Rande der Erschöpfung; die letzten drei Seiten Meldungen und Berichte der Agenten vor Ort hatte sie gar nicht mehr registriert. Sie lehnte sich zurück und schloss die Augen. Nur ein wenig ausruhen ...

Sie war kurz davor, einzuschlafen, als sie hörte, wie die arabische Stimme »Mark Taylor« sagte. Das musste sie sich einbilden. Aber dann öffnete sie mit letzter Kraft ein Auge und warf einen Blick auf den Bildschirm.

Sie sprang fast vom Stuhl, die Müdigkeit wie weggeblasen. In dem Fenster erschien ein Bild von Mark Taylor neben einem anderen Mann. Beide trugen arabische Gewänder, und Mark, der übel zugerichtet aussah, hielt eine Zeitung hoch. Wendy packte die Computermaus. Bild vergrößern, Lautstärke hochdrehen ...

Türkischer Militärstützpunkt bei Diyarbakir
6.32 Uhr

Ein lautes Klopfen an der Tür unterbrach das Gespräch zwischen Jack und Ross. »Herein!«, rief Jack.

Patrick Wark trat ein, ging rasch zu dem Fernseher auf einem der Aktenschränke und schaltete ihn ein. »Wir haben gerade einen Anruf aus Langley gekriegt. Das müssen Sie sofort sehen!«

Sie hörten die Stimme eines CNN-Reporters, dann erschien das Bild. Mark und Chuck, die die Titelseite einer arabischen Zeitung hochhielten.

> *»Bisher gibt es keine Meldungen über Lösegeldforderungen. Nach einem Bericht des Nachrichtensenders Al-Jazeera sind Mark Taylor von National Network und Chad Moreland vom Magazin Newsweek Gefangene des Dschihad al-Scharia und werden der Spionage und eines Mordanschlags auf Ahmad Hani Sa'id beschuldigt. Wir wissen derzeit noch nicht, ob es sich tatsächlich um die beiden Reporter handelt und wo sie festgehalten werden ...«*

Ross und Jack starrten schockiert auf den Bildschirm. Mark sah aus, als ob er die Hölle hinter sich hatte. Die Prellungen und Schnitte auf seinem Gesicht und das eingetrocknete Blut um seinen Mund und im Haar waren deutlich zu erkennen. Jack fragte sich stumm, was für nicht sichtbare Verletzungen er noch hatte. Chuck sah besser aus; vielleicht war das ein Hoffnungsschimmer.

Ross holte tief Luft und drehte sich zu Jack hin. »Ich nehme Ihr Angebot an, aber ich möchte hierbleiben, so nah an Mark wie möglich.«

»Abgemacht.« Jack nahm das Satellitentelefon.

National Studios, Hollywood
20.30 Uhr

Frank Russell saß an seinem Schreibtisch und dachte nach. Sollte er das FBI anrufen oder das State Department? Die zwölf Stunden, die er Thompson in New York versprochen hatte, waren fast vorbei. Zeit, zu handeln.

Nur in seinem Büro brannte noch Licht. Alle anderen waren längst gegangen, aber Russell wollte bleiben. Dass Mark sich nicht meldete, ließ ihm keine Ruhe.

Das Telefon klingelte. Frank sah es argwöhnisch an, dann nahm er ab. »Hallo?«

»Ist dort *Across the Nation*?«, fragte eine männliche Stimme.

»Ja«, erwiderte Russell. »Mit wem spreche ich?«

»Hier Mike McDermit von CNN in New York. Wir senden gerade eine Nachricht aus dem Nahen Osten, und ich wollte fragen, ob Sie die Identität von Mark Taylor bestätigen können und ob er zurzeit in der Region unterwegs ist.«

Frank nahm die Fernbedienung seines Fernsehers und schaltete auf CNN. »Was ist passiert?«

»Das wissen Sie nicht? Der Dschihad al-Scharia behauptet, Taylor gefangen genommen zu haben. Sie werfen ihm vor, für die CIA zu arbeiten.«

Der Bildschirm wurde hell. Frank sah die Gesichter von Mark und einem Mann, den er nicht kannte. Er stieß einen Fluch aus, bevor er sich fing.

»Mit wem spreche ich?«, fragte der CNN-Produzent.

Frank hatte weder Lust, einem Konkurrenten Material zu liefern, noch wusste er, was er sagen sollte. »Hier ist keiner mehr, rufen Sie morgen wieder an.« Er knallte den Hörer in die Gabel, drehte den Fernseher lauter und wählte Steve Thompsons Nummer in New York.

Studio City, Kalifornien
21.19 Uhr

Tracy hatte das Beifahrerfenster geöffnet, damit der Hund neben ihr die Nase hinausstecken und riechen konnte, dass sie bald zu Hause waren. Shandy kannte jeden Geruch in der Nachbarschaft.

Sie bogen um die letzte Ecke, und der Hund begann zu knurren, während Tracys Augen sich in ungläubigem Schock weiteten. Rund um ihr Haus standen die Wagen so ziemlich aller Fernsehsender aus Los Angeles, dazu, groß und protzig, CNN und Fox. Die sonst so ruhige Straße wimmelte von Reportern und Kamerateams – und alle warteten sie auf sie.

Sie bremste abrupt und bog in die Einfahrt der Familie Collins ein, drei Häuser vor ihrem eigenen. Der Hund bellte und mehrere der näher stehenden Reporter drehten sich um.

»Still, Shandy!« Sie versuchte den Hund zu beruhigen und legte den Rückwärtsgang ein, während sie gleichzeitig versuchte, ihr Gesicht so zu drehen, dass sie die Reporter beim Zurücksetzen nicht sehen konnten. Im

Rückspiegel sah sie, wie zwei Männer zu ihren Autos liefen. Sie drückte das Gaspedal durch und schoss um die Ecke, zurück auf die Hauptstraße. Sie bog nach rechts ab und brauste davon, bevor die Presseleute sie einholen konnten.

Es muss was mit Mark passiert sein! Darum warten die vor dem Haus. Ich habe mir wohl den richtigen Augenblick ausgesucht, um ein paar Kleider zum Wechseln und neues Hundefutter zu holen ...

Tracy schaltete das Autoradio ein und zappte die Sender durch. Wo liefen gerade Nachrichten? Endlich fand sie einen Sender.

> *»... und jetzt noch einmal die Meldung des Abends: Der arabische Sender Al-Jazeera berichtet, dass Mark Taylor von Across the Nation und Chad Moreland von Newsweek vom Dschihad al-Scharia festgehalten werden, wegen angeblicher Spionage und einem Mordversuch an Ahmad Hani Sa'id, dem Kopf der Terrororganisation. Es soll sich nicht um eine Entführung handeln, und es gibt keine Lösegeldforderung, sondern Taylor und Moreland soll wegen Verbrechen gegen den Islam der Prozess gemacht werden. Ein Foto der beiden wurde über den Sender für den Nahen Osten ...«*

»Nein!«, schrie Tracy auf. Ihre schlimmsten Ängste – waren real. Mark war in der Gewalt dieser Terroristen und Mörder. Sie bog in eine Seitenstraße ein und hielt an. Sie vergrub ihr Gesicht weinend in den Händen, während die Stimme im Radio weitersprach. »O Gott, wo bist du?«

Van Nuys, Kalifornien
21.41 Uhr

»Gehst du gerade?« Akilah streckte ihren Kopf in das Zimmer ihres Bruders.

»Ja«, antwortete Fazul, ohne sich umzudrehen, während er ein Hemd aus seiner Kommode holte und in seinen Rucksack stopfte.

Akilah setzte sich auf den Rand seines Bettes. »Was hast du vor, Fazul?«

»Wie meinst du das?«

»Komm schon, deine Theaternummer beim Abendessen nehme ich dir nicht ab. Ich wette, du gehst gar nicht zu Sofian.«

Fazul lachte. »Beruhige dich, Akilah. Du hast doch Vater vorhin gehört; er findet, dass Sofian gut für mich ist.«

»Nur weil du ihn angelogen hast. Von Ismael hast du nichts gesagt. Also: Was hast du wirklich vor?«

Fazul unterbrach das Packen und sah seine Schwester an. »Lass mich in Ruhe. Ich weiß, was ich tu.«

»Wirklich, Fazul?« Akilahs Stimme wurde besorgt. »Du hast dich verändert. Das macht mir Angst.«

»Natürlich habe ich mich verändert, aber zum Guten.« Fazul setzte sich neben sie. »Wenn du nur begreifen könntest, wie wichtig das ist, nicht nur für mich, sondern für den Islam.«

»Wovon redest du?« Akilah neigte den Kopf und schaute ihn verwirrt an.

Er wich ihrem Blick aus. »Ach lass, das würdest du doch nicht verstehen. Deine Liebe zu Amerika, deine kurzen Röcke, die Jungs, das Kino – all das hat dich von der Wahrheit entfernt.«

Akilah schüttelte den Kopf. »Fazul, ich bin nach wie vor Muslimin und stolz darauf, Allah zu folgen. Aber unsere Religion muss auch mit der Zeit gehen.«

»Du redest Lästerung!« Fazul sprang abrupt auf. »Der Koran lässt keinen Raum für die Perversionen dieses Landes!«

Einen Augenblick Stille, dann seufzte Fazul und sah seine Schwester fest an. »Akilah, falls mir was passiert ...«

»Fazul, du machst mir Angst.«

Er lächelte sie an, seine Augen entschlossen. »Wenn Allah will, wird nichts passieren, aber wenn er will, dass ich ihm im Paradies begegnen soll, dann sage Vater und Mutter, dass ich ihm gerne gedient habe.«

Akilah schüttelte ihren Kopf. »Hör zu, Fazul! Egal, was Ismael dir aufgeschwätzt hat, tu es nicht! Du denkst nicht mehr klar.«

»Doch, Akilah.« Fazul erhob sich und trat zu seinem Schrank, um seine Gebetsmatte herauszuholen. »Ich habe noch nie klarer gedacht.«

Kapitel 31

New York City
0.51 Uhr

»Was habt ihr herausgefunden?« Keith Chapman betrat das FBI-Labor, in dem sein Team jeden Millimeter der Computer und des schriftlichen Materials untersuchte, das sie bei der Razzia am Freitag gefunden hatten.

»Vor einer Stunde haben wir die Verschlüsselung geknackt«, antwortete der Agent am Computer.

Die Sprengstoffexperten der New Yorker Polizei hatten die Kirchen, deren Pläne Keith entdeckt hatte, vom Dach bis zum Keller durchsucht und keinen Sprengstoff gefunden, sodass sie inzwischen davon ausgingen, dass die Terroristen die Gebäude von außen hatten angreifen wollen. Keith nahm einige der ausgedruckten E-Mails in die Hand. »Und das Ergebnis?«

»Es ist eine isolierte Zelle. Wir finden keinerlei Informationen über andere Gruppen. Aber ...« Keith hörte das Zögern in der Stimme seines Informatikers. »Es gibt mehrere E-Mails, die gleichzeitige Anschläge an mehreren Orten im Land erwähnen, und zwar ...« Er schaute auf seine Armbanduhr. »... für heute.«

»Auf Kirchen?«

»Das vermute ich stark, Sir. Diese Gruppe hier wollte alle drei – St. Patrick's, Brooklyn Tabernacle und Times Square – um 11.30 Uhr angreifen.«

»Alle drei?« Keith war überrascht.

»Ja. Sieht so aus, als ob sie anderswo was Ähnliches vorhaben.«

»Unglaublich.« Keith seufzte. »Ich muss den Direktor und das SIOC sprechen, wir müssen Großalarm auslösen.« Das SIOC war das Strategic Information Office Center, das rund um die Uhr in der Zentrale des FBI in Washington, D. C. im Einsatz war. »Wir haben ungefähr zehn Stunden, um jede Kirche in Amerika zu schützen.«

Northridge, Kalifornien
21.57 Uhr

Tracy wusste selbst nicht, wie sie es zurück zu Brenda und Tom geschafft hatte, aber jetzt stand ihr Auto in der Einfahrt. Saß sie seit zehn Minuten dort oder seit einer Stunde? Sie wusste es nicht, sie hatte wahllos durch die Sender gezappt, die über Mark berichteten. Erst das Klingeln ihres Handys riss sie aus der Erstarrung.

Es war Brenda, sie klang besorgt. »Tracy, wo bist du? Ich komm und hol dich.«

»Nicht nötig«, antwortete Tracy. »Ich stehe in eurer Einfahrt.«

Bevor sie ganz aussteigen konnte, war Brenda schon da und schloss sie in die Arme. Sie standen einen langen Augenblick so da, dann hörten sie Toms Stimme von der Haustür. »Die Zehn-Uhr-Nachrichten!«

Tracy rannte ins Wohnzimmer, wo der Fernseher stand. War das echte Bild genauso schlimm wie das, was ihre Vorstellung ihr malte?

Es war schlimmer.

Nicht Marks Verletzungen an sich, die stellte sie sich genauso seit einer Stunde vor. Das eigentlich Schlimme war, dass sie mit diesem Bild auf dem Schirm das Geschehene nicht mehr leugnen konnte. Mark war wirklich in den Händen von Fanatikern.

Sie wollte gerade mit der Hand den Bildschirm berühren und kämpfte verzweifelt gegen die Angst und die Tränen an, als sie etwas bemerkte. Marks Hand.

Sie begann zu lachen.

Brenda sprang auf und legte ihren Arm um sie, sicher, dass Tracy einem Nervenzusammenbruch nahe war. Tracy sah sie lächelnd an.

»Guck dir mal seine Hand an!« Sie zeigte auf das Bild.

»Wie meinst du ...?«

»Na, seine rechte Hand. Wie er die Zeitung hält.«

»Was?« Brenda sah nichts.

»Guck dir seinen Daumen, Zeigefinger und kleinen Finger an.«

Brenda beugte sich näher. Mark hielt die Zeitung merkwürdig. Entweder hatte er die beiden mittleren Finger eingezogen oder sie waren abgeschnitten worden. Angst stieg in Brenda hoch. Hatten sie ihn auch noch verstümmelt?

»Das ist unser Zeichen!«, rief Tracy. »Unser Zeichen für ›Ich liebe dich.‹ So winken wir uns dauernd zu.«

Sie sah Brenda an. Sie spürte einen ersten Hoffnungsfunken. »Das hat er absichtlich gemacht.« Sie schaute wieder zum Fernseher, ihre Tränen strömten. »Er sagt mir, dass alles okay ist.«

Hollywood
22.02 Uhr

Frank fuhr auf dem Freeway 101 über den Cahuenga-Pass, zu seinem Haus in Woodland Hills. Im Büro war es nicht mehr auszuhalten! Das Telefon klingelte in einem fort, und er wollte mit niemandem reden. Er hatte seinen Nachrichtenchef in New York erreicht, und sie hatten einen Schlachtplan erstellt: Kein Kommentar für die anderen Sender. Diese Story gehörte *National News*; der Rest der Welt sollte ruhig spekulieren.

Das tat den Einschaltquoten gut, aber es brachte Mark nicht zurück. Wie konnten sie ihn heil zurückbringen? Und was war Ross zugestoßen? Und wer war der andere Mann auf dem Bild neben Mark? Auf keinen Fall Chad Moreland.

Sein Telefon klingelte. Er nahm zögernd ab. »Russell.«

»Frank, hier Ross.«

Es war gut, dass so spät kaum mehr Verkehr auf der Autobahn war, denn Russells Wagen schoss quer über zwei Spuren, bevor er das Lenkrad wieder unter Kontrolle hatte. »Ross, du lebst! Gott sei Dank! Was ist los bei euch? Geht es dir gut?«

»Mir geht's gut ...«

»Wo bist du? Wie bist du von Mark getrennt worden ...?« Die Fragen schossen einfach aus ihm heraus.

»Langsam, Frank«, unterbrach Ross ihn. »Ich bin auf einem türkischen Militärstützpunkt ...«

Er erzählte Frank die Story, die Jack sich ausgedacht hatte: Er und der Kameramann waren von Mark und Chad getrennt worden, man hatte sie meilenweit von Diyarbakir entfernt irgendwo abgesetzt und sie waren die ganze Nacht bei Wind und Wetter umhergeirrt, bis eine Marines-Einheit sie fand und sicher zum Stützpunkt brachte.

»Dann wisst ihr nicht, wo Mark ist?«, fragte Frank.

»Nein, aber wir nehmen an, dass sie ihn nach Syrien gebracht haben.«

»Wir?«

»Inzwischen kenne ich den Marines-Kommandanten hier in Diyarbakir ganz gut. Sie sind auf dem türkischen Luftwaffenstützpunkt stationiert.«

»Und werden sie Mark suchen?«

»Wenn sie wüssten, wo, wären sie schon dran. Der Kommandant weiß, dass Mark bei den Marines war. ›Wir lassen unsere Leute nicht im Stich‹, hat er gesagt oder so ähnlich.«

»Das müssen wir senden, Ross«, sagte Frank.

»Wie meinst du das?«

»Ich möchte, dass du vom Stützpunkt aus auf Sendung gehst. Sieh zu, dass du eine Erlaubnis kriegst, und ich lass Josh alles organisieren. Wenn nicht, musst du zurück ins Hotel.«

»Ich bin kein Reporter, Frank.«

»Jetzt bist du einer. Wir müssen was unternehmen gegen Sa'ids Behauptung, dass Mark ein Spion ist. Du bist der Zeuge dafür, wie sie uns ausgetrickst haben, und du kannst der Welt sagen, dass Mark nicht für die CIA gearbeitet hat. Du bist vielleicht der Schlüssel, damit er am Leben bleibt.«

»Ich verstehe.« Ross schaute Jack an, der ihm gegenübersaß und mithörte. Jack nickte zustimmend. »Ich kümmere mich darum und ruf dich dann wieder an.«

»Noch was«, sagte Russell. »Der Mann, der bei Mark ist, ist nicht Chad Moreland.«

»Nicht Chad Moreland? Wie kommst du darauf?«

»Ich hab in seiner Redaktion angerufen. Moreland ist im Urlaub.«

Jack hob eine Hand und strich sich über die Kehle. Ross nickte. »Okay, danke, Frank. Das muss ich erst mal überprüfen. Ich melde mich wieder.« Er legte auf.

»Gut gemacht«, sagte Jack. »Das war perfekt. Eine Sendung, die Sa'ids Propaganda entkräftet, ist genau, was wir brauchen.«

Ross schüttelte den Kopf. »Ich kann immer noch nicht glauben, dass ich das mache.«

»Was?«, lächelte Jack. »Vor der Kamera auf Sendung gehen?«

»Nein. Mit der CIA zusammenarbeiten.«

Am anderen Ende der Welt entschied Frank, dass er in die falsche Richtung fuhr. Er wendete an der nächsten Ausfahrt und fuhr zurück. Jetzt, da Ross wieder da war, musste er in seinem Büro sein. Er musste seine Leute zusammentrommeln. Er begann, die Kurzwahlnummern seiner Mitarbeiter zu wählen.

CIA-Zentrale, Langley, Virginia
1.14 Uhr

Wendy kam mit einer neuen Tasse Kaffee zurück zu ihrem Schreibtisch. Sie wusste nicht mehr, wie viele Tassen sie schon getrunken hatte; Hauptsache, sie blieb wach.

Sie setzte sich wieder an ihren Computer, vor sich das Bild von Mark. Sie fühlte sich schuldig; schließlich hatte sie die ganze Mission ins Rollen gebracht.

Das Telefon klingelte. »Hamilton.«

»Wendy? Hier Tracy Taylor.«

Das schlechte Gewissen verdoppelte sich. »Tracy, wie geht's?«

»Wie soll's mir schon gehen? Jack hatte mir versprochen, mich auf dem Laufenden zu halten, und was passiert? Die Presse belagert mein Haus, und dann sehe ich Mark auf CNN!«

Wendy wurde es flau im Magen. An Tracy hatte sie gar nicht mehr gedacht. »Entschuldigung, Tracy, das hat uns alle ... überrascht.«

»Habt ihr das etwa auch nicht gewusst?« Wendys Entschuldigung machte Tracys Angst nur noch größer. Welche Hoffnung blieb für Mark, wenn selbst die CIA im Dunkeln tappte?

»Wir haben es durch die Meldung auf Al-Jazeera erfahren. Wir haben alle Hebel in Bewegung gesetzt, um Mark zu finden, aber das entschuldigt natürlich nicht, dass Sie keiner angerufen hat.«

»Ich muss mit Jack reden!«

»Das kann schwierig werden, aber ich versuche es. Was wollen Sie wissen?«

»Ich habe etwas, das *er* wissen sollte.« Und Tracy erzählte Wendy von Marks Geheimsignal.

Nordsyrien
8.21 Uhr

»Aufstehen«, rief der Araber. »Du kommst mit.«

Mark versuchte, das Gewicht auf seine gefesselten Füße zu verlagern; seine Hände waren immer noch auf dem Rücken gebunden. Der Schmerz nahm kein Ende, erst die Schläge, und inzwischen auch der harte Lehmfußboden, auf dem er seit dreißig Stunden lag. Chuck wollte ebenfalls aufstehen; der Terrorist rammte ihm den Kolben seiner Kalaschnikow in den Magen.

»Du bleibst!« Er packte Marks Arm und riss ihn auf die Füße. »Los!«

Da er mit den gefesselten Füßen nicht laufen konnte, blieb Mark nur eines: Hüpfen. Er biss die Zähne gegen den Schmerz in den Rippen zusammen. Zum Glück war es nicht weit bis zum Nachbarraum, wo er sich auf einen kleinen Klappstuhl setzen musste. Mit Überraschung registrierte er die Videokamera, die vor ihm stand, sowie den leeren Stuhl neben sich – genau wie beim Interview mit Sa'id. Er versuchte vergeblich, eine bequeme Haltung für seine Hände zu finden. Das Seil um seine Handgelenke hatte die Haut längst wund gescheuert, jede Bewegung tat beißend weh.

Wenigstens hatte dieser Raum ein Fenster, und er sah das Tageslicht draußen – offenbar war es noch Morgen. Er hoffte, dass es erst Sonntag und er nicht noch viel länger bewusstlos gewesen war. Er schaute hinaus; wo waren sie hier überhaupt? Aber alles, was er sehen konnte, war die Wand eines anderen Hauses, vielleicht zwei Meter entfernt.

Dann kam Sa'id herein, wieder in seinem weißen Gewand und der Schärpe, und hinter ihm Abu. »Ah, Mr Taylor, Sie werden allmählich berühmt! Ich würde wetten, Ihr Bild ist auf der Titelseite jeder Zeitung von hier bis Los Angeles.«

Mark schaute zu ihm hoch. »Und wo ist ›hier‹?«

Sa'id lächelte. »Hier ist mein Reich, mehr brauchen Sie nicht zu wissen.« Er drehte sich zu einem seiner Männer und gab Anweisungen auf Arabisch. Der Mann trat zur Kamera und drückte den Aufnahmeknopf. Über der Linse erschien das rote Licht.

Sa'id setzte sich auf den zweiten Stuhl. »Ich finde es so herum einmal interessant. Wir haben damit angefangen, dass Sie mich interviewen, nun interviewe ich Sie. Ich möchte, dass alles gefilmt wird, damit man in Ihrem Land sehen kann, wie gut wir Sie behandeln.«

Mark sog tief die Luft ein, um sich zu wappnen; seine Rippen protestierten schmerzhaft. Er schaute zu Abu hinüber, der schweigend in der Ecke stand und seinem Blick auswich.

Wieder erinnerte Mark sich an seine Marines-Ausbildung – vor allem kannte er viele Methoden, mit denen man einen Mann brechen konnte. Tracy durfte auf keinen Fall das Video eines gebrochenen Mark sehen. Er flehte Gott stumm an, jetzt genauso bei ihm zu sein wie damals bei dem Märtyrer Stephanus. Auch wenn er gleichzeitig um ein besseres Ende bat als das von Stephanus – auf eine Steinigung sollte das hier nicht hinauslaufen ...

»Sind Sie bereit, meine Fragen zu beantworten?«, fragte Sa'id.

Mark nickte. Die Bewegung ließ eine Welle der Übelkeit durch ihn schießen. »Mein Name ist Mark Taylor. Ich bin bei *National Network* angestellt und Reporter für die Nachrichtensendung *Across the Nation*.«

»Aha, Name, Rang und Nummer«, lachte Sa'id. »Aber Sie sind nicht mehr im Militär. Sie sind wegen Spionage und versuchtem Mord eines muslimischen Kalifen inhaftiert. Bekennen Sie sich schuldig?«

»Ich bin unschuldig«, erwiderte Mark und entschied sich damit, sich auf die Propaganda-Schlacht einzulassen. »Ich bin auf Ihre Einladung hin hierhergereist, um meinen Job zu tun und Sie zu interviewen.«

»Das ist eine Lüge!«, rief Sa'id. »Vince Carusso. Sagt Ihnen der Name etwas? Den Behörden in Istanbul nämlich nicht. Er existiert nicht, aber er hat sich als Kameramann verkleidet, um mich zu töten.«

»Ich weiß nicht, wovon Sie reden.« Mark kämpfte gegen die Trockenheit in seinem Mund an. Und gegen die Schmerzen, die ihm das Konzentrieren schwermachten.

»Beleidigen Sie mich nicht! Ich will die Wahrheit. Die Welt braucht die Wahrheit – dass Ihre Regierung versucht, einen unschuldigen, heiligen Mann feige zu ermorden!«

Mark schüttelte unwillkürlich den Kopf. »Wer den Tod Tausender amerikanischer Bürger befiehlt, kann nicht unschuldig sein.«

»Dann geben Sie zu, als Komplize Ihrer Regierung gehandelt zu haben?«

»Ich gebe nichts dergleichen zu.« Ärger klang in Marks Stimme. »Ich habe nur meinen Job getan.«

»Es war nicht Teil Ihres Jobs, einen CIA-Spion mit Hightech-Wanzen einzuschleusen.«

Mark sah Sa'id in die Augen. »Ich sage Ihnen, ich habe nichts zu tun mit dem Mann, ob er für die CIA gearbeitet hat oder nicht.«

Sa'id lächelte böse, sein Kopf lehnte sich zu Mark. »Mr Taylor, es wäre viel besser für Sie, wenn Sie ehrlich wären ...«

Mark antwortete nicht. Sa'id nickte einem seiner Männer zu, die außerhalb des Aufnahmefelds der Kamera standen. Der Schlag kam ohne Vorwarnung, direkt auf Marks Kinn. Er verlor fast das Bewusstsein, der Schmerz brandete in Wellen an. Als er wieder sehen konnte, glitzerten die schwarzen Augen Sa'ids vor Vergnügen.

»Und jetzt wollen wir es noch einmal versuchen ...«

Northridge, Kalifornien
22.35 Uhr

Tracy war nicht allein. Brenda hatte zwei andere Ehepaare aus ihrem Hausbibelkreis angerufen und jetzt saßen sie zu sechst um Tracy herum und beteten für Mark. Die Worte rauschten an Tracy vorbei, aber die Tatsache, dass diese Menschen da waren, bedeutete ihr viel.

Der Fernseher lief mit halber Lautstärke weiter, für den Fall, dass es neue Entwicklungen gab. Jedes Mal, wenn Marks Bild wieder auf dem Bildschirm erschien, fuhren Tracys Gefühle Achterbahn. Sie rasten in den Abgrund, wenn sie die blauen Flecken, Schwellungen und Schnitte sah. Oder daran dachte, dass sie ihn vielleicht nie wiedersehen würde. Aber wenn sie dann seine Hand betrachtete, dieses stumme Signal für »Ich liebe dich«, war die Hoffnung wieder da.

Tracys Handy klingelte. Sie holte es hervor und meldete sich. »Hallo?«

»Tracy, hier Frank Russell.«

Tracy legte die Hand auf den Hörer und sah die anderen an. »Marks Chef.«

»Halten Sie noch durch?«

»Ich versuch es.«

»Es hat einige Zeit gedauert, bis wir Ihre Handynummer hatten. Das mit Mark tut mir so leid.«

Leid? Tracy hätte ihm am liebsten eine gescheuert. Wer hatte Mark denn in diese Situation gebracht? Aber Tracy hörte den Schmerz in Russells Stimme, und sie schluckte ihre Anklagen hinunter und sagte: »Ich weiß, Frank. Ich möchte einfach, dass er wiederkommt.«

»Das möchten wir alle, Tracy. Aber ich habe eine kleine gute Nachricht. Ross geht es gut.«

»Ich weiß«, entfuhr es Tracy.

Frank machte eine erstaunte Pause, und sie merkte, was sie da gesagt hatte.

»Sie wissen das? Woher ...?«

Tracy suchte hastig nach einer Erklärung. »Nun, weil er nicht mit auf dem Bild ist, habe ich gleich gedacht, dass er bei dem Interview nicht dabei war. Wie meinen Sie das gerade?«

»Ich habe eben mit ihm gesprochen.« Frank erzählte ihr von seinem Gespräch mit Ross. Tracy hörte zu, erleichtert, dass sie nicht selber reden musste. »Wir lassen Ross ein paar Direktbeiträge aus der Türkei drehen, ich trommele gerade die Leute zusammen.« Russell machte eine Pause, als müsse er überlegen, dann sagte er: »Könnten Sie sich vorstellen, im Fernsehen ein paar Worte über Mark zu sagen?«

Was sagte er da? Tracy konnte kaum glauben, was sie hörte. Reichte es nicht, dass die Medien ihr Haus belagerten? Jetzt auch noch Frank?

»Es ist nicht das, was Sie vielleicht denken«, fuhr Frank fort.

»Ach so, ist es das nicht? Sie wollen nicht durch das Exklusivinterview mit der heulenden Witwe den großen Coup landen?« Tracy unterbrach sich, als sie sich daran erinnerte, dass sie nicht allein war.

»Ich hatte Angst, dass Sie das so sehen.« Frank klang herzlich und warm. »Ich möchte, dass Sie das für Mark machen. Man wirft ihm ja vor, mit der CIA zusammenzuarbeiten. Wir organisieren gerade eine Kampagne gegen diese Behauptung, um Mark zu retten, und wenn Sie selbst Sa'ids Behauptung widerlegen würden, wäre das sehr hilfreich.«

Aber auch eine Lüge, und sie wusste nicht, ob sie den Nerv dazu hatte. »Ich kann nicht glauben, dass Sie an so was überhaupt denken.«

»Ich würde das nie tun, wenn ich nicht dächte, dass es Mark helfen könnte.«

»Darüber muss ich nachdenken«, sagte Tracy.

»Das verstehe ich ...« Stille, während Frank überlegte. »Tracy, ich muss

Sie noch was fragen. Der Mann, der auf dem Bild neben Mark sitzt, ist nicht Chad Moreland von *Newsweek*. Wissen Sie, wer er wirklich ist?«

Tracy erstarrte. Wenn Sa'id erfuhr, dass Chuck kein Reporter, sondern ein Kriegs-Kamerad von Mark war, würde er ihn auf der Stelle hinrichten. Nein, das konnte sie Frank nicht sagen. »Ich weiß nur, dass Sie Mark diesen Auftrag gegeben haben, Frank.« Sie versuchte, ihrer Stimme noch mehr Schärfe zu geben. »Ich habe null Ahnung, wer außer Ross noch mitgegangen ist.«

»Gut, ich musste das fragen. Denken Sie über meine Bitte nach, Tracy. Mark braucht jede Hilfe, die er kriegen kann. Können wir etwas für Sie tun?«

»Verjagen Sie die Pressegeier vor meinem Haus.«

»Ich wollte, ich könnte das. Wo sind Sie übrigens gerade?«

»Bei Freunden.« Noch nie hatte Tracy die Bedeutung dieses Wortes besser verstanden als jetzt.

Nordsyrien
8.37 Uhr

Wieder und immer wieder wiederholte Sa'id seine Frage: Bekannte Mark sich schuldig? Dann und wann unterbrach er, damit sein Schläger Mark den nächsten Kolbenstoß in den Bauch, Schlag ins Gesicht oder Fausthieb in die Nieren verabreichen konnte. Mark wusste nicht, wie viel mehr er noch würde ertragen können, aber nein, er würde sich nicht brechen lassen. Wenn er einmal zugab, ein Spion zu sein, wäre sein Schicksal besiegelt.

Wieder ein Kolbenschlag, diesmal in seine Seite. Der Schmerz warf ihn für einen Augenblick in die Bewusstlosigkeit. Er kam sofort wieder zu sich, rang nach Luft. Die Luft floss, aber mit ihr tobende Qual in seinem Brustkorb. Er bat Gott stumm um Kraft.

»Ich hab ... es schon gesagt. Ich bin nur ein Reporter.«

»Wie lange werden wir beide so weitermachen, Mark?«, fragte Sa'id.

Mark schaute auf und warf einen raschen Blick auf Abus gequältes Gesicht, dann sagte er: »Von mir aus können wir aufhören.«

»Dann, im Namen Allahs des Allerbarmers, gestehe!«

»Erbarmer?«, stieß Mark hervor, überrascht über sich selbst. »Nennen

Sie das hier Erbarmen? Waren der 11. September und das Sonntagsmassaker in meinem Land Akte des Erbarmens Allahs?«

Sa'id sprang auf und stieß Marks Stuhl mit dem Fuß um, dass er auf den Boden fiel. Er trat den Liegenden und fluchte auf Arabisch. »Sprich den Namen Allahs nicht aus! Du bist nicht würdig!«

Mark versuchte, wieder auf die Knie zu kommen, kämpfte an gegen die schwarze Wand, die ihn zu verschlucken drohte.

»Die Angriffe auf Amerika wurden von Allah gesegnet!«, schrie Sa'id. »Er hat mir die Macht gegeben. Ich habe die Busse in eure schönen Stadien fahren lassen, ich habe eure Botschaften in die Luft gejagt! Allah der Allmächtige hat mich auserwählt!!«

Mark schaute direkt in das verzerrte Gesicht des tobenden Sa'ids, der jetzt direkt über ihm stand. »Du redest, als ob du das Herz deines Gottes kennst, aber du kennst nur deinen eigenen Hass.«

Er sah, wie die Wut in Sa'ids Augen brannte, aber er fuhr fort, und seine Stimme wurde leidenschaftlich und fest. »Du sagst, dass es nur einen Gott gibt, und da hast du recht, aber er ist nicht der Gott, dem du dienst. Allah ist nicht lebendiger als die Götzenbilder, die Mohammed aus der Ka'aba hinauswarf!«

»Schweig!«, kreischte Sa'id. Er zog eine Pistole aus seinem Gewand und drückte ihren Lauf gegen Marks Stirn. »Ich habe die Macht über dein Leben und deinen Tod, Taylor! Deine Lästerung wird dich in die Hölle schicken!«

»Du hast keine Macht über mich.« Mark hörte seine eigene Stimme wie aus weiter Ferne. »Außer der, die Gottes Sohn, Jesus Christus, dir gewährt.«

Totenstille. Alle im Raum warteten auf den Schuss aus der Waffe, die Sa'id in seiner heftig zitternden Hand hielt. Das Gesicht des Terrorchefs verzerrte sich in eine Mischung aus fanatischer Wut und ungläubigem Schock; er schien selbst am meisten überrascht zu sein, dass er noch nicht den Abzug gedrückt hatte.

Mark war sich völlig sicher, dass diese Worte seine letzten gewesen waren. Nein, er sehnte sich nicht nach dem Tod; er sehnte sich, zu Tracy und seinem Baby zurückzukehren. Aber Verwegenheit hatte ihn ergriffen. Der Name Jesus schien die Finsternis, die Sa'id ausstrahlte, zu erhellen.

Er blickte in die leeren schwarzen Augen, spürte den kalten Stahl der Waffe in seinem Gesicht. Was würde nun passieren? Plötzlich sah er wieder das Bild in dem beschlagenen Spiegel in Paris vor sich, und er stellte sich vor, wie Sa'id statt einer Pistole den Koran an seine Stirn presste. *Der Geist, der in euch lebt, ist größer als der Geist, der die Welt regiert.*

Er fuhr fort, ganz ruhig. »Wenn ich durch deine Hand sterbe, dann nicht, weil Allah dies verfügt, sondern weil mich mein himmlischer Vater zu sich ruft. Sollte es so sein, dann gehe ich gerne zu ihm. Aber diese Entscheidung ist nicht deine, Sa'id, und schon gar nicht die Allahs.«

Sa'ids Hand zitterte so heftig, dass der Lauf der Pistole in die Haut von Marks Nasensattel schnitt; hellrotes Blut quoll heraus. Abu schaute voll Entsetzen zu, wie sein Onkel darum kämpfte, den Abzug zu drücken.

»Du hast *schirk* begangen, Ungläubiger!« Sa'ids Stimme bebte. »Du verdienst den Tod!«

Abu ertrug es nicht mehr. Er sprang zu Sa'id und rief auf Arabisch: »Nein, Onkel, stopp!«

Er packte Sa'ids rechte Hand und drehte den Pistolenlauf zum Fußboden. Sa'ids Starre löste sich, es knallte und der Schuss endete harmlos im Lehm.

Sa'id wirbelte herum und warf Abu quer durch den Raum. Er spuckte eine lange Rede auf Arabisch aus, dann stürzte er hinaus, ohne Mark noch einmal anzusehen. Die anderen Terroristen packten Mark und zogen ihn zurück in das Nachbarzimmer.

Mark dachte, dass seine Tortur endlich vorbei war, bis einer von ihnen mit einem Stück Draht zurückkam. Sie legten Mark auf den Bauch und banden das eine Ende des Drahtes um seine angewinkelten Beine, das andere um seinen Hals. Sie zogen die Schlinge fest und verließen den Raum.

Chuck fluchte, als er sah, was sie getan hatten. Um Luft zu bekommen, musste Mark seine Beine ständig stark anwinkeln. Sobald er sie sinken ließ, würgte ihn der Draht um seinen Hals.

Mark sah Chucks hilflosen Blick. Er versuchte keuchend, seine Beine anzuspannen. »Ich muss wohl was gesagt haben, ... was denen nicht gefallen hat.«

Kapitel 32

Van Nuys, Kalifornien
23.43 Uhr

Akilah klopfte an die Schlafzimmertür ihrer Eltern und öffnete sie leise. »Mama, Papa, seid ihr noch wach?«

»Was ist denn, Liebling?« Johara setzte sich im Bett auf.

Ramsi hörte auf zu schnarchen und fragte krächzend, halb noch im Schlaf: »Was?«

Akilah trat ein und setzte sich auf die Bettkante. Ihre Mutter knipste die Nachttischlampe an. »Geht es dir nicht gut, Akilah?«

»Doch. Es geht um ... Fazul.«

Ihr Vater stöhnte. »Was ist mit ihm?«, fragte ihre Mutter.

»Ich weiß nicht, aber ich hab das Gefühl, dass etwas geschehen wird und er darin verwickelt ist ...«

»In was denn?«, fragte Johara.

»Ich weiß es nicht.«

Jetzt hatte sich auch Ramsi aufgesetzt. »Was ist los, Akilah?«

Akilah seufzte, suchte nach den richtigen Worten. »Bevor Fazul vorhin gegangen ist, war ich in seinem Zimmer, da verhielt er sich so merkwürdig. Als ob er sich ... verabschieden wollte. Für immer.«

»Das ergibt doch keinen Sinn«, sagte Johara.

»Ich glaub, er plant etwas«, sagte Akilah heftig. »Etwas Schlimmes.«

Ramsi und Johara sahen sich unschlüssig an. »Ich schwöre es«, fuhr Akilah fort, »er hat mir richtig Angst gemacht. Er hat davon geredet, den Willen Allahs zu tun, dass er vielleicht ins Paradies komme. Ich solle euch sagen, dass er ihm gerne gedient habe.«

»O nein.« Ihre Mutter legte die Hand auf ihre Brust.

Ramsi versuchte, sie zu beruhigen. »Reg dich nicht auf, Schatz, Akilah hat sich sicher nur verhört. Fazul würde doch nichts Schlimmes anstellen, er ist ... ein guter Junge.«

»Papa«, sagte Akilah. »Ich hab ihn zusammen mit Ismael gesehen.«

»Wie meinst du das?« Ramsis Gesicht wurde rot. »Wann?«

»Fazul hat dich angelogen, Papa. Er will gar nicht zurück aufs College. Er plant etwas zusammen mit Ismael. Ich halte jede Wette, dass er gar nicht bei Sofian ist.«

Die Worte trafen Ramsi. Dass Ismael dabei war, konnte nichts Gutes bedeuten.

»Woher weißt du das?«

»Ich bin ihm kürzlich zur Moschee gefolgt, und da war gar keine Koranstunde, sondern er ist mit Sofian und Ismael in einem Auto fortgefahren.«

»Warum hast du uns das nicht eher erzählt?«

»Ich musste Fazul versprechen, nichts zu sagen.«

»Und weißt du, wo er jetzt ist?«

»Nein, aber er hat bestimmt sein Handy dabei.«

Ramsi nahm das Telefon vom Nachttisch und wählte die Nummer seines Sohnes. Es klingelte mehrere Male. Er schaute seine Familie an. »Er nimmt nicht ab. Holt mir Sofians Nummer.«

Nordsyrien
8.40 Uhr

»Du brauchst ihn.« Abu war mit seinem Onkel allein. »Wenn du ihn tötest, nützt er dir nichts mehr.«

»Dann sag deinem *Freund*« – Sa'id spuckte das Wort aus wie einen Fluch –, »dass er das Maul halten soll.« Er hielt inne und grinste dünn. »Nein. Sag ihm, dass er einen furchtbaren Tod erleiden wird, wenn er nicht bekennt, dass er ein Spion ist und dass Allah Gott ist und Mohammed, Friede sei mit ihm, sein Prophet. Er muss in meiner Gegenwart leugnen, dass Jesus der Sohn Gottes ist, oder er stirbt.«

»Onkel«, sagte Abu, »ich kann nicht glauben, dass Mark mit der CIA zusammenarbeitet. Er ist ein Mann des Friedens.«

»Ich habe es schon einmal gesagt: Du bist blind.«

»Mag sein, aber wie kannst du ihn zwingen, seiner Religion abzuschwören? Sagt der Koran nicht, dass in der Religion kein Zwang ist und wir die Menschen der Schrift zu achten haben?«

»Widersprich mir nicht mit den heiligen Worten«, zischte Sa'id. »Taylor hat keine Rücksicht verdient. Er ist ein Ungläubiger. Er hat unsere Religion beleidigt und Allah andere Götter an die Seite gestellt. Wie kannst du ihn verteidigen, Neffe?«

»Weil ich ihn kenne.« Abu schaute zu Boden.

»Du kennst ihn nicht ...« Sa'ids Stimme zitterte. Er wurde von einem Klopfen an der Tür unterbrochen.

Einer seiner Männer streckte seinen Kopf herein. »Al-Jazeera meldet gerade, dass der Mann bei Taylor nicht Chad Moreland ist.«

Der Krampf in Marks Bein überschritt das Erträgliche bei Weitem. Es war schon zum Verrücktwerden, dass er seine Arme nicht ausstrecken oder sich kratzen konnte; seine Beine in einem solch engen Winkel zu halten, wenn er nicht ersticken wollte, war reine Folter.

Als die Terroristen gegangen waren, hatte Chuck sich zu Marks Füßen gesetzt, um mit dem Rücken gegen dessen Knie und Schienbeine zu drücken. So konnte Mark seine Muskeln etwas entspannen, ohne dass sich der Draht um seinen Hals zuzog. Aber als die Minuten vergingen, wurde der Drang in Mark übermächtig, die Beine zu strecken, um den Krampf zu lindern.

»Halt durch, Kumpel«, sagte Chuck. »Ich weiß, dass es schwer ist.«

Mark grunzte zur Antwort.

Plötzlich aufgeregte Stimmen vor der Tür. Dann wurde sie aufgerissen, und vier Terroristen stürzten herein. Sie rissen Chuck von Mark weg, weiter aufgeregt auf Arabisch rufend, und traten ihn in den Bauch.

»Wie heißt du?«, schrien sie auf Englisch. »Wer bist du?«

Sie gaben ihm keine Gelegenheit, zu antworten, sondern traten ihn weiter.

»Stopp!«, rief Mark. Ein Stiefeltritt brachte ihn zum Schweigen. Der Schlag ließ ihn unwillkürlich die Beine ausstrecken. Sofort schnürte ihm der Draht den Atem ab. Mit äußerster Anstrengung zog er die Beine wieder an und sog Luft ein, während die Männer Chuck aus dem Raum schleiften. Sein Herz wollte zerspringen vor Sorge. In was hatte er seinen Freund da reingeritten? Erst Ross, jetzt Chuck. Er hatte kein Recht, sie in solche Gefahr zu bringen. Er war so sicher gewesen, dass Gott die Zusammenarbeit mit der CIA bejahte ... und jetzt? Wie hatte er sich so irren können?

Türkischer Militärstützpunkt bei Diyarbakir
10.00 Uhr

»Habt ihr immer noch nichts?«, fragte Jack Wendy über die sichere Leitung. Es war frustrierend, so weit weg zu sein und nicht in Langley.

»Noch nicht, Jack, sorry«, erwiderte Wendy. »Ich halte es für das Wahrscheinlichste, dass sie ihn nach Tall Hamis in Nordsyrien gebracht haben, ungefähr in der Mitte zwischen der türkischen und irakischen Grenze, ganz im Norden. Während des Sturms hatten sie genügend Zeit gehabt, ihn über die Grenze zu bringen, bevor wir sie wieder sehen konnten. Das Lager und noch zwei andere werden ständig per Satellit überwacht, dazu die südliche Türkei. Wenn es irgendwo was Besonderes gibt, ruf ich dich sofort an.«

»Tu das.«

»Mrs Taylor möchte dich sprechen.«

»Das glaub ich gerne.«

»Ernsthaft, es ist wichtig. Mark hat ihr eine Botschaft übermitteln können.« Wendy berichtete Jack, was Tracy ihr erzählt hatte.

»Klingt interessant. Ich ruf sie an, wenn wir fertig sind«, sagte Jack.

»Wie lange bleibst du noch?«

»Ich schätze, bis ich weiß, dass wir Ross trauen können.«

»Dann hast du ihn überzeugt?«

»Ja. Ich glaube, das Bild von Taylor im Fernsehen war der Ausschlag. – Aber wie ist die Sicherheitslage bei euch?«

»Soweit wir wissen, hat Homeland Security die Alarmstufe drei ausgelöst, jetzt für Sonntag, aber sie haben keine Ziele eingeschränkt – oder Kirchen.«

Jack war außer sich. »Sind die verrückt? Wollen die, dass heute die nächsten paar Tausend Amerikaner sterben?«

»Vielleicht wollen sie Panik oder Gewaltaktionen gegen Araber verhindern. Ich weiß auch nicht ...«

»Die Idioten! Haben die immer noch nicht begriffen, dass Sa'id nie nur ein Ziel angreift?« Jack fluchte. Diese elenden Bürokraten. »Ich muss den Direktor sprechen.«

»Zu spät«, sagte Wendy. »Hier ist es schon drei Uhr morgens. Die Gottesdienste an der Ostküste beginnen in fünf Stunden.«

»Wendy, ich hoffe, wir liegen diesmal falsch.«

Wendy seufzte. »Das hoffe ich auch.«

Van Nuys, Kalifornien
0.14 Uhr

»Wir müssen etwas unternehmen.« Johara ging nervös im Schlafzimmer auf und ab. Ramsi hatte Sofian gesprochen, aber Fazul war nicht bei ihm. Ramsi hatte daraufhin die Adresse von Ismael verlangt. Sofian hatte sie ihm erst gegeben, als Ramsi drohte, seinen Vater zu sprechen. Ismael lebte in Reseda.

Johara hatte inzwischen den Fernseher eingeschaltet. Mitten in die Show *Saturday Night Live* platzte eine Terrorwarnung von Homeland Security: akute Anschlaggefahr morgen, am Sonntag. Johara zeigte auf den Bildschirm. »Hoffentlich ist er nicht Teil davon ...«

»Ich fahre zu der Wohnung.« Ramsi stieg aus dem Bett. »Ich kann das nicht zulassen.«

»Nein, Papa«, protestierte Akilah. »Wie willst du die denn stoppen? Wenn Ismael wirklich so ist, wie du denkst, erschießt er dich glatt!«

»Sie hat recht«, sagte Johara. »Fahre nicht.«

»Du hast gerade gesagt, wir müssen was unternehmen.«

»Ja. Die Polizei anrufen!«

»Unserem Sohn die Polizei auf den Hals hetzen? Welche Zukunft bleibt ihm, wenn er morgen als Terrorist verhaftet wird?«

»Und welche hat er, wenn er morgen einen Selbstmordanschlag verübt?«

»Das würde er nie im Leben machen!«, rief Ramsi.

»Vor ein paar Monaten hast du auch gedacht, dass er nie das Studium abbrechen und ein Fanatiker werden würde! Wir müssen ihn stoppen!«

Ramsi sah seine Frau an, dann Akilah. »Siehst du das auch so, Akilah?«

Sie nickte. »Er plant etwas. Heute.«

Ramsi holte tief Luft, dann wählte er den Polizeinotruf.

Northridge, Kalifornien
0.18 Uhr

Tracy schaltete den Fernseher aus. Es gab nichts Neues in den Nachrichten; jeder Sender brachte die gleiche Meldung, das gleiche Bild von Mark. Ihre Freunde hatten bis Mitternacht mit ihr gebetet, und sie wusste das zu schätzen, aber jetzt konnte sie nicht mehr; sie musste allein sein.

Jack Murphy hatte sie angerufen und sich entschuldigt. Sie hatte ihm von Marks »Ich liebe dich«-Handzeichen berichtet, und er hatte das als positives Zeichen gewertet, dafür, dass Mark einen klaren Kopf behielt. Dass Jack jetzt in der Türkei, ganz in Marks Nähe war, fand Tracy beruhigend.

Und jetzt lag sie also allein in Brendas Gästezimmer, Shandy neben sich. Das Alleinsein fühlte sich sehr einsam an. Ihre Gedanken rasten. Bilder, wie Mark gefoltert wurde, wechselten sich ab mit Zorn, der an Gott gerichtet war, dann kam wieder die Angst, ganz allein ein Kind aufziehen zu müssen.

Brendas Kopf erschien in der Tür. »Ich hab gesehen, dass bei dir noch Licht brennt. Wie geht es dir?«

Tracy blickte auf. »Durchwachsen.«

Brenda kam herein und setzte sich auf das Bett. »Willst du das machen – im Fernsehen auftreten?«

»Ich glaub nicht. Frank meint zwar, das könne Mark helfen, aber ich ... ich kann das nicht.«

»Ich könnte es auch nicht. Die sollen dich in Ruhe lassen.«

»Es geht nicht nur darum, Brenda. Ich kann einfach nicht gut lügen.«

Brenda lächelte. »Ich weiß.«

»Woher weißt du das?«

»Ich war mir nicht ganz sicher, aber so, wie du dich die ganze Zeit verhalten hast, habe ich geahnt, dass hinter dem Ganzen mehr steckt als ein Interview. Mark arbeitet mit der CIA, nicht wahr?«

»Ja. Kurz bevor er abreiste, kamen sie zu uns ...« Tracy erzählte die ganze Geschichte. Und das tat ihr gut.

Van Nuys, Kalifornien
0.20 Uhr

»Hier ist unser Plan.« Jusef saß auf dem Fußboden in Ismaels Wohnung, vor ihm Fazul und Ismael. Jusef hatte mit ihnen in der *Isha* (der Stunde der Dunkelheit), die rituellen Gebete verrichtet. Er wusste, dass es bei der Vorbereitung seiner Anhänger half, die *du'a* (die Hilfe Allahs) anzurufen und ausgewählte Suren zu zitieren, die die Leidenschaft gegen die Ungläubigen weckten. Das schuf ein starkes inneres Band zwischen ihnen, das vollständige Hingabe sicherte. Fazul und Ismael waren bereit.

»Was wir heute Morgen tun werden, wird in allen größeren Städten Amerikas wiederholt werden. Um 8.30 Uhr hier bei uns und um 11.30 Uhr an der Ostküste wird die Rache Allahs das Herz der falschen Religion der Ungläubigen treffen.«

Fazuls Augen wurden groß. »Wo schlagen wir zu?«

»Alles der Reihe nach«, lächelte Jusef, erfreut über Fazuls Begeisterung. »Erst müssen wir noch nach Reseda, ein paar letzte Vorbereitungen treffen. Wir werden unser Morgengebet dort verrichten. Lasst uns fahren.«

Nordsyrien
11.21 Uhr

Mark rang nach Luft, aber er hatte keine Kraft mehr, die Beine komplett anzuwinkeln. Seine Schenkel brannten unfassbar stark, das Seil um seine Handgelenke hatte die Haut durchgescheuert. Er wusste: Viel länger würde er nicht mehr durchhalten. Mit der allerletzten Entschlossenheit zog er seine Füße wieder an, sodass ihm die Schlinge um seinen Hals noch ein paar Atemzüge ermöglichte. Dass sie ihm längst die Haut blutig geschnitten hatte, merkte er nicht.

Dann versagten seine Beine.

Wieder blieb ihm die Luft weg. Er drängte die Panik zurück, kämpfte darum, sein Schicksal anzunehmen und flehte Christus an, ihn aufzunehmen.

Die Tür öffnete sich – oder bildete er sich das nur ein? Es wurde dunkler im Raum. Er spürte, wie eine Hand seine Beine packte und die Füße an seinen Rücken drückte. Die Drahtschlinge löste sich.

Mark sog hustend die Luft ein. Seine Beine schnellten in die Gerade. Seine Oberschenkel und Waden brannten wie Feuer. Er schaute zu dem Mann hoch, der ihn befreit hatte.

Abu.

»Gott sei Dank, dass du gekommen bist ...«, krächzte Mark.

Abu konnte seinen Freund nicht ansehen. Er drängte das Mitleid, das in ihm aufstieg, zurück. »Ich habe eine Botschaft für dich.«

»Kann ich ...« Mark keuchte. »Wasser.«

Abu nickte und ging hinaus. Er kam mit einem kleinen Becher Wasser wieder, den er an Marks Lippen hielt.

»Du hast meinen Onkel erzürnt, Mark«, sagte Abu. »Ich hatte dich doch gewarnt.«

»Es ist nicht so leicht ... mit ihm auszukommen.« Das Wasser schmeckte wie der Himmel. »Danke, Abu. Jetzt hast du mir zum zweiten Mal das Leben gerettet.«

Mark sah ihn an. »Kannst du mir die Hände losbinden?«

»Leider nein.«

Mark nickte. »Was haben sie mit Chad gemacht?«

»Wie ist sein richtiger Name?«, fragte Abu.

»Das ist sein richtiger Name. Was ist los?«

»Eine Meldung von Al-Jazeera. Der *Newsweek*-Reporter Chad Moreland ist im Urlaub auf Hawaii. Dieser Mann ist nicht der, für den du ihn ausgegeben hast.«

Mark beschloss, dem nicht zu widersprechen, und flehte Gott um Hilfe an. »Du hast eine Botschaft deines Onkels für mich?«

»Du hast ihn sehr beleidigt, aber er ist bereit, dein Leben zu verschonen.« Abu musterte Marks Gesicht; wie würde er reagieren? »Du musst gestehen, dass du für die CIA arbeitest.«

»Das hat er schon gefordert. Was noch?«

Abu schaute zur Seite. »Du musst auch die *Schahada* sprechen. Du musst bekennen, dass Allah der einzige Gott und Mohammed sein Prophet ist. Und dass Jesus nicht Gottes Sohn ist, sondern nur ein Prophet.«

Mark schüttelte den Kopf. »Dann muss ich also Muslim werden, um mein Leben zu retten. Glaubst du im Ernst, dass ich das tun werde, Abu?«

»Ich befürchte, dass du es nicht tun willst.«

»Es geht nicht um Wollen.« Mark musste wieder husten, kämpfte um jeden Atemzug. »Ich kann das nicht. Mohammed hat behauptet, dass Allah derselbe Gott ist, den Abraham, Isaak, Jakob und Jesus anbeteten. Aber das stimmt nicht. Der Gott, dem ich diene, ist derselbe gestern, heute und in Ewigkeit. Er ist gerecht, aber auch barmherzig und liebend. Ich habe es dir schon gesagt: Er ist mein himmlischer Vater, und diese Beziehung möchte er mit jedem haben, der ihm durch seinen Sohn folgt.«

»Ich beginne zu verstehen«, sagte Abu. »Ich habe noch nie erlebt, dass jemand dem Tod mit einem solchen Frieden gegenübertritt wie du. Eigentlich beneide ich dich, Mark Taylor. Du scheinst das zu haben, was ich mein ganzes Leben lang gesucht habe.«

»Du kannst es auch finden!« Mark verstand selbst nicht, dass er noch nicht ohnmächtig geworden war; er spürte förmlich, wie Gott ihm Kraft einflößte.

»Das glaube ich nicht.« Abu schaute weg. »Ich komme aus einer anderen Welt, ich bin auf einem anderen Weg, und dem muss ich weiter folgen.«

»Abu, Jesus kam in die Welt, um uns den einen Weg zu zeigen, der zum Leben führt. Auch du kannst ihn gehen, sogar dein Onkel, wenn er will.«

Abu schaute ihn überrascht an. »Wie kannst du so etwas sagen nach allem, was mein Onkel dir angetan hat? Wenn mein Onkel irrt, wird dein Gott sich nicht an ihm rächen wollen?«

Mark lächelte. »Nein. Im Reich meines Vaters wäre Sa'id genauso willkommen wie Paulus, der auch Christen umgebracht hat. In der Bibel steht, dass absolut jeder, der an Jesus glaubt, ein Kind Gottes wird – auch ich, auch du, auch dein Onkel.«

»Ich sehe, dass du deinen Weg gefunden hast.« Abus Stimme klang traurig. »Aber ich fürchte, er wird dich in den Tod führen.«

»Vielleicht ... aber nicht durch deinen Onkel; dazu ist es zu spät.«

»Zu spät? Ich verstehe dich nicht.«

»Ich bin vor vielen Jahren gestorben, als ich mein Leben Jesus gab. Paulus hat es so ausgedrückt: ›Christus ist mein Leben, Sterben ist mein Gewinn.‹«

»Du beeindruckst mich, Mark Taylor. Ich kann dich also nicht davon überzeugen, das Angebot meines Onkels anzunehmen?«

»Nein.« Mark hielt inne, die Zeit schien stillzustehen. Dann fuhr er fort: »Dürfte ich dich noch um etwas bitten?«

»Was denn?«

»Ich möchte meiner Frau einen Brief schreiben. Könntest du dafür sorgen, dass sie ihn bekommt?«

Abu nickte. »Ich werde es versuchen.«

Van Nuys, Kalifornien
4.51 Uhr

Ramsi saß in seinem Auto, einen halben Block von Ismaels Wohnung entfernt. Er hatte es zu Hause nicht ausgehalten. Die Polizei hatte ihn gleich mit einem FBI-Agenten verbunden, dem er das wenige erzählt hatte, was er wusste. Der Agent war höflich gewesen, hatte Ramsi aber nicht gesagt, was das FBI unternehmen würde.

Draußen wurde der Dunst heller, bald würde die Sonne aufgehen. War es richtig gewesen, die Polizei anzurufen? Ramsi war mehrere Male um den Block gefahren; an einer Ecke hatte er Fazuls Auto gesehen.

Plötzlich wurde die morgenstille Straße lebendig. Von rechts und links kamen zwei dunkle Vans mit der Aufschrift »FBI« angefahren. Kaum standen sie, sprangen fast lautlos schwarz gekleidete, schwer bewaffnete Männer heraus. Einige von ihnen postierten sich entlang der Straße, der Rest stürmte in das Gebäude. Ramsi schaute ihnen voller Angst hinterher, zu Allah betend, dass sie Fazul nicht erschießen würden.

Aber als sie in Ismaels Wohnung stürmten, war sie leer.

Kapitel 33

Northridge, Kalifornien
6.45 Uhr

Tracy lag im Bett, die Augen weit offen. Ihr Schlaf war kurz und ruhelos gewesen. Shandy wollte offensichtlich nach draußen, es war wohl Zeit aufzustehen. Sie schlug die Decke zurück und stellte die Füße auf den Teppichboden. Ihr Magen rebellierte, aber diesmal konnte sie ihn beherrschen.

Sie schlüpfte in ihren Morgenmantel und ging nach unten, der Hund voran, zur Hintertür. Brenda stand über den Toaster gebeugt. »Schon wieder auf? Möchtest du Kaffee?«

»Ja, bitte.« Tracy ließ Shandy hinaus.

Brenda holte eine Tasse aus dem Schrank. »Hast du überhaupt geschlafen?«

Tracy setzte sich an den Tisch, auf ihm lag die Morgenausgabe der Los Angeles Times. Die Titelseite zeigte das Foto von Mark und Chuck, dazu eine Schlagzeile über den akuten Terroralarm, den die Homeland Security ausgelöst hatte. Sie nahm rasch den Blick von Marks Bild. »Nicht viel. Jedes Mal, wenn ich eingedöst bin, hatte ich einen Albtraum. Im Moment erscheint mir alles als Albtraum.«

Tom kam herein. »Guten Morgen, Tracy.« Er nahm die Zeitung und drehte sie um. »Entschuldige bitte.«

»Keine Ursache.« Tracy zuckte die Achseln. »Wohin gehst du?«

»Zum Gottesdienst.«

»Ich hab gedacht, ich bleibe hier bei dir, Tracy«, sagte Brenda. Sie stellte den Kaffee vor sie. »Tom hat heute Begrüßungsdienst.«

»Danke. Stimmt, heute ist ja Sonntag. Ich würde auch gerne in die Kirche.«

Brenda sah sie an. »Echt?«

»Ja.« Tracy lächelte. »Wenn ich hier rumsitze, werde ich nur verrückt.«

Brenda nickte. »Dann gehen wir alle.«

Nordsyrien
16.45 Uhr

Mark sah sich im kahlen Raum um. Welcher Tag war heute? Er hatte nicht gewusst, wie schnell man die Orientierung verlor, wenn man tagelang ohne Fenster war und den Wechsel von Tag und Nacht nicht sah.

Er merkte, wie seine Kraft schwand. Zu wenig Schlaf, zu wenig Nahrung. Bis jetzt hatte er nur die paar Löffel Reis von Abu bekommen.

Das Schloss der Tür klickte. Sa'id trat ein, diesmal in sandfarbener Militärmontur. Er blieb vor Mark stehen. »Wie ich höre, haben Sie mein großzügiges Angebot, Ihnen das Leben zu schenken, abgelehnt.«

Marks Kehle war staubtrocken, seine Stimme krächzte. »Es tut mir leid, wenn ich Sie enttäusche.«

»Das enttäuscht mich keineswegs. Der Koran hat eure Torheit vorhergesagt. Ein dunkler Vorhang liegt über euren Herzen, eure Ohren können nicht hören.«

Mark zuckte die Achseln. Selbst diese Bewegung schmerzte. »Was habt ihr mit Chad gemacht?«

»Sein Tod ist sicher, wenn er nicht gesteht, ein CIA-Agent zu sein.«

»Er ist so wenig vom CIA wie ich. Glauben Sie doch ...«

»Lügen! Aber ihr werdet zahlen für eure Sünden. Wie euer ganzes Land.«

»Wie meinen Sie das?«, fragte Mark.

Sa'id setzte sich lächelnd vor ihm auf den Boden. »Ich schätze, es spielt keine Rolle, wenn du es erfährst. In ein paar Stunden werden Tausende amerikanische Ungläubige, die dasselbe glauben wie du, sterben, während sie ihren falschen Gott anbeten. In der Ewigkeit werden sie ihren Irrtum erkennen. Es ist zu spät für sie. Aber nicht für dich.«

Mark sah die Schadenfreude in Sa'ids Augen.

»Sie wollen Tausende Christen ermorden?«

»Überrascht dich das?« Sa'id grinste. »Erst die Menschen des Samstags, dann die des Sonntags.«

»Was habt ihr vor?« Mark schaute direkt in die schwarzen, kalten Augen.

»Was nötig ist, um den Islam zu vereinigen.«

»Amerika wird Vergeltung üben.«

Sa'id lachte. »Das soll es auch. Euer Präsident braucht länger, als ich dachte. Ich werde ungeduldig.«

»Was haben Sie denn davon?«

»Die Vereinigung Arabiens und schließlich aller Muslime der Welt! Jeder Angriff deines Landes wird von der Welt verurteilt werden. Der Große Satan kann nicht gegen eine Milliarde Muslime bestehen. Das christliche Abendland wird fallen.«

Mark schüttelte den Kopf. »Wie können Sie die Ermordung unschuldiger Frauen und Kinder anordnen? Der Koran ...«

»Sprich nicht vom Koran!«, schrie Sa'id. »Der Islam führt Krieg gegen die Schweinesöhne und den christlichen Westen. Ihr unterstützt Israel, ihr beschmutzt unser heiligstes Land in Mekka. Die Amerikaner sind nicht unschuldig. Sie müssen sterben, damit es Frieden gibt!«

»Gottes Reich hat nichts mit politischer Macht und dem Töten Andersdenkender zu tun«, sagte Mark leise. »Sie glauben doch, dass Jesus ein Prophet war. Hören Sie auf seine Worte. Er hat gesagt, das größte Gebot sei, Gott von ganzem Herzen zu lieben und auch unsere Mitmenschen, selbst unsere Feinde.«

»Du redest unwissend. Du verstehst den Islam nicht.«

»Ich verstehe, dass das alles aufhören muss! Wenn Sie Tausende Amerikaner töten, werden anschließend nur viel mehr Tausend Araber sterben. Ist Ihnen das egal?«

»Ist es mir egal, wenn junge Palästinenser ihr Leben geben in ihrem Kampf? Oder wenn durch meine Pläne noch mehr amerikanische Bomben fallen? Natürlich nicht! Aber die Selbstmordkämpfer der Hamas und Hisbollah haben mit ihren Opfern die Sympathien der Welt für die Sache der Palästinenser gewonnen. Die tapferen Muslime, die zu Märtyrer wurden bei dem, was ihr das Sonntagsmassaker nennt, haben die muslimische Welt einen Schritt näher zur Einheit gebracht. Allah wird sie belohnen. Und wenn eure mächtige Armee uns angreift – und ich hoffe, sie tut es bald –, dann werden wir den nächsten Schritt tun.

Sehen Sie, Taylor, wenn uns der Terrorismus als einzige Waffe bleibt, müssen wir sie benutzen. Und sie funktioniert. Die Welt reagiert. Indem ich diese Waffe weltweit einsetze, erfülle ich den Willen Allahs.«

Mark öffnete den Mund. Sa'id stoppte ihn mit einer Handbewegung. »Mit jedem Opfer kommen wir dem Endziel näher – der Vereinigung der muslimischen Welt und dem *dar al-Islam*, dem großen, friedlichen Reich.«

Mark erwiderte Sa'ids Blick. »Es wird keinen Frieden geben, bis der Friedefürst, Jesus Christus, auf die Erde zurückkommt. Davon spricht selbst der Koran.«

»Schweig!« Sa'id erhob sich. »Ich höre mir deine Lügen nicht mehr an. Du bist ein Bauer auf meinem Schachbrett, Taylor. Wenn du mir nicht mehr nützlich bist, wirst du durch meine Hand sterben.«

Er beugte sich zu Mark hinab, seine boshaften Augen nur Zentimeter vor Marks Gesicht. »Du hast gesagt, dass Allah tot und nicht der eine wahre Gott ist. Ich habe beschlossen, dass du diesen Tag noch erleben wirst, damit du selbst siehst, dass dein Gott die nicht beschützen kann, die euren Jesus anrufen. Dann wirst du vor deinem Tod die Wahrheit erkennen, und Allah wird gepriesen werden!« Er lächelte, die Schwärze seiner Augen ein Abgrund. »Die Zeit kommt. Wir werden sehen, wer der eine wahre Gott ist!«

Er drehte sich um und ging.

Reseda, Kalifornien
7.05 Uhr

Trotz der kühlen Januarluft tropfte Fazul der Schweiß von der Stirn, während er Jusef bei der Arbeit in dem geliehenen Lieferwagen zuschaute. Jusef verband gerade eine digitale Schaltuhr, die auf dem Beifahrersitz lag, über lange Drähte mit einer Sprengkapsel, die an den Fässern mit dem selbst gebastelten Sprengstoff angebracht war. Fazul fragte sich, wie gefährlich der Brei aus zerstoßenem Ammoniumnitrat und Dieselöl wohl war. Es machte ihn nervös, wie Jusef da herumhantierte. »Kann auch nichts passieren beim Fahren?«, fragte er.

Jusef umwickelte den letzten Draht mit schwarzem Isolierband und stieg aus. »Erst, wenn du die Schaltuhr eingestellt hast, keine Bange.«

Fazul nickte. Sie hatten den Rest der Nacht damit verbracht, die Bomben fertig zu bauen und dann je vier der Fässer in jeden der drei Lieferwagen zu laden, die Jusef gemietet hatte. Kurz vor Sonnenaufgang hatten sie wieder gebetet, und Jusef hatte erneut heroische Verse aus dem Koran rezitiert. Fazul kannte den ganzen Plan immer noch nicht, aber das würde sich wohl bald ändern.

»Okay, Leute, hört gut zu, wir haben nicht viel Zeit. Jeder von uns fährt in einen anderen Stadtteil.« Jusef reichte Fazul und Ismael je ein Blatt Papier mit einer Wegbeschreibung. »Ihr werdet die Wagen so nah an die Gebäude heranfahren, wie es geht. Die Schaltuhren sind schon eingestellt. Parkt die Wagen, kurz bevor die Digitaluhr zwölf zeigt.«

Fazuls Magen wurde flau. Er konnte sich nicht erinnern, sich zu einem Selbstmordattentat bereit erklärt zu haben. Dass die Polizei sie erwischen konnte – das Risiko war tragbar, ja es erhöhte den Nervenkitzel. Aber das?

Jusef bemerkte seinen Blick. »Ist was, Fazul?«

»Ich ... Ich wusste nicht, dass es um Selbstmordaktionen geht.«

Jusef sah ihn an, dann Ismael. Die beiden begannen zu lachen.

»Was ist?«, fragte Fazul, jetzt verlegen.

»Du wirst heute nicht sterben, Fazul, du bist zu wertvoll. Das verlangt Allah nicht von dir – noch nicht. Aber dass du dazu bereit bist, zeigt deine große Hingabe.«

Fazul fiel ein Stein vom Herzen. »Aber wie ...?«

Jusef lächelte. »Du musst nur so nahe wie möglich am Ziel parken, den Rest macht die Bombe. Steig aus, bevor die Schaltuhr Zwölf zeigt. Du wirst leicht fliehen können in dem Chaos. Dann komm mit dem Bus hierher zurück, und wir werden Allahs Sieg feiern!«

Fazul lachte erleichtert mit. »Okay, das kann ich machen.«

»Wir sind noch nicht zu dem letzten Opfer berufen wie unsere Brüder im Nahen Osten. Wir müssen in der Lage sein, immer wieder zuzuschlagen. Lass dich also nicht erwischen.«

Fazul nickte. Ismael verhielt sich so, als habe er das schon öfter gemacht. »Und was sind die Ziele?«, fragte Fazul.

»Drei Kirchen«, sagte Jusef. »Große Kirchen. Ich hab eine katholische in Burbank, Ismael eine presbyterianische in Hollywood, und du die Church of the Cross in Van Nuys.«

Church of the Cross, Van Nuys
8.12 Uhr

Tracy saß im hinteren Teil der »Halle Ost«, wie die Church-of-the-Cross-Gemeinde sie nannte. Die Gemeinde war mit den Jahren so gewachsen, dass sie schließlich zusätzlich zu ihrem eigenen Gebäude eine ehemalige Baptistenkirche auf der gegenüberliegenden Straßenseite gekauft hatte. In beiden Gebäuden fanden Gottesdienste statt.

Die Musik war Balsam für ihre Seele. Zusammen mit anderen Christen Gott mit Liedern preisen – es gab nichts Vergleichbares. Was Jesus verheißen hatte, es stimmte: Wo zwei oder drei in seinem Namen zusammen waren, war er mitten unter ihnen. Während Tracy sich auf ihren Retter konzentrierte, fielen die Fesseln der Angst und der Sorge für einen Moment von ihr ab.

Auf den Straßen draußen war es still. Ein paar Leute suchten sich noch einen Parkplatz und eilten zum Kircheneingang. Fazul fuhr langsam über die Kreuzung, an einigen der Nachzügler vorbei. In einer Viertelstunde würden sie alle tot sein. Es war ein komisches Gefühl. Er fuhr mehrere Male um den Block, um den besten Platz für seine rollende Bombe zu finden. Er entschied sich schließlich für eine Seitenstraße, die auf die Rockland Street führte und deren Bordstein nur etwa fünf Meter vom Kirchengebäude entfernt war. Wenn gerade niemand zuschaute, konnte er den Wagen vielleicht sogar direkt in das Blumenbeet an der Mauer fahren. Er fuhr ein letztes Mal um den Block herum, dann parkte er den Wagen eine Straße entfernt, um auf den richtigen Zeitpunkt zu warten.

Nordsyrien
18.12 Uhr

Kaum hatte Sa'id die Tür hinter sich geschlossen, begann Mark eindringlich zu beten. Wenn die Terroristen wirklich anfingen, Kirchen in die Luft zu sprengen – er wollte es sich nicht ausmalen. Seine Brüder und Schwestern in Christus, die friedlich zum Gottesdienst versammelt waren, von

Bomben zerrissen? Aber geschahen solche Dinge nicht schon in vielen Ländern? Amerika war immer verschont geblieben. Bis jetzt.

Gott, lass es nicht zu!

Die Tür öffnete sich wieder, und Abu kam herein. Sein Gesichtsausdruck war nun angespannt und nervös. Er trat hinter Mark und begann, seine Hände loszubinden.

»Was ist denn los?«

»Du musst jetzt fliehen. Die Angriffe können jeden Augenblick beginnen, mein Onkel ist abgelenkt.«

»Auf amerikanische Kirchen?«

Abu nickte, während er auch Marks Füße losband. »Dutzende.«

Es passte ganz zu dem, was Sa'id gesagt hatte. »Das müssen wir verhindern, Abu.«

»Es ist zu spät.«

Marks Hände waren frei. Er spürte, wie das Blut wieder frei durch seine Adern lief. Der Schmerz war beißend. »Wirst du mir bei der Flucht helfen?«

Abu sah ihn finster an. »Ich weiß nicht, wie weit du kommst, aber in der Wüste überlebst du eher als hier bei meinem Onkel.«

Er setzte sich neben Mark auf den Boden und begann, seine Stiefel auszuziehen. »Die wirst du brauchen.«

»Warum machst du das?« Mark nahm den ersten Stiefel.

»Weil du mein Freund bist. Ich konnte das nicht länger mit ansehen.«

»Ich wünschte mir, Sa'id würde genauso denken.«

»Wenn er dich so kennen würde wie ich ... vielleicht.« Abu zog auch den zweiten Stiefel aus, dann sah er Mark fest an. »Deine Worte haben mich tief bewegt, Mark. Ich sehe deinen Glauben jetzt in einem anderen Licht.«

Die Worte überraschten Mark. »Ich hoffe, du wirst die Wahrheit finden, Abu ...«

Abu nickte, ein leises Lächeln kam auf seine Lippen. »Wir haben keine Zeit für weitere Diskussionen. Du musst gehen.«

»Und Chad?« Mark stellte sich mühsam hin. Er zwang seine Beine, sein Gewicht zu tragen; sein Gesicht war dunkelrot vor Anstrengung.

»Der ist in einem anderen Raum. Du musst gehen, solange du kannst.«

»Ohne ihn fliehe ich nicht.«

Abu sah die Entschlossenheit in Marks Augen. »Dann bringst du uns beiden den Tod.«

»Sag mir nur, wo er ist. Du hast mehr als genug getan. Zeige mir den Weg.«

Van Nuys, Kalifornien
8.20 Uhr

Fazul sah auf seine Armbanduhr. Noch zehn Minuten. Ihm war schlecht, der Schweiß bedeckte seinen Körper. Die Straße war jetzt ganz ruhig, bis auf ein paar allerletzte Verspätete. Auf der anderen Straßenseite, wo das zweite Gebäude der Kirche stand, kamen schon die Ersten, die in den zweiten Gottesdienst wollten. Fazul fragte sich, ob er es fertigbringen würde, die Bombe zu zünden. Das hier – er hätte es sich im Leben nicht träumen lassen. Er begann zu rezitieren: »Allahu akbar! Allahu akbar! Allahu akbar ...«, um sich Mut zu machen.

Er fuhr heftig zusammen, als sein Mobiltelefon klingelte. Er zog es aus seiner Hemdentasche und schaute auf das Display. Der Anruf kam von zu Hause. Sollte er ... Es klingelte ein zweites Mal, dann wieder. Er nahm ab. »Hallo?«

»Fazul, hier Akilah. Ist alles in Ordnung bei dir?«

»Ja, sicher.« Fazul seufzte erleichtert auf, dankbar, dass es nicht sein Vater war. »Warum rufst du an?«

»Ich mache mir Sorgen. Du hast so merkwürdig geredet gestern Abend. Ich hatte Angst, du hast was ... Schlimmes vor.«

»Nein.« Fazul lachte. »Ich bin gerade mit Sofian unterwegs, das ist alles.«

»Da bin ich echt froh. Du weißt ja nicht, wie du mich erschreckt hast.«

»Es ist alles in Ordnung. Aber jetzt hab ich keine Zeit mehr ...«

»Nein, warte«, sagte Akilah. Der FBI-Techniker neben ihr signalisierte ihr, weiterzusprechen, während sie das Handy lokalisierten.

Sie dachte hastig nach. »Vater hat ... gestern Abend Sofian angerufen ...«

Fazul hörte ihr zu, plötzlich interessiert. Er schaute auf die Schaltuhr. Er hatte noch ein paar Minuten.

Nordsyrien
18.20 Uhr

Sa'ids Leute waren im Nachbargebäude versammelt. Sie saßen erwartungsvoll vor dem Fernseher, auf dem CNN eingeschaltet war. Gleich würde der Livebericht vom anderen Ende der Welt kommen. Der Flur war leer. Mark stolperte vorwärts, eine Hand an der Wand.

»Mach schnell! Dein Freund ist da drin.« Abu zeigte auf die Tür gegenüber.

»Danke, Abu, das werde ich dir nie vergessen.«

»Und ich werde dich nie vergessen.«

Um die Ecke kamen Stimmen.

»Schnell rein!«, zischte Abu. Sie hasteten in Chucks Zimmer. Die schnelle Bewegung schmerzte unglaublich, aber als Mark seinen Freund sah, vergaß er den Schmerz.

Chuck lag bewusstlos in der Ecke, das Gesicht blutig und geschwollen, Hände und Füße gefesselt. Mark kniete sich neben ihn und prüfte den Puls an seinem Hals. Dann schlug er ihn leicht ins Gesicht. »Chuck, komm! Ich brauche dich!«

Abu lächelte dünn. »Ich wusste doch, dass er nicht Chad Moreland heißt.«

Chuck begann zu stöhnen. »Er heißt Chuck Fleming«, flüsterte Mark. »Er ist nicht vom CIA, nur ein Freund. Er war in Nadschaf in meiner Einheit, du hast damals auch sein Leben gerettet.«

Abu schüttelte den Kopf. »Du erstaunst mich immer wieder. Ich hätte ihn erkennen müssen.«

Chuck kam langsam zu sich. Mark redete ihm zu. »Komm, Chuck. Wir können fliehen. Jetzt.«

Chucks Augen öffneten sich. »Ich ... komm mit.«

Mark half ihm auf die Füße und sah sich um. Sie waren in dem Raum, in dem Sa'id ihn verhört hatte. In der Ecke stand noch die Kamera. Mark trat zu ihr und drückte die Auswurftaste. Die DVD fiel heraus. Er fing sie auf und drehte sich zu Abu. »Wo sind wir?«

Abu zögerte und schaute sich um. Wie viel durfte er seinem alten Freund verraten? »Wir sind in Syrien, in unserem nördlichsten Ausbildungslager bei Tall Hamis. 40 Kilometer nordwestlich liegt Al Qamishli an der türkischen Grenze. Der Irak liegt 30 Kilometer in der anderen Richtung.«

Mark nickte. Sie waren in der Mitte von Nirgendwo, schwer verletzt und unterernährt. Ihre Chancen für eine Flucht standen nicht gut, aber immer noch besser als wenn sie blieben. »In welcher Richtung ist die Türkei?«

»Wenn ihr euch draußen nach rechts dreht, schaut ihr nach Westen. Die türkische Grenze liegt im Nordwesten.«

»Hat das Lager einen Zaun?«, fragte Chuck.

Abu schüttelte den Kopf. »Nicht nötig hier draußen.«

»Abu, du bist damals mit uns gegangen. Komm wieder mit!«, sagte Mark.

»Nein, mein Platz ist hier. Vielleicht kann ich meinen Onkel erreichen.«

Mark glaubte kaum, dass das möglich war, aber er nickte. »Ich werde beten, dass es dir gelingt.«

»Welcher Tag ist heute?«, fragte Chuck.

»Sonntag, kurz nach Sonnenuntergang«, erwiderte Abu.

»Das heißt, dass es zu Hause ...« Mark dämmerte es.

»... Sonntagmorgen ist«, sagte Abu und nickte. »Die Angriffe haben begonnen.«

Kapitel 34

Northridge, Kalifornien
8.24 Uhr

»Alle Einheiten ... Code vier-zweiundzwanzig.« Das Funkgerät im Streifenwagen durchbrach die friedliche Sonntagmorgenstille im San Fernando Valley. »Möglicher Terrorangriff, Kreuzung Van Nuys und Rockland. Code drei.«

Officer Charlotte McBride sah ihren Kollegen an. »Wir sind ganz in der Nähe. Gib Gummi, Craig.«

Craig Tenant schaltete Blaulicht und Sirene ein und wendete mitten auf der Straße. McBride nahm das Mikrofon. »Neun Adam Achtzehn unterwegs, sind in zwei Minuten da.«

»Verstanden, Neun Adam Achtzehn. FBI ebenfalls unterwegs. Suchen nach arabischem Verdächtigen, Name Fazul Habash, Foto folgt sofort. Ziel wahrscheinlich Church of the Cross.«

»Verstanden«, antwortete McBride. Sie sah wieder Tenant an.

»Let's roll, Partner!«

Keine Meile entfernt saß Tracy in ihrer Bank und wischte sich die Tränen ab. Schon der erste Teil des Gottesdienstes war wunderbar gewesen, die Lieder schienen ihren Schmerz zu lindern. Aber nun begann Tracy die Gegenwart Gottes zu spüren, die sich wie zwei liebende Arme um sie legte. Obwohl die Angst um Mark noch da war, ja sie schien noch stärker geworden zu sein. Sie neigte ihren Kopf und bat Gott wieder und wieder, Mark zu beschützen.

Brenda bemerkte es. Sie legte den Arm um Tracys Schulter und betete still. Die Gemeinde sang weiter, während die beiden zusammen beteten und weinten.

Nordsyrien
Zur gleichen Zeit

Mark legte sein Ohr an die Tür und lauschte in den Flur hinaus.

»Die Luft ist rein.« Er drehte sich zu Abu. »Wir müssen Stiefel für Chuck besorgen, und Mäntel, sonst erfrieren wir da draußen.«

Abu schüttelte den Kopf. »Keine Zeit, die Wachen kommen bald wieder und ...«

Er wurde von Stimmen draußen unterbrochen.

»Sie suchen mich«, sagte er.

Mark nickte zur Tür. Abu öffnete sie und trat in den Flur. Mark hätte ein Monatsgehalt gegeben, um Arabisch verstehen zu können. Aber der Ton der Stimmen war eindeutig; sie waren hitzig, etwas stimmte nicht. Chuck und Mark sahen einander an. Dann wurde die Tür aufgerissen.

Mark trat schnell zurück, riss den hereinstürzenden Terroristen mit sich zu Boden und warf ihn hinter sich. Dann drehte er sich zur Seite und rammte seinen Ellbogen mit aller Kraft in die Kehle des Mannes. Ein zweiter Terrorist, Kalaschnikow in der Hand, kam durch die Tür. Er sah weder Chuck noch dessen Faust, die gegen seine Schläfe krachte. Der Araber ging bewusstlos zu Boden.

Abu kam herein. »Geht – schnell.«

»Gleich«, sagte Chuck, der dem Terroristen neben ihm ohne zu zögern die Stiefel auszog. Die beiden Wächter trugen Kampfuniformen, und Mark zog dem anderen die Jacke aus, während Chuck die Stiefel anzog und Waffe und Munition an sich nahm. Mark steckte das Videoband in die Brusttasche der Jacke, packte eine Waffe und sah seinen Freund an. »Danke, Abu. Ich hoffe, wir begegnen uns wieder.«

»Ich auch«, sagte Abu. »Und jetzt schlag mich nieder.«

»Wie bitte?«

»Schlag mich k. o. Es darf nicht so aussehen, als ob ich euch geholfen hätte, oder mein Onkel tötet mich.«

»Er hat recht«, sagte Chuck.

»Ich schlag ihn nicht«, sagte Mark. »Mach du das.«

Van Nuys, Kalifornien
8.27 Uhr

Fazul wartete nervös, den Motor im Leerlauf. Seit seinem Gespräch mit Akilah war er nicht sicher, ob er seinen Auftrag ausführen sollte. Es war noch nicht zu spät, einfach auszusteigen und nach Hause zu gehen, aber wie könnte er sich dann je wieder in der Moschee sehen lassen? Er schob das Telefon zurück in seine Hemdentasche und packte entschlossen das Lenkrad. Er schaute auf das Display der Schaltuhr auf dem Beifahrersitz – noch drei Minuten.

Es war Zeit.

Er bog nach links auf die Rockland Street ab. Ein Wagen hinter ihm musste ausweichen und fuhr laut hupend vorbei. Fazul heftete seine Augen auf die Stelle, die er sich ausgesucht hatte. Plötzlich hörte er eine Sirene.

Die Polizisten rasten mit Blaulicht von Norden heran, auf der Van-Nuys-Avenue. Officer McBride behielt die Umgebung im Blick. Als sie in die Rockland Street hineinsehen konnte, entdeckte sie sofort den langsam rollenden Lieferwagen.

»Craig!« Sie zeigte auf den Wagen. »Der Lieferwagen – setz dich davor!«

Craig riss das Lenkrad nach rechts.

Fazul erschrak bis ins Mark; der Streifenwagen kam direkt auf ihn zu. Er trat das Gaspedal durch, der Wagen machte einen Satz. Er versuchte, dem Polizeiwagen auszuweichen, aber er schaffte es nicht mehr.

Er krachte von rechts in den Streifenwagen. Kreischende Reifen, berstendes Metall. Dann Stille.

Officer Tenant öffnete die Fahrertür und zog McBride mit sich. Sie schrie vor Schmerz; der Aufprall hatte ihr den rechten Arm und das Bein gebrochen. Tenant nahm sie ohne Zögern in die Arme und trug sie auf den Bürgersteig, dann zog er seine Pistole und richtete sie auf den Fahrer des Lieferwagens, der bewusstlos über dem Lenkrad hing.

»Polizei!« Der Fahrer reagierte nicht. Tenant trat näher und sah durch das Fenster. Fast hätte er abgedrückt, als der Mann aufstöhnend zur Seite sackte. Und dann sah Tenant – die Schaltuhr, deren rotes Display 11.59 anzeigte.

Er drehte sich um und brüllte, so laut er konnte: »Bombe! Bombe! Alle weg hier!« Der Anblick eines Polizisten mit gezogener Waffe hatte genügt, um die Kirchgänger von der Kreuzung zu scheuchen; bei dem Wort »Bombe« flohen sie.

Tenant sprang zurück zu McBride, hob sie auf und begann zu rennen. Sie waren zwanzig Meter entfernt, als der Lieferwagen explodierte. Die Druckwelle riss sie buchstäblich in die Luft und schleuderte sie mehrere Meter weiter, bevor sie auf dem Rasen vor der Kirche landeten.

Alle Fenster im Vorraum zersplitterten. Etliche Gemeindeglieder, die an der Straßenecke standen, wurden von dem Feuerball auf den Gehweg gedrückt, viele erlitten schwere Verbrennungen.

Der Krach der Explosion beendete den Gottesdienst abrupt. Das ganze Gebäude schwankte, die Lichter gingen aus, die Mikrofonanlage verstummte mitten in den Abkündigungen. Ein Augenblick schockierte Stille, die meisten dachten an ein Erdbeben. Tracy schaute verstört auf. Tom griff sie und Brenda am Arm und zog sie auf den Fußboden.

Dann drangen die ersten Schreie von draußen zu ihnen, mitten auf der Kreuzung brannte ein Metallhaufen lichterloh, der einmal ein Lieferwagen gewesen war. Der Vorraum der Kirche war ein Trümmerhaufen aus Steinen und Glassplittern. Officer McBride kam wieder zu sich und forderte ihren Kollegen auf, von ihrem gebrochenen Bein aufzustehen.

Officer Tenant kam stöhnend wieder zu sich und drehte sich auf die Seite. Sie lebten. Menschen sprangen herbei, um den Verletzten zu helfen. In der Ferne hörte man Sirenen.

Fazul wurde von der Explosion verdampft. Sein letzter Gedanke auf dieser Erde war, dass er versagt hatte. Seine nächste Erkenntnis, wie gründlich er sich geirrt hatte und dass die Verheißung eines Paradieses mit siebzig Jungfrauen eine faustdicke Lüge war.

Nordsyrien
Zur gleichen Zeit

»Letzte Gelegenheit«, sagte Mark zu Abu. »Willst du wirklich nicht mit? Hier gibt es kein Leben für dich.«

Abu schüttelte den Kopf. »Es ist alles, was ich habe. Kann einer von euch mich jetzt bitte schlagen? Sie werden die Wachen bald vermissen.«

Mark nickte und sah Chuck an. »Bitte ...«

Chuck seufzte und holte aus, als die Tür hinter ihnen aufging und der nächste Terrorist hereinkam, mit schussbereiter Waffe. Mark packte seinen Arm, als die Neun-Millimeter-Pistole losging. Die Kugel verfehlte Mark um Haaresbreite. Er schlug dem Araber die Waffe aus der Hand, boxte ihn in den Magen und rammte ihm das Knie in die Nase, sodass er in der Tür zusammensackte. Chuck schaute mit seiner erbeuteten Kalaschnikow in den Flur hinaus. Im Augenblick keine Gefahr, aber der Schuss musste alle alarmiert haben.

Dann hörte Mark das Atemgeräusch von jemandem, dessen Lunge sich mit Blut füllt. Er hatte dieses Gurgeln schon einmal gehört und nie mehr vergessen. Er wirbelte herum. Abu war an der Wand niedergesunken. Auf seinem Umhang war ein roter Fleck, der rasch größer wurde.

»Nein!«, schrie Mark und kniete sich neben ihn. »Abu ...«

»Wir müssen weg, Mark, jetzt!«, rief Chuck von der Tür.

Mark hielte Abus Kopf. Seine Augen waren aufgerissen, sein Atem mühsam. Mark konnte das Geräusch kaum ertragen.

»Der Friede, den du hattest ...«, röchelte er, »als du vor dem Sterben standest. Den will ich auch ...«

»Mark!«, rief Chuck. »Wir haben keine Zeit mehr.«

Mark schaute kurz zu Chuck. »Komme sofort.« Dann, zu Abu: »Du weißt, wo du ihn findest, Abu.«

Abu hustete Blut. »Ich ... will ... glauben ...«

Mark schaute ihm in die Augen und bat Gott, ihn noch nicht sterben zu lassen.

»Jesus ...«, flüsterte Abu. Dann erstarrten seine Augen und er keuchte zum letzten Mal.

Mark kämpfte seine Tränen zurück; dafür war später Zeit. Er schloss die Augen seines Freundes und legte seinen Kopf sanft auf den Lehmboden. *Gott, gib, dass er gerettet ist und wir uns einmal wiedersehen ...*

Eine Salve aus Chucks Waffe holte ihn zurück in die Gegenwart. Er stand auf und hastete zur Tür. »Wie viele?«

»Zwei. Den Ersten hab ich erwischt, der Zweite ist draußen hinter der Tür.«

»Okay.«

»Kriegsrat.« Chuck grinste. »Fliehen wir gleich oder suchen wir erst Sa'id?«

Marks Augen blitzten vor Zorn. »Sa'id. Jetzt, da Abu nicht mehr da ist, sind wir sowieso so gut wie tot.«

Chuck drehte sich zurück zur Tür. »Dann los.«

Mark warf einen letzten Blick auf Abu und flüsterte ein stummes »Lebewohl«, dann nickte er Chuck zu.

Chuck schickte eine kurze Salve in die Richtung, aus der die Männer gekommen waren, während Mark so schnell er konnte in die andere Richtung lief.

Van Nuys, Kalifornien
Zur gleichen Zeit

Die Platzanweiser hatten die Gemeinde durch die Hintertüren hinausgeführt. Als Tracy um die Ecke kam und die Trümmer und die brennende Metallmasse mitten auf der Kreuzung sah, schnappte sie vor Schreck nach Luft. Zwei Krankenwagen standen bereits da, dazu ein FBI-Van und ein Dutzend Polizeiwagen. Die ersten Fernsehwagen kamen an, und über der Kirche schwebten drei Hubschrauber. Es sah aus wie nach einem Selbstmordattentat in Jerusalem – nur dass dies Kalifornien war.

In Sekunden war aus einem friedlichen Morgengottesdienst ein Schlachtfeld geworden. Tracy schloss die Augen und dankte Gott für seine Bewahrung. Und bat ihn erneut, auch bei Mark einzugreifen.

Was als vernichtender Schlag gegen die USA geplant gewesen war, war im ganzen Land gescheitert. Das FBI hatte Hunderte von Kirchen identifiziert, die zur Handschrift der Terroristen passten, in New York, Los Angeles, San Francisco, Seattle, Chicago, Dallas, Denver, Baltimore und Philadelphia. Jede dieser Städte hatte ihre gesamte Polizeitruppe mobilisiert. Jeder Polizist, Sheriff und FBI-Agent war im Dienst gewesen, um die Kirchen zu schützen, die als Angriffsziele infrage kamen.

Sa'ids Plan war kleiner gewesen als befürchtet. Nur in Los Angeles, New York, Chicago, Washington und Atlanta, also in den Gegenden, wo der Dschihad al-Scharia seine größten Zellen hatte, waren tatsächlich Anschläge geplant gewesen, auf je drei Kirchen. Doch außer Fazul war nur noch ein einziger Fahrer mit seiner rollenden Bombe durch das Netz der Polizeikräfte geschlüpft und zur katholischen St. Mary's Church in Washington,

D. C. gelangt. Seine Bombe war von einem Amateur verdrahtet worden, sodass sie nicht losging. In Atlanta explodierte ein Van mit Sprengstoff auf der Straße, nachdem die Polizei den Fahrer erschossen hatte. Die Beamten, denen die Gefahr bewusst gewesen war, kamen mit leichten Verletzungen davon.

In Los Angeles wurden Ismael und Jusef verhaftet und ihre Bomben entschärft, bevor sie losgingen. Die Church of the Cross hatte nicht auf der FBI-Liste möglicher Terrorziele gestanden. Nur deshalb hatte Fazul so weit kommen können.

»Ich fasse es nicht«, sagte Brenda, die neben Tracy stand und auf die Verwüstung starrte.

»Wenn der Wagen direkt neben dem Gebäude gestanden hätte, wären wir jetzt alle tot«, murmelte Tom.

Tracy war sprachlos. Der reine Hass hinter einem solchen Anschlag war für sie unbegreiflich. Solches Verständnis war nach dem 11. September und dem Sonntagsmassaker eine rein gedankliche Übung; jetzt packte es sie in der Tiefe ihrer Seele und wollte sie schier zerreißen. Dies also waren die Menschen, die auch ihren Mann in ihrer Gewalt hatten ...

»Alles in Ordnung, Tracy?« Toms Stimme unterbrach sie.

»Ja. Ich versuche nur zu verstehen, welche Perversität Männern, Frauen und Kindern so was antut.«

Mehrere Gemeindeglieder, die an der Seite standen, begannen zu beten. Und während Sanitäter und Notärzte die Verletzten versorgten, drehten Kamerateams und Journalisten erste Bilder für ihre Sendungen.

»Wir verdünnisieren uns besser, Tracy«, sagte Tom.

Die drei drehten sich um, um zum Parkplatz zu gehen. Sie gingen an einem Reporterteam vorbei, das Gemeindeglieder interviewte. Tracy sah nicht, wie eine Reporterin sie anstarrte.

Christine Jensen von CNN tippte ihrem Kameramann auf die Schulter und unterbrach ein Interview. »Ich glaube, Tracy Taylor ist gerade vorbeigegangen«, sagte sie – leise, damit die Konkurrenz sie nicht hörte.

»Bist du sicher?«

»Natürlich bin ich sicher. Wir haben doch die Nacht vor ihrem Haus kampiert, oder? Komm!« Und sie rannte, ohne sich umzusehen, hinter Tracy her.

Kapitel 35

Nordsyrien
18.37 Uhr

So schnell seine schmerzenden Beinen erlaubten, lief Mark den engen Flur entlang, der am Ende in einen zweiten, quer verlaufenden Gang mündete. Rechts oder links - oder auf beiden Seiten - musste der Ausgang sein. Genau da, wo die Gänge sich trafen, befand sich eine Tür, die nur angelehnt war. Als er noch drei Schritte vom Ende des Flurs entfernt war, sah Mark den Lauf einer Kalaschnikow um die rechte Ecke kommen. Er sprang reflexartig hoch, feuerte eine kurze Salve ab und schoss an dem Terroristen vorbei.

Seine Schulter krachte in die Tür, die gegen die Wand knallte. Mark rollte sich in dem leeren Zimmer ab. Er kam mit schussbereiter Waffe wieder auf die Beine, als Chuck angehumpelt kam. Mark schaute zu der Stelle, wo der Terrorist erschienen war. Er lag in einer rasch größer werdenden Blutlache auf dem Fußboden. Hinter ihm eine Tür, die nach draußen führte.

Chuck erreichte ihn. »Gehen wir!«, rief er.

Der Raum drehte sich um Mark. Er schüttelte den Schwindel ab und ging zurück zur Tür, als er aus dem Augenwinkel etwas Weißes sah. Er drehte sich hin. Es war der Umhang, den Sa'id beim Interview getragen hatte, er lag zusammen mit der Schärpe auf einem Stuhl. Hinter dem Stuhl war ein Schreibtisch und auf diesem lag ein Laptop.

»Warte, Chuck«, flüsterte Mark. »Gib mir eine Sekunde Deckung.«

»Bist du verrückt? Die umzingeln uns gleich!«

Chuck feuerte einen kurzen Stoß in den Flur hinein. Mark zog mit blutigen Fingern die Kabel aus dem Computer, klappte ihn zusammen und steckte ihn in eine Tasche, die neben dem Schreibtisch stand. Er hängte sich die Tasche über die Schulter, nahm sein Gewehr und trat zurück in den Gang.

Im Fenster der Außentür erschien ein Kopf. Mark schoss in seine Richtung. Sie hörten Schreie von draußen.

»Da entlang!« Mark zeigte auf die gegenüberliegende Tür. Er schoss noch einmal und rannte los.

Chuck erreichte die Tür als Erster. Er riss sie auf und prüfte blitzschnell die Lage. Schüsse - rechts und links von ihm schlugen Kugeln ein. Zwei rasche Salven von Chuck, in die Richtung der Mündungsfeuer, brachten die Gegner zum Schweigen.

Sie rannten in die Nacht hinaus. Mark war dankbar, dass es dunkel war. Und dankbar für Training, das ihm irgendwie den Willen gab, trotz der unglaublichen Schmerzen weiterzulaufen.

»Lauf!«, rief er Chuck zu.

Sie hatten fast das letzte Gebäude des Lagers erreicht, als plötzlich gleißende Scheinwerfer angingen. Zum ersten Mal sahen sie das Terrain um sich herum: Wüste, Sand, Gestrüpp, in der Ferne offenbar Felsen. Jemand schien sie gesehen zu haben; Schüsse krachten. Sie erwiderten das Feuer kurz und rannten weiter, vorbei am letzten Gebäude und aus dem Flutlicht hinaus in die Dunkelheit.

Mark riss das leere Magazin aus seiner Maschinenpistole. Chuck, der ebenfalls seine Kalaschnikow neu lud, reichte ihm ein anderes.

»Ich glaub, Sa'id kriegen wir nicht mehr«, keuchte Chuck.

»Du hast recht«, sagte Mark. »Hier sitzen wir in der Falle.« Noch zwei kurze Salven, und die beiden drehten sich um und rannten in die Wüste.

CIA-Zentrale, Langley, Virginia
Zur gleichen Zeit

Wendy saß zusammen mit den Leitern der Operation Dumbo im Lageraum. Die Bildschirme an der Wand zeigten Satellitenbilder der drei Terrorcamps, in denen sie Mark und Chuck vermuteten. Der große Bildschirm in der Mitte zeigte das Lager Tall Hamis.

Seit Freitag, seit Mark von den Terroristen kontaktiert worden war, war das Team auf den Beinen. Sie waren am Ende und erschöpft und arbeiteten in Doppelschichten, um diesen Teil der Welt nicht aus den Augen zu lassen.

Plötzlich erhellte sich der Bildschirm in der Mitte. Der Lagerkomplex wurde angestrahlt. »Was ist da los in Tall Hamis?«, rief Wendy.

»Was soll sein? Flutlicht«, klärte Phillip Nest sie auf.

»Kurz vorher habe ich ein paar Blitze gesehen.« Wendy stand auf und starrte auf die Bildschirmwand, dann nahm sie ihr Telefon und drehte sich zu Brad Faxon, dem Elektronikexperten. »Brad, stelle mir bitte die Aufnahme der letzten beiden Minuten in Tall Hamis auf Bildschirm drei. Lass die Liveübertragung auf zwei. Ich rufe Jack an.«

Nordsyrien
Zur gleichen Zeit

»Licht aus! Seid ihr verrückt?«, schrie Sa'id in sein Funkgerät. CNN meldete gerade einen Bombenanschlag auf eine Kirche in Los Angeles. Sa'id wusste, dass es die erste von einem Dutzend Meldungen sein würde. Dies war ein großer Tag für Allah, den er mit seinen Leuten genießen wollte. Warum aber liefen sie schreiend und schießend durch das Lager? Feierten sie etwa schon? Und welcher Idiot hatte die Beleuchtung eingeschaltet? Sie konnten genauso gut Leuchtraketen abschießen, um den amerikanischen Spionagesatelliten ihre Position anzuzeigen!

»Mustafa, geh raus und schau nach, was da los ist!«

Mustafa rannte aus dem Zimmer. Sa'id drehte sich zurück zum Fernseher, der gerade die Bilder aus Los Angeles zeigte. Ein ausgebranntes Autowrack lag mitten auf einer Straße, viel zu weit entfernt von dem Kirchengebäude. Er fluchte. Das sah nicht nach einem großen Sieg aus. Nicht genug Tote. Er rutschte auf seinem Stuhl hin und her. Wann kamen endlich die Meldungen über die anderen Anschläge?

Das Funkgerät knisterte. Es war Mustafa. »Die Gefangenen sind geflohen, Kalif.«

Sa'id fluchte. »Dann haltet sie auf, aber ohne Licht! Macht es aus, sofort!«

Das Fenster wurde wieder dunkel. Man hörte MP-Salven, sie schienen sich zu entfernen.

Sa'ids erster Offizier räusperte sich. »Kalif, Sie müssen sofort hier weg.«

Sa'id schaute rasch zurück zum Fernseher. Eine Karte erschien auf dem Bildschirm – eine Übersicht über ein Dutzend Terroranschläge, die von FBI und Polizei vereitelt worden waren. Sa'id ließ seinen Kopf sinken. Ein völliger Fehlschlag. Fehlschlag? Fehlschlag! Er sprang auf, tobte, stieß Stühle um, trat gegen die Wand.

»Kalif, wir müssen hier weg, Sie sind in Gefahr.«

Sa'id funkelte seinen Untergebenen finster an. »Hol Abu, dann gehen wir.«

Einer der Terroristen steckte seinen Kopf durch die Tür. »Kalif ...«

»Was?«, schrie Sa'id.

»Abu ist tot.«

»Nein!« Sa'id fiel auf die Knie. Wie war das möglich? Abu war wie sein eigener Sohn, er konnte, er durfte ihn nicht verlieren. »Tötet die Ungläubigen! Tötet die Ungläubigen!«, schrie er, wieder und wieder.

Sein erster Offizier trat zu ihm und half ihm auf die Füße. »Wir müssen gehen, Ahmad.«

Sa'id funkelte ihn an. »Erst will ich Abu sehen!«

CIA-Zentrale, Langley, Virginia
Zur gleichen Zeit

»Jack, es gibt Neuigkeiten«, sagte Wendy ins Telefon.

»Ich weiß, die Anschläge auf die Kirchen kommen gerade in den Nachrichten«, antwortete Jack.

»Nein, nicht die Anschläge, Jack. Aktivität in Tall Hamis, Nordsyrien.« Sie berichtete ihm rasch, was sie gesehen hatten. »Warte, Jack, das Flutlicht ist gerade wieder aus.« Sie sah zu Faxon hin und legte ihre Hand über den Hörer. »Sag dem NRO, sie sollen Tall Hamis wieder auf Infrarot schalten, jetzt sofort!«

Faxon sprach bereits in die Direktleitung zum National Reconnaissance Office in Chantilly. Er gab Wendys Befehl weiter.

»Wir gehen auf Wärmebild, Jack. Da passiert etwas. Vor einer Minute haben sie das Flutlicht angemacht, jetzt ist es wieder aus. Wir haben uns die Minute vor dem Flutlicht noch mal angeguckt und MP-Feuer gesehen. Ich mach jede Wette, dass Mark in diesem Lager ist. Und vielleicht Sa'id.«

»Verstanden«, sagte Jack. »Aber das müssten wir ganz genau wissen. Habt ihr schon das Infrarotbild?«

Wendy behielt den Bildschirm in der Mitte im Auge. »Warte.«

Der Bildschirm wechselte die Farbe und wurde schmutzig grün. »Jetzt, Jack. Noch einen Moment ...«

Sie analysierte das Bild. Man sah kleine grüne Flecken, die hastig durch das Lager huschten. Sie sahen wie matt leuchtende Strichmännchen aus. Die Aktivität schien sich auf die nordwestliche Ecke des Lagers zu konzentrieren. Wendy schaute dorthin. Zwei der grünen Striche liefen offensichtlich fort.

»Sieht wie eine Verfolgungsjagd aus. Zwei Leute fliehen, Richtung Nordwest.«

»Könnt ihr die zwei identifizieren?«

»Nicht ohne Tageslicht.«

»Bleibt ihnen auf den Fersen. Ich sehe zu, dass wir ein Rettungsteam losschicken. Und, Wendy?«

»Ja?«

»Wenn ein Fahrzeug das Lager verlässt, bleibt dran.«

Wendy schaute weiter auf den Bildschirm. Vielleicht war dies ihre Chance. »Verstanden, Sir.«

Van Nuys, Kalifornien
Zur gleichen Zeit

»Mrs Taylor ...« Tracy drehte sich um - und erstarrte. Sie blickte direkt in eine Kameralinse, eine Hand hielt ihr ein Mikrofon mit dem CNN-Logo hin. »Christine Jensen, CNN News«, sagte eine Stimme neben der Kamera. Sie gehörte einer jungen Brünetten mit Kurzhaarschnitt und nervendem Lächeln. »Möchten Sie etwas zu Ihrem Mann sagen, Mrs Taylor? Hat er wirklich für die CIA gearbeitet, wie von Al-Jazeera berichtet?«

Tracys Augen sprangen von der Reporterin zur Kamera und zurück. Sie hatte Lust, die Frau zu ohrfeigen. Schwerverletzte lagen auf der Straße, ein Massenmord war mit knapper Not verhindert worden, und sie wollte wissen, ob Mark für die CIA arbeitete! Aber da trat Tom schon dazwischen.

»Bitte.« Tom hielt seine Hand vor die Kamera. »Etwas mehr Respekt vor Mrs Taylors Privatsphäre! Das Ganze ist ein Albtraum für sie ...« Tom schaute sich um und sah, dass ein zweiter Kameramann in ihre Richtung ging. Er drehte sich um und warf Brenda die Autoschlüssel zu. »Steigt ein, schnell.«

Er hielt die Reporter weiter in Schach, während Tracy und Brenda auf den Parkplatz flüchteten. Er funkelte die naseweise Reporterin an. »Ihr habt aber auch kein Mitgefühl, wie?« Dann drehte er sich um und rannte ebenfalls zum Auto, dicht verfolgt von dem Kameramann.

Nordsyrien
Zur gleichen Zeit

Mark schnappte nach Luft, bei jedem Schritt schoss der Schmerz aus seinen Rippen wie Feuer durch ihn. Aber er lief weiter, zwang sich, den nächsten Schritt zu tun, dann den übernächsten. Seit ein paar Minuten hörten sie keine Schüsse mehr. Das Gelände war schwierig und uneben, jedes Stolpern quälte Marks Körper neu.

Er konnte nur hoffen, dass es Chuck besser ging. Die mondlose Nacht schützte sie vor ihren Verfolgern, aber erschwerte auch das Laufen. Weiter vorne schien ein felsiger Hang zu sein, aber in der Dunkelheit war die Entfernung schwer abzuschätzen.

Auf einem kleinen Buckel blieb Mark stehen. »Warte kurz«, keuchte er. Sie legten sich beide auf die Erde und schauten zurück in die Richtung, aus der sie gekommen waren. Nichts. Noch nicht.

»Was sollen wir machen?«, fragte Mark japsend.

»Weiterlaufen«, keuchte Chuck. »Die kommen, bestimmt.«

»Sicher, aber dieses Tempo können wir nicht halten.«

Chuck grinste. »Was ist mit dir? Aus der Übung?«

»Danke der Nachfrage«, antwortete Mark. »Aber im Ernst, wie fühlst du dich?«

»Mies. Aber wenn ich anhalte, wird's noch mieser. Aber was war so wichtig in diesem Zimmer eben?«

»Sa'ids Computer. Mit ein bisschen Glück sind da drin die Namen und Adressen von Dschihad-al-Scharia-Zellen in der ganzen Welt gespeichert.«

»Dann hätten wir noch einen Grund, heil nach Hause zu kommen.«

»Ich stimme zu.«

»Wir müssen irgendwie die Kavallerie verständigen«, sagte Chuck.

»Stimmt auch. Aber erst müssen wir die Terroristen loswerden.«

»Dann ändern wir am besten die Richtung.«

»Du hast recht.« Mark dachte kurz nach. »Abu hat gesagt, die Türkei ist im Nordwesten. Da machen wir am besten 'nen Haken nach Osten.«

»Klingt gut.«

Sie sahen einander an; keiner wusste, in welcher Richtung Osten war.

Schließlich zeigte Chuck nach rechts. »Ich glaub, das ist unsere Richtung.«

»Dann wollen wir mal«, sagte Mark und lief los.

Van Nuys, Kalifornien
Zur gleichen Zeit

Als Tom das Auto erreichte, saßen Brenda und Tracy schon drin und setzten gerade zurück. Er sprang auf den Beifahrersitz und Brenda fuhr los, während der Kameramann hinter ihnen herrannte.

Tracy duckte sich, so tief sie konnte. Tom drehte sich um und sah, wie sich die Reporterin wütend umdrehte, während zwei weitere Kamerateams ihre Abfahrt aufnahmen.

»Geht es dir gut da hinten?«, fragte er Tracy.

»Ja. Danke, dass du dazwischengegangen bist. Ich hätte fast etwas gesagt, was nicht angemessen gewesen wäre für die Sechs-Uhr-Nachrichten.«

»Ich kann's nicht glauben, wie kaltschnäuzig die sind«, sagte Brenda. »Du warst der völlig egal, die wollte nur eine Story.«

»Ich weiß«, seufzte Tracy. Dann lächelte sie. »Ab heute würde ich alle Journalisten hassen, wenn ich nicht mit einem verheiratet wäre.«

An der Kreuzung stand ein geschockter Ramsi Habash und betrachtete das Bild der Verwüstung, neben sich seine Frau und seine Tochter. Als das FBI Fazul lokalisiert hatte, hatte er einfach hierherkommen müssen. Aber in seinen schlimmsten Träumen hätte er sich nicht vorstellen können, dass Fazul in so etwas verwickelt war.

»Vielleicht ist er noch geflüchtet?«, fragte Johara.

»Ich weiß nicht«, erwiderte Ramsi. »Bleib hier.«

Er ging zu einem Polizisten, der die Kreuzung gerade mit gelbem Plastikband absperrte. Sie sprachen kurz, dann kam Ramsi zurück und schüttelte den Kopf.

»Nein!«, schluchzte Johara auf und sank auf die Knie. Akilah kniete sich neben sie.

»Warum hat er das gemacht?«, fragte Ramsi. Es gab keine Antwort. Er schüttelte den Kopf, kämpfte seine Tränen nieder, flüchtete sich stattdessen in die Wut. Seine Fäuste ballten sich. Warum war ihm sein Sohn genommen worden?

»Er dachte, das sei Allahs Wille«, murmelte Akilah.

»Mit dem hier hat Allah nichts zu tun«, zischte Ramsi. Sie umarmten sich, suchten Trost, wo keiner zu finden war.

Eines der Gemeindeglieder, die betend vor der Kirche standen, bemerkte die drei. Er tippte seiner Frau auf die Schulter und zeigte auf die trauernde Familie. »Komm, vielleicht können wir denen helfen.«

Sie verließen die Gruppe und gingen auf die Familie Habash zu.

Kapitel 36

Nordsyrien
19.01 Uhr

Sa'id schaute auf die Leiche seines Neffen hinunter, voll Trauer und Wut. Dafür würde Amerika büßen! Erst Mark Taylor und dann sein ganzes Land. Er würde einen neuen Plan schmieden, um Tausende, ja Zigtausende zu töten. Es war Abus Idee gewesen, den Journalisten einzuladen und die Macht der US-Medien gegen Amerika zu wenden. Sie hatte ihm den Tod gebracht. Wie hatte sich der Journalist nur befreien können?

Er legte seine Hand auf Abus leblose Wange und murmelte ein Gebet, das im Paradies sicher erhört werden würde. Dann fluchte er laut. »Ich will, dass ihr die Amerikaner findet!«

»Das wird geschehen, Kalif«, sagte Mustafa.

Sa'id erhob sich wieder, sein Kopf voller Rachepläne. Seine große Stunde, sie war dahin. Es war nichts geworden aus der neuen Anschlagwelle, die amerikanischen Gefangenen waren entkommen und Abu war tot. Das würden sie ihm büßen. Alle.

Sein Offizier meldete sich zu Wort. »Wir sind bereit, Kalif.«

»Holt meinen Computer, dann gehen wir!« Sa'id verließ das Zimmer.

Mark und Chuck liefen weiter durch die Wüste, jetzt langsamer, um ihre Kräfte zu schonen; sie wussten nicht, wie lange sie noch würden laufen müssen.

Das einzige Geräusch war ihr keuchender Atem. Aber was war das? Ein neues Geräusch. Motoren. Sie kamen.

»Wir müssen uns verstecken!«, sagte Chuck.

»Da drüben.« Mark zeigte nach rechts, wo ein kleiner felsiger Buckel etwas Deckung versprach. Chuck nickte. Sie liefen weiter.

Jetzt konnten sie hinter sich die Scheinwerfer ihrer Verfolger sehen. Mark schätzte, dass diese jetzt die Stelle erreicht hatten, an der er und Chuck die Richtung geändert hatten. Hoffentlich würden sie nach Westen weiterfahren, weg von ihnen ...

Die Motoren brummten wieder auf. Der eine Wagen fuhr in westlicher Richtung weiter, während der andere abbog und direkt auf sie zukam.

»Dem können wir nicht davonlaufen«, sagte Mark.

Chuck musterte das Gelände. »Dann müssen wir unsere Taktik ändern.«

Das Weiße Haus, Washington, Situation Room
Zur gleichen Zeit

Mit jedem neuen eintreffenden Bericht stieg die Stimmung im Krisenstab des Weißen Hauses. Diesmal hatte der Dschihad al-Scharia versagt! Eine große Anschlagserie, die diesen Sonntag zu einem Tag wie dem 11. September oder dem Sonntagsmassaker gemacht hätte, war vereitelt worden. Man hörte Seufzer der Erleichterung und Dankgebete. Erleichterung, aber nicht Euphorie; jeder im Raum wusste, dass zwar diese Schlacht gegen den Terror gewonnen war, aber der Krieg noch lange nicht.

Jacks Anruf wurde an den CIA-Direktor weitergeleitet, der mit zum Krisenstab gehörte. »Was gibt es, Jack?«, fragte er. Jack begann seinen Bericht. Der Direktor unterbrach ihn. »Warte, ich stell dich auf Lautsprecher, das müssen alle hier hören.«

Der CIA-Direktor drückte einen Knopf und wandte sich an die übrigen im Raum. »Ladies und Gentlemen, das hier müssen Sie hören. Der Lagebericht von Jack Murphy aus der Türkei. – Jack, die Satellitenbilder haben wir auch hier, du kannst weitermachen.«

»Mr President, Ladies und Gentlemen«, kam Jacks Stimme, »wenn uns nicht alles täuscht, haben wir Mark Taylor geortet.«

»Was haben Sie herausgefunden, Jack?«, fragte der Präsident.

»Wenn Sie das Satellitenbild ...«

»Haben wir«, sagte der CIA-Direktor.

»Die Infrarotbilder zeigen zwei Personen, die sich von Sa'ids Ausbildungslager bei Tall Hamis in Nordsyrien entfernen. Vor einigen Minuten scheint es Großalarm im Lager gegeben zu haben. Scheinwerfer wurden eingeschaltet, mehrere Schüsse wurden abgegeben, und die beiden Wärmesignaturen, die Sie gerade sehen, verließen das Lager in nordwestlicher Richtung. Gerade eben änderten sie den Kurs auf Nordost. Wir glauben, dass die beiden Mark Taylor und Chuck Fleming sind.«

»Belege dafür?«, fragte der CIA-Direktor.

»Dieses Lager war unsere Nr. 1 auf der Liste der möglichen Aufenthaltsorte von Mark Taylor. Und die Flucht erfolgte zum Zeitpunkt der Anschläge in unserem Land; offenbar waren die Bewacher gerade abgelenkt, sodass die Flucht möglich wurde. Aber das sind vorerst noch Spekulationen.«

Der Präsident wandte sich zum CIA-Direktor. »Hal, wenn das nicht unsere Leute sind, wer könnte es dann sein?«

»Vielleicht eine Übung. Oder sogar eine Falle, damit wir bei einer Rettungsaktion in den syrischen Luftraum eindringen.«

»Meinungen?« Der Präsident sah die ganze Gruppe an. Jack hörte zu, wie die militärischen und zivilen Führer ihre Einschätzungen erläuterten. Die Entscheidung lag beim Präsidenten.

»Jack, sind Sie noch dran?«, fragte der Präsident.

»Ja, Sir.«

»Wie sicher sind Sie, dass es tatsächlich Mark Taylor ist auf den Satellitenbildern?«

Jack zögerte nicht. »Hundert Prozent sicher, Sir.«

»Und könnte Sa'id auch dort sein?«

»Das halte ich für ziemlich wahrscheinlich ... Wir verfolgen jedes Fahrzeug, das das Gebiet verlässt.«

»Danke, das genügt«, erwiderte der Präsident. Er sah seinen Verteidigungsminister an. »Schickt sofort ein Rettungsteam los und lasst unsere Bomber starten, damit wir zuschlagen können, sobald wir wissen, dass das unsere Leute sind.«

»Ja, Sir.«

Nordsyrien
Zur gleichen Zeit

Ahmad Sa'id saß ungeduldig in einem schwarzen Humvee-Geländewagen. Wo war sein Computer? Er hatte noch nie ein Versteck verlassen, ohne ihn mitzunehmen. Endlich kam Mustafa angerannt.

»Er ist nicht da, Kalif«, keuchte er.

»Was soll das heißen, er ist nicht da? Er war doch auf meinem Schreibtisch!«

»Da hab ich nachgeschaut«, antwortete Mustafa. »Er ist weg. Sie müssen ihn mitgenommen haben.«

»Wenn du am Leben bleiben willst, sorge dafür, dass sie nicht entkommen!«

»Es wird so sein, wie du sagst. Allah ist groß.« Mustafa verneigte sich.

»Fahr los!«, befahl Sa'id dem Fahrer. Der Wagen schoss in die Nacht hinaus.

CIA-Zentrale, Langley, Virginia
Zur gleichen Zeit

Wendys Blick war auf das Satellitenbild geheftet. Die beiden flüchtenden Striche hatten sich getrennt und angehalten. Was machten die nur? Einer der Verfolger kam direkt auf sie zu.

Dann sah sie, wie weiter unten auf dem Bildschirm, wo sich das Lager befand, etwas bewegte. Zwei Fahrzeuge fuhren Richtung Süden. Sie nahm das Telefon, um das NRO zu alarmieren.

Nordsyrien
Zur gleichen Zeit

Mark lag stocksteif hinter den Felsen, lauschte dem näher kommenden Fahrzeug. Er durfte seinen Kopf nicht heben; wer wusste, ob die Terroristen Nachtsichtgeräte oder Infrarotdetektoren hatten? Die Überraschung musste gelingen, oder sie waren beide tot.

Das Motorengeräusch kam näher, jetzt, auf der Steigung, im niedrigsten Gang. Es klang so, als ob sie links neben ihm vorbeifahren würden; perfekt, genau zwischen ihm und Chuck hindurch.

Da fuhr der Toyota-Pick-up auch schon vorbei; die Terroristen schrien sich etwas zu. Hinten saßen zwei; der eine schwenkte einen Suchscheinwerfer hin und her, der andere stand an der Maschinenpistole, die über der Fahrerkabine befestigt war. Mark legte die Kalaschnikow auf seine Schulter und zählte stumm, den richtigen Moment abwartend.

Sein Finger drückte den Abzug und schickte eine lange Salve in den

Pick-up, erst auf den Mann mit dem Scheinwerfer, dann auf den Schützen. Fast gleichzeitig traf von der anderen Seite Chucks Feuer die Fahrerkabine.

Der Fahrer sackte über dem Lenkrad zusammen, der Wagen schleuderte zur Seite und krachte in einen Felsblock. Der Aufprall schleuderte die Männer von der Ladefläche. Mark rannte zu ihnen, sein Gewehr schussbereit. Sie rührten sich nicht.

Er hörte, wie Chuck rief: »Der Fahrer ist tot. Wie ist es bei dir?«

Mark hielt den Lauf seiner Waffe vorsichtig auf einen der Liegenden gerichtet und stieß ihn mit seinem Fuß an. Nichts. Die blutdurchtränkte Jacke bestätigte ihm, dass seine Kugeln ihr Ziel getroffen hatten. Ihm wurde plötzlich elend. Schon im Golfkrieg hatte ihm das Töten missfallen, aber damals war er Soldat gewesen. Jetzt war er Journalist, wider Willen hineingezogen in eine Situation, in der er töten oder selber sterben musste. Wie sinnlos all dieses Sterben war! Nicht nur das der Terroropfer im Westen, sondern auch das dieser jungen Männer hier. Männer wie Abu.

Aber er konnte sich jetzt kein Grübeln leisten. Der zweite Terrorist bewegte sich.

»Einer lebt noch!«, rief Mark.

Chuck trat zu ihm, untersuchte den Araber auf versteckte Waffen und drehte ihn auf den Rücken. Der Terrorist sah zu Chuck hoch und begann, auf Arabisch zu schreien. Chuck schlug ihn mit einem gezielten Fausthieb k. o.

Er rieb sich fluchend die Hand. »Warum hat das nicht so wehgetan, als wir bei den Marines waren?«

Mark trat neben ihn. »Wahrscheinlich hat es das, wir haben es nur nicht gemerkt. Glaubst du, dass das Ding noch fährt?«

»Nein. Müssen wohl zu Fuß weiter.«

»Na toll«, knurrte Mark. So hatten sie sich das nicht vorgestellt.

»Die anderen merken bestimmt bald, dass dieses Team außer Gefecht ist, und kommen hierher.«

»Hast recht. Wir nehmen uns frische Munition mit, und dann weg hier.«

Türkischer Militärstützpunkt bei Diyarbakir
Zur gleichen Zeit

»Was ist los?«, fragte Ross, als Jack aus dem Gebäude trat.

Jack lächelte. »Wir holen Mark.«

»Dann wissen Sie, wo er ist?«

»Wir haben eine Vermutung. Kommen Sie mit.« Jack nahm Kurs auf die Kommandozentrale, die die Marines eingerichtet hatten. »Das haben Sie sich verdient.«

Ross folgte ihm. Jack trat zum Kommandanten. »Major Smith.«

»Jack.« Der Major lächelte. »Sieht so aus, als ob ihr Wunsch erfüllt wird.«

»Haben Sie den Einsatzbefehl?«

»Gerade eben, aber dank Ihnen war das Team schon bereit. Der Hubschrauber ist schon unterwegs.« Smith schaute Ross an. »Sollte er wirklich hier sein?«

»Ich glaub, das hat er verdient«, sagte Jack leise. »Aber das hängt von Ihnen ab.«

Major Smith lächelte. »Willkommen in der Kommandozentrale, Mr Berman.«

»Es ist mir eine Ehre, Sir«, antwortete Ross. Das meinte er ehrlich; seine Einstellung zum Militär hatte sich seit dem Abflug in Los Angeles um 180 Grad gewendet.

»Also, Leute«, verkündete Major Smith. »Wir haben zwei Ex-Marines da draußen, und wir holen unsere Leute immer raus. An die Arbeit!«

Nordsyrien
Zur gleichen Zeit

Mark änderte zur Sicherheit wieder die Richtung, nachdem die Schüsse ihre Position verraten hatten. Sie rannten wieder nach Nordwesten. Es dauerte nicht lange, und Mark sah den zweiten Wagen. Er kam direkt auf sie zu. Ein dritter kam aus der Richtung des Lagers. »Wir kriegen wieder Besuch«, sagte Mark.

»Stimmt«, antwortete Chuck. »Aber zwei auf einmal schaffen wir nicht. Wir haben das erste Mal schon Glück gehabt.«

»Ja.« Mark schaute sich um. »Siehst du etwas, hinter dem wir uns verstecken können?«

Das Gelände war flach; der Berg, der ihnen Schutz geboten hatte, war zu weit; die Fahrzeuge würden sie auf halbem Weg erreichen.

»Das könnte ein Problem werden«, seufzte Chuck.

»Vielleicht denken die, dass wir verrückt sind, wenn wir uns hier verstecken, und suchen woanders.«

Chuck lachte. »Wir sind verrückt, wenn wir das tun. Wir müssen irgendwie Hilfe holen.«

Mark sah hoch in den klaren syrischen Nachthimmel. Erst jetzt merkte er, wie kalt es war. »Wir müssen irgendetwas Glänzendes suchen und es hochhalten, wenn die Sonne aufgeht, der Satellit ist bestimmt genau auf uns gerichtet.«

»Das ist dein Plan?«

»Hast du einen besseren?«

»Nein«, antwortete Chuck. »Und das bedeutet, dass wir diese Nacht überleben müssen.«

»Dann graben wir uns am besten ein, so lange, bis uns die Typen woanders suchen.« Mark legte sein Gewehr hin und nahm die Tasche mit dem Computer von seiner Schulter. Dann griff er das Messer, das er einem der Terroristen aus dem Pick-up abgenommen hatte, und begann, den Boden aufzugraben. Er beobachtete die langsam näher kommenden Scheinwerfer. »Solange sie keine Infrarotgeräte haben, müsste das klappen.«

Türkischer Militärstützpunkt bei Diyarbakir
Zur gleichen Zeit

»Wie ist der Stand, Wendy?«, fragte Jack, als die gesicherte Verbindung hergestellt war.

»Zwei Fahrzeuge haben soeben das Lager verlassen, Richtung Süden. Sieht wie ein Pick-up und ein Humvee aus. Wenn Sa'id in dem Lager war, halte ich jede Wette, dass er in dem Humvee sitzt.«

»Wahrscheinlich hast du recht«, sagte Jack.

»Faxon verfolgt sie; ihr kriegt alle dreißig Sekunden die neuesten Koordinaten.«

»Gut. Und unsere Flüchtlinge?«

»Schlagen sich tapfer. Sieht so aus, als ob sie eines der Verfolgerfahrzeuge erwischt haben. Drei Signaturen. Zwei werden kälter, eine lebt noch, bewegt sich aber nicht.« Wendy beschrieb die Bilder der Infrarotaufnahme. Wenn der Blutkreislauf mit dem Tod endet, kühlen die Extremitäten eines Körpers rasch ab, sodass nach und nach der ganze Fleck vom Bildschirm verschwindet.

»Ich glaube, Taylor hatte gute Gründe, Chuck Fleming mitzunehmen, wie?«

»Sieht so aus.«

»Wie sieht ihre Lage jetzt aus?«

»Gefährlich«, antwortete Wendy. »Sie haben wieder angehalten, zwei Fahrzeuge kommen auf sie zu. Scheint so, als ob sie den nächsten Hinterhalt planen.«

Sie hielt ihren Blick auf den mittleren Bildschirm geheftet. Die Fahrzeuge hatten jetzt Marks Position fast erreicht, aber anstatt sich zu trennen, schienen Mark und Chuck dicht nebeneinander auf dem Boden zu liegen.

»Wie weit ist unser Rettungsteam noch entfernt, Jack?«

»Ein paar Minuten.«

»Das schaffen die nicht«, murmelte Wendy.

Kapitel 37

Nordsyrien
19.13 Uhr

Sie lagen dicht nebeneinander. Mark hatte neben seinem Mund einen Hohlraum zum Atmen gelassen, ansonsten war er ganz von syrischem Sand bedeckt. Er versuchte, sich nicht zu bewegen und so flach wie möglich zu atmen. Die Wagen der Terroristen hatten sie erreicht. Der eine schien links zu sein, den anderen konnte er nicht orten. Er hoffte, dass die Dunkelheit sie vollständig unsichtbar machte.

Die Melodie eines Liedes kam ihm ins Gedächtnis. Sie erinnerte ihn an die Worte im 4. Kapitel des 2. Korintherbriefs: ›Von allen Seiten werden wir von Schwierigkeiten bedrängt, aber nicht erdrückt. Wir sind ratlos, aber wir verzweifeln nicht. Wir werden verfolgt, aber Gott lässt uns nie im Stich. Wir werden zu Boden geworfen, aber wir stehen wieder auf und machen weiter.« Er merkte, wie sich sein Körper entspannte. Der Wagen links war nur ein paar Schritte von ihm entfernt. Jetzt hörte er von rechts den zweiten. *Fahrt weiter ...*

Der Text klang in seinem Kopf weiter. »Denn die Sorgen, die wir jetzt vor uns sehen, werden bald vorüber sein, aber die Freude, die wir noch nicht gesehen haben, wird ewig dauern.«

Türkischer Militärstützpunkt bei Diyarbakir
Zur gleichen Zeit

»Das Rettungsteam ist jetzt vor Ort. Wie sieht die Lage aus, Wendy?«

»Noch nicht!«, schrie Wendy ins Telefon. »Die Terroristen sind exakt auf Marks Position!«

»Stopp, Major!«, schrie Jack Smith zu.

Smith gab die Anweisung weiter, dann sah er Jack an.

»Die Terroristen sind genau auf ihrer Position«, erklärte Jack.

»Haltet den Apache noch einen Augenblick zurück. Wenn wir jetzt angreifen, töten wir unsere Männer mit.«

»Wendy?«, fragte er ins Telefon. Er wünschte sich, das Satellitenbild auch sehen zu können.

»Ich kann es nicht erklären, Jack. Diesmal haben sie nicht angegriffen. Die beiden haben sich nicht bewegt, und die Wagen sind nur einen Meter an ihnen vorbeigefahren.«

»Die haben sich eingegraben«, murmelte Jack. Er schüttelte bewundernd den Kopf. »Gib mir Bescheid, wenn die Wagen genügend weit weg sind.«

Zwei Minuten später kam Wendys Meldung, und Major Smith gab den Einsatzbefehl.

Nordsyrien
Zur gleichen Zeit

Die beiden Wagen fuhren, ohne anzuhalten, direkt an den beiden Ex-Marines vorbei. Das Geräusch der Motoren entfernte sich, aber Mark blieb weiter liegen. Er wollte ganz sicher sein, dass die Burschen sie nicht doch noch sahen. Chuck tat das Gleiche.

Dann ein anderes Geräusch, das den Boden zittern ließ und ihnen wohlvertraut war. Ein Apache-Hubschrauber, der direkt über ihnen stand. Mark stand auf und drehte den Kopf in die Richtung des Motorengeräuschs, sah aber den schwarzen Helikopter erst, als die Blitze von abgefeuerten Raketen ihn beleuchteten. Einen Augenblick später explodierten die beiden Wagen, vielleicht 130 Meter von Marks Position entfernt. Chuck sprang lachend auf die Füße.

»Das Geräusch erkenne ich im Schlaf.«

Der Apache-Helikopter vollendete seine Mission, indem er eine Salve nach der anderen aus seiner 30-mm-Kanone in die brennenden Wracks schickte.

Mark nahm die Computertasche und die Kalaschnikow und rannte auf die Flammen zu.

»Wir fliegen nach Hause, Chuck!«

CIA-Zentrale, Langley, Virginia
Zur gleichen Zeit

Wendy beobachtete die Szene auf der grün schimmernden Infrarotaufnahme. Die Fahrzeuge fuhren an den Flüchtlingen vorbei, um kurz darauf in Flammen aufzugehen. Dann bewegten sich die beiden Flüchtlinge wieder und liefen zu den Wracks.

Ein vielstimmiges »Hurra!« erscholl im Raum. Jetzt brauchten sie nur noch die offizielle Bestätigung, wen sie gerettet hatten.

Südtürkei
Zur gleichen Zeit

Jack wartete angespannt auf die Rückmeldung des Blackhawk, der zusammen mit dem Apache gestartet war. Der Hubschrauber war gerade gelandet und lud die beiden Männer ein, die auf die Autos zugerannt waren. Major Smith hatte den Piloten angewiesen, so bald wie möglich ihre Namen durchzugeben. Es war totenstill in der Kommandozentrale.

»Home Base, hier First Base. Dumbo bestätigt. Wiederhole: Dumbo bestätigt und zusammen mit Zirkusmaus an Bord!«

Laute Hurrarufe. »Verstanden, First Base«, erwiderte Major Smith. »Könnt ihr Zirkusdirektor bestätigen?«

»Bitte warten ...«

Jack wartete atemlos, während der Pilot Mark fragte, ob Sa'id in dem Lager gewesen war.

Es knisterte wieder im Funkgerät. »Home Base, hier First Base. Zirkusdirektor noch im Stadion. Wiederhole: Zirkusdirektor noch im Stadion.«

»Verstanden, First Base. Bringt sie nach Hause. Alles Gute.«

»Verstanden, Home Base. First Base Ende.«

Jack schickte einen Seufzer der Erleichterung gegen die Decke. Sie hatten es geschafft. Mark war auf dem Weg nach Hause. Blieb noch der letzte Teil der Mission.

Die Vibrationen des Hubschraubers schickten Schmerzblitze durch Marks Brustkorb. Er begann, seine Verletzungen zu zählen, doch er brach ab. Es war besser, die jungen Gesichter um ihn herum zu betrachten. Dass er auch einmal so jung gewesen war, damals, im Golfkrieg ...

»In den USA sind neue Anschläge geplant«, rief er über den Lärm der Rotoren. »Auf Kirchen. Wir müssen ...«

Ein junger Sergeant unterbrach ihn. »Das ist schon vorbei. Das FBI hat fast alle vereitelt.«

Mark lächelte und sprach ein Dankgebet. Wenn sie nur Sa'id auch erwischt hätten ...

Er drehte sich um und schaute in die dunkle Wüste hinunter. Ob sie es geschafft hätten, bis zum Morgen am Leben zu bleiben? Gut, dass diese Frage jetzt überflüssig war.

Einer der Männer reichte Mark seine Feldflasche. Er dankte ihm und nahm ein paar Schlucke, dann goss er sich etwas von dem Wasser über den Kopf. Er zuckte zusammen, als die Tropfen über die noch offenen Schnitte liefen. Er nahm den nächsten Schluck. Sein Körper begann sich zu entspannen. Er dachte an Tracy und wie es sein würde, sie wiederzusehen. Freude ... Dann das Bild Abus, der tot auf dem Boden lag, seine leblosen Augen auf ihn gerichtet. Welch sinnloser Tod. Was hätte ein Mann mit Abus Herz alles tun können für das Reich Gottes, wenn er sein Leben nicht auf dem Weg des Islam aufgerieben hätte.

Mark musste an einen anderen Hubschrauberflug denken – vor zwölf Jahren, als Abu mit ihm aus dem Irak geflogen war. Was hätte er nicht darum gegeben, diesen Flug wiederholen zu können; und jetzt lag sein Freund tot da unten in der Wüste ...

Nordsyrien
19.08 Uhr

Storch 1 und Storch 2, beides F-177-Tarnkappenbomber, flogen in Standardformation, als sie in den syrischen Luftraum eindrangen. Sie waren vom NATO-Luftwaffenstützpunkt Incirlik in der Türkei aufgestiegen, kurz nachdem die Hubschrauber Syrien erreicht hatten, und waren im türkischen Luftraum geblieben, bis sie das endgültige grüne Licht bekamen.

Die syrischen Radarstationen reagierten nicht, als die schwarzen Maschinen über die Grenze schossen. Vor der Stadt Tall Hamis trennten sich die Bomber. Captain Bryan Richardson flog zum Terroristenlager; Captain Jerome Jackson folgte, von seinem Bordcomputer geleitet, dem nach Süden fahrenden Wagen Sa'ids.

Minuten später hörte ein lächelnder Captain Jackson, dass Richardson seinen Auftrag erfolgreich ausgeführt hatte. Er hatte die Explosionen aus seiner Maschine heraus gesehen. Das Lager, in dem einst Terroristen ausgebildet worden waren, war jetzt ein Inferno. Und dann sah er sie vor sich, die Scheinwerferkegel seines Ziels - der beiden Wagen, die die Landstraße entlangfuhren. Jackson überprüfte seine Instrumente und dass seine lasergesteuerte 500-Pfund-Bombe bereit war, auf die er den Namen seines Vetters Willie Jackson geschrieben hatte; Willie, ein großer Fan der Mannschaft Dallas Cowboys, war bei dem Sonntagsmassaker im Texas-Stadion ums Leben gekommen.

Jackson richtete das Fadenkreuz genau auf den voranfahrenden Wagen aus, der wie ein Humvee aussah. Er wusste nicht, wer in dem Wagen saß, aber er hatte einen Verdacht. Und eine Hoffnung. In aller Stille gab er den Terroristen seine letzten Wünsche auf den Weg.

Sa'id starrte auf das dunkle Band der Straße vor ihm und verfluchte die Amerikaner. Nach den Erfolgen der vergangenen Jahre solch eine Niederlage - er konnte es nicht begreifen. Ab heute war sein Status in der arabischen Welt um einiges geringer. Aber er würde wiederkommen; das war der Wille Allahs.

Seine Männer mussten Taylor finden und töten, heute Abend noch! Und er wollte seinen Computer wiederhaben. Er musste an die gotteslästerlichen Äußerungen denken, die ihm Taylor ins Gesicht geschleudert hatte. Unglaublich. Er würde sterben; vielleicht hatten seine Männer schon dafür gesorgt.

Sa'id stellte sich grinsend vor, wie Taylors Leichnam in der Wüste lag, von seinen Männern umringt und von Kugeln durchsiebt, und wie sein amerikanisches Blut in den Sand floss. Er erinnerte sich an die letzten Worte, die er Mark gesagt hatte: »Wir werden sehen, wer der eine wahre Gott ist.«

Das war der letzte irdische Gedanke des Kalifen.

Captain Jackson hielt den Blick auf sein Ziel geheftet, bis die Rakete es erreichte. Sie traf den Humvee genau in der Mitte und verwandelte ihn in einen riesigen Feuerball, der mit dem ersten gleich auch den zweiten, dicht folgenden Wagen verzehrte. Jackson zog die Maschine lächelnd hoch.

Er hatte noch ein Ziel vor sich, fast an der türkischen Grenze, das von einem merkwürdigen elektronischen GPS-Signal erleuchtet wurde, das er noch nie gesehen hatte.

Türkischer Militärstützpunkt bei Diyarbakir
19.35 Uhr

Der Blackhawk landete zuerst, Sekunden später und 30 Meter entfernt auch der Apache. Mark schaute hinaus. Noch nie war er dankbarer gewesen beim Anblick von Männern und Ausrüstung der US-Marines. Er half Chuck beim Aussteigen. Er merkte, wie große Erschöpfung von seinem Körper Besitz ergriff.

Vor ihnen standen Major Smith und Jack Murphy. Mark salutierte dem Major, Chuck folgte seinem Beispiel.

»Willkommen daheim.« Major Smith erwiderte den Gruß.

»Danke, Sir«, erwiderten sie zackig. »Danke für den Flug, Major, und dass Sie uns da rausgeholt haben«, fügte Mark hinzu.

»Semper fi«, erwiderte Smith lächelnd. Das war die Kurzversion des Marines-Slogans *Semper Fidelis* (Immer treu). »Wir lassen unsere Leute nicht im Stich.«

Mark grinste, den Schmerz in seinen Lippen ignorierend. Dann wandte er sich dem CIA-Offizier zu. »Jack, ich hab was für Sie.« Er nahm die Tasche von seiner Schulter und reichte sie ihm. »Sa'ids Computer. Ich hoffe, Ihre Leute werden das Passwort knacken und die Namen und Adressen von allen Mitgliedern der Dschihad-al-Scharia-Zellen in Amerika rausfinden.«

Jack nahm die Tasche entgegen, lächelte und schüttelte den Kopf. »Sie haben mich immer wieder überrascht bei dieser Mission, Taylor. Wenn Sie je bei uns anfangen wollen, wir würden Sie gerne nehmen. – Sie auch, Fleming. Ich glaube, dass Sie mitgereist sind, war die beste Idee der ganzen Operation.«

Mark senkte seinen Blick. »Das mit Vince tut mir leid. Er war ein guter Mann.«

Jack hob die Augenbrauen. »Das ist er immer noch. Er kommt durch.«

»Wie meinen Sie das? Man sagte uns, er sei tot. Und auch ...«

»Du meinst doch wohl nicht mich?« Ross trat zu der Gruppe.

»Ross!« Mark umarmte seinen jungen Produzenten. »Du lebst! Ich kann's nicht glauben!«

»Glaub es lieber.« Ross erwiderte die Umarmung, dann trat er zurück und rümpfte die Nase. »Mann, du stinkst!«

Mark lachte erleichtert.

»Ich hab dir doch gesagt, glaube nichts, was sie behaupten«, grinste Chuck.

»Wie seid ihr freigekommen?«, fragte Mark, aber bevor Ross antworten konnte, fuhr er fort: »Nein, warte, erst ...« Er drehte sich zurück zu Jack. »Erst muss ich jemanden zu Hause anrufen.«

Jack nickte. »Okay, aber etwas wollen Sie sicher noch vorher hören.«

»Ich höre.«

»Wir haben Sa'id erledigt«, grinste Jack. »Sobald wir euch in Sicherheit hatten und wussten, dass Sa'id in diesem Lager gewesen war, haben zwei unserer Bomber das Lager und zwei flüchtende Wagen getroffen.«

Es war also vorbei.

Mark spürte – nein, nicht die Freude der gelungenen Rache, eher etwas wie Trauer. Um die Menschen, die für dieses Ziel ums Leben gekommen waren. Vor allem Abu. Laut sagte er: »Das ist super, Jack. Dann ist es also wirklich vorbei.«

»Ja, dank Ihres Einsatzes.«

»Können wir jetzt ein Telefon finden?«, fragte Mark, während er auf das Gebäude zuging, einen Arm um Ross gelegt. »Und danach will ich deine Geschichte hören, Ross, mit allen Einzelheiten.«

Northridge, Kalifornien
9.41 Uhr

Tracy saß in Brendas Wohnzimmer vor dem Fernseher. Ein Sender nach dem anderen brachte Berichte über die versuchten Anschläge auf Kirchen in den fünf größten Städten Amerikas, und immer wieder sah man das gleiche Bild: Interviews mit Christen, die ihrem »Herrn und Heiland Jesus Christus« in den höchsten Tönen dankten. Peinlich, weil so gar nicht politisch korrekt, aber in solchen Ausnahmesituationen mochten die Nachrichtenredaktionen darüber hinwegsehen.

Ihr Handy klingelte. Fast hätte Tracy es überhört, da es noch in ihrer Handtasche an der Eingangstür lag. Sie rannte hin. Hatte die CIA diesmal endlich gute Nachrichten? Erst beim dritten Klingeln hatte sie es in der Hand; gleich würde sich die Mailbox einschalten. Wo war der blöde Knopf?

»Hallo«, sagte sie, halb außer Atem.

»Tracy.« Die Stimme, von der sie befürchtet hatte, sie nie mehr zu hören.

»Mark!«, quietschte sie so laut, dass Brenda und Tom aufsprangen und Shandy aus der Küche herbeigerannt kam.

»Es ist so schön, deine Stimme zu hören«, sagte Mark.

»Danke, Jesus! – Es ist Mark!«, rief sie ihren Freunden zu, dann, wieder ins Telefon: »Ich kann's nicht glauben. Bist das wirklich du?«

»Jawohl, und es geht mir gut.« Er erinnerte sich an seine Blessuren, und fügte hinzu: »Na ja, größtenteils. Ich bin in Sicherheit.«

»Es geht ihm gut!«, rief Tracy. Sie rannte, das Telefon in der Hand, zurück ins Wohnzimmer. »Wo bist du?«

»In der Türkei. Vor ein paar Minuten haben sie uns aus Syrien ausgeflogen ... Die Einzelheiten erzähl ich dir dann so bald wie möglich. Jetzt wollte ich dir nur sagen, dass ich in Sicherheit bin und dass ich dich sehr, sehr liebe.«

»Oh, Mark.« Sie lachte, während ihr die Tränen hinunterflossen. »Ich liebe dich auch so sehr.«

»Und, Tracy ... Ich kann es nicht erwarten, den Herzschlag unseres Kindes zu hören.«

»Mark ...« Sie schnappte nach Luft. »Woher weißt du das denn?«

»Na, von der Sprachbox am Freitagabend. Deine Ärztin wollte wissen, wann du zu deinem Ultraschalltermin kommst. Danach habe ich dich nicht mehr erreicht.« Er machte eine Pause. »Du bist doch schwanger, oder?«

»Ja.« Er konnte ihr Lächeln über Tausende von Kilometern hinweg hören. »Wir bekommen ein Baby.«

»Ich bin begeistert! Du wirst bestimmt eine gute Mutter.«

»Und du ein super Vater.«

»Das wolltest du mir doch sagen am Mittwochabend, nicht?«

»Ja, aber dann ist alles ein bisschen anders gelaufen.« Tracy lächelte. Dieser Augenblick, er konnte nicht perfekter sein.

»Ich weiß, und das tut mir leid. Aber jetzt kannst du die Kerzen wieder anzünden, ich komme nach Hause.«

Türkischer Militärstützpunkt bei Diyarbakir
21.00 Uhr

Nach der besten Dusche seines Lebens und nachdem ihn der Sanitäter fast eine Stunde lang untersucht und bandagiert hatte, saß Mark mit Jack Murphy und Ross Berman in einem Besprechungszimmer und vertilgte einen Teller Spaghetti, der besser schmeckte als ein Dinner in einem Fünf-Sterne-Restaurant. Seltsam, wie wunderbar die einfachsten Dinge wurden, wenn man dem Tod gegenübergestanden hatte.

»Übrigens, Mark, mit Sa'ids Computer haben Sie einen Sechser im Lotto gezogen.« Jack grinste ihn an. »Genauer untersuchen werden wir ihn erst in Langley, aber es sieht danach aus, als ob er tatsächlich die Informationen über die Dschihad-al-Scharia-Zellen in aller Welt enthält, die wir brauchen. Sa'id hat wohl nie damit gerechnet, dass wir das Ding in die Finger kriegen.«

Mark seufzte zufrieden. Nach dem Anruf bei Tracy war das die zweitbeste Neuigkeit des Tages.

»Aber jetzt zu eurem Bericht an den Sender heute Abend. Das ist für uns alle eine sehr sensible Angelegenheit«, fuhr Jack fort. »Das sollten wir vorher gut durchsprechen.«

»Das habe ich mir schon gedacht«, sagte Mark. Er sah Ross an. »Wie viel Zeit haben wir für die Vorbereitung, Ross?«

»Fünf Stunden. Russell kann es nicht erwarten, dich zu sprechen.«

»Das glaube ich gerne. Ist die DVD, die ich mitgebracht habe, zu gebrauchen?«

Ross nickte. »Wir können es jederzeit nach Los Angeles schicken.« Er sah zu Jack hin. »Sobald wir die Genehmigung haben.«

»Gut.« Mark nickte, dann sah er Jack an. »Was dürfen wir berichten?«

»Als Erstes«, antwortete Jack, »ist Vince tabu. Ihr wisst nur, dass er ein freiberuflicher Kameramann ist, den Mclintock angeheuert hatte.«

»So hatte man es mir dargestellt«, grinste Ross.

»Und was noch?«, fragte Mark.

»Nun, was Chuck angeht, das ist Ihre Entscheidung, Mark. Sie haben ihn mitgenommen.«

Mark nickte. »Ich verstehe. Aber ich möchte zu Frank Russell schon ehrlich sein, das hat er verdient. Ich bin sicher, er hält dicht.«

Jack überlegte einen Augenblick. »Das geht nur, wenn er eine entsprechende Erklärung unterschreibt.«

Mark nickte.

»Und jetzt zu Sa'id«, fuhr Jack fort. »Unsere Chefs haben beschlossen, dass ihr das Recht habt, der Welt zu erklären, dass er tot ist, und das hätten wir gerne so ...«

National Studios, Hollywood
11.43 Uhr

»Mark, geht es dir gut? Es ist so gut, deine Stimme zu hören.« Selbst über Satellit war Russells Erleichterung deutlich zu hören.

»Ja, und deine.« Mark lachte. »Du hattest bestimmt Angst, dass ich den Termin heute Abend nicht einhalte, wie?«

»Ein paar Sorgen hab ich mir schon gemacht. Aber warum sitze ich hier jetzt mit einem FBI-Agenten neben mir und unterhalte mich mit dir über sein Telefon?«

»Weil wir für dieses Gespräch eine sichere Leitung brauchen. Ein Teil von dem, was ich dir erzählen werde, unterliegt der Geheimhaltung, und du musst irgendein Papier unterschreiben, bevor ich weiterreden kann.«

Russell schaute das Formular an, das Mike Weston ihm hingelegt hatte. »Ja, ich habe es vor mir.«

»Dann unterschreibe bitte jetzt.«

Russell überflog das Formular. »Ich hoffe, das lohnt sich, Taylor.« Er unterschrieb. »So, jetzt kannst du reden.«

»Also zunächst einmal ist Sa'id tot.«

»Er ist was?«, rief Russell ins Telefon. Es hatte hundert Meldungen über militärische Aktivitäten in Nordsyrien gegeben, aber keine Einzelheiten. Dass Sa'id tot sein könnte, hatte niemand in Betracht gezogen.

Mark wiederholte geduldig den Satz, und dann erzählte er Russell seine Geschichte. Russell lauschte fasziniert, mal wütend, dass sein junger Reporter seine Anweisungen missachtet hatte, mal voll Bewunderung, dass er sein Leben eingesetzt hatte.

»Du setzt dich ein bisschen oft über Anweisungen hinweg, Taylor«, sagte er, als Mark fertig war. »Als dein Chef kann ich das nicht gutheißen. Aber ich war in deinem Alter auch nicht viel anders.«

»Es ging alles so schnell, Frank«, erklärte Mark. »Ich kannte deine Meinung. Ich bin nur meinem Instinkt gefolgt.«

»Und bist dabei fast draufgegangen.«

»Stimmt. Aber ich habe das getan, was ich für das Richtige hielt.«

»Das verstehe ich auch.« Russells Stimme wurde weicher. »Ich habe schon eine Idee für deinen Freund, der sich als Chad Moreland ausgab.«

»Welche denn?«

»Sag einfach die Wahrheit, na ja, mehr oder weniger. Dass du noch jemanden mitnehmen wolltest, falls es brenzlig würde. Ich würde sagen: Du hast beim Außenministerium um Hilfe gebeten, um das Interview führen zu können. Und das Ministerium hat Verbindungen zur CIA, oder?«

Mark lachte. »So könnte man es nennen, ja.«

»Gut. Auf diese Weise können wir deine Glaubwürdigkeit erhalten.«

»Ich glaube, ich verstehe, was du meinst. Ross hat ja gesagt, dass meine Karriere vorbei ist, wenn meine Kooperation mit der CIA ans Licht kommt. Ich bin nicht sicher, ob er nicht doch recht hat.«

»Wohl kaum. Du bist zu wertvoll für mich und unsere Nachrichtensendung. Mach's einfach so, wie ich gesagt hab, und niemand wird nachfragen. Vielleicht lernst du ja doch noch, meine Anweisungen zu befolgen und dir damit eine Menge Ärger zu ersparen. Und jetzt zur Sendung heute Abend ...«

Kapitel 38

National Studios, Hollywood
14.59 Uhr

Tracy saß neben Frank Russell im Regieraum von *Across the Nation*. Noch eine Minute bis Sendungsbeginn. Frank nahm das Mikrofon vor sich und hielt es Tracy hin. »Sag Mark Hallo.« Er drückte den Knopf, der die Verbindung zu Marks Kopfhörer herstellte, der in Diyarbakir in der Türkei vor der Kamera stand.

Sie sah Frank groß an, dann grinste sie und sprach leise in das Mikrofon. »Ich vermisse dich, Schatz.«

»Tracy.« Marks Antwort kam eine Sekunde später durch einen kleinen Lautsprecher vor ihr. Der Bildschirm zeigte, dass er breit grinste. »Toll, deine Stimme zu hören. Was machst du denn dort?«

»Mir den Mann angucken, den ich liebe.«

»Das wollte ich hören. Wie sehe ich aus?«

Tracy musterte den Bildschirm. Mark war deutlich dünner geworden in den drei Tagen. Sein Gesicht sah eingefallen aus, und das Fernseh-Make-up konnte die blauen Flecke und Schwellungen nicht völlig verdecken. Sie versuchte, sich auf seine Augen zu konzentrieren. »Du siehst toll aus. Viel besser als auf dem Bild, das in den Nachrichten war.«

Mark lachte. »Na hoffentlich. Hast du meine Botschaft verstanden?« Er hob seine Hand hoch, mit derselben Geste wie auf dem Bild.

Tracy lächelte. »Ja. Du kannst dir ja nicht vorstellen, was mir das bedeutet hat.«

»Das hatte ich gehofft.«

»Ich liebe dich, Mark. Ich bete für dich.«

»Danke. Ich liebe dich auch.«

»Wir gehen gleich auf Sendung ... zehn, neun, acht ...«, rief der Regieassistent in dem Regieraum.

Sekunden später erklang die Erkennungsmelodie von *Across the Nation,* und Sprecher Tad Forrest erschien auf dem Bildschirm, um die Zuschauer zu begrüßen. »Guten Abend, liebe Zuschauer! Die Meldungen aus dem Nahen Osten überschlagen sich. Wir bringen Ihnen heute ein Exklusivinterview unseres Reporters Mark Taylor, dem erst vor wenigen Stunden die waghalsige Flucht aus den Händen des Dschihad al-Scharia gelang. Mein Name ist Tad Forrest, und jetzt schalten wir live zu Mark Taylor, der zurzeit in Diyarbakir in der Türkei ist. – Mark, die Welt ist begeistert, dass du lebst und wieder frei bist.«

»Danke, Tad. Ich freue mich, mich hier auf dem Marines-Stützpunkt in der Türkei zuschalten zu können. Es war ein unglaubliches Wochenende.«

»Es gibt ein paar Leute, die es kaum erwarten können, dass du wieder nach Hause kommst, Mark.«

»Ja, zum Beispiel ich selbst.« Mark lächelte warm. »Ich habe eine aufregende Reise in dieses geschichtsträchtige Land hinter mir, und in der nächsten Stunde werden Sie Aufnahmen aus Terroristenlagern in der Türkei und in Syrien sehen sowie detaillierte Berichte über die neueste Anschlagserie an diesem Sonntag zu Hause in Amerika. Wir möchten unsere Zuschauer warnen, dass nicht alle Bilder für Kinder geeignet sind.«

Mark hielt inne und betete stumm, dass die Menschen, die die folgenden Szenen sehen würden – Menschen wie Hashim Basayav in Los Angeles und andere mit seinen politischen und religiösen Überzeugungen –, in ihnen den Abgrund des Hasses hinter Sa'id entdecken würden, aber auch, wo die Wahrheit lag. »Wir beginnen mit einem erstaunlichen Geständnis – nicht von mir, sondern von Ahmad Hani Sa'id.

Als ich diesen Auftrag erhielt, hatte ich Bedenken, vielleicht als Propagandainstrument der Terroristen missbraucht zu werden, aber ich sagte zu, weil ich hoffte, dass Sa'id sich zu den Terroranschlägen in unserem Land bekennen würde. Ich wusste damals nicht, was ich würde durchmachen müssen, um dieses Geständnis zu hören, aber sehen sie selbst den Führer des Dschihad al-Scharia ...«

Das Bild wechselte zu dem Video des »Interviews«, das Sa'id mit Mark geführt hatte. Man sah den Reporter, wie er zusammengeschlagen und blutend vor ihm saß. Tracy zuckte unwillkürlich zusammen, und Millionen Zuschauer mit ihr.

»Ich hab ... es doch gesagt«, keuchte Mark. »Ich bin nur ein Reporter.«

»Wie lange werden wir beide so weitermachen, Mark?«, kam Sa'ids Stimme.

»Von mir aus können wir aufhören.«

»Dann, im Namen Allahs des Allerbarmers, gestehe!«

»Erbarmer?«, presste Mark hervor. »Nennen Sie das hier Erbarmen? Waren der 11. September und das Sonntagsmassaker in meinem Land Akte des Erbarmens Allahs?«

Man sah, wie Sa'id für den Bruchteil einer Sekunde die Kameralinse blockierte, bevor er Mark von seinem Stuhl stieß und, arabische Flüche ausstoßend, in den Magen trat. »Sprich den Namen Allahs nicht aus! Du bist nicht würdig!«

Ein geschocktes Land schaute zu, wie Mark versuchte, zurück auf die Knie zu kommen. Sa'id, jetzt voll im Visier der Kamera, stand neben ihm und tobte weiter: »Die Angriffe auf Amerika wurden von Allah gesegnet! Er hat mir die Macht gegeben. Ich habe die Busse in eure schönen Stadien fahren lassen, ich habe eure Botschaften in die Luft gejagt! Allah der Allmächtige hat mich auserwählt!«

Die Kamera zeigte, wie Mark dem Terrorchef direkt ins Gesicht sah. »Du redest, als ob du das Herz deines Gottes kennst, aber du kennst nur deinen eigenen Hass.«

Das Band zeigte beides: die wahnsinnige Wut in Sa'ids Augen und die Entschlossenheit und Leidenschaft in Marks Stimme. »Du sagst, dass es nur einen Gott gibt, und da hast du recht, aber er ist nicht der Gott, dem du dienst. Allah ist nicht lebendiger als die Götzenbilder, die Mohammed aus der Ka'aba hinauswarf!«

»Schweig!«, schrie Sa'id. Er zog eine Pistole aus seinem Gewand und drückte sie zwischen Marks Augen. Tracy schoss aus ihrem Stuhl; sie musste die Hand auf den Mund pressen, um nicht loszuschreien. Sa'id fuhr fort, mit vor wahnsinniger Wut bebender Stimme: »Ich habe die Macht über dein Leben und deinen Tod, Taylor! Deine Lästerung wird dich in die Hölle schicken!«

Das Bild wechselte zurück zu Mark in der Türkei. »Der Sa'id, den Sie gerade erlebt haben, ist ganz anders als der Mann, mit dem ich mein Interview begonnen habe. Wir zeigen Ihnen Auszüge aus diesem ersten Interview und danach, wie ich schließlich fliehen konnte.

Wir alle hier in der Türkei und unsere Produzenten zu Hause in Los Angeles fanden es wichtig, dass Sie Sa'ids eigene Worte hörten, bevor wir Ihnen die nächste Meldung weitergeben, die wahrhaft sensationell ist. Das Außenministerium hat soeben bestätigt, dass der Mann, den Sie gerade gesehen haben und der für den Tod von über 12 000 amerikanischen Bürgern verantwortlich ist, getötet wurde. Ahmad Hani Sa'id ist tot.«

Marks Bild verschwand, und stattdessen war die Schwarz-Weiß-Aufnahme der Bordkamera der F-117 zu sehen, im Fadenkreuz des Zielvisiers zwei Fahrzeuge, die zu nächtlicher Stunde eine leere Landstraße entlangfuhren. Marks Stimme sagte: »In diesem Exklusivvideo, das uns vom Verteidigungsministerium zur Verfügung gestellt wurde, sehen Sie zwei Fahrzeuge, die gerade eines der Lager des Dschihad al-Scharia in Nordsyrien verlassen haben. Im ersten Fahrzeug saß Sa'id ...«

Washington, D. C.
Zur gleichen Zeit

Wendy saß im Wohnzimmer ihrer Schwägerin, ihre jüngste Nichte auf ihren Knien. Sie achtete darauf, dass das Kind nicht zum Fernseher hinsah. Kurz nachdem sie die Satellitenfotos der Bombardierung von Sa'ids Konvoi gesehen hatte, hatte Wendy die CIA-Zentrale verlassen, um endlich die Familie ihres verstorbenen Bruders zu besuchen. Die Bilder der Bordkamera der F-117 riefen bittersüße Hurrarufe ihrer Schwägerin und ihrer Eltern hervor.

»War er wirklich in diesem Auto?«, fragte Sandi sie.

»Ja«, sagte Wendy. »Es ist vorbei, Sandi.«

Sandi blinzelte die Tränen weg, auf ihrem Schoß ihr vierjähriger Sohn. Ihre sechsjährige Tochter, die Älteste, spielte in der anderen Ecke des Zimmers. Sie sah wieder zu Wendy. »Nein, es wird nie ganz vorbei sein, und meine Kinder werden ihren Vater nie wiedersehen.«

»Ich weiß«, sagte Wendy. »Aber dieses Kapitel ist abgeschlossen. Ich werde dich in Zukunft öfter besuchen und dir helfen.«

Sandi lächelte. »Das wäre schön. Die Kinder haben dich wirklich vermisst.«

»Und ich sie.« Wendy schlug die Arme um die elf Monate alte Jennifer. Es war Zeit, wieder mit dem Leben zu beginnen. Sie hatte lange nicht realisiert, dass ihre Jagd auf Sa'id das verhinderte, was das Leben lebenswert machte.

Diyarbakir, Türkei
53 Minuten später

Die Sendung war fast vorbei. Es war eine meisterhafte Nachrichtensendung geworden, die unter anderem einen vollen Bericht über das Leben Sa'ids alias Ronald March während der »verlorenen Jahre« gezeigt hatte sowie Auszüge aus Marks erstem Interview mit Sa'id, das einen perfekten Kontrast zum zweiten Interview bot und so der Welt zeigte, wer Sa'id wirklich war.

Millionen Amerikaner hatten wie festgenagelt vor ihren Geräten gesessen, Freunden getextet, um ihnen die Nachricht weiterzugeben, und sämtliche Rekorde bei den Einschaltquoten gebrochen. Jetzt war es Zeit für Marks Schlussbemerkungen.

»Der Islam und der Terrorismus, sie scheinen uns momentan untrennbar verbunden zu sein in diesem weltumspannenden Kampf. Was ist das für eine Religion, die behauptet, den Frieden zu bringen, und zugleich die Grundlage bietet für solchen Fanatismus, Fundamentalismus und Terror? Wir werden in den folgenden Wochen versuchen, diesen Fragen in einer Sondersendung nachzugehen, aber ich hoffe, dass einiges von dem, was Sie heute Abend gesehen haben, schon etwas Licht auf dieses Thema wirft.

Ich möchte die heutige Sendung mit einer persönlichen Bemerkung beenden. Sie betrifft einen lieben Freund von mir, ohne dessen Liebe, Mut und Bereitschaft, nach seinem Herzen zu handeln, ich jetzt nicht mehr da wäre. Sein Name ist Abu Zaqi Ressam, und seine Geschichte ist sehr ähnlich der Ahmad Sa'ids. Er wuchs in derselben Stadt in Saudi-Arabien auf wie Sa'id, folgte derselben Religion und war sein Neffe. Aber anders als sein Onkel war Abu ein Mann des Friedens. Er war der junge Araber, der in der Szene, in der Sa'id mich erschießen wollte, dazwischensprang und Sa'ids Arm wegzog. Später hat er mich befreit und mir geholfen zu fliehen. Er hat gestern Abend mein Leben gerettet und seines dabei geopfert.«

Mark kämpfte Tränen nieder. »Abu hat mir viel bedeutet, und ich hoffe, dass auch ich ihm wichtig geworden bin. Sein Tod zeigt uns etwas sehr Wichtiges. Abu hat mich gelehrt, dass ich nicht alle Muslime nach seinem Onkel beurteilen darf, und ich glaube, er hat aus seiner Freundschaft mit mir gelernt, dass man nicht alle Amerikaner durch die Brille von Ahmad

Hani Sa'id sehen kann. Ich bin kein Politiker oder Theologe, sondern nur Journalist, aber ich denke, von Abu können wir alle etwas lernen.

Sie hörten Mark Taylor aus Diyarbakir in der Türkei. Guten Abend.«

EPILOG

Dschihad-al-Scharia-Lager, bei Tall Hamis
5.07 Uhr

Die einsame Gestalt warf sich auf ihrem Gebetsteppich nieder, mitten in den Trümmern dessen, das einmal das Ausbildungslager des Dschihad al-Scharia gewesen war. Hierher zurückzukehren, um den Getöteten die letzte Ehre zu erweisen, es war richtig, es war Allahs Wille. Die Gebete des Mannes waren inbrünstig und voller Racheschwüre gegen die Ungläubigen, die ihm seinen Führer genommen hatten.

Mustafa erhob sich langsam. Nachdem Sa'id geflohen war, war er in die Wüste hinausgeeilt, um Mark und den Computer zu suchen, und hatte dort mit angesehen, wie der Hubschrauber der Amerikaner seine muslimischen Brüder hinterlistig ermordet hatte. Vor Wut schnaubend hatte er zusehen müssen, wie die beiden Spione an Bord kletterten und davonflogen. Und dann, nur Minuten später, bevor er das Lager wieder erreicht hatte, waren die Bomben gekommen, die den Komplex in einen Feuerball verwandelt hatten.

Der Hass loderte in ihm. Die Amerikaner, das würden sie büßen müssen! Der Dschihad würde weitergehen, dafür würde er sorgen. Es war der Wille Allahs!

DANKSAGUNGEN

Wohl bei jedem Buch gibt es viele Menschen »hinter den Kulissen«, die das Werk erst möglich machen. Dieser Roman war keine Ausnahme, und ich spreche ihn gerne aus, meinen Dank an die Menschen, die mir halfen, diese Geschichte so realistisch wie möglich zu gestalten.

Als Erstes danke ich meiner Frau Cindy, die mir nicht nur Lebensgefährtin, sondern auch Mitarbeiterin ist. Deine Einsichten und Ideen, sie waren unglaublich.

Ein weiteres Dankeschön an Dan Lovil, der den ersten Entwurf des Manuskripts beackert hat. Ich kann gar nicht sagen, wie wertvoll mir deine Vorschläge waren.

Ein Danke auch an Frank Augustus, Information-Systems-Security-Experte der CIA, der jetzt als Experte für Netzwerksicherheit für die First American Corporation arbeitet und mir wertvolle Informationen über die Sicherheitsdienste der USA gab.

Und an meinen neuen Freund im FBI, der anonym bleiben möchte, mir aber wertvolle Einblicke in den Kampf unseres Landes gegen den Terrorismus gab.

Ebenso an Sergeant Kevin Finch vom Los Angeles County Sheriff's Department.

Ein Dankeschön weiter an Melanie Morgan, KSFO-Radiomoderatorin und ehemalige Reporterin für ABC News, die nicht nur im Nahen Osten gearbeitet und mir gezeigt hat, wie es im Kopf eines Journalisten aussieht, sondern die mein Buch auch empfohlen hat. Danke auch an Angela Hunt und Scott O'Grady für ihre freundliche Werbung für dieses Buch.

Ich danke ferner mehreren tüchtigen Männern in den US-Streitkräften, die mir mit wertvollem technischem Rat zur Seite standen: Lieutenant Commander Kolin Campbell, USN/COMUSNAVCENT-BAHRAIN, Captain Damian Spooner, USMC/COMUSNAVCENT-BAHRAIN, Timothy G. Miller, USMC 1978–1982, 2nd Marine Air Wing, und Dale Steele, der heute bei Northrop Grumman Aufklärungsflugzeuge baut, aber in seiner Zeit bei der Air Force an Bord von Air Force One (dem Präsidenten-Jet der US Air Force) diente.

Ein Dankeschön weiter an meine neuen Freunde, Terry und Mojgon Frazier, die meine Frau und mich so freundlich aufnahmen und uns einen Schnellkurs in der Kultur des Nahen Ostens und des islamischen Glaubens gaben.

Weiter an Dr. Craig Johnson, Pastor der Bethel Christian Fellowship in Agoura Hills (Kalifornien), für seine Kenntnisse und Erkenntnisse über den Islam.

An Cheryl Bock, Leiterin der Intensivpflege am Swedish Hospital in Englewood (Colorado) und meine Schwägerin, die die beste Hebamme ist, die ich kenne.

An Mike Nappa und Jody Brolsma, meine wunderbaren Lektoren, und alle Leute im Verlag Promise Press. Es war mir ein Vergnügen, mit euch zusammenzuarbeiten!

Dankeschön auch an Vondia Carusso für ihre treuen Gebete und Worte der Ermutigung sowie an Wade Merganthol für seine große Hilfe.

Und schließlich möchte ich meiner Familie danken: meiner Frau und unseren beiden Töchtern Sharayah und Shelby für ihre Liebe und Hilfe und dass sie mich so viele Stunden an meinen Computer abgegeben haben. Ich liebe euch alle, für immer und ewig.